명말 청초 사회사상

명말 청초 사회사상

|김덕균 著|

당견의 『잠서』에 나타난 근대성 검토

당견은 명말청초라고 하는 전환기의 시대를 살면서 당대의 사회 문제를 부패한 정치권력이라는데 초점을 맞추고, 관료 계층은 물론 군주에게까지 그 비판의 화살을 겨누었다. 그런 가운데 '제왕개적'의 논리를 적출하면서 문제의 초점을 전제 군주에게 집중시킨 것이다. 물론 이 같은 비판의 이면에는 '중위방본'의 민본사상이 내재되어 있음을 간과 할 수 없다. 또한 '부민'에 대한 그의 이론적 · 실천적 노력은 여타의 사상가들과 비교해 본다면 매우 적극적이었음을 말하지 않을 수 없다. 대개 사상가의 책무가 단지 당대의 사회 문제를 이론적으로만 제기하는데 그치었다면 당견은 실천적인 면에서도 결코 소홀하지 않았다는 점에서, 그 사상적 의의는 제고된다고 볼 수 있다는 것이다.

한국학술정보㈜

머리말

중국대륙을 휩쓴 문화대혁명(이하 문혁)이 끝난 것은 지금으로부터 약 30년 전인 1976년이다. 사회주의의 새로운 단계를 외치며 '사람의 혼을 움직이는 혁명'으로 시작한 문혁은 완전한 사회주의를 향한 몸부림이었지만 역사적으로 문화적으로 참담한 상처만 남기었다. 간혹 문혁이 있었기에 90년대 동구권 사회주의 붕괴의 와중에서도 중국공산당만은 건재했다는 이야기도 하지만, 전반적인 평가는 그리 긍정적이지 않다. 문혁으로 인한 사회 전반의 황폐화가 말할 수 없을 정도로 진행되었기 때문이다. 특히 유·무형의 전통문화는 대부분 사라졌고, 온전한 것이 혹 남았다면 신기할 정도로 여겨졌을 정도이다.

그 후 1980년대 등소평의 개혁개방 정책이 위력을 발휘하면서 그간 숨죽이고 있던 전통문화유산들이 꿈틀거렸다. 전통문화 재평가는 급기야 '문화열'로 대변되면서, 춘추전국시대 이래 제2의 '백화제방(百花齊放)'기를 맞이하였다. 가장 주목되는 분야는 역시 문혁의 주적 유교문화 복원과 재탄생이었다.

처음 전통문화 재평가 문제가 대두할 때만 해도 유교문화는 여전히 청산되어야 할 봉건 잔재였고 현대사회의 민주와 과학과는 한참 거리가 멀었다. 서방 진영에서 활동하던 화교 학자들의 유교문화 재평가 역시도 완전 긍정보다는 비판 계승론이 주류를 이루었다.

그러나 완전 부정에서 비판 긍정의 재평가 과정을 거친 유교문화는 급기야 중국학자들 사이에선 21세기를 대신할 정신문화로 급부상하기 시작하였다. 유교문화의 재부상은 유교열(儒敎熱)·국학열(國學熱)·독경열(讀經熱)로 드러났고, 이런 흐름에 보조를 맞추기라도 하듯 중국 정부는 세계 각지에 '공자문화원'을 설립하였다. 21세기가 유교문화의 시대가 될 것임을 주창한 것이다. 20세기가 기독교를 중심한 서방의 정신문화가 전 세계를 지배하였다면 21세기는 기독교를 대신한 유교문화가 세계를 지배할 것이라는 거대한 포부를 밝히고 있는 것이다.

일명 제1세대 현대 신유가 학자로 알려진 양수명(梁漱溟, 1893~1988)의 언급이 아니어도 20세기는 물질문명의 서구 사회가 주역이었다면 21세기는 유교문화의 중국 사회가 중심이라는 말을 중국학자들은 마치 노랫말의 후렴구처럼 외치고 있다.

구체적으로 전 세계 화교자본이 중심이 되어 2년마다 열리는 중화유상국제논단(中華儒商國際論壇)은 그 한 예가 될 것이다. 이것은 유교라고 하는 정신문화와 현대사회의 경제문제를 직접 연결시키려는 하나의 노력이었고, 유가 정신을 경제발전의 한 축으로 여겼던 유교자본주의론의 맥을 잇는 것이기도 하지만, 막상 사회주의권의 특성상 유교자본주의를 표면에 내세울 수 없기 때문에 유상(儒商)이란 신조어를 만들어서 그 분위기를 한껏 살리려는 의도를 내비친 것이다.

2002년 9월 공자탄생일을 기점으로 시작된 중화유상국제논단은 중국정치협상회의 주석단이 조직구성의 핵심멤버로 참석하는 가히 국가급 대규모행사이며, 나아가 북경대·청화대를 비롯하여 중국 내 최고의 대학들이 참여하고, 인민일보·신화사·중앙(CC)TV 등 중국을 대표하는 언론·방송 매체가 적극 후원하는 행사이다.

신조어 유상은 표면상 유가·불가·도가·병가·법가 및 역사 등 중국 전통의 문화 정수를 포괄한다고 설명하지만, 그 대표가 유가 문화임은 말할 것도 없다. 미래 세계는 마땅히 다원 문화이면서도 하나의 통일성을 기해야 하는데, 그 중심에는 유가사상이 있다는 것이다. 이것은 "조화를 추구하면서도 반드시 같아야 함을 강요하지 않고(和而不同), 유가의 가치를 가지고 경제를 운용하고(以儒行商), 자기 자신을 닦으면서 기업을 관리하고(修身治企), 널리 천하를 가지런히 한다(兼濟天下)."는 슬로건을 통해서도 분명히 드러난다.

유상이 역대 진상(晋商)·휘상(徽商)의 맥을 잇고 있음을 굳이 강조한 것도 그것이 중국 전통의 정치·경제·문화상의 정통을 이어간다는 뜻이기도 하지만, 크게는 유가사상의 상업적 활용임은 두말할 것도 없다.

여기서 이렇게 장황하게 유상을 말하는 이유는 어디에 있을까? 간단하다. 명말청초 당견이 최근 말하고 있는 유상에 해당하기 때문이다. 본문에서는 유고(儒賈)라 표현하였지만, 내용상 유고와 유상은 같다는 것이다. 유교적 가치관으로 무장된 지식인이 기업을 경영한다는 차원에서 그러하다. 전통적 유상 문화를 계승하고 발휘하는 데 유고의 길을 간 당견은 그만큼 가치가 있다는 것이다.

최근 일고 있는 중국 지성계의 유교열·국학열·독경열과 같은 흐름을 함께 생각한다면 명말청초 당견의 사회사상은 더욱 의미를 더할 것이다. 명말청초 자본주의 맹아현상과 그에 따른 상업 경제의 발달을 오늘날 중국의 경제성장과 평면적으로 비교할 수는 없지만, 그것을 전통 유가의 정치·경제·사회 문제와 관련지어 생각해 보는 것도 무의미한 작업 같지는 않다.

물론 이 글은 1995년 제출한 박사학위논문을 수정 보완한 것이기 때문에 오늘날 중국 사회의 유상을 염두에 두고 쓴 것은 아니다. 당시로서는 명말청초 자본주의 맹아현상과 당견의 사회사상만이 주된 관심의 대상이었을 뿐이다. 하지만 최근 유상이란 말이 회자되는 것을 보고는 그렇다면 당견의 사상과 연관지을 수도 있겠다는 생각에서 그 관계성을 조심스럽지만 밝혀 보는 것이다.

이 글이 나오기까지는 일찍이 『유교의 민본사상』을 통해 학계에 지대한 공헌을 하신 안병주 교수님의 지도가 없었다면 불가능했을 것이다. 학부과정부터 석사·박사과정에 이르기까지 자상한 가르침으로 동양철학, 특히 중국철학의 참맛을 알게 해주신 은사 안병주 교수님께 깊이 감사를 드린다. 아울러 자신보다 자식들의 장래를 위해 노심초사 애쓰시고 기도하시는 부모님께 감사드리고 한결같은 마음으로 조용히 내조하는 아내 김혜선에게도 고마운 마음을 표한다. 끝으로 난삽한 글을 단행본으로 출판할 수 있도록 용기를 주시고 출판을 독려해 주신 한국학술정보(주) 출판사 채종준 사장님과 편집부 여러분께도 감사를 전한다.

2007년 4월
성산 연구실에서 김덕균 씀

목 차

제1장 들어가는 말

제1 장
들어가는 말

　명말청초의 양명학자 당견(唐甄, 1630~1704)은 연구자들로부터 널리 알려지지 않은 사상가 가운데 한 사람이다. 그 원인은 한마디로 당견을 접할 수 있었던 문헌이 『잠서(潛書)』 이외에는 거의 전하지 않았기 때문이다. 현존하는 『잠서』마저도 1955년에 와서야 일반에 소개될 정도로 당견을 연구할 만한 토양이 거의 마련되어 있지 않았다.

　『잠서』 이외에 사라진 시문이나 유관 자료를 발굴하는 데에는 「당견사적총고(唐甄事迹叢考)」를 저술한 이지근(李之勤)의 노력이 컸다. 1954년 이지근의 당견사상에 관한 연구가 발표된 이후로 중국사상사를 다루는 많은 연구자들[1]에 의해 당견은 관심의 대상이 되었다.

---

1) 1956년 侯外廬가 『中國早期啓蒙思想史』(北京 人民出版社)에서 당견을 언급한 이후로 당견에 관한 연구는 늘기 시작하였다. 대표적으로 철학 분야에서는 侯外廬의 『中國思想通史』와 王茂 外著 『淸代哲學』(安徽 人民出版社, 1992년) 제11장 「唐甄的民生意識和心性哲學」이 있으며, 정치사상 분야에서는 呂振羽의 『中國政治思想史』(人民出版社, 1981년)와 蕭公權의 『中國政治思想史』下卷(聯經出版事業公司, 1983년)이, 윤리사상 분야에서는 陳瑛 外著 『中國倫理思想史』(貴州 人民出版社, 1985년)가 대표적이라 할 수 있다.

그러나 이것도 중국의 일부 연구자들에 의해 다루어졌을 뿐, 한국이나 일본, 대만 등지에서는 그렇게 많이 연구되지 않았다. 다만 우리나라를 비롯한 일본, 대만의 중국철학사 저술의 극히 일부에서 인물 소개 정도로 당견을 소개한 것과 단편적인 논문 몇 편이 발표되긴 하였지만, 본격적인 당견사상에 관한 연구는 거의 없다 해도 무방하다.[2]

그렇다면 중국철학사에서 당견의 사상이 무의미하다는 것인가? 결코 그런 것은 아니다. 이미 명말청초 3대 사상가로 널리 알려진 황종희(黃宗羲, 1610~1695), 고염무(顧炎武, 1613~1682), 왕부지(王夫之, 1619~1692) 등의 연구에 치중하다[3] 보니 같은 시대의 당견에

---

2) 물론 당견에 관한 논저가 전무한 것은 아니다. 유명종의 『청대철학사』(이문출판사, 1989년)가 당견을 소개한 최초의 저술이다. 그 밖에 당견에 관한 연구는 이현의 「당견의 경세사상 연구(1)-社會평등론을 中心으로-(경남사학회, 『경남사학』 제6집. 1993. 5)가 발표되었는데, 이 논문에서는 주로 정치사상을 다루었고, 철학사상분야는 졸고 「당견의 학문관」(유교학회, 『유교사상연구』 제6집. 1993. 6)와 김수중의 「청초 당견의 철학사상」(서울대哲學사상연구소, 『철학사상』 4호, 1994. 12) 정도여서 당견에 대한 연구는 이제 시작에 불과하다. 일본 및 대만에서의 연구는 일본인 학자 田原剛이 1983년 국립대만사범대학에서 『唐甄潛書研究』를 박사학위논문으로 제출한 것이 거의 유일하다. 물론 그 이전 小島祐馬의 『中國の社會思想』(筑摩書房, 1967)과 山井湧의 「陸王學譜」 下(『陽明學大系』 제1권 所收, 明德出版社, 1971)에서 간단하나마 당견을 소개한 정도의 글이 있기는 하나, 당견사상에 대한 전반적인 검토는 아니다.

3) 참고로 명말청초 사상가들에 대한 연구논문 편수를 살펴봄으로써 간접적으로나마 당시 사상가들의 위치를 짚어 본다. 『中國哲學史史料學槪要』 上, 下(劉建國 吉林人民出版社1983.5)에 의거해 보면, 1901년부터 1980년까지 중국에서 발표된 논문목록에는 황종희 23편, 고염무 41편, 왕부지 134편, 안원 35편, 당견 3편이 있다. 한편 1980년 이후로 발표된 당견관계 논문이 중국에서 5편 정도 대만에서 2편 정도 있음도 확인하였다. 지금까지 발표된 당견관계 논문을 열거하면 다음과 같다. 중국에서는 李之勤「介紹幾種關于唐甄的資料-楊賓的『唐鑄萬傳』『唐鑄萬潛書序』 及其他」(『人文雜誌』 1957年 第2期), 王明「淸初市民階級的政治思想家唐甄」(『中國歷史人物論集』 三聯書店 1957年版), 李之勤 「關于唐甄的家世及其家庭經濟情況的變化-與王明同志商權」(『西北大學學報』 1959年 第2期), 熊秉直 「從唐甄個人經驗對經世思想衍生之影響」(『歷史研究』(北圖) 1987년 7월), 陳正夫 「試論唐甄的貴民富民思想」(『爭鳴』 1988년 1월), 秦繼國 「立國之道,惟在于富民,析唐甄的富民論」(『探索』 1988년 1월), 余秉頤 「唐甄評儒·道·釋三教」(『學術月刊』 1988

대한 관심은 상대적으로 적을 수밖에 없었던 것으로 보인다.

이러한 연구 부재의 결정적 원인은 일찍이 당견의 저술이 일반에 소개되지 못했다는 사실뿐만 아니라 명말청초 이후의 사상가들을 상세히 소개하고 있는 양계초(梁啓超, 1873~1929)의 『청대학술개론(淸代學術槪論)』에서 당견을 다루지 않았다는 점도 후대 연구자들에게 그렇게까지 각인되지 못한 이유 가운데 하나라 생각된다.4) 주지하다시피 양계초의 『청대학술개론』은 명말청초 이후의 사상가를 연구하는 학자들에게는 입문서 형식을 띠고 있는데, 여기서 다루어지지 않은 사상가를 연구대상으로 삼는다는 것은 그리 쉬운 일만은 아니었을 것이다. 특히 우리나라와 일본의 경우가 더욱 그러하며, 여기에다 당견에 대한 원자료 부재는 그에 대한 연구를 소홀히 할 수밖에 없었던 근본적인 이유라 하겠다.

또한 우리의 중국사상 연구자들의 주된 관심 분야가 선진 제가와 송명대 주자학 및 양명학에 치중되어 있었던 것도 한 원인이라 생각된다. 다행히 최근 중국사상 연구자들의 관심이 다양해지고 폭넓어지면서 명청대 및 중국 근현대 관계 연구 성과물들이 상당수 발표되고 있는 것은 반가운 일이 아닐 수 없다. 그러면서도 당견에 관한 본격적인 연구서가 아직 없다는 것은 한편으로 아쉽기도 하지

년 6월), 盧敦基 「唐甄哲學思想的發展」(『浙江學刊』 1988년 3월), 王考魚 「淸初學者唐鑄萬之哲學思想」(『中山文化敎育館季刊』 2卷2期 1935년 4월), 蘇顯信 「論唐甄哲學思想的唯物主義傾向」(『中國哲學史』 北京 人民大學 1985년 7월), 馮德政 「簡論唐甄進步的社會歷史觀」(『中國哲學史』 北京 人民大學 1985년 1월) 등이 있으며, 대만에서는 田原剛의 「唐甄潛書硏究」(臺灣 師範大學 博士學位論文 1983년 5월)와 孫廣德의 「唐甄的政治思想」(『食貨』 第16卷 食貨月刊社 1985년 9월) 등이며, 일본에서는 小島祐馬의 「淸初の王學者唐鑄萬」(『高瀬博士還曆記念支那學論叢』 1928년, 이 논문은 1967년 『中國の社會思想』에 「淸初の王學者唐甄」으로 재수록 되었다)이 있다.

4) 양계초는 『청대학술개론』(1920년대 저술)에서 당견을 다루지 않았으나, 이후 저작인 『中國近三百年學術史』(1926년)에서는 개략적으로 다루었다. (臺灣中華書局, 1982년 판본에서는 160~167쪽에 수록)

만 다른 한편으로 필자가 처음 시도한다는 의미에서 보람도 느낀다.

중국에서는 1986년 10월 7일~11일 사이 당견사상에 대한 집중적인 학술회의를 통해 명말 3대 사상가 이외에 당견을 또 한 사람의 저명한 사상가로 소개한 바 있다. 특히 정치사상에 있어서는 독보적인 가치를 지닌 존재로 부각시켰다. 나아가 명말청초 소위 3대 사상가는 의당 4대 사상가로 바꿔야 한다는 주장도 있었다. 당견의 전제군주에 대한 비판의식이 그 어느 계몽사상가보다 우월하다는 평가에서였다.

그러나 이 같은 당견에 대한 평가는 주로 정치사상에 국한된 측면이 없지 않았다. 당견의 정치사상이 중국사상사 영역에서 괄목할 만한 것은 사실이지만, 그에 못지않게 철학사상과 윤리사상도 남다른 특징을 지니고 있기 때문이다.

사상적으로 당견은 양명학적 관점에서 세계를 보았고, 나아가 양명학적 세계관으로부터 독립된 경향성을 보이기도 하였다. 이 점이 바로 관심 사항이며, 논의의 초점이다.

그의 철학과 윤리사상은 양명학적 세계관에서 비롯되었지만, 점차 양명학적 세계관으로부터 근대 지향적 사유체계로 전환을 모색하였다는 데 그 특징과 의의를 찾을 수 있다. 여기서 근대 지향적 사유체계란 합리주의 정신과 자본주의 정신에 입각한 ①인식 주체로서의 개인의 자아에 대한 각성 ②사회적인 불평등 구조의 해소 ③사적 소유의 자유와 이윤추구의 확대 등을 의미한다.

중국 사회는 비록 자생적 근대화에 실패하였지만, 근대를 지향했던 몇몇 사상가들의 진보적인 의식 속에서 자생적 근대화의 몸부림을 찾을 수 있다. 물론 이 같은 생각에는 몇 가지 전제되어야 할 것들이 있다. 중국 사회 '정체성론'5)에 대한 반성과 전통과 근대화의 관계에 대한 검토가 그것이다.

먼저 중국 사회 '정체성론'은 이미 수십 년간 많은 연구자들에 의해 토론되면서 나름대로의 문제와 한계를 노정하였다. 결국 이 문제는 서양 중심 사고에 대한 반성으로 연결되면서 중국 사회 나름대로의 발전 모델을 제시하는 데 이르렀다. 물론 이에 대한 상세한 문제는 본론에서 다시 다룰 것이다.

다음 전통사상과 근대화의 관계에 대한 문제이다. 막스 베버는 이 문제를 거론하며, 정치형태를 크게 세 가지로 분류한 바 있다. 합법적(Legale)인 것, 전통적(Traditionelle)인 것, 카리스마적(Charisma)인 것 등이 그것이다.

여기서 합법적인 것은 근대민주주의사상을 말하며, 전통적인 것은 봉건체제를 의미한다. 따라서 합법적인 근대사상과 전통사상은 대립적일 수밖에 없으며, 근대사상은 전통사상에 대한 비판 극복을 의미하였다. 물론 전통적인 것이라고 모두 전근대적이라고 할 수는 없지만, 기본적으로 전통에 대한 비판 수정이 근대화라고 하는 데에는 이의의 여지가 없다. 다만 중국 사회의 경우 전통사상에 대한 반성과 수정의 요구가 외부에 있었는가(外因論) 내부에 존재하였는가(內因論)의 문제가 요체가 된다. 역사적 사실에 근거한 중국 사회의 근대화는 외부적 요인이 강하게 작용하였다. 그러나 내부 요인이 전혀 작용하지 않은 것은 아니었다. 이 점에서 중국 사회 근대화의 내적 요인으로 당견의 사회사상을 주목하지 않을 수 없다. 이 문제를 다루는 데 이 책에서는 크게 세 가지 방향에서 주목할 것이다.

---

5) 중국 사회 정체성론이란, 막스 베버의 『유교와 도교』 그리고 칼 비트포겔의 『동양적 전제주의』 등의 저술이 담고 있는 중국 사회의 정치적인 전제주의와 사적 소유의 불허로 인한 경제의 미발달에 대한 지적을 말한다. 나아가 그 전의 마르크스의 '아시아적 생산양식론'에 입각한 중국 사회 분석도 이에 속한다고 볼 수 있다.

첫째, 근대사회의 물적 토대인 자본주의 경제 형태이다. 자본주의 경제 형태는 토지의 사적 소유와 자유로운 상업 활동이 보장되어야 한다. 따라서 명말청초 사적 소유가 존재하였는가의 문제는 우선적인 관심 사항이며, 나아가 자유로운 상업 활동의 전제조건과도 같은 사농공상 사민(四民)평등의식의 존재 여부도 주요 과제이다. 그런데 상업 활동을 국가가 독점하는 형태에서는 진정한 자본주의로의 진전된 모델을 찾기 어렵다. 따라서 개인이 상업 활동의 주역으로 등장하였는가의 문제 역시도 논의의 주요 과제가 아닐 수 없다.

둘째, 정치적으로 전제주의에 대한 비판 문제이다. 전제주의는 이른바 민주사회로 가는 길을 가로막는 장애물이다. 중국 사회는 역사적으로 근대화 이전 단계까지 전제주의가 지속되었는데, 이 전제주의에 대한 비판은 발전적 측면에서 민주사회로 길을 여는 역할을 하였다.6) 반전제주의에 대한 논의는 결국 사회발전의 한 전형을 보여주는 것이라 하겠다. 그렇다면 명말청초 반전제주의는 어떻게 논의되었으며, 이것이 근대화에 어떻게 작용하였는가 하는 점을 주목하지 않을 수 없다.

셋째, 사유체계상 '개인의 자아'가 얼마나 존중되었는가 하는 문제이다. 근대 이전의 사회에서는 개인의 자아는 공동체(가정과 국

---

6) 안병주, 『유교의 민본사상』(성대 대동문화연구원, 1987년 4월) 15, 16쪽 참조. 여기서는 蕭欣義의 4가지 분류방식을, "①유가사상은 근본적으로 반민주·반자유·반인권적이다. ②본질적으로 민주·자유·인권의 문제는 서양인의 것이므로 동양인에게는 맞지 않는 논리다. ③유가사상과 민주주의는 완전히 부합한다. ④중국은 장기간의 군주전제정치의 압박 아래 유가사상은 반민주·반자유·반인권적 성격이 침투하고 있었음을 부인할 수 없는 사실로 인정한다. 그러나 유교의 근본이념 속에는 민주, 자유, 인권과 부합하는 정신적 일면이 있음을 부인할 수 없다."고 정리하고, ④의 시각에서 '군주·민본으로부터 민주에로의 전환 가능성을 모색'하고자 하였다.

가)에 종속되는, 그렇기 때문에 개인보다는 공동체가 우선하는 사유체계가 큰 틀을 이루었다. 결국 근대화의 척도는 주체적 사유에 의한 개인의 욕망이 얼마나 용납되었는가가 중요한 문제로 대두될 수밖에 없다. 그렇다면 명말청초 중국 사회에서 개인의 주체적 사유에 의한 욕망이 어떻게 논의되었으며, 그것이 얼마나 공동체로부터 독립된 사유형태를 갖추었는가를 찾아야 할 것이다. 이 문제를 해결하는 데 명말청초 양명학의 주자학적 사유체계에 대한 비판 반성으로 드러난 당견의 경세치용의 실학사상은 주요 검토 대상이 될 것이다.

이상 세 가지 문제를 해결하는 것이 이 책의 골격이라 할 수 있다. 그러나 이 제안된 문제들은 가설적 의미가 강하다. 왜냐하면 역사적으로 중국 근대화는 이미 외세의 강압으로 이루어졌고, 자생적 근대화는 굴절과 실패를 맛보았기 때문이다.

이런 한계를 안고 있으면서도 이 책의 가치는 크게 두 가지 측면에서 말할 수 있다. 하나는 지나간 역사에 대한 반성적 의미에서 교훈을 찾기 위함이며, 다른 하나는 알려지지 않은 사상가의 사상 속에서 새로운 문제들을 검토하는 데 있다.

이미 널리 알려진 사상가의 문집 속에서 그 사상가의 위대성을 찾는 것도 중요하지만, 아직 알려지지 않은 사상가의 문집 속에서 그가 체험한 시대의 아픔과 그가 제시한 치료책으로서의 사상과 사유방법이 어떠했는가를 찾는 것도 중요하다고 생각하기 때문이다.

이 문제를 다루는 데 이 책은 일단 명말청초(특히, 17세기 중반 이후~18세기 초)의 중국 사회로 그 시기를 제한할 것이다.

명말청초란 시기는 사회경제적인 대격변기로서 중국사상 연구자들에게 관심의 집중을 받는 시기 가운데 하나이다. 사회적으로 조직화된 농민들의 기의(起義)가 전국을 강타했으며, 정치적으로 중국 영토의 한족지배가 종말을 고하고 만주족 정권이 들어선 시기이다. 한편 경제적 측면에서는 소위 자본주의 맹아라고 하는 새로운 경제질서의 형태가 자리하기 시작했으며, 사상적으로도 주자학 일변도의 풍토에서 점차 반성의 조짐이 보이기 시작한 시기였다.

이러한 명말청초의 사상을 접하는 데 특히 당견의 『잠서』에 나타난 철학·윤리·정치·경제사상은 논의의 중심이 될 것이다. 당견의 다양한 견해를 통해 명말청초의 사회사상을 다룬다는 것이다.

명말 3대 유노(儒老)라 일컫는 황종희·고염무·왕부지보다는 1~20년 후배이기도 한 당견을 명말청초의 대표적 사상가로 상정하고 검토하려고 한 데는 몇 가지 이유가 있다.

첫째, 중국사상 연구자들이 명말청초 사상을 언급하면서 주로 상기한 세 사상가만을 주된 대상으로 삼아왔다. 따라서 당견을 통해 명말청초 사상을 검토하는 것은 이에 대한 보완적 성격을 지닌다. 한 사상가가 폭넓게 당대의 문제를 포괄적으로 다루었다 하더라도 한계는 분명히 있으며, 그렇기 때문에 몇몇 사상가들의 언설만을 갖고 그 시대의 사상을 단정하는 것은 문제가 있다. 사상가마다의 독특한 사유방법과 체계는 자기가 처한 시대의 문제를 제각기 다른 각도에서 반영하고 해결한다는 점에서 여러 사상가들의 사상을 연구하는 것은 그만큼 그 시대의 문제를 보다 폭넓고, 정확하게 이해할 수 있는 기반을 제공한다. 이 점에서 명말청초 당견사상에 대한 검토는 단순히 한 개인의 사상만을 다룬다기보다는 명말청초라고 하는 시대와 당대 사회의 문제를 사상적으로 규명하려는 작업의 일환이다.

둘째, 아직 학계에 널리 알려지지 않은 당견의 사상은 과연 중국 사상사에서 얼마만한 가치를 지니며 오늘날에는 어떤 의미를 지니는가를 검토하는 일이다. 얼마 전부터 중국에서 활발하게 논의되고 있으며, 한국이나 일본, 대만에서도 논의되고 있는 전통사상에 대한 재평가 작업은 소위 '현대 신유가'[7]라고 하는 통칭으로 인구에 회자되고 있다. '현대 신유가'는 중국 전통의 공맹(孔孟)사상을 비롯하여 송명대 성리학자들의 도통론에 입각한 유학이론을 재정립하려는 노력에서 나왔다.

그런데 이들의 작업은 이미 지난 시절 근대화의 걸림돌이라 해서 철저히 비판 부정하였던 유학이론을 복원하는 일이다. 사실 유학이론은 1919년 5·4운동 이후 중국 사회를 뒤떨어지게 한 주된 원인이라 비판받으며, 철저히 제거되어야 할 사유체계로 각인되어 왔다. 그러던 것이 1979년 이후 몇몇 학자들로부터 이런 비판적 평가에

---

7) '유학부흥론'으로서의 '신유가'와 '유교자본주의론'에 대한 자료는 한국철학사상연구회 편 『현대중국의 모색』(동녘, 1992년 11월) 12~20쪽 참조. 유학부흥론의 시발은 1979년 8월 『중국철학』 1집에 신유가 원로인 梁漱溟의 회고로부터이다. 뒤이어 馮友蘭의 회상, 熊十力과 蒙文通이 주고받은 편지가 이 잡지에 실리면서 조짐을 보이기 시작했다. "1911년 신해혁명을 거치고 난 후 1919년 5·4운동으로부터 1978년 초까지 전통사상에 대한 중국 지식인들의 생각은 '打倒孔家店!'으로 요약될 수 있다." (같은 책, 25쪽) 그러나 그 와중에서도 전통사상에 대한 애정을 갖고 있었던 몇몇 학자들과 서구사상에 영향을 받은 일부 학자들이 1979년 이후 열띤 사상논전(이른바, '文化熱')을 전개하며 전통사상에 대한 재평가를 시도하던 이들이 바로 '현대 신유가'라고 통칭되었는데, 이들은 이 같은 논의 외에도 몇 가지 다른 주장도 강하게 부각시키고 있었다. 대표적으로 사회주의 신문화 건설이라는 차원에서 전통사상 속의 찌꺼기와 알맹이를 구별하여 비판적으로 계승하자는 '비판 계승론', 전 현대사회에서 현대사회로 나아가는 데 현대의 중국적 體인 봉건적 요소를 바꾸는 것이 급선무라고 인식한 '서체중용론', 분명한 반전통의 입장에 서서 전통문화를 전면적으로 개혁하자는 '철저개건론' 등이 그것이다.

대한 재비판이 나오기 시작하였고, 마침내는 신유가의 사유체계를 중국 문화의 독창성과 우수성으로 평가하기에 이르렀다. 이들은 송명대 성리학을 중국의 정통사유로 보고 이의 계승을 주장한 것이다.

여기에 신유가의 한 부류인 '유교자본주의론'은 이른바 일본을 비롯한 동아시아 네 마리 용이라 불린 신흥 자본주의 국가들의 급속한 경제발전을 두고 나온 이론이었다. 이들 나라들은 한결같이 유교를 중심사상으로 수용하면서 상당기간 유교문화에 깊이 물들어 있었다는 공통점을 갖고 있으면서 최근 급격히 경제발전을 이룩한 나라들이다. 이러한 나라들의 경제발전의 원동력이 유교문화의 가족주의, 성실성, 근면성 등에 있다고 주장하는 이론이다. 비록 이 논리에는 다분히 한계와 모순이 발견되지만,[8] 사회발전과 전통사상의 관계, 즉 이들 양자는 모순 관계인가 아니면 보완 관계인가의 논의를 통해서 현 사회의 문제를 간접적으로나마 짚어볼 수 있다는 데 의미가 있다.

그런 점에서 이 책은 명말청초 당견이 접한 전통사상과 당시 발전된 사회형태에서 제시된 그의 진보적 사상을 살펴봄으로써, 오늘날 우리들이 전통사상과 현대 산업문명과의 관계를 어떻게 보아야 하는가를 간접적으로 살필 수 있다는 의미가 있다는 것이다. 지금까지 우리는 소위 "발전은 전통문화를 잡아먹으며 자라며, 서구화가 진행될수록 발전이 이뤄진다."는 통념, 그렇기 때문에 양자는 한쪽을 반드시 희생시켜야만 한다는 관념이 크게 자리하고 있었다. 이것은 최근

---

8) 유학부흥론으로서의 신유가이론과 **유교자본주의론**은 다분히 한계와 모순을 지니고 있다. 신유가 이론은 **전통사회의 사회경제적 토대**를 무시하고 있으며, **유교자본주의**를 말하는 사람들은 자본주의 전 단계에서 전성기를 구가했던 **유학이론**이 다시 자본주의 이론으로 둔갑했다는 모순을 안고 있다. 또한 이들의 **전통문화** 정신을 되살리자고 하는 내면적 심리에는 강한 민족의식이 도사리고 있으며, 사회 심리구조의 안정성에 치중하고 있다.(위의 책, 13쪽 참조)

일고 있는 전통문화와 현대 산업사회에 대한 논의, 특히 유교와 사회 발전의 상관관계에 대한 논의는 현대 산업사회를 새롭게 설명해 내려는 노력의 일환이라 할 것이다.9) 특히 2002년부터 중국에서 2년마다 열리는 '중화유상국제논단(中華儒商國際論壇)'10)은 유교를 문화적으로뿐만 아니라 모든 산업을 하나로 묶으려는 의도에서 열리는 정례행사이기 때문에 매우 주목되는 대목이 아닐 수 없다.

셋째, 당견이 양명학자이면서 양명학을 어떻게 수용하고 있으며, 어떻게 변용하였는가를 살피는 일이다. 특히 당견은 후기 양명학자로서 주자학적 사유체계로부터 벗어나려고 했고, 그런 가운데 개인의 자아를 강조하며 주체적 인간으로서의 삶을 강조하였다는 데 논의의 초점을 맞추고자 한다. 더욱이 그가 사대부이면서도 직접 상업에 종사한 것은 기존 사민의식에 대한 고정관념을 부정하는 실천성을 보인 것으로 전통 유학의 변용된 한 틀로서 주목되는 점이다.

---

9) 90년대 이후 유교와 현대 산업사회와의 관련성을 주제로 한 학술회의가 빈번하였다. 그 가운데서도 1994년 8월 중국에서 <동아일보>와 중국 <인민일보>가 공동 기획한 '공자사상과 21세기'란 제하의 국제학술회의는 세인의 관심을 집중시킨 학술회의였다. 이 회의에서는 이른바 20세기의 사회가 서구 과학기술 문명이 지배하는 팽창과 갈등의 역사였다면, 다가오는 21세기는 절제와 화합에 의한 인류평화의 역사가 되어야 한다는 지식인들의 열망을 확인하는 자리였는데, 한·중 양국의 대표적 동양학 연구자들이 모인 이 회의는 특히 '유교의 현대화' 내지 '현대사회 속에서의 유교의 역할'을 심도 있게 토론하고 이를 『공자사상과 21세기』(동아일보사, 1994년 10월)란 책으로 발간하였다. 한편 국내에서는 1993년 대전 엑스포를 기념하면서 개최된 '유학과 근대정신'이란 제하의 국제학술대회도 상기한 회의와 그 연을 같이하는 세미나였다. 이에 대한 내용은 충남대 유학연구소 간 『유학연구』 제1집(1993년 12월)에 자세하다.

10) 여기서 '儒商'은 "儒·道·兵·法·史 등 중국 전통문화의 정수와 현대과학을 결합한 중국 경영실천가"(이 내용은 2006년 9월 26일~28일 중국 산동성 곡부에서 진행되는 '第三屆中華儒商國際論壇' 안내문에서 참조)를 말한다. 이 대회는 중국공자기금회를 비롯한 수많은 단체가 주관하고 국가지도자들이 대거 참여하는 국가급행사로 제1회 대회는 2002년 9월 북경인민대회당에서, 제2회 대회는 2004년 9월 운남 곤명에서, 그리고 제3회는 대회는 2006년 9월 산동 곡부에서 공자문화제의 하나로 개최되었다.

이것은 전통 유학의 기존 관념의 틀로서는 이해하기 어려운 측면이며, 나아가 유학이론도 사회발전의 흐름에 따라 충분히 가변적일 수 있다는 실례를 보여준 것이기도 하다.

이 문제를 다루는 데 이 책은 크게 삼 단계로 구성된다.

첫 번째 단계로 명말청초의 물적 토대라고 할 수 있는 자본주의 맹아형태의 사회경제적 구조를 살피는 일이다. 완전한 의미의 자본주의는 아니지만 자본주의와 연결성을 갖는, 즉 자본주의 전 단계로서의 자본주의 맹아 문제를 다룸으로써 당시의 사회경제적 발전 정도를 검토하고자 한다. 당견의 사상이 바로 이 같은 사회경제적 분위기 속에서 싹이 텄고, 바로 그 환경에서 사회에 대한 관심을 이론적으로, 혹은 실천적으로 보여주었기 때문에 당시의 사회경제적 토대를 살피는 것은 필수적인 요소가 될 것이다.

두 번째 단계로 양명학파의 두 가지 성향을 살피고, 이들 학파 간의 사상적 차이점을 검토하고자 한다. 명말 전개된 이른바 양명 좌우파 논전은 크게 주자학적 세계관으로의 복귀냐 아니면 새로운 세계관의 구축이냐 하는 사상적으로 중차대한 기로였다. 명말청초 경세치용의 실학사조 속에는 반주자학적 경향이 강하게 나타나고 있는데, 이것이 명말 양명학 좌우파 논전에서 나타난 주자학으로의 복귀냐 아니면 비판이냐의 논의 전개와 무관하지 않다는 점에서 이에 대한 검토는 대단히 중요한 문제라고 생각한다. 특히 당견의 사상이 양명학적 세계관에서 출발하여 어느 면에서는 양명학적 세계관으로부터 전환을 시도하였다는 점에서 더욱 그러하다. 양명학적

세계관으로부터의 전환이란 동시에 주자학적 세계관으로부터의 탈
피를 의미하며, 적극적으로는 근대 지향적 사유체계로서의 전환 가
능성을 볼 수 있다는 말이기도 하다.

세 번째 단계로 당견의 사상을 『잠서』를 중심으로 하나하나 검토
하는 작업이다. 크게 「철학사상」, 「윤리사상」, 「사회사상」으로 분리
해서 살피고자 한다. 「철학사상」에서는 당견의 생애와 사상을 전반
적으로 검토하고 양명학적 세계관으로서 그의 철학에 대한 입장과
또한 양명과의 차이점을 다루고자 하며, 「윤리사상」에서는 기존 윤
리 관념과의 차이점을 살피고, 그 차이점이 바로 근대 지향적 윤리
체계임을 논증하고자 한다. 끝으로 「사회사상」에서는 당견사상의 가
장 큰 특징이자 주목거리인 정치·경제사상을 중심으로 살피는데,
특히 반전제주의적 입장에서 논의된 그의 정치사상을 다루고, 민본
사상에서 거론된 ‘부민(富民)’에 대한 그의 각성된 주장을 검토하고
자 한다. 부민론은 당시 발달된 사회경제적 상황과 무관치 않으며,
이것이 당견사상의 가장 큰 특징으로 부각될 수 있다는 점에서 사
회사상가로서의 당견의 모습을 가장 분명히 하는 내용이 될 것이다.

얼핏 철학을 ‘관념의 유희’ 내지 ‘말장난’이라 비난하는 경우도
있지만, 당견의 경우 자신의 철학적 이론을 결코 관념과 이론에 머
물게 내버려두지 않았고, 오히려 적극적으로 사회 현실 속에서 실천
해 보려고 노력하였다. 물론 이것은 ‘내성외왕지도(內聖外王之道)’
를 추구했던 전통 유가의 기본 요소이기도 하지만, 대개의 경우 ‘내
성’, 즉 수양공부에 치우친 면이 없지 않았다는 점에서 당견의 실천
적 철학사상은 다른 시각에서 그 의미를 찾을 수 있을 것이다.

제2장 명말청초 사회경제적 상황과 양명학의 성립과 전개

제2장
명말청초 사회경제적 상황과 양명학의 성립과 전개

1. 사회경제적 상황

17세기의 중국 사회는 '천붕지해(天崩地解)'라 할 만큼 대변혁의 시기이다. 정치적으로 명조가 쇠퇴하고 이민족 청조가 들어선 시기이며, 경제적으로 생산력의 급격한 증대로 인한 사회관계의 재편을 가져온 시기이다. 대외적으로는 서양의 과학기술 문명이 유입되면서 개명한 일부 사대부 지식인들의 관심을 집중시켰던 시기이기도 하다.

이 같은 전환기의 명말청초 사회경제 문제를 다루는 것은 당시 사상을 접하는 데 필수 요소이다. 왜냐하면 당대 사회 문제에 대한 검토 없이 당시의 사상이나 철학을 이해하기란 불가능하며, 또 이것이 시대와 사회를 떠나서 존재한다면 무의미하기 때문이다. 사상가의 사회적 직무가 사회의 병폐를 논리적으로 규명하고 그것을 치유하는 데 있다는 점에서 당시의 사회상황을 검토하는 것은 필수적인 요소라 생각한다.

따라서 이 책에서 명말청초 양명학과 당견의 사상을 살피는 데 당대의 사회적 병폐와 그 원인을 분석하는 것은 결코 헛된 일이 아니다. 명말청초의 객관적인 사회 분석과 그에 따른 병리현상을 지적하고, 당대의 사상가들이 그 문제를 어떻게 해소하려고 했는가가 이 책이 지향하는 점이기 때문이다. 이런 점에서 명말청초 정치 사회적 상황과 물적 토대였던 경제적 상황을 정리하는 것은 의미 있는 일이 될 것이다.

(1) 농민운동과 반청운동

중국은 전통적인 농업국가로서 생업의 거의 전부를 농업적 생산수단에 의존해 왔다고 해도 과언이 아니다. 그만큼 농업은 중국인에게 중요한 위치를 점하였고, 그에 따른 문화적·사상적·종교적 흐름의 양상도 농업문화의 구조의 틀 속에서 이해되었다.

일반적으로 이것은 사민의식, 곧 사농공상의 신분적 위계질서 속에 잘 반영되었다. 본말(本末)의 직업을 구분하여 공상(工商)의 업보다는 농업을 본업의 지위에 올려놓은 것이 중국의 전통적 유산이었다. 정치 지배자의 치적도 그해의 풍흉에 의해 크게 좌우되는 경우도 적지 않았다. 따라서 농업의 주체인 농민의 지위도 다른 직종보다 상대적 우위에 있었던 것도 사실이다.

그러나 반드시 농민의 지위가 항상 존중된 것은 아니다. 농촌질서 속에서 일어난 끊임없는 갈등은 토지를 매개로 하는 지주(地主, 혹 主戶)와 전호(田戶, 혹 客戶) 사이의 이해상충으로, 또는 정치적 기득권 세력과 중소 지주의 갈등 양상으로 드러났다. 농민은 자연환경과 지주, 그리고 지배자 관료층과 동시에 상대해야 하는 조건 속에 놓여 있었다. 수천 년 중국역사의 흐름을 간단히 살펴보더라도 이러한 갈등은 각 세기마다 있어 왔다. 농민들의 갈등은 대규모의 결집된 형태로 나타났는데, 대표적인 경우만 보더라도 황건적(黃巾賊)의 난, 적미(赤眉)의 난, 황소(黃巢)의 난 등 초기의 난들과 12~13세기 송왕조 시대의 난들, 17세기 중반 이후 이자성(李自成)과 장헌충(張獻忠)의 난 등이 그것이다.

그런데 보다 중요한 것은 이러한 농민운동이 대단히 조직적이고 대규모로 일어났다는 데 있다. 단순 우발적·일시적 현상이 아닌 사회의 구조적 모순에 의한 필연적·집단적 농민운동이었다는 것이다.

물론 여기서 중국 전 역사 속에서 일어났던 농민운동의 원인과 그 양상을 살필 수는 없다. 다만 명말청초에 일어났던 농민운동의 양상을 살피는데, 그 원인과 그들이 주장했던 내용 중 의미 있는 것만을 검토할 따름이다. 그 까닭은 명말에 있었던 농민운동의 여파가 거대한 명왕조를 붕괴시키는 결정적인 역할을 했으며, 농민들이 부르짖은 슬로건 속에는 다분히 반봉건적인 요소가 스며 있기 때문이다. 따라서 명말 농민운동을 검토하는 것은 당시 사회상황을 파악하는 필수 과제일 것이다.

명말 농민운동의 원인은 크게 세 가지 입장에서 찾을 수 있다.

첫째, 엄청난 자연재해가 있었고, 그로부터 발생한 기아 문제는 대규모 폭동을 유발시키는 원인이 되었다. 특히 1628년의 냉해는 농작물의 생장기에 발생하여 농민들에게 커다란 피해를 안겨 주었으며, 그 이듬해인 1629년에 발생한 한재는 농민을 기아에 허덕이게 하였다.[11] 이렇게 연이은 자연재해는 결국 농민들의 폭동을 유발케 하는 직접적인 원인으로 작용하였으며, 각지의 산발적인 폭동이 결국은 조직적인 농민운동으로 확대 발전한 것이다.

둘째, 관료 및 지배층의 사치풍조와 지나친 군비확충으로 인한 국가재정의 확대는 농민부담을 가중시켰고, 이것이 농민들의 불만으로 작용하면서 봉기를 일으키는 원인이 되었다. 당시 관료층을 비롯한 민간의 사치풍토는 이루 말할 수조차 없을 정도여서 이의 쇄신은 치세를 위한 지배층의 필수 과제였다.12) 또한 국가 예산 중 상당부분을 군비가 차지하면서 비생산적인 군비지출로 인한 농민부담은 가중되었다. 예컨대 명말의 만력(萬曆) 연간에는 다른 대에 비해 상당수 증액된 예를 볼 수 있는데, 융경(隆慶) 초년에 군비지출이 280만 냥이었던 것이 만력 중기에 이르면 그 액수가 380만 냥을 넘는 과다한 지출 양상을 보게 된다. 일반회계로 지출된 이러한 예산 외에도 만력 연간에 전비로 지출된 통계를 보면 수천만 냥의 추가 지출이 있었음을 감안할 때 가히 군비로 지출된 양이 얼마나 많았는가를 짐작할 수 있을 것이다.13) 이렇게 무도한 사치풍조와 과다한 군비 손실에 따른 부담을 결국 농민이 모두 떠안으면서 농민들은 농토를 등지고 유랑하거나 도적이 되는 경우가 많았으며, 일군의 농민들은 집단적으로 봉기를 감행하였던 것이다.

---

11) 李文治 編著, 『晩明民變』(上海 中華書局, 1989년 3월) 15쪽 참조.

12) 황종희, 『명이대방록』「財計」三: "治天下者, 旣輕其賦斂矣, 而民間之習俗未去, 蠱或不除, 奢侈不革, 則民仍不可使富也."

13) 李文治, 앞의 책, 1, 2쪽 참조. 한편 만력 연간에 일어난 전란은 1592년(만력 20년)의 寧夏의 보하이 반란과 豊臣秀吉의 조선침략, 1597년(만력 25년)의 播州 楊應龍의 난이 있었는데, 이른바 이를 두고 만력의 '三大征'이라 한다. 이때 공식적인 전비는 각각 2백여만 냥, 7백여만 냥, 2~3백여만 냥이었다.(이상은 田中正俊의 「民變·抗租奴變」(윤혜영 편역 『중국사』 홍성사, 1986년 6월) 407쪽 참조)

셋째, 관리의 부정부패와 탐관오리의 횡포는 농민을 무장시키는 주요한 원인으로 작용하였다. 특히 명대 중기 이후로는 환관들의 횡포가 극심해지면서 지배층 내부에서도 심한 갈등을 빚었다. 이러한 환관들의 전횡에 반대하여 일부 개명한 지식인들은 동림당(東林黨)이라는 정치 결사체를 조직하였다. 이들은 매관매직의 풍기를 바로잡고, 일부 특권 사대부들의 전횡에 제동을 걸고 나왔다. 당시 관료층의 부패상은 중앙과 지방의 관리 중 많은 경우가 재화로서 승진이 결정될 정도로 심각하였으며, 사대부들도 공공연한 청탁을 통해 입신출세의 길을 택하면서도 조금도 거리낌이 없었다.14) 당시 어사 전일본(錢一本)은 이 같은 관직사회의 풍토를 신랄하게 비판하며, "멀리 있는 신하는 임금을 가까이서 보필하는 신하의 창고이며, 또한 원근의 신하 모두는 내각의 창고이다."15)고 할 정도였다.

그 결과 농민은 피해의 직접적인 대상이 되었고, 여기서 벗어나고자 한 농민들은 자구책으로 결집하여 지배층에 도전하거나 유랑의 길을 택하였다. 근대로 접어들면서 지방의 군벌들이 활개 칠 수 있었던 근거도 당시 이러한 사회적 상황과 무관할 수 없다. 부세의 가중으로 농민은 토지를 이탈하였고, 반면에 정부의 수입은 급격히 줄어들어 재정적 난관에 봉착하면서 국가를 보위할 수 있는 최소한의 군사비 지출마저도 어렵게 되었다. 반대로 꾸준히 토지를 겸병하며 세력을 키워온 향신지주계층은 중앙의 무력화를 틈타 지방의 경제권은 물론 정치권까지도 장악하는 결과를 가져왔다. 그들은 일방적으로 농민을 압박하고 어떠한 외부적 압력에도 굴하지 않는 공포의 대상으로 성장했던 것이다.16)

---

14) 李文治, 앞의 책, 1쪽 참조.
15) 李文治, 앞의 책, 1쪽(재인용): "以遠臣爲近臣府庫, 又以遠近之臣爲內閣府庫."

어찌 되었든 이러한 현상의 직접적인 피해자는 농민이었고, 농민들은 그 결과 다음과 같은 세 갈래 길로 접어들었다. 한 부류는 자작농에서 소작농(佃戶)으로 전락했으며, 다른 한 부류는 온갖 부역과 부세로부터 면제받기 위해 노복으로 전락하였다. 또 다른 부류는 토지를 버리고 도시나 깊은 산으로 피난하거나 유랑하였다.

농민층의 분화는 계층 간의 갈등을 더욱 심화시켰고, 마침내 정국 혼란의 주요인으로 작용하였다. 물론 사회발전이란 측면에서 농민층의 분화 현상이 결코 역기능을 한 것만은 아니다. 오히려 사회발전의 중요한 모티브를 제공하기도 하였다. 특히 유랑 농민층의 도시 유입은 도시를 활성화시키는 작용을 하였다. 그들 중 상당수가 상업과 수공업에 종사함으로써 상공업 발전에 일익을 담당하였다는 것이다.

한편 전호(佃戶)와 노복(奴僕), 그리고 유랑민으로 전락한 농민 중 일부가 점차 결집하여 민변(民變)·노변(奴變) 등의 조직적인 움직임을 보였고, 한편에서는 보다 조직화된 농민군이 형성되어 중국의 상당한 지역에서 활동하며 명조를 위협하였다. 그 대표적인 것이 바로 이자성과 장헌충의 농민군이다. 이들 농민군의 활동은 북쪽의 만주족으로부터 위협받던 명조 정권을 붕괴시키는 데 결정적인 역할을 하게 되었다.

그러나 보다 중요한 것은 단순히 이들이 왕조를 전복했다는 것에 있지 않았다. 이들이 당시의 사회적 모순을 일신하고자 한 그 슬로건에 있다. 농민군에 참여했던 대부분 사람들의 애당초 목적은 왕조의 찬탈이라든가 정권에 대한 욕망보다는 생존권을 찾기 위한 생존의 수단으로 결집했기 때문이다. 이들은 인간의 생존에 대한 욕망이

---

16) 李文治, 앞의 책, 2쪽 참조.

우선적인 문제였다. 이른바 균전(均田)·면부(免賦)에 관한 경제정책이다.[17]

여기서 균전정책에 관한한 농민군에 의해 실제적으로 실현되었는지는 확실치 않으나, 균전에 대한 주장은 근대 이후의 '경자유전(耕者有田)'의 맹아형식을 띠고 있다는 점에서 그 의미를 지닌다.

다음 면부 정책은 당시 민심수습 차원에서 대단한 호응을 얻었는데, 명말 농민들은 가중한 부세로 말미암아 최소한의 생존권마저도 위협받고 있었기 때문에 이것은 대단히 환영받는 시책일 수밖에 없었다.

이자성의 농민군이 이르는 곳마다 "이공자가 우리를 살렸다."(李公子活我)는 백성들의 환호가 무성했다.[18] 당시 농민군은 부패한 관리들을 처단하고 농민들의 부담을 덜어주는 차원의 개혁정책을 속속 단행하였기 때문이다. 당견은 이 같은 정황을 생생하게 전하며, "(백성들이 서로) 떠밀며 틈왕(闖王: 이자성)을 기다렸다. 틈왕이 오면 (적어도) 삼 년은 부세를 부담치 않는다."[19]라고 하였다.

---

17) 李文治, 앞의 책, 103~107쪽 참조. 한편 魏林은 『歷史的重負』-中國傳統文化中的平均思想及其在社會經濟發展中的作用-(國際文化出版公司, 1989年 11月) 120쪽에서 '均田', '免粮', '平買平賣'의 요구를 농민군의 주된 이념으로 지적하였다. 均田은 耕者有田의 사상적 맹아형태라고 하고, 平買平賣의 요구는 工商業에 대한 옹호라고 주장하였다. 사실 명말청초 이 같은 흐름은 당시의 사상가(특히, 황종희나 당견 등)에게서 쉽게 볼 수 있는 것들이라 魏林의 논증은 설득력을 갖는다.

18) 李文治, 앞의 책, 105, 145쪽 참조. 여기서 李公子는 이자성의 농민군과 합류한 李巖(사대부 지식인)이라는 설과 이자성과 이암의 병칭이라는 설이 있으나, 분명한 것은 농민군이 지방의 어느 곳을 가든지 환영받은 것은 다른 여러 문헌가운데서도 확인 가능하다는 점이다. 한편 당견의 『잠서』「明鑒」편 108쪽에서는 "治獻賊易, 治闖賊難, 蓋人心畏獻而附闖也. 非附闖也, 苦兵也. 一苦於楊嗣昌之兵, 再苦於宋一鶴之兵, 又苦於左良玉之兵. 行者居者, 皆不得保其身命. 賊知人心所苦, 所至輒以剿兵安民爲辭."라고 하는 馬世奇의 말을 싣고 있다. 여기서 獻賊은 張獻忠의 농민군을 말하고, 闖賊은 李自成의 농민군을 말한다. 흥미 있는 것은 당시 장헌충의 군대보다 이자성의 군대를 제압하는 것이 어렵다고 했는데, 그 이유가 이자성의 군대가 민심을 얻고 있기 때문이라고 하였다.

이자성의 농민군을 어떻게 환대했는가를 알려주는 내용이다. 이것은 당시 관료계층의 부정부패가 얼마나 심각했는가를 간접적으로 알려주는 내용임과 동시에 농민군의 개혁정책이 민중들로부터 얼마나 환영받았는가를 알려준다.

한편 이자성의 농민군에 합류한 지식인으로 이암(李巖)[20]이란 사람이 있는데, 그는 본래 부유한 거인(擧人) 출신이었다. 농민군과 합류한 그가 이자성에게 민심수습책으로 건의한 다음의 내용은 농민군이 단지 우발적·단발적 반란군이 아니었음을 증명한다.

첫째, 균전면부(均田免賦)의 경제정책. 둘째, 제폭휼민(除暴恤民)의 민생안정책으로 "부유한 집의 재화를 나누어 가난한 백성을 구휼하라"(將富家銀錢分賑窮民)는 요구. 셋째, 살인하지 않는다(不殺人), 재물을 아끼지 않는다(不愛財), 간음하지 않는다(不奸淫), 약탈하지 않는다(不搶掠), 매매를 공평하게 한다(平買平賣)는 민심수습책 등이 그것이다.[21]

이 같은 정책을 앞세우고 농민군이 중국 곳곳을 할거할 때 각 지방의 백성들은 농민군을 하늘이 보낸 병사란 의미의 '천병(天兵)'이라고 칭송했던 것이다. 이로부터 명말 관료층의 부정부패가 얼마나

---

19) 『잠서』「明鑒」 108쪽: "挨肩膊, 等闖王. 闖王來, 三年不上糧."
20) 李巖과 李自成에 대한 관계 기록은 陳生璽 著 『明淸易代史獨見』(中州古籍出版社 1991년 6월)118~141쪽에 자세하다. 여기서 陳生璽가 참고한 기록은 吳偉業의 『綏寇紀略』, 計六奇의 『明季北略』, 『明史』「流賊傳」, 談遷의 『國權』 등임을 참고로 밝혀둔다. 이암에 대한 역사적 기록이 전하는 기록마다 같지 않거나 곡해된 것이 있기 때문에 이를 밝히는 것이다. 특히 사대부 지식인이면서 농민군에 가담한 이암이 당시 지식계층으로부터 상당한 지탄의 대상이 되었던 까닭에 그에 대한 기록들이 통일되어 있지 못하다. 바로 이러한 이유로 기록의 단서를 밝혀두는 것이다.
21) 최갑순, 「명·청대의 농민반란」(『강좌 중국사』Ⅳ-제국질서의 완성-서울대 동양사연구실 편, 지식산업사. 1989년) 187~188쪽 참조.

심각했는가를 짐작할 수 있다.

그런데 여기서 흥미로운 것은 당시 지식인들의 정치 결사체였던 동림당의 슬로건과 이들 농민군의 슬로건이 어느 면에서 일치한다는 점이다. 다시 말해 동림당의 슬로건이었던 ①폭정 반대 ②환관 전횡 반대 ③봉건적 수탈 반대 ④온갖 불필요한 잡세 폐지 등의 요구조건이 농민들의 요구와 상당부분 일치하고 있다.[22] 물론 동림당이 지향하는 근본 목적이 농민군과 같은 것은 아니었다. 동림당은 재야 지식인 및 개명한 중소 지주계층, 그리고 정치권으로부터 소외된 재야 사대부들의 모임이란 점에서 이들의 주된 관심은 정치적 기득권 획득에 있었다.

그러나 농민군의 활동은 애당초 정치적 기득권의 획득보다는 기본적인 생존권의 획득을 목적으로 결집하였다는 데 본질적으로 이들 두 부류는 차이가 있다. 다만 당시의 부패한 정치권으로부터 소외되고 억압되었다는 데 공통인식을 가졌으며, 때에 따라서 이들 두 부류는 서로의 이권을 위해서 연합도 가능했다. 그래서 상당수 지식인들이 농민군에 가담하여 정신적·사상적 밑받침을 하는 경우도 있었다. 더군다나 농민군에 의해 명조가 붕괴된 이후 북쪽의 만주족이 한족을 위협하는 상황 속에서 이들은 민족적 동질성이란 명분하에 함께 만주족에 대항하기도 하였다.

한편 온갖 부정부패의 온상이었던 명조가 농민군 및 만주족에 의해 붕괴되면서 정국은 새로운 양상을 띠게 되었다. 북경까지 입성하여 급기야 새로운 왕조를 꿈꾸던 이자성의 농민군도 결국 와해되고 근근이 명맥만 유지하던 명조도 남쪽으로 피난하여 망명정부의 형

---

22) 졸고, 「청초 실학사상의 연구」-황종희를 중심으로-(성대 대학원 석사학위논문, 1987년) 9쪽 및 田正俊中, 「民變.抗租運動」(윤혜영 편역, 『중국사』 홍성사, 1986년) 415~417쪽 참조.

태를 벗지 못하는 상황 속에서 민족문제는 새로운 현안으로 급부상
하였다. 북쪽의 만주족이 중화의 정통을 자처하던 한족을 몰아내고
중국의 새로운 주인의 자리에 앉은 것이다.

이에 농민군 잔여 세력은 남명(南明)정권과 연합하여 복명(復明)
운동을 도모하였으며,[23] 동림당의 후신인 복사(復社)의 지식인들도
명조회복을 부르짖으며 항청(抗淸)운동에 가세하였다. 본래 복사 조
직은 명말 이후 사대부 계층의 정치 결사체였던 동림당의 후예들이
모인 단체로서 명목상 고학(古學)부흥을 표방한 문학 결사체이나 실
제 그들의 활동은 부패한 지배층 배격과 반청운동에 앞장선 정치
결사체였다.[24] 황종희·왕부지·고염무 등도 이와 때를 같이하여 반
청복명(反淸復明)운동에 앞장섰으며, 왕부지 같은 경우 직접 종군하
여 항청운동에 참가하였고, 당견의 가족들 가운데에도 반청운동에
가담한 사람들이 있었는데, 이 같은 항청에 대한 입장은 명청교체기
지식인들의 공통된 고뇌 중의 하나였다.

아무튼 한족과 만주족의 갈등은 명말 농민봉기의 혼미를 수습하
기도 전에 발생한 명말청초 특징적인 하나의 사회사상으로 중요한
요소가 되었다. 중화주의를 부르짖던 한족 입장에서는 이민족이자
야만족이라 차별하던 만주족에게 거대한 중국 영토를 빼앗긴 것만
으로도 상당한 충격이었는데, 하물며 정치적 지배권까지 빼앗긴 상
황 속에서 한족이 입은 자존심 손상은 이루 말할 수도 없었다. 유
교의 핵심적 윤리이념인 '춘추대의(春秋大義)'의 '군신상하(君臣上
下)' 논리와 '화이내외(華夷內外)'의 봉건적 차별의식이 한꺼번에
무너지는 상황을 목전에서 경험한 것이다. 그토록 멸시하던 야만족
에게 주권을 빼앗겼다는 수치가 당시 지식인들을 분기하게 만든 것

---

23) 최갑순, 앞의 책, 182쪽 참조.
24) 졸고, 앞의 논문, 9쪽 참조.

이다.

결국 이런 사회 정치적 변화 양상은 명말청초 새로운 학풍의 단초가 되었다. 당시 상당수 지식인들은 '불사이군(不事二君)'의 군신 윤리를 강조하며 청조의 관직 참여 요청을 거부하고 심산유곡에 은거하여 오로지 저술 활동에 전념하였다. 그들의 저술 내용은 주로 부조리한 사회 현실 문제를 적시하며 비판과 개혁을 담은 것들이 대부분이었다. 황종희의 정치·경제 등 사회 전반에 관한 개혁서인 『명이대방록(明夷待訪錄)』이라든지 고염무의 개명한 지식을 담고 있는 『일지록(日知錄)』, 왕부지의 사회개혁 의지를 담고 있는 대부분의 저술들이 바로 이때 저작된 것들이다.

당시 대부분 저술들의 공통된 특징은 경세치용의 실학사상을 담고 있다는 것이다. 경세치용의 실학적 요소는 사회비판에서 점차 청조 전제정권에 대한 비판과 개혁을 주장하는 방향으로 흘렀고, 일단의 반전제적 내용은 청조를 부정하는 방향으로 흘렀기 때문에 정권이 안정된 이후로는 대부분 금서 처분[25]되었다. 그 후 이 저술들은 민족문제가 다시 대두된 청말민초 근대적 의식을 지향했던 학자들에 의해 훌륭한 참고서로 사용되었다. 그만큼 명말청초 저술된 책들이 개혁적이면서도 근대적이었다는 것이다.

이렇게 새로운 학술풍토를 불러일으켰던 명말청초 사회상의 저변에는 농민봉기와 민족적 갈등이 동시에 존재했었다. 다시 말해 민족 내부 문제로서 농민과 지주의 갈등, 지배층과 피지배층의 모순, 한족과 만주족 간의 충돌과 마찰은 중국 사회를 혼란하게 하면서도 동시에 사회를 새로운 방향으로 이끌었던 것이다.

---

25) 조병한, 「청대의 사상」-경세학과 고증학-(『강좌 중국사』 Ⅳ-제국질서의 완성-서울대 동양사학연구실 편. 지식산업사. 1989년)264쪽 참조. 당시 금서 처분된 서적은 3,100여 종이라고 한다.

명나라의 멸망은 근본적으로 내부 모순과 만주족의 침략에 기인한다.[26] 단순한 왕조의 멸망은 그렇다 치더라도 사회 변화의 측면에서 본다면 명조 내부 모순에 의한 농민운동은 주목할 필요가 있다. 명말 발생한 민변·노변은 단순한 반란이라기보다는 사회를 변화시키는 근본적인 원인이 되었다. 중국 사회가 점진적이긴 하나 근대화로 접어든 직접적인 계기가 여기서 산출된다고 볼 수 있다.[27] 사회경제적인 변화의 원동력을 농민운동을 통해서 찾을 수 있기 때문이다. 농민운동이 정점이 되어 나타난 사회 각 방면의 변화된 양상은 전에 볼 수 없었던 측면으로 전개되었으며, 특히 상공업 분야의 변화는 주목하지 않을 수 없는 문제였다.

(2) 중국 사회성격 논쟁과 명말청초 상공업발달

중국 사회성격을 규정함에 있어, 특히 아편전쟁 이전 시기를 말하는 데에는 크게 두 가지 입장이 있다. 하나는 아편전쟁 이전 시기가 정체된 사회였다고 보는 정체성 논자들의 주장이고, 다른 하나는 중국 사회가 내부적 모순의 심화 갈등 속에서 꾸준히 변화 발전해

---

26) 田中正俊, 앞의 책 403쪽 참조. 한편 『잠서』 「명감」 편 108쪽에서는 당시 사람들이 명조 멸망의 원인을 "外內交鬨, 國無良將; 雖有良將, 忌不能用, 安得不亡!"라고 하였으나, 당견은 이것이 근본적 원인이 아니라 하며, "當是之時, 兵殘政虐, 重以天災, 民無所逃命, 群盜得資之以爲亂."이라고 하였다. 보다 자세한 기록은 「명감」 편 109쪽에 실려 있다. 여기서 당견은 농민반란의 본질적인 원인이 군주의 실정에 있으며, 실정으로 말미암아 사회혼란이 가중되고 중간 관리자들의 부정부패가 나라를 망하게 했다고 하였다.

27) 안병주, 앞의 책 178쪽에서는 명말청초의 사회를 "근세적 문화가 난숙했던 시대이었는데, 그 정점이 만력(1573~1620) 연간이었다."고 평가하였다. 물론 이 같은 평가는 당시의 생산력의 급격한 확대 속에서 찾을 수 있으나, 농민봉기와 생산력의 확대는 매우 밀접한 상관관계를 갖고 있기 때문에 소홀히 할 수 없다고 생각한다.

왔다는 발전 논자들의 입장이 그것이다.[28]

전자의 입장을 대표하는 사람들은 주로 마르크스 이론 및 스탈린 주의에 입각한 '아시아적 생산양식론'을 근거로 한다. 그들은 중국 사회를 역사발전 초기단계인 고대 노예제 사회에도 진입하지 못한 정체된 사회로 분석하고 있다. 나아가 이들은 중세 봉건사회로의 진전은 더더욱 찾기 힘들다는 점을 지적하며, 이러한 중국 사회의 특

---

28) 중국 사회성격 논쟁은 1925~27년 사이에 마르크스의 '아시아적 생산양식'에 관한 논전으로부터 시작해서, 1931~33년의 '중국 사회사 논전'을 거치면서 매우 활발히 논의되다가 1937년 일본 제국주의의 침략으로 말미암은 중일전쟁으로 일시 중단되었고, 1949년 중공 정권이 수립된 이후 1950년대 들어와 '중국 사회논전', '아시아적 생산양식'에 관한 논의가 재론되기 시작하였다. 이 논전의 주된 관심은 첫째, '아시아적 생산양식'을 중국의 원시사회 또는 고대의 어떤 사회구성 단계에 위치지울 것인가? 둘째, 마르크스의 사회구성 단계들의 도식을 응용하여 구체적으로 중국 사회의 역사발전을 어떻게 구분할 것인가? 셋째, 당시(특히 30년대)사회를 어떠한 사회단계로 볼 것인가였다. 이 같은 중국 사회논전에서 연구자들의 논의의 방향은 '아시아적 생산양식'이라고 하는 마르크스의 주장을 역사발전단계(5단계)의 또 다른 독립된 단계로 설정하면서 6단계로 역사를 구분하려는 학자들과 '아시아적 생산양식'을 5단계 가운데 한 단계에 속한다고 하는 학자들로 나뉘어 논의가 전개되었다. 전자의 입장은 前 자본주의 시대의 사회경제의 일종으로 유럽의 '고대적' 및 '봉건적' 생산양식과 동일한 사회발전단계로 설정하는 방식이며, 후자의 입장은 '아시아적 생산양식'을 원시사회설, 고대동방노예사회설, 봉건사회설, 혼합단계설(원시사회와 노예사회, 노예제와 농노제, 원시공동체와 노예제와 봉건제) 등으로 설명하는 방식이다. (이상은 신용하 편, 『아시아적생산양식론』(까치, 1986년 4월) 소수 「중국에서의 아시아적 생산양식 논쟁」 351~381쪽 참고) 이러한 논의는 중국 사회를 사적 유물론에 입각한 발전단계를 염두에 두고 '아시아적 생산양식'이라는 특수한 단계를 어느 시기로 볼 것인가에 대한 논전이다. 그러나 여기서 '아시아적 생산양식'에 대한 평가에 있어서 원시사회설 내지 고대사회설을 주장하는 학자들은 역사발전 법칙 속에서 이해하려고 하면서 중국 사회를 미발전된 사회로 인식하는 경향이 강하며, 중국 사회 발전의 분기점을 아편전쟁 이후로 설정하고 있다. 또한 아시아적 생산양식을 前 자본주의의 특수한 형태로 분석하는 경우는 마찬가지로 역사발전 법칙의 틀을 무시하고 있지는 않으나, 전자보다는 보다 적극적으로 중국 사회의 발전양태를 규명하려는 경향성이 강하다고 볼 수 있다. 필자는 후자의 입장이 타당하다 생각하나 굳이 발전법칙이라는 틀 속에서 중국 사회를 억지로 끼어 맞추는 식의 연구방법은 지양되어야 한다고 생각한다. 여기서 정체성론자라고 함은 주로 마르크스 외에도 막스 베버와 비트 포겔의 중국 사회에 대한 평가를 의존하고 있는 학자들이며, 발전론자라고 함은 이들 정체성에 대한 비판으로부터 논증하는 학자들을 말한 것이다.

수성을 곧 정체된 사회로 명명하였다.

후자의 입장은 1930년대 전후 중국에서 있었던 중국 사회성격 논쟁 가운데 자본주의 맹아 문제가 제기되면서 거론되기 시작하였고, 1936년 여진우(呂振羽)의 『중국정치사상사』에서 이 문제가 보다 진전된 형태로 제시되었다. 1939년 모택동(毛擇東)이 "중국 봉건사회 내의 상품경제 발전은 이미 자본주의 맹아를 잉태하고 있어서 외국 자본주의의 영향이 없었다면 중국 또한 완만하긴 하지만 자본주의 사회로 발전하였을 것이다."[29]라고 한 발언 이후로 보다 활발히 논의되었다. 모택동의 이 발언은 결국 자본주의 맹아 문제 토론을 촉진하였고, 중국학자에 의한 중국철학사 서술의 일부 근거가 되기도 하였다. 그리고 이것은 중국역사가 객관적 역사발전 법칙에 따라 진행되었음을 알려주는 단서가 되었다.

'아시아적 생산양식론자'들은 중국 사회를 경제적 정체성과 정치적 전제주의를 벗지 못한 '반(半)야만적', '반(半)문명적' 상태라고 지적하며, 역사발전의 보편적 흐름을 무시하였다.

발전론자들은 중국 사회를 역사발전 5단계 법칙으로 설명하면서 지나칠 정도로 정해진 틀 속에 수천 년 중국역사를 끼워 맞추는 경향을 보였다.

전자는 사회의 변화 발전이란 일반적 흐름을 무시하였다는 데 문제가 있으며, 후자는 사회의 다양한 변화 양상을 일방적으로 발전법칙이라는 틀 가운데 적용시키는 무리한 결과[30]를 가져왔다.

---

29) 『毛澤東選集』 제2권 (人民出版社, 1990년 5월) 589쪽 참조.

30) 역사발전 5단계법칙에 입각해서 **중국 사회**를 구분하면 춘추 이전 **사회**는 고대 노예제사회로, 춘추 이후 아편전쟁까지는 중세 봉건제 **사회**로 명명한다. 봉건제 **사회**로 구분된 춘추시대 이후 아편전쟁 이전까지의 기간은 대략 3천 년에 해당한다. 결과적으로 **중국 사회**는 유사 이래 거의 대부분을 봉건제 **사회** 속에서 살아온 것으로 분석된다. 또한 신해혁명을 부르주아혁명으로 간주하고 5·4운동을 프롤레타리아 혁명

일반적으로 사회의 변화 발전에는 일정한 요인이 작용한다. 변증법적 논리로 말한다면 보통 내적 모순과 외적 요인의 결합으로 설명된다. 내적 모순의 양적 팽창과 외적 요소의 충격이 서로 만나게 되면 변화를 가져온다는 논리이다. 사회의 변화를 설명하는 데에도 이와 똑같은 원리가 적용된다. 사회의 내적 모순이 변화의 근본 원인이라면 외적 요인은 변화의 조건으로 작용한다는 것이다.

그렇다면 '아시아적 생산양식론'에 근거한 중국 사회 '정체성론'은 내적 모순에 의해 끊임없이 변화 발전해 온 중국 사회를 부정하는 입장이 된다. 이들은 아편전쟁이라는 서구 열강의 간섭에 의해 중국 사회가 마침내 봉건적 사회경제적 틀을 벗었다고 인식한다. 이것은 그 저변에 수천 년 동안 중국 사회가 경제적 정체성과 정치적 전제주의 틀 속에서 허우적거렸다는 의미를 내포하고 있다. 즉, 외적 요인에 의해 중국 사회가 마침내 변화 발전했다는 주장이다. 물론 이들이 내부적 모순을 인정하지 않는 것은 아니나, 근본적인 변화의 요인은 외부에 있다고 생각한 것이다. 그렇다면 이들의 관점은 다분히 서구 중심 사관(史觀)에 의해 중국 사회를 정체성과 낙후성의 관점에서 바라본 것이다.[31]

한편 보편적 역사발전 법칙을 주장하며 중국 사회도 이와 같은 행로를 거쳐 왔다고 하는 발전론자들은 '아시아적 생산양식론'을 비

으로 간주할 때 근대 자본제 사회는 불과 수십 년에 지나지 않는다.

31) 신용하 편, 앞의 책 361쪽 참조. 여기서는 중국학자의 말을 빌려 유럽중심사관을 통해 중국 사회를 경직되게 조명하는 것을 비판하고 있다. 즉 "오랫동안 세계사는 유럽중심론이 지배적이어서 많은 서양학자들이 마르크스와 엥겔스가 동방사회에 대해 했던 간단한 한두 마디 말에 얽매어 이를 확대 해석해서 고대 동방사회가 특수성을 갖고 있는데, 그 특성은 토지국유제와 공동체의 장기존속, 정체성과 낙후성, 전제통치 등이며 이를 근거로 특수한 아시아 형태 또는 아시아적 생산양식이라고 논증"하며 비판한다. 가령 이들에 의한 중국 사회의 평가는 "인류사회발전의 공통법칙을 부정하고 동방에는 예부터 발전 능력이 없었다."는 식으로 단정하면서 중국 사회의 정체성을 강조하고 있다.

판하며 독자적인 변화 발전의 양상을 들어 설명하고 있다. 여기에서 가장 첨예하게 대두된 문제가 바로 자본주의 맹아에 관한 논쟁이다. 물론 이 논쟁의 주역은 '아시아적 생산양식론'에 근거한 정체성 논자들과 보편적 역사발전을 주장하는 발전론자들이다. 전자는 내적 모순에 의한 중국 사회의 점진적 발전을 부정하고 아편전쟁이라는 외적 충격에 의해 중국 사회가 비로소 정체성과 전제주의를 벗어났다는 논리이고, 후자는 아편전쟁과 같은 외적 충격 없이도 중국 사회의 내적 모순이 결국은 점진적이긴 하나 자생적 요인에 의해 자본주의 사회로 발전하였을 것이라는 입장이다.

이 같은 양자의 논전은 명말청초 중국 사회에 나타난 사회경제적 상황을 살펴보면 어느 정도 해소되지 않을까 생각한다. 한마디로 명말청초 사회경제 상황은 자본주의 맹아현상과도 같은 변화 발전된 사회모습을 증명할 수 있는 여러 요소를 갖고 있기 때문이다.32) 물론 '아시아적 생산양식론'에서 말하는 중국 사회 정체성은 중국 사회가 고대 노예제 사회형태와 또한 중세 봉건제 사회 그 어느 것 하나도 제대로 거치지 못했다고 하는 입장이므로 자생적인 자본주의 맹아는 부정한다.

이것을 비판하기 위해서는 당연히 고대사회의 중국적 특수성과 서양 봉건주의와는 다른 중국적 봉건사회의 전개 양상을 설명함이 마땅하나, 필자의 능력 부족으로 그것을 모두 다루기에는 한계를 느끼며, 다만 여기서는 봉건적 의식구조 및 봉건적 사회경제 형태에서

---

32) 溝口雄三은 『方法としての中國』(東京大學出版會, 1989년 6월) 185~186쪽에서 "중국에서는 16세기 말부터 중국 독자의 근대과정의 전개 모습이 보이며, 현대 중국도 그것의 연장"으로서 전개되었다고 보았다. 중국에서 16세기 말 이후는 일반적으로 **명말청초**라고 부르는 시기다. 이 시기의 근대화 과정이란 사상적으로 후기 **양명사상**에서 나타난 개인의 자아를 중시하는 이론과 **인욕긍정**에 대한 것을 말하며, 경제적으로는 **자본주의 맹아** 관계를 설명한다.

점차 자본주의적 의식형태와 사회경제 구조를 지향했던 명말청초의 전환기적 상황을 집중적으로 다루는 데 치중하려고 한다. 명말청초 자본주의 맹아적 사회경제적 토대를 기본으로 후기 양명학자 당견의 사상을 사회사상사적 측면에서 살피는 데 근본적인 목적을 두기 위함이다.

명말청초 사회경제적인 대변혁은 중국 사회를 근대사회로 이끄는 원동력이 되었다. 소위 자본주의 맹아에 대한 논의는 바로 이 같은 당시 사회경제적인 변화를 설명하는 좋은 본보기이다. 자본주의 맹아 문제는 명청대 중국 사회를 규정하는 매우 중요한 이론 가운데 하나라는 것이다.

마르크스(Marx)에서 비롯되어 비트포겔(K.A.Wittfogel)과 퇴케이(F.Tokei)가 열렬하게 주창했던 '아시아적 생산양식론'을 부정 비판하는 입장에서 자본주의 맹아 논의는 중요한 의미를 지닌다. '아시아적 생산양식론'은 기본적으로 다음 두 가지 측면을 전제하고 있다. 하나는 중국 사회가 전통적으로 정치적 전제주의 국가였다는 점이며, 다른 하나는 경제적으로 사적 소유가 불허된 정체된 사회였다고 보는 견해이다.

'아시아적 사회'는 사적 유물론에 입각해서 본다면 역사발전 5단계 법칙, 어느 단계에도 속하지 않는 원시사회요, 인류문화의 단초에 불과하다는 입장이다. 마르크스는 '아시아적 사회'를 '목가적 촌락 공동체'의 '야만적 이기심', '인간 이하의 정체적이고 식물적인 삶'과 같은 표현으로 규정하였다. 결국 '아시아적 사회'는 사적 소유의 결여로 인해 노예사회 전 단계에서 정체될 수밖에 없었다고 주장한 것이다.[33]

사회학자 막스 베버(Max Weber)도 중국 사회를 결코 발전 지향적인 사회로 보지 않았다.[34] 그는 그의 대표적인 저서 『유교와 도교』에서 중국 사회 미발달을 거론하면서, 특히 자본주의 미발달의 문제를 집중 거론하였다.

"중국에서 자본주의의 발생을 방해하였거나, 방해하지 않으면 안 되었던 사정들 중, 많은 것은 서양에도 있었으며-심지어는 근대 자본주의가 최종적으로 형성된 시기에도 존재하였다. 지배자계급 및 관료계급의 가산제적 특징, 그리고 화폐경제의 혼란과 미발달이 그러한 것이었다 …… 또한 장원 영주적인 속박은 중국에서는 수천 년 전부터 존재하지 않았으며, 또한 서양에서는 전형적인 것으로 간주되고 있는, 화물의 교역을 저지하는 갖가지 종류의 독점 중 상당한 부분도 분명히 없었다."[35]

"매우 활발한 국내 교역 거래에도 불구하고, 근대적인 양식의 어떠한 시민적 자본주의도 또한 중세 후기의 양식의 그것도 발생한 적이 없었다. 중세 후기의 산업적 경영의 합리적 형태도 과학적인 유럽식의 자본주의적 산업 경영의 그것도 전혀 성립하지 못하였으며, 유럽식의 자본 형성도 없었다 …… 합리적인 화폐제도는 물론 프톨레마이오스 왕조의 이집트에 견줄 만한 화폐경제의 발달도 발생하지 않았다."[36]

베버는 중국 사회 자본주의 미발달의 원인으로 신분사회의 존속과 화폐의 미발달을 들고 있다. 또한 중국이 자본주의의 전 단계인 봉건제가 존재하지 않음으로써 자본주의로의 발전을 가져올 수 없

---

33) 송영배, 『중국 사회사상사』(한길사, 1986년 6월) 258~263쪽 참조.
34) 막스 베버는 『유교와 도교』(이상률 역, 문예출판사, 1990년 10월) 223쪽에서 중국은 "철학적 및 신학적 논리만이 아니라, 법학적 논리의 발전도 없었다. 또한 체계적, 자연주의적 사유의 전개도 없었다."고 단정한다.
35) 막스 베버, 앞의 책 351쪽.
36) 막스 베버, 앞의 책 344쪽.

다고 보았다. 중국 사회가 봉건사회의 부재로 인해 자본주의 사회로 전이가 불가능하였다는 것이다. 서양에서는 자본주의 사회 이전에 봉건제 사회를 거쳤기 때문에 다음 단계로의 전이가 자연스럽게 진행될 수 있었지만 중국에서는 그렇지 못했다는 논리이다. 이 같은 정치 경제적인 측면에서의 자본주의 미발달 지적과 더불어 베버는 사상적 측면에서의 자본주의 저해요인도 지적하였다.

"유교도의 절약은, 더욱이 군자의 경우에는 신분상의 예절에 의해 좁게 제한되었지만, 노자(老子)와 많은 도교도의 신비주의에 기인하는 겸허의 경우와 같이, 절약이 지나치게 행해지는 경우에는, 유교도 학파에 의해 배격되었다. 중국의 소시민 계급에게 있어서 절약이란, 농민이 양말 속에 돈을 저축하는 방식으로 돈을 모으는 것이다. 이러한 일은 장례비용과 명성을 확보하기 위해, 그 밖에도 소유 그 자체의 명예와 즐거움을 위해 행해졌는데, 부에 대한 태도가 금욕에 의해 아직 깨어지지 않은 곳에서는 어디서나 그러한 바와 똑같았다 …… 유교도에게 있어서 부는, 창설자가 남긴 말이 분명히 가르치고 있는 바와 같이, 유덕한, 즉 품위 있는 생활을 하기 위한 또 자기의 완성에 전념할 수 있게 하는 가장 중요한 수단이었다. 따라서 인간을 개선시킬 수 있는 수단에 관한 질문에 관한 대답이 '그들을 부유하게 하라'는 것이었다. 왜냐하면 부유하게 된 다음에야 사람이 '신분에 알맞게' 생활할 수 있기 때문이다."[37]

"도교적인 자유방임주의에는 그 명상적·신비적 기초 때문에, 직업윤리라고 하는 적극적인 특성이 전혀 없었다. 이 적극적인 특성이라고 하는 것은, 신의 의지와 세속의 질서 간의 긴장관계에서 발생하는, 금욕적 경향의 속인도덕(俗人道德, Laiensittlich-keit)만이 제공할 수 있는 것이었다. 따라서 검약을 역설한 도교적인 덕목도 결코 금욕적인 성격을 지닌 것이 아니라, 본질적으로 명상적인 성격을 지니고 있었다."[38]

---

37) 막스 베버, 앞의 책 346, 347쪽.

베버는 유교와 도교가 중국의 정통과 이단[반정통]으로 군림하였지만, 이것은 서양의 근대 자본주의 형성에 일조한 프로테스탄티즘의 윤리가 갖고 있는 금욕적 직업윤리를 결여하였다고 보았다. 금욕적 직업윤리의 결여가 곧 중국에서 자본주의가 발생하지 못한 주원인이었다는 것이다. 유교사상에는 근대 자본주의 형성의 핵심인 합리성과 자연과학적 사유가 결여되었다는 것이다.[39] 또한 도교의 금욕은 신비주의에 기초한 명상적 망아(忘我)와 같은 승려적 금욕일 뿐 직업윤리에 입각한 금욕과는 전혀 다르다는 것이다.

베버는 근대 자본주의가 형성되는 데에는 몇 가지 조건이 전제되어 있다고 설명한다.

첫째, 경제발전과 종교개혁의 상관성이다.[40] 종교개혁은 가톨릭의 전통적 권위에 대한 프로테스탄트의 저항을 말하며, 바로 이들 전통적 권위에 반기를 든 지역이 경제적으로 발전하였다는 논리를 구체적 사실들을 열거하며 설명하였다.

둘째, 경제발전과 교육의 상관성이다.[41] 베버의 실증에 의하면 경제발전을 이룬 지역의 특징으로 높은 교육수준, 특히 과학기술, 상공업과 관련된 교육이 그렇지 못한 지역보다 상당한 차이를 보인다는 것이다.

셋째, 경제발전과 종교의 연관성이다. 베버는 몽테스키외(Montesquieu)

---

38) 막스 베버, 앞의 책 270쪽.
39) 막스 베버, 앞의 책 219~238쪽 참조.
40) 막스 베버, 『프로테스탄티즘의 윤리와 자본주의 정신』(박성수 역, 문예출판사, 1991년 11월) 8쪽 참조.
41) 막스 베버, 앞의 책 9쪽 참조.

가 『법의 정신』에서 영국인들이 "세 가지 사항에서 다른 모든 민족을 능가하는데, 그것은 신앙·상업·자유"라고 말한 것을 인용하며, 경제 발전과 종교의 연관성을 논의하였다.

그러나 이 세 가지 모두가 사적 유물론에서 말하는 사회발전의 방법과는 전혀 다른 '정신'(혹, 의식)에 의한 사회발전의 모델이라는 데 특징이 있다.[42] 경제발전을 지향하는 정신, 즉 자본주의 정신은 '전통주의'라고 하는 적과 싸우지 않으면 안 되고, 이 과정이 선행 되어야 자본주의로 이행이 가능하다는 것이다.[43] 베버는 바로 이러 한 방법을 통해 근대 자본주의를 설명했으며, 중국에서 자본주의가 발달하지 못한 이유를 이 방법으로 설명하려고 한 것이다.

이 같은 중국에 대한 이론은 현대 중국학자들에 의해 끊임없이 수정 보완되었다.[44] 이들은 중국의 정치적 전제주의와 경제적 정체

---

[42] 막스 베버는 그의 『프로테스탄티즘의 윤리와 자본주의 정신』 17~44쪽에서 자본주의 '정신'을 설명하고, 그 정신으로 프로테스탄티즘을 말하였다. 그는 자신이 말하는 사회발전의 틀이 "유물론적 관점에서 상정하는 것과는 정반대이다"(앞의 책 25쪽)라고 하며, 마르크스의 '토대와 상부구조론'과의 차별성을 말한 것이다.

[43] 막스 베버, 『프로테스탄티즘의 윤리와 자본주의 정신』 27쪽 참조.

[44] 대표적으로 范文瀾은 중국 봉건사회의 기간을 약 3천 년으로 잡고 있다. 이것은 周秦 이래 신민주주의 혁명시대까지를 상정한 것이다. 봉건사회가 이렇게 장기적으로 지속된 원인을 범문란은 농업생산력의 완만한 발전에서 찾는다. 생산력의 발전을 가져오지 못하고 끝내 小農형태를 벗지 못한 것이 그 근본 원인이라 지적한다. (중국 사회과학원 편 『范文瀾歷史論文選集』 중국 사회과학출판사, 1979년 4월, 93쪽 참조.) 1930년대 한창 진행된 중국 사회사 논전도 주로 역사발전 5단계 법칙에 입각해서 고대사회와 봉건사회의 분기점이 어디인가에 초점이 주어졌으며 자본주의로의 이행단계를 아편전쟁 이후로 보는 시각에는 대차가 없다. 30년대 사회사논전의 주요 인물로는 周谷城·郭沫若·呂振羽·胡秋原·陶希聖·朱其華등이 있다. 이 가운데 도희성은 "중국의 봉건제도는 비록 일찍 붕괴하였지만 前 자본주의시기에 있어서 봉건세력이 존재하고 있었다."라고 하며, 봉건제 사회와 자본주의 사회의 중간단계를 모호하게 표현하고 있는데, 그것은 봉건제 이후의 前 자본주의 사회에 대한 규정상의 애매함을 드러낸 것이다.(李季, 『中國社會史論戰批判』 神州國光出版社, 1933년 7월, 1~3쪽 참조)

성은 결국 아편전쟁 이후 서구 제국주의의 중국 침탈로부터 벗어났다고 하였다. 그들이 생각한 정체성의 주된 원인은 사적 소유의 결여였다. '왕국토(王國土)' 개념이 적어도 아편전쟁 이전의 중국 사회를 점철하였고, 신민(臣民)은 일종의 노복(奴僕)과도 같은 존재였다는 것이다.

그러나 이 같은 중국 사회에 대한 평가는―특히 '아시아적 생산양식론' 및 막스 베버의 중국 사회 정체성에 대한 논의―일부 학자들에 의해 비판 부정되었다. 특히 '현대 신유가'45) 학자들 가운데 '유교자본주의론'을 주장하는 학자들이 대표적이다. 이들은 유교의 "심화된 계층의식과 가정에 대한 무조건적인 희생, 기율과 절약정신 등 이른바 '용속화'된 유교사상이 높은 생산력을 낳는 노동윤리가 되었으며, 화해를 중시하는 유교의 규범이 현대의 산업제도 속에 깊이 스며들었다."46)고 주장하며 유교문화가 정체성의 원인이라는 것을 부정하였다. 특히 한국·일본·대만·홍콩·싱가포르 등과 같은 나라의 비약적 경제발전의 이면에는 유교문화가 도사리고 있다고 하였다.

유교자본주의 논자들의 주장은 근본적으로 막스 베버의 견해에

---

45) '현대 신유가'란 최근 중국 사회에 대한 재인식을 위한 토론에서 제기된 이론이다. 여기서 간단히 현대 신유가의 태동배경을 살펴본다면 다음 세 가지 문제가 전제되어 있다. 첫째, 서방물질문명 파산론이다. 이것은 세계대전의 근본원인이 자본주의의 물질문명에 기인한다고 보고 물질문명에 대한 반성으로서 유가의 '重義輕利'사상을 부활시켜야 한다는 도덕윤리 중심론과 통한다. 둘째, 동방정신문명 우월론이다. 중국 전통의 '先民精神', 곧 유가의 민본사상이 서방의 물질중심 이론보다 우월하다는 논의이다. 셋째, 동서방문명 조화론이다. 이들은 서구의 물질문명을 평가 절하하고 서양 현대철학자들 가운데 '반전통' 계보의 학자, 곧 베르그송과 같은 생철학자들과 송대 성리학을 같은 맥락에서 설명해 내려는 경우를 말한다. (宋志明, 『現代新儒家硏究』, 中國人民大學出版社, 1991년 6월 9~11쪽 참조)

46) 홍원식, 「유교자본주의와 현대중국」(한국철학사상연구회 편 『시대와 철학』 4호 소수 동녘, 1992년 5월, 54쪽)

대한 비판에서 비롯되었다. 이들의 주장은 막스 베버가 중국에서 자본주의가 발달하지 못했던 원인으로 유교와 도교의 문화적 요소를 들고 있는 것에 대한 비판이며, 나아가 동양에 대한 서구 중심적 사고에 대한 전반적인 문제 제기였다. 그러면서도 이들은 막스 베버의 방법을 답습하였다. 베버의 방법으로 베버를 비판하고자 했으나, 베버만큼이나 철저한 분석을 통한 구체적 방법을 제시하지는 못하였다. 어느 면에서는 오늘날 동아시아 국가들의 급격한 경제발전이란 결과를 두고 결과에 맞추는 경향성도 없지 않았다. 그렇기 때문에 일본은 '유교자본주의', 중국은 '유교사회주의'로 설명하려는 경우도 발생하였다.47)

그래서 이를 두고 이미 나타난 결과를 두고 설명한 '요소주의적' 방법이라 비난하기도 하였다. 유교가 자본주의에도 순기능을 하였고, 사회주의에도 순기능을 하였다고 보는, 그렇기 때문에 상호 모순된 면을 드러냈다는 것이다. 유교를 만능 이론으로 설명하는 오류에 빠지고 만 것이다. 그렇다고 유교자본주의론자들이 유교의 전근대적 요소를 전적으로 부정한 것은 아니다. 그들의 논리는 전통 유교사상 가운데 자본주의를 지향하는 요소가 스며 있다는 것이며, 전적으로 유교가 자본주의를 지향했다고 하는 것은 아니었다. 기본적인 사농공상의 차등윤리와 수직적 질서체계 안에서의 노동윤리를 유교자본주의의 특징으로 지적한 것이다.

---

47) 그 대표적인 학자로 일본의 溝口雄三을 들 수 있는데, 그의 『方法としての中國』은 이를 잘 설명하고 있다. 그는 공사개념의 분석을 통해 설명하고 있는데, 중국에서는 사를 공에 철저히 종속시키는, 말하자면 사를 공의 대립개념으로 보고 **전통사회** 속에서 이미 사를 억압함으로써 '天下爲公'의 흐름을 연장하여, 소위 **사회주의적** 색채를 이전부터 지녀왔다고 분석하고, 일본은 공사개념이 중국에서처럼 대립 개념이 아닌, 때에 따라서는 사가 공을 보완하고 혹 대신하는 관계였으므로, 이것이 **자본주의 사회**로 연장되는 데 일조하였다고 하는 분석이다.

유교자본주의를 주장하는 학자들은 오히려 다음 두 가지 측면에 주목한다. 하나는 근대화의 초점을 서구 중심적 사고로부터 찾는 것에 대한 반성이며, 다른 하나는 중국 전통사회 속에 이미 근대사회를 지향하는 의식의 조짐이 있었고, 이것이 사회를 변화 발전시키는 근거가 되었다는 설명이다.

하지만 유교자본주의론을 전적으로 긍정하는 데에는 여러 가지 문제가 있다. 이들의 주장 속에는 이미 나타난 결과를 두고 전통적 사유방식을 끼워 맞추는 방법을 사용하면서, 견강부회한 흔적이 역력하기 때문이다. 오히려 중국 전통사회 속에서 자본주의를 지향했던 요소를 찾아 그 발전 가능성과 그에 따른 문제점을 지적하는 것이 보다 가치 있는 연구가 아닐까 생각한다.

이 점에서 ‘현대 신유가’ 학자들이 막스 베버의 중국 사회에 대한 평가를 비판한 것과는 다른 차원에서 베버의 이론을 비판한 일단의 노력은 의미 있는 일이라 생각된다. 중국 사회를 ‘유교적 사회’[48]라고 하는 측면에서 베버의 이론을 부정 비판한 내용이다. 여기서 유교적 사회의 특징을 토지의 사적 소유[49]를 물적 토대로 한 ‘관료적 중앙집권정부’사회라 평하고, 중국에서 토지의 사적 소유는 이미 춘

---

48) 송영배, 앞의 책, 266~270쪽 참조. 여기서는 중국 사회를 유교적 사회로 보고, 사적 유물론에 입각한 역사발전 5단계 법칙을 “인류역사의 보편적 발전사가 아니라, 다만 유럽사회의 역사발전단계를 설명할 뿐이다.”(앞의 책, 280쪽)고 하는 입장에서 살피고 있다. 따라서 유교적 사회는 그 사회발전의 틀 속에서 굳이 살피자면 봉건제와 자본제적 생산양식의 사이라고 할 수 있다는 것이다. 유교적 사회를 ‘자본주의에 직접 선행하는 사회’(앞의 책, 280쪽)로 분석한 것이다. 이것은 유교적 사회와 자본주의가 같다고 하는 분석은 전혀 아니더라도, 적어도 유교적 사회와 자본주의 사회는 상호 연관성을 갖고 있다는 설명으로 보인다.

49) 전국 말로부터 한대에 걸쳐 토지의 사적 소유가 전개되었다고 하는 근거는 당시 公私개념 속에서 읽을 수 있다. 『說文解字』에는 『韓非子』「五蠹」篇의 “自環者謂之私, 背私謂之公.”을 인용하고 있는데, 여기서 ‘自環’은 개인이 설치한 울타리 곧, ‘自營地’를 일컫는다. 즉, 公개념과 더불어 私개념이 자영하는 토지개념으로 사용되고 있는 것을 볼 수 있다.

추전국시대부터 존재하였다고 주장한다. 따라서 토지의 사적 소유로 인한 상품경제의 발달과 그에 따른 자본주의적 생산양식의 맹아적 출현은 7, 8세기 당대이며, 본격적인 자본주의 맹아형태는 남송대 이래 명말청초로 상정한다.[50] 물론 명말청초 자본주의 맹아형태는 대관료-지주 지배하의 불안정한 농촌경제, 국내외 시장의 상대적인 결여, 토지 부족과 노동력의 과다로 인한 토지 임대의 높은 수익성 등으로 자본주의적 사회로 발전하기란 어려운 실정이라는 분석도 있다.

그러나 이것은 역으로 자본주의를 촉진하는 작용이기도 하다.

첫 번째로 지적한 불안정한 농촌 사회질서는 이농현상을 초래하여 도시를 활성화시키는 길을 열어 놓았으며, 실제적으로도 명말청초 도시유입 인구의 상당수는 불안정한 농촌사회를 등진 사람들이었다. 도시로 모인 이들 이농인들은 일용 노동시장에서 무산 근로계층으로 생산 활동에 가담하여 수공업 발전과 도시의 상품경제 활성

---

50) 송영배, 앞의 책, 272~279쪽 참조. 여기서 당대 **상품경제**의 발달로 인해 생긴 "상업 자본은 **상품생산**이 아닌 사적 대토지 소유의 구입에 투자되었다."고 하면서 자본주의적 생산형태로서의 한계를 노정하였다는 지적을 아울러 하고 있다. 한편 **명말청초 자본주의 맹아현상**이 19세기 본격적인 서구자본주의 열강의 침입이 없었다면 자체적으로 자본주의 **생산양식**으로의 발전이 가능했을까 하는 의문을 제기하며, 그에 대한 입장표명은 보류한다. 당대 중기 이후 **상품생산**의 발전과 남송대 이래의 **상업 경제**의 진일보 발전에 대한 논의는 중국의 상당수 '**자본주의 맹아**'를 긍정하는 학자들의 일반적인 입장이며, 본질적인 **자본주의 맹아**의 출현을 **명말청초**로 설정하고 있다는데 공통점을 갖는다. (鄭昌淦, 『明清農村商品經濟』 中國人民大學, 1989년 4월, 4~7쪽 및 蔣建平 外 編著, 『中國商業經濟思想史』 中國財政經濟出版社, 1990년 7월, 4~5쪽 참조.) 한편 일본의 溝口雄三은 중국의 **자본주의 맹아**로서의 **전제조건**인 토지의 **사적 소유**에 대한 논의를 통해 '私'개념이 긍정적이고 적극적으로 개진된 시기를 六朝期, 明末清初期, 清末民國初期등 세 시기라고 하면서, 특히 **명말청초의** 私개념은 '私有欲', '私有財産權'의 의미로 설명하고 있다.(성대 대동문화연구원 주최 '외국학자초청 특별강연회발표논문' 「중국의 公과 일본의 公」 1993년 9월)

화에 주역으로 등장하였다.

두 번째로 지적한 국내외 시장결여는 당시 도시의 규모를 놓고 볼 때 바른 지적이 될 수 없다. 중남동부 해안지대를 중심으로 발달한 도시는 시장 활동의 장으로 충분한 기능과 역할을 하였기 때문이다.

세 번째로 지적한 '지소인다(地小人多)'[51]의 현상은 첫 번째 문제와 마찬가지로 도시를 활성화한다는 점에서 반드시 자본주의 사회로의 진행을 막는다고 볼 수 없다.

따라서 중국 전통사회에서 자본주의 사회로의 진행이 느슨했던 원인은 이 세 가지보다는 오히려 수천 년 동안 중국인들의 정신세계를 지배해 온 사농공상의 차별의식에 있다고 보인다. 사농공상의 사민관념은 유교사회의 전형적 신분 차별의식이었다. 사대부 중심의 사회 속에서 상공인계층의 차별은 상품경제 발전을 저해하였다. 결

---

51) 중국의 시대별 인구 추이(대략적인 수치임): 전국 말 – 약 1천여만, 西漢末 – 약 5천9백여만, 東漢末 – 약 5천6백여만, 唐中葉 – 약 5천2백여만(많은 수가 庸調의 징세를 피해 도망하여 누락된 인원이 있음), 北宋末 – 약 1억(宋의 戶口는 婦女를 산정하지 않았다. 당시 男丁 4천3백8십만에 동수의 부녀를 더해서 8천7백여만에 누락된 것으로 보이는 인원을 참작 1억으로 추산), 南宋境內(약 6천만) + 金境內(약 4천6백만) – 약 1억 6백만 이상, 明初 – 약 1억 1천여만(男丁 5천6백여만에 동수의 부녀를 더해 산정), 滿淸 乾隆6년 – 약 1억 4천여만(부녀는 계산되어 있지 않고 男丁은 아마도 虛報), 道光 21년 – 약 4억 1천만(부녀제외한 산정치로 자세치 않음) * 참고로 중국 각지의 시대별 개발양상과 인구증가추세를 살펴본다. ① 戰國 이전: 농업경제의 중심은 황하유역 ② 秦: 巴蜀개발 ③ 楚: 江南개발 ④ 秦漢통일로 인해 兩漢의 인구상승 ⑤ 孫吳 이래 六朝가 강남지역을 진일보 발전시킴 ⑥ 隋唐의 통일로 唐代의 인구상승 ⑦ 唐宋: 福建개발 ⑧ 宋元明: 兩廣, 云貴개발 ⑨ 滿淸: 東北, 臺灣, 內蒙, 新疆개발 ⑩ 송명청대에 이르러 각 지역이 포괄적으로 개발되면서 인구는 급신장하였다. (이상은 中國社會科學院 編, 『范文瀾歷史論文選集』中國社會科學出版社, 1979년 4월, 95~97쪽을 참조)

국 전통적 사농공상의 차별의식의 철폐 내지 희석이 중국 사회발전을 촉진하는 계기가 될 수 있다는 것이다.

명말청초를 사회경제적 측면에서 이전 시대와 구분하려고 하는 것도 바로 여기에 있다. '공상개본(工商皆本)' 의식은 명말청초 일부 사대부 지식인들로부터 시작하여 당시 사회경제발전에 커다란 영향을 미쳤다. 이제 명말청초의 상공업발달을 살펴보고 공상에 대한 변화된 인식을 살펴보자.

아시아적 사회이론 및 베버의 논리에 의한 중국 사회는 한마디로 정체된 사회이다. 가장 기본적인 원인은 토지의 사적 소유가 결여되었다는 데 있다. 토지의 사적 소유를 불허한다고 하는 것은 '왕국토' 개념을 전제로 한다. 국토의 유일한 소유자는 군주 한 사람이고, 나머지 신민은 모두 노복과 같다는 입장이다. 그렇기 때문에 개인의 어떠한 이윤추구도 불가하며, 오로지 군주 한 사람만이 그것이 가능하다는 논리이다. 정치적 전제주의와 경제적 정체성은 여기서 발생한다.

그러나 중국 사회는 이미 춘추전국시대 이래로 유럽과는 질적으로 다른 측면에서 토지의 사적 소유가 전개되어 내려왔다. 이것은 유럽에서 봉건영주가 각종 특권에 의해 토지를 점유하면서 토지의 자유매매를 불허했던 것과는 달리 중국에서는 지주계급이 토지를 소유하면서 이를 마음대로 매매할 수 있었다는 데서 그러하다. 따라서 토지는 특수한 상품이었고, 지가는 수시로 변동하였다. 토지의 자유매매는 아무리 지주라도 농민을 마음대로 강제할 수 없게 만들었다. 이 점이 유럽과 다른 점이다. 유럽의 농노는 일반적으로 세습

농노였고, 영주에 의해 극심한 인격적 간섭을 받았다. 중국의 농민은 토지로부터 이탈할 자유가 있었고, 조전(租佃)계약제도[52]를 해제할 수 있었다. 따라서 토지의 자유매매는 노동력 자유매매의 전제가 되었다.[53] 이 같은 조전관계의 변화는 봉건적 질서체계의 점진적인 와해를 상징하며, 동시에 새로운 사회관계로의 전환을 의미하는 것이었다.

지대(地代)는 노동지대-생산물지대-화폐지대로 점차 그 양상을 달리하였으며, 명말청초에 이르면 모든 지대 및 부세를 은으로 대납하는 '일조편법(一條鞭法)'[54]이 시행되기에 이르렀다. 화폐지대로의 이행은 몇 가지 사회경제적 상황의 변화를 말해 준다.[55]

---

52) 租佃제도하에서의 **지주계급**은 '主戶'라 하였고, 농민계급은 '客戶'라 하였다. 객호는 주호에 의해 경제적으로 착취 내지 예속당하였다. 그러나 송대 이후 주호는 객호를 예속할 수 없다는 제도가 수립되면서 객호는 보다 자유로울 수가 있었으며, 이것은 곧 봉건적 질서의 약화를 의미하기도 하였다. 이에 대한 자세한 논의는 馮寓의 『천인관계론』(김갑수 역, 신지서원, 1993) 269~271쪽에 언급되어 있다.

53) 『중국근현대경제사』(편집부 **편역**, 일월서각, 1986년 2월) 22~25쪽 참조. 한편 **명말청초** 토지의 자유로운 매매기록을 담고 있는 자료로는 洪煥椿의 『明淸蘇州農村經濟資料』(江蘇 古籍出版社, 1988年) 87~177쪽 및 楊國楨의 『明淸土地契約文書硏究』(人民出版社, 1988)에 자세히 분석하여 기록하고 있다.

54) 본래 "다양한 조세 세목을 한 조목으로 결합하여" 銀納으로 한다는 뜻에서 '一條編法'이라 했으나, 그 부작용으로 **일반 백성**에게 미치는 폐단이 점차 늘어남에 따라 이 제도를 비꼬는 의미에서 '一條鞭法'이라 불리어졌다. (차배근, 『중국전근대언론사』 서울대출판부, 1984년 6월, 242쪽) 한편 은의 화폐로서의 기능은 국외로부터의 대량 유입에 힘입은 바 크다. 중국에 은이 유입된 경로는 두 가지로 볼 수 있다. 첫째 경로는 歐洲에서 리스본을 거쳐 희망봉을 우회하여 廣東, 福建의 沿海지방에 기착한 다음 華中과 北京으로 이어지는 루트며, 다른 한 경로는 아메리카(주로 멕시코 및 페루産)에서 태평양을 횡단하여 중국에 유입된 루트다. 은 유입 총량은 대략 통계치로 3억 5천만弗, 약 2억 5천만 兩이니 만큼 밀무역까지를 합산하면 이를 훨씬 상회할 것으로 보인다. 멕시코 및 페루의 은이 대량으로 歐洲에 유입되어 그 유명한 '가격혁명'이 일어났던 것처럼 중국에서도 은의 다량 유입으로 물가등귀 현상이 빚어졌다.(北村敬直, 『淸代社會經濟史硏究』京都, 朋友書店, 1981년 5월 5~7쪽 참조)

55) 모리스 돕(Maurice dobb) "Studies in the Development of Capitalism" 1946: "봉건제의 종말을 금납화의 과정과 동일시하지 않는 한 중세적 체제의 종식을 이야기할 수 없으며, 하물며 중세의 지배계급이 그 지위를 상실했다고는 더욱 말할 수 없다."(김

그것은 농산물의 상품화를 전제로 한다.[56] 물물교환을 기본으로 하는 자연경제 형태에서 상품경제로의 전환을 가리킨다. 농산물은 사용가치뿐만 아니라 교환가치를 지니게 되었다. 전통적 남경여직 (男耕女織)의 형태로부터 진행된 가내 수공업[女織]은 점차 부업이 아닌 상품생산을 위한 수공업으로 발전하였다. 상품작물 및 수공업 상품의 발전이 필연적인 화폐경제의 발전을 가져온 것이다.

화폐경제의 발전과 상품경제의 발달은 유기적인 관계를 가지면서 명말청초 상업자본을 형성하는 데 유리한 점을 제공해 주었으며, 상품시장의 확대로 이어졌다.[57] 대표적인 상품작물은 면화(강소·절강·

대환 편역, 『자본주의 이행논쟁』 동녘, 1984년 6월, 27쪽) 돕은 여기서 자연경제와 교환경제를 봉건사회와 자본주의 사회를 구별하는 가장 중요한 단서로 지목하였다.

56) 농산물의 상품화는 단위면적당 수확량이 그만큼 증대되었다는 말과 통한다. 단순한 사용가치로서뿐 아니라 교환가치를 지니려면 생산력의 증대를 전제해야만 가능하기 때문이다. 예컨대 농업 생산품의 총량 증가추세를 간단히 살펴보면, 明 嘉靖, 萬曆 時 전국 糧食産量이 696億 斤이었는데, 이것은 宋代 盛世期의 464億 斤보다 50% 이상 증대된 것이며, 단위 면적당 수확량도 宋代 평균 畝당 産量 약 2石에서 明末 전국 평균 畝당 3石 이상으로 증가한 것이다. (蔣建平 外 編著, 앞의 책 253쪽 참조)

57) 중국의 대외무역의 주된 상대국은 歐洲·東南亞·日本·러시아 등이며, 수출상품은 견직물·면직물·도자기 등이다. 松江의 布는 日本, 廣東의 사탕수수는 동서양, 절강 의 絲, 강서의 도자기 등은 주요 수출 품목이면서 외국에서 가장 선호했던 물품의 하나다. 수입된 품목 중 가장 눈여겨볼 만한 것은 역시 일조편법의 자극제가 되었던 銀의 유입이다. 특히 銀은 자국산도 있었지만 白銀은 국외에서 유입된 것이다. 무역 상은 廣東 및 福建지역에만도 수천 인에 달한다. 한편 銀은 자본축적의 가장 좋은 수단이었으며, 그 밖에도 다양한 화폐와 수표, 어음 등이 존재했다. 명말청초 자본축 적의 단계가 비록 상업자본의 한계를 벗은 것은 아니지만 당시 사회경제발전의 추 이상 매우 주목할 만한 점이다.(蔣建平 外 編著, 앞의 책 256쪽 참조) 중국의 대외 무역으로서 상품시장의 확대를 유발케 한 또 다른 원동력으로서 해양활동을 들 수 있다. 중국의 해양활동은 명대 永樂帝(1403~1424,재위) 때에 가장 활발하였는데, 이 것의 가장 큰 목적은 앞에서 중화주의에 입각한 조공관계의 확립과 확대에 있었다. 중국을 중심으로 사방 국가들로부터의 조공에서 점차 먼 거리 지역의 국가들에게까 지 그 세력을 확장하면서 그 위세를 떨치고자 했던 것이 해양활동의 본질적인 목적 이었다. 서양의 해양개척이 원거리 무역(원료 공급지 및 시장개척)을 기본목적으로 한 것과는 상반된다고 할 수 있다. 영락제시기에 해양활동의 선봉은 鄭和라는 雲南 출신의 회교도 환관이었다. 주로 회교국가인 동남아와 인도까지 미친 정화의 해양활 동은 그 자신이 회교도이기 때문에 유리한 점이 없지 않았다. 1405년에서 1433년까지

하북·하남·산동·호북성 등), 뽕(강소·절강·광동 등), 마(호북·호남·사천·강서·절강·복건·광동·강소·강서 등), 사탕수수(대만·복건·광동 등), 연초(복건·광동·광서·섬서·산동·호남·사천 등) 등을 들 수 있는데, 이들 상품작물은 '지소인다'의 현상 속에서 사회 분업화를 촉진시켰다. 상품작물의 재배로 면방직, 마방직업이 발전하고 여기서 생긴 상품으로 인한 상인계층의 활성화와 도시의 발달은 사회 분화를 가속시켰다. 이로부터 분업과 전업화 현상은 수공업이 발전된 지역에서 일반화되었다.

명말청초 대표적인 상업도시는 광동성의 광주(廣州), 호북성의 한구(漢口), 절강성의 항주(杭州), 강소성의 소주(蘇州)와 남경(南京), 그리고 행정의 중심이었던 북경(北京)을 들 수 있다. 물론 상업이 발달했던 도시는 이미 15세기 초부터 남경과 북경을 제외하고도 30개 남짓한 지역에서 번창하고 있었다.[58]

일곱 차례에 걸쳐 진행된 정화의 해양활동은 대단히 큰 규모로 이루어졌다. 1405~1407년의 제1차 원정함대는 62척의 배에 2만 8천 명을 싣고 인도까지 이르렀으며, 2차 3차 때도 마찬가지였다. 1413~1415년의 4차 항해에서는 아덴(Aden)과 페르시아만의 호르무즈(Hormuz)에 있는 아시아 일주 항로의 끝부분에까지 미쳤다. 1431~1433년의 7차 항해는 2만 7천5백 명을 싣고 출항하여 호르무즈를 거쳐 아프리카의 동안까지 이르렀다. 일찍이 이만한 해양활동은 전 세계적으로 없었던 일이다. 1498년 포르투갈인들이 선박으로 아프리카를 돌아 인도에 도달한 것보다는 거의 100년이나 앞선 기록이다. 명대 중국의 선박 및 항해기술이 매우 발달하였음은 물론 해양교역의 개척 루트가 매우 확장되었음도 증명하는 일이라 할 수 있다. 오늘날 화교들의 상당수가 이미 이때 동남아시아의 항구를 중심으로 상권을 장악하였다. 이 같은 해양활동은 해로를 통한 무역통로의 확장이라는 점에서 기존의 무역통로로서 육로[실크로드]와 더불어 중국의 무역을 보다 발전시킨 원동력이 되었다. (이상 해양활동에 관한 기록은 존 K.페어뱅크 外 저, 김한규 外 역, 『동양문화사』 上 (을유문화사, 1992년 7월) 249쪽을 참조)

58) 『중국근현대경제사』 28~43쪽 참조. 한편 안병주의 앞의 책 179쪽에서는 16세기 중국의 도시발달 상황을 구체적인 통계치를 통해 밝히고 있다. 예컨대 "蘇州의 盛澤鎮은 明初(14세기 말경)에는 겨우 5, 60家 정도의 흔히 볼 수 있는 보통의 농촌이었는데 16세기 중엽을 지나면서 수백 호나 되는 시로 커졌고, 17세기 초부터 명말에 이르기까지는 명주나 실의 도매가게만 하더라도 천여 개가 늘어서 있는 큰 도시로 변모하였

　　명말청초 상품경제의 발달은 기존의 대내외적인 무역관행의 변화를 초래하였다. 명말청초의 무역은 기존의 무역관행이었던 관방 조공무역의 관영형태를 벗어나 사인(私人) 해상무역 형태로 전환되었다.[59] 사인 해상무역의 발전은 곧바로 전제 봉건통치 체제에 충격

으며, 청대에 들어 와서는 戸數 1만이 넘게 되었다."고 하였다. 그 밖에 청초 吳江縣에 속해 있던 도시현황을 살펴보면 다음과 같다. 黎里鎭: 2千 家, 蘆墟鎭: 1千 家, 黃溪市: 2千餘 家 등.(이상 참고자료는 洪煥椿, 『明淸蘇州農村經濟資料』 江蘇 古籍出版社, 1988年 42쪽 참조) 참고로 명청대 蘇州府 각 현의 인구동향을 도표를 통해 살펴본다.

年代	蘇州府	吳縣	長洲	昆山	吳江	資料
1371	473,862戸 1,947,871口	60,335 245,112	85,868 356,486	88,918 357,633	80,384 361,686	洪武『蘇州府志』 권10
1376	506,543戸 2,160,463口	61,857 285,247	86,178 380,858	99,790 390,364	81,572 368,288	상동
1393	491,514戸 2,355,030口					『明會典』 권19
1432					79,645戸	嘉靖『吳江縣志』 권9
1462					68,365戸	상동
1491	535,409戸 2,048,097口					『明會典』 권19
1503	582,000戸 2,009,300口					康熙『蘇州府志』 권20
1570			115,787戸 294,116口			상동
1578	600,755戸 2,011,985口					『明會典』 권19
1632		100,969戸 65,610口				『吳門補勝』 권1
1644	610,054戸 1,378,381口	100,969 65,610	115,787 294,116	81,043 132,828	82,891 210,129	康熙『蘇州府志』 권20
1674	634,255戸 1,430,243口	100,969 65,610	115,787 294,116	81,043 132,828	82,673 210,029	상동

(참고자료 洪煥椿, 앞의 책 25~28쪽 및 36~37쪽 참조)

59) 林仁川, 『明末淸初私人海上貿易』(上海 貨東師範大學出版社, 1987년 4월) 1~31쪽

을 주었고, 나아가 사회변화의 주된 동인으로 작용하였다. 이러한 사인 해상무역이 성행할 수 있었던 데에는 몇 가지 요인과 특징이 있다.

첫째, 명대 중기 이후 강남지역을 중심으로 한 사회경제적 발전은 사인무역의 실제적인 물적 기초가 되었다.[60]

둘째, 동남연해에서의 오랜 항해활동은 풍부한 항해술과 조선 기술을 축적시켜 원근의 대내외 무역에 일조하였다.[61]

셋째, 당시 서구의 해상무역 세력보다도 중국의 세력이 보다 우위에 있으면서 무역을 주도하였다.[62]

참조. 私人해상무역이 성행하기 이전의 무역은 전제왕권이 정치 경제적인 입장에서의 官營무역이었다. 전제왕권은 해상무역을 통해 정치적으로는 주변국들로부터의 종주국 지위를 확고히 하기 위한 朝貢형태를 취하였으며, 경제적으로는 통치계급의 '海外奇珍'을 얻기 위한, 즉 사치생활을 유지하기 위한 방편이었다. 한편 남송 이래 해상무역이 私人에게 넘어오면서부터 그 세가 보다 확장되어 당시 선박세수가 전체 국가재정의 20/100 정도에 달하였다. (林仁川, 앞의 책, 「前言」) 참고로 명말청초 중국인의 활발한 해상무역에 관한 기록은 일본의 松浦 章의 「十七世紀初における 歐洲人の見た中國船の南海貿易」(東方學會 編, 『東方學』 第85輯 1993(平成 5年) 1月)에 자세히 서술하고 있다. 여기서는 당시 중국인의 해상활동을 선박 수의 변동을 갖고 추적하였는데, 주된 무역상품은 生絲와 絹織物·銀·磁器·綿布 등이라고 하면서 이에 대한 고증을 영국의 동인도회사에 관계했던 상인들의 기록을 토대로 삼고 있다.

60) 농업에서는 상품작물의 재배가 확장되었고, 관영수공업으로부터 독립한 민영수공업의 흥성은 상품경제 활성화의 주된 요인이었다. (林仁川, 앞의 책, 1~18쪽 참조)

61) 중국의 조선기술은 일찍이 西周시대 남방의 越人들로부터 시작하여 점차 발전을 거듭하며 兩漢 이후 급격히 발전 2층, 3층, 4층의 규모로 건조될 만큼 그 기술이 향상되었고 漢武帝 때 건조된 선박에는 宮室을 설치할 정도였다. 송대 선박기술이 보다 진전되면서 전장 34.55m, 폭 9.9m 정도의 선박을 축조할 정도며, 大船은 1천 명 정도 탈 수 있을 정도였다. 명말청초에 이르러 大船은 사방 120步 정도 여서 2천 명이 탈 수 있을 정도로 선박기술이 발전하였다.(林仁川, 앞의 책, 18~25쪽 참조)

62) 地文·天文·氣象觀察에 의한 항해술은 당시 중국이 세계최고의 기술을 보유하고 있었다. (林仁川, 앞의 책, 25~31쪽 참조)

이러한 무역의 성행은 기존 행정 중심의 도시 기능을 점차 상품 거래를 위주로 하는 상업도시로 변화시켰다.

당견은 명말청초 상품경제의 발달과 도시의 번성을 설명하며, "오강(吳江) 일대에서 생산된 명주옷은 전국 각지의 사람들이 입는데, (그것은 주로 오강의) 쌍림(雙林) 일대에서 나온 것이다. 강소[吳]·절강[越]·복건[閩]·광동[番]으로부터 해도(海島)에 이르기까지 모두 이곳에 와서 (명주옷을) 사간다. 매년 5월이면 은을 가지고 와서 이곳에 쌓아두는데 그것이 마치 기와 쌓아둔 것과도 같다. 강소의 남쪽 여러 마을은 매년 (명주를 팔아) 그 수익이 1백만 냥을 훨씬 웃돈다."63)고 하였다. 특히 연안도시들은 지역적으로 대내외적인 무역항이면서 상업도시로서도 손색이 없었으며, 대운하를 끼고 있는 내륙의 도시들도 수운의 사통팔달로 인한 자유로운 상품의 매매가 이루어져 상당한 부를 축적할 수 있었다.

명말청초 상품경제의 발달은 기존 사농공상의 차별의식을 점차 희석시키는 작용을 하였다. 기존의 사대부 지향적 의식구조는 점차 수그러들고 공상(工商)에 대한 전향적 의식이 싹트기 시작한 것이다. 이 같은 현상은 명말청초 상인분포에서도 잘 나타나 있다.

『광동신어(廣東新語)』 권9 「사어탐리(事語貪吏)」에 보면, "일반 백성 출신 상인이 10분의 3이고, 관리 출신 상인이 10분의 7"64)이

---

63) 당견, 『잠서』「敎蠶」 157쪽: "吳絲衣天下, 聚於雙林; 吳越閩番至於海島, 皆來市焉. 五月, 載銀而至, 委積如瓦礫. 吳南諸鄕, 歲有百十萬之益."

64) 『중국근현대경제사』 55쪽에서 재인용. 관료상인의 등장은 당시 **사회**의 풍토를 설명해 주는 중요한 지표가 된다. 하나는 당시 **상품경제**의 발달 정도를 알게 하며, 다른 하나는 '賣官賣爵'의 풍조를 증명하는 경우다. 그러나 사농공상의 **차별의식**의 희석은 **상품경제**의 발달과 맥을 같이하지만, 돈으로 관직을 사고파는 행위는 당시 상업자본의 **봉건사회조직**으로의 흡수를 말하고 있어서 **사회발전**에는 역기능을 하고 있다는 점을 지적하지 않을 수 없다. 이것이 바로 상업자본이 산업자본으로 전화하지 못한 결정적인 이유라고 할 수 있다.

라고 하며, 상인계층의 분포가 전과 다름을 설명하였다. 여기서 주목할 것은 관리 출신 상인, 즉 관료상인에 있다. 소위 '유고(儒賈)'라고도 하는 사대부 상인계층은 명말청초 상업 발달과 매우 관련이 깊으며, 전통적 사농공상의 차별의식이 그만큼 무색해졌다는 예증일 것이다.

당견도 사대부 출신이면서 상업에 종사한 대표적인 '유고'라는 점에서 주목되는 인물이다. 명말 양명좌파의 태두 이지(李贄, 1527~1602)도 천주(泉州)의 상인집안 태생이며, 이들 말고도 상당수의 '유고'가 출현하여 상품경제 발전의 흐름이 어떻게 진행되었는가를 알려준다.65)

당시 '유고' 현상의 근본 원인은 첫째, 명조의 멸망으로 인한 지식인들의 실망과 청조에 귀속되기를 거리끼는 경향성. 둘째, 사도(仕途)에 따른 경제적인 어려움. 셋째, 제한된 관료의 길. 넷째, 기존 상인에게 열려져 있지 않던 입사(入仕)의 길이 오히려 지식인을 상업에 끌어들이는 역할을 하였다는 점을 들 수 있다.

이런 현상은 기존의 사농공상의 차별의식으로로부터 '공상개본(工商皆本)'이라는 새로운 의식구조로의 전환을 가져왔다는 의미를 지닌다. 공상에 대한 편견이 점차 시정된 것은 이미 왕양명(王陽明, 1472~1528)의 사상에서부터 그 단초가 보이기 시작하였다.

> "옛날에는 사민[士農工商]은 직업을 달리하였으나 도(道)를 같이하여 그 마음을 극진히 한 것은 하나였다. 사인(士人)은 수신(修身)으로 치국(治國)하고, 농부는 도구를 갖고 양육하고, 공인(工人)은 이(利)로써 기기를 만들고, 상인은 유통으로 재화를 모았으니, 각기 그 자질의 근접한 것과 힘이

---

65) 王進, 「明淸之際的'儒賈'及其對當代企業文化的啓迪」(『明淸史』 中國人民大學書報資料中心, 1982년 2월) 7~8쪽 참조. 한편 현대 신유가의 대표 주자인 余英時의 『중국근세종교윤리와 상인정신』(정인재 역, 대한교과서주식회사, 1993년 3월)에서도 명청대 '儒賈'에 대한 문제를 깊이 다루고 있다.

미치는 것에 나아가 업으로 삼으면서 마음 다하기를 구하였다. 그 귀결은
요컨대 '생인(生人)의 도'의 유익함에 있으니, 곧 하나일 뿐이다."[66]

왕양명은 사농공상의 본질은 '생인의 도'에 있다고 하였다. 비록
양명이 '고자(古者)'라고 하는 상투적인 '탁고(托古)'의 방법을 써 가
면서 다소 완곡한 표현을 하였지만, 분명히 기존의 사민의식과는 다
른 입장을 표출하였다. 다시 말해 사농공상 직능의 구별은 가능하더
라도 이를 신분적 차별 질서로 이해하는 것은 불가능하다는 것이다.

여영시(余英時) 같은 학자는 이 같은 양명의 표현을 두고 '신사
민론(新四民論)'이라 하며, 신유가 윤리의 '하나의 큰 사건'[67]이라
고 명시하였다.

명말의 양명좌파 학자 하심은(何心隱, 1517~1579)은 은연중 사농
공상의 순차질서를 '사상농공(士商農工)'[68]이라고 하면서 상업의 지
위를 강조한 바 있다. 이처럼 사민의식에 대한 변화된 입장은 황종
희의 『명이대방록』에서는 '공상개본(工商皆本)'으로 표현되었다. 황
종희는 "세속의 유자(儒者)들은 잘 살피지 못하고서 공과 상을 말
(末)로 여겨 함부로 의논하여 이것을 억압하나, 대저 공인은 본시
성왕이 와 주었으면 하고 바란 것이고, 상인 또한 그들을 나라에서
자유로이 왕래하기를 원했던 것이니, 곧 모두 근본인 것이다."[69]고

---

66) 『王陽明全集』 上 卷25 「外集」 7 '節庵方公墓表'(上海古籍出版社, 941쪽): "古者四
    民異業而同道, 其盡心焉, 一也. 士以修治, 農以具養, 工以利器, 商以通貨, 各就其
    資之所近, 力之所及者而業焉, 以求盡其心. 其歸要在於有益於生人之道, 則一而已."
67) 余英時, 『중국근세종교윤리와 상인정신』(정인재 역, 대한교과서주식회사, 1993년 3
    월) 179쪽 참조.
68) 『何心隱集』 第3卷 '答作主'(北京 中華書局 1981년 11월 刊) 53쪽: "商賈大於農工,
    士大於商賈, 聖賢大於士."
69) 黃宗義, 『明夷待訪錄』「財計」 3: "世儒不察, 以工商爲末, 妄議抑之, 夫工固聖王之
    所欲來, 商又使其願出於途者, 蓋皆本也."

하며, '공상개본'을 주장하였다.

황종희 말고도 명말청초 구준(丘浚)[70]·장거정(張居正, 1525~1582)·고염무·왕부지·왕원(王源, 1648~1710)·당견 등은 정도의 차는 있으나 기존의 '중농억상(重農抑商)' 정책에 다소나마 비판적인 시각을 갖고 있던 학자들이었다.

상품경제의 발달과 상업도시의 번성은 새로운 사회관계를 창출하기에 이르렀다. 예컨대 명대 『신종실록(神宗實錄)』 권361에 보면 "오(吳)는 인구가 가장 조밀하고 정해진 생업을 가진 자는 극히 적어 각 집이 기업에 종사하거나 조뉴(組紐)를 짜거나 한다. 기호(機戶)는 임금을 주고, 기공(機工)은 노동력을 제공하여 서로 의존하며 생활하고 있다."[71]고 하였는데, 여기서 '기호'는 오늘날 자본가를 의미하며, '기공'은 무산 근로계층을 말한다. 명말청초 수공업생산에서 이미 자본가와 근로자가 구분되었음을 보여주는 예증이다. 근대 자본주의 사회에서 자유노동자들의 인력시장이라 할 수 있는 조직형태가 명말청초 대도시 주변에 포진하면서 다수의 분야별 근로 인력을 소개하기도 하였다. '행두(行頭: 把頭)'라고 하는 청부인의 중개가 이를 말하는데, 이들은 일용 근로자뿐만 아니라 전문 분업별 노동인력을 주선하고 있었다.[72]

이들 노동계층은 점차 그 세를 확대하며 상공업 발전에 크게 기여함과 동시에 한편으론 집단적인 행동까지도 도모하였다. 예컨대 17세기 초 소주의 옷감 짜는 노동자(傭工)들이 주축이 된 폭동이

---

70) 蔣建平 外 編著, 앞의 책 259~260쪽 참조. 丘浚(1420~1495, 字는 仲深, 號는 瓊台, 廣東人)은 당시 통치자에게 연해지구 무역개방을 요구하며, 중국인과 외국인의 자유로운 통상거래를 허락할 것을 요청하였고, 아울러 '重農抑商'에 대한 시정을 요구하기도 하였다.
71) 『중국근현대경제사』 80쪽에서 재인용.
72) 田中正俊, 앞의 논문, 406쪽 참조.

있었는데, 이것은 대표적인 노동자들의 봉기에 해당한다. 이들 직공들의 봉기는 탐관오리의 징세에 대항해서 직공 약 2천여 명이 조직적으로 일으킨 봉기였다.[73]

아무튼 명말청초란 시기는 사회경제적으로 전에 볼 수 없었던 형태로 발전한 시기이며, 무산 근로계층의 사회적 위치도 조금씩 사회 전면에 부각된 시기였다. 이들 임금노동자들은 단순 상품생산의 발달과 시장유통의 전개과정 속에서 점차 신분적으로 보다 자유로운 위치를 확보하며 성장하였고, 상하 신분적 길드적 규제에 얽매이거나 가부장제적 가족노동제로부터 점차 벗어나 횡적 상호 연대의식을 갖게 하였다.[74]

(3) 자본주의 맹아 문제

먼저 자본주의 맹아란 무엇인가? 이에 대해서는 크게 두 가지 입장이 갈린다. 하나는 자본주의 맹아를 실제 자본주의 생산관계의 발생과정으로 보면서 일종의 자본주의 초기의 한 형태로 보려는 경향이다. 다른 하나는 맹아라는 단어에 그 본지를 두고 맹아상태란 점진적 발전과정이고 이런 과정 속에서 새로운 것에 의해 옛것이 대체되는 형태를 강조한다.[75]

---

73) 田中正俊, 앞의 논문, 408~410쪽 참조.
74) 田中正俊, 앞의 논문, 410쪽 참조.
75) 이 문제에 대해서는 許滌新, 吳承明 主編 『中國資本主義發展史』 제1권 「中國資本主義的 萌芽」(北京 人民出版社. 1985년)의 5~7쪽을 참조. 한편 우리나라의 중국 사회의 명말청초 자본주의 맹아 문제에 대한 논의는 어느 정도 긍정적인 측면에서 다루어지고 있음도 밝혀둔다.(오금성 외 지음, 『명말청초사회의 조명』 한울 아카데미, 1990년 9월 12, 20~22쪽 참조)

그러나 자본주의 맹아상태란 맹아 그 자체의 의미에 국한되어 있으며, 직접적인 자본주의적 생산양식을 갖춘 형태는 아니다. 다만 자본주의로 지향하는 과도기의 형태를 일컬어 표현된 애매모호한 상태이다. 이 문제에 대해서는 이미 중국에서만도 1977년 이후 1982년까지 300여 편76)의 연구 성과물이 나왔으며, 근자에까지 발표된 관계논문을 합치면 가히 명청대 자본주의 맹아 문제가 얼마나 심도 있게 다루어졌는지를 알 수 있다. 아무튼 중국의 명청대 자본주의 맹아형태는 그 애매모호함을 벗고 있지 못하면서도 대략 봉건적 성질과 자본주의적 요소가 혼재된 상태라고 하는데, 어느 정도 의견의 일치를 보이고 있다.

자본주의 맹아현상은 단순한 사회관계에서 나타난 생산관계가 아니라, 봉건사회 말기의 사회경제발전이 어느 정도 조건을 갖추었을 때 발생한 것이다. 우연적·우발적 현상에 의한 자본주의적 색채가 아니라, 일정한 생산력과 생산관계를 구비한 상태를 말한다. 따라서 진정한 의미에서 자본주의 맹아는 자본주의로의 연속성을 지닌다.

명청대 수공업 방면의 자본주의 맹아현상은 상인이 생산을 지배하는 현상과 공장 수공업의 형태 속에서 찾을 수 있다.77) 이것은 실제로 마르크스가 말한 봉건 생산양식에서 자본주의가 시작되는 과도기의 두 가지 절차이다. 봉건사회 말기에는 상인들이 생산을 지배하는 현상이 상당히 많이 나타나게 되는데, 이는 역사발전의 자연스런 현상이라 하겠다.

이 같은 현상의 이면에는 농업사회의 기틀이었던 향촌 질서의 해체와 재편이 있었으며, 일조편법과 지정은제(地丁銀制)로의 부역(賦役)제도의 개혁이 있었다. 즉 기존의 향촌 질서체계였던 이갑제(里

---

76) 許滌新, 吳承明 主編, 앞의 책, 4~5쪽 참조.
77) 앞의 책, 24쪽 참조.

甲制)의 해체는 중국 전역에 걸친 계층 분화와 인구 이동 등을 발생시켰으며, 부역 제도의 개혁은 부농 또는 대지주 중심의 경제 질서로의 재편을 가져왔다.

이갑제는 명조의 향촌 지배를 위한 기본 조직이었다. 이것은 기존의 향촌 질서체계를 그대로 유지하면서 보다 조직적으로 향촌 사회를 지배하기 위한 제도로서, 원칙적으로 자급자족이 가능한 110호를 1리로 편성하고, 인정(人丁)과 재산의 많고 적음에 따라 호등(戶等)을 구분하는 제도였다.78) 이 제도를 통해 이내(里內)의 부역징수, 재판, 교화, 부역황책(賦役黃冊: 호적대장)의 작성 등, 향촌 통치의 거의 모든 기능을 수행하였다.

그런데 이갑제에서 지배층으로 분류되는 이장·이노인(里老人)·양장(糧長: 여러 里의 이장을 통솔)·당장(塘長: 수리관계 책임자) 등은 애초부터 대토지를 소유한 특권 지주계층이었으므로 이들의 부역에 대한 횡포는 날이 갈수록 심화되어 결국 농민이 그 부담을 떠맡게 되었다.

이로부터 향촌 질서는 무너지고, 신사층(紳士層)이라는 새로운 계층이 이갑제의 대역을 맡게 되었다. 이갑제의 기능 상실로 인한 신사층의 대두와 유력 상인계층의 등장은 중앙의 통치기능을 약화시켰고, 일부 대토지 소유계층과 대상인들이 당시 경제 질서를 좌우하는 현상을 불러일으키게 되었다.79)

한편 직접적인 피해자 농민계층은 생존을 위해 다수가 농토를 버

---

78) 오금성, 「명말청초의 사회변화」(『강좌 중국사』 IV−제국질서의 완성−서울대 동양사학
연구실 편) 92~93쪽 참조.

79) 大谷敏夫, 『清代政治思想史研究』(汲古書院, 1991년 2월) 542쪽에서는 里甲制가 시
행되면서부터 농본주의의 이념이 강하게 자리하였으나, 상품경제가 점차 발달하면서
부터 이갑제는 점차 그 기능을 상실하였다고 분석한다. 다시 말해 농본주의 사회의
중추 역이었던 이갑제의 해체 원인이 상품경제의 발달에 있다는 것이다.

리고 도시로 유입되면서 공사(公私)의 노동시장에서 전문 기능 인력으로 전이해 갔으며, 어떤 경우에는 노복으로 전락하기도 하였다. 자작농들은 단순히 기존의 곡물 재배만 갖고는 가중한 부세 부담을 견딜 수 없었던 까닭에 면화·뽕·모시(방직업의 원료)·사탕수수(제당업의 원료)·연초 등과 같은 상품 작물을 재배하는 자구책을 마련하게 되었다.[80]

이로부터 강남지역의 번성한 도시에서는 수공업과 상업이 번창하였으며, 그 형태는 이미 고대부터 도시형태를 갖추고 수공업과 상업이 성행했던 곳이라 하더라도 그 규모와 내용 면에서는 질적으로 다른 것이었다. 명청대 강남지역 수공업의 형태는 일종의 사회적 분업화가 이루어지고 있었던 것이다.

예컨대 면직물업 같은 경우 면화의 재배, 알핵(軋核: 씨 빼기), 방적(紡績), 직포(織布) 등 각 공정이 분화되었고, 경덕진(景德鎭)의 도자기업에서도 생산 공정이 이미 분업화되어 수십 종류의 직인이 이 분야에 종사했다. 소주에서의 견직물업의 경우 직기(織機)를 여러 대에서 수십 대를 가진 기호가 10,000여 가 있었으며, 또 그 아래에는 분업화된 기능공으로 무늬 넣는 단공(緞工), 글자 넣는 사공(紗工), 그리고 거공(車工)·연사공(撚絲工)·유직공(紬織工) 등의 전문 인력이 있었다. 한편 전문 기능을 갖추고 있지 못한 사람들과 주인을 얻지 못한 기능인들은 매일 새벽 수 십 명씩 모여 기호가

---

80) 이에 대한 평가는 크게 둘로 갈린다. 하나는 상품경제의 자본주의 맹아를 이루었다는 설명이며, 다른 하나는 小農의 상품생산이 자연경제의 연속이라는 정체성론이다. 여기서 간단히 후자의 입장을 대변한 「第2回 明淸史國際學術討論會」의 토론내용을 소개한다. 이 회의에서는 "명청시대 小農의 小商品生産은 봉건전제국가의 重賦稅, 地主 商人 高利貸의 高率搾取가 농업생산력과 노동생산성 향상을 저지했고, 이 때문에 자본주의 맹아도 성장할 수 없었고, 결국 외국의 침략이 없었더라면 중국 사회는 봉건사회가 장기적으로 지속되었을 것이다"(『史學硏究』 第195號 廣島史學硏究會 1992년 2월 95쪽)고 하며, 기존의 중국 사회 정체성론자들의 견해를 그대로 답습하였다.

불러 주기를 기다리는 일종의 노동 시장도 존재하였다.[81]

여기서 이들 노동인력을 근대적 안목에서 노동자와 같은 개념으로 볼 것인가의 문제는 다소 논란의 여지는 있으나, 연구자들은 대체적으로 당시의 '가정공장(家庭工匠)'을 임금노동자로 인정하는 데 손색이 없다고 하였고, 또한 이들이 청말 공장노동자로 전이하였다[82]고 보고 있다.

명말청초 16, 17세기 강남지역에서 이렇게 수공업이 발전할 수 있었던 원인은 첫째, 명청 국가권력의 농민 수탈. 둘째, 대토지소유제하에서 영세과소농(零細過小農)적인 농업 경영. 셋째, 상인 자본의 수탈 등을 들 수 있다.[83]

다시 말해 수공업에 의한 상품생산의 확대 요인은 농촌에서 이탈한 농촌 인구의 도시 유입에 따른 도시의 소비 증가와 수륙 교통로의 발달에 따른 도시·농촌 간의 원료와 상품의 원활한 수송, 그리고 거대 상인의 발흥과 발전을 말한다. 그 결과 명말청초 수공업의 발전은 견직업·염업·광업 등 다양한 분야에서 "상인의 전대제적(前貸制的)인 지배 내지 매뉴팩처의 존재 가능성"[84]까지도 점칠 수 있을 정도였다.

---

81) 오금성, 앞의 책, 119쪽 참조.

82) 田中正俊, 「近代日本と東アジア」-淸佛戰爭から日淸戰爭まで-(『中國近代經濟史硏究序說』東京大學出版, 1983년) 12쪽 참조. 이러한 지적은 단지 경제발전이라는 측면에서뿐만 아니라 가치관의 변화, 세계관의 변화 차원에서도 중요한 요인이라 할 수 있다. 다시 말해 전통적인 사민차별의식은 물론 그로부터 파생된 사회경제적 낙후성은 중국 사회를 정체된 사회로 머물러 두게 하였다면 상기한 지적처럼 임금노동자의 출현과 사회경제발전의 자연스런 진행은 의식의 변화를 수반하면서 중국 사회를 보다 근대 지향적인 사회로 추동할 수 있었다는 것이다.

83) 오금성, 앞의 책, 114~115쪽 참조.

84) 오금성, 앞의 책 115쪽 참조. 이 논문에서는 명청대 자본주의 맹아 논쟁과 관련된 성과물을 논문 600여 편, 논문집 또는 독립저서 40여 책, 자료집 10여 책이 있음을 들고 자본주의 맹아를 기정사실화하려는 학계동향을 설명하였다.

그러나 상품경제의 발전이 자본주의 맹아의 역사적 전제이기는 하지만, 상품유통이 직접적으로 자본주의 경제 질서를 그대로 반영했다고는 볼 수 없다. 여기서 중요한 것은 상품의 유통을 통해 얼마만 한 시장이 형성되었는가와 얼마나 대량의 화폐자본을 축적할 수 있었는가가 그 관건이다.

이에 대해 허척신(許滌新)·오승명(吳承明)이 주편한 『중국자본주의적맹아(中國資本主義的萌芽)』에서는 시장의 규모에 따라 지방소(小)시장·도시시장·구역시장(省市)·구역 범위를 넘어선 대시장 등으로 나누어 설명하였으며, 또한 자본축적에 관해서도 그 규모를 구체적으로 제시하였는데, 대상인의 경우 명대 후기에는 대략 50~100만 냥 규모였고, 청대 중엽에는 1,000만 냥에 달했다고 분석하였다.[85]

---

85) 許滌新, 吳承明 主編, 앞의 책, 12~16쪽 참조. *참고로 자본주의 맹아현상을 가장 강하게 뒷받침하였던 宋江府와 蘇州府의 경제상황을 稅糧을 통해 살펴본다. (참고자료: 張彬村, 「賦稅與經濟發展」－以十六, 七世紀的松江府爲例－(食貨月刊社, 『食貨』 第15卷 第7, 8期 1985年 1月)

年代 \ 地區	全 國	松江府	蘇州府
田 地 (頃) 1393年	8,507,623 (100%)	51,323 (0.6%)	98,507 (1.16%)
1502年	6,228,058 (100%)	47,157 (0.76%)	155,250 (2.49%)
1578年	7,013,976 (100%)	42,477 (0.61%)	92,960 (1.33%)
稅 糧 (石) 1393年	29,442,350 (100%)	1,219,896 (4.14%)	2,810,490 (9.55%)
1502年	26,792,260 (100%)	1,031,485 (3.85%)	2,091,987 (7.81%)
1578年	26,638,414 (100%)	1,031,486 (3.87%)	2,092,560 (7.86%)

아무튼 수공업의 발전에 따른 상품생산은 소박하나마 상품의 사용가치로서의 기능뿐만 아니라 교환가치로서의 기능까지도 담당하여 잉여가치를 산출하는 새로운 경제 질서를 창출하게 되었다. 결국 화폐경제의 발전을 가져온 명말청초 경제 상황은 자본주의를 지향하는 경제 질서의 한 양상을 띤 것이다.

명말청초 화폐제도는 이미 명대 중기 이후로 공용되던 은 본위 화폐경제였으며, 자본축적의 수단으로도 은이 한몫 담당하였다. 당시 부세 및 부역의 모든 부담은 화폐로 환원하여 대납하는 일조편법이었음을 살펴볼 때, 이에 따른 폐단은 일단 접어두고 화폐 발전의 양상이 어떠했는가를 알게 한다.

결과적으로 명말청초 사회경제적 대변혁은 문화 전반에 걸친 대변화의 계기를 마련하였다. 특히 당견이 생활했던 소주를 비롯한 항주 등지는 가장 번창했던 지역이었으며, 오늘날도 여타 어느 지역보다 역동적인 모습을 발견할 수 있다는 점을 주목하지 않을 수 없다. 그만큼 이 지역은 백성의 에너지가 다른 어느 지역보다 왕성하게 분출된 지역이었으며, 이로부터 당견과 같은 사상가도 나올 수 있었다는 것이다. 또한 명말청초 서양 과학기술의 영향으로 저술된 송응성(宋應星, 1587~1666?)의 『천공개물(天工開物)』(1637년 작)이 발간된 것도 주목되는 점이라 하겠다.

다시 말해 당견이 살았던 명말청초란 시대는 전에 볼 수 없었던 개방화된 시기임과 동시에 역동적인 시기였으며, 동시에 가치관의 변화를 요구하던 시대였다. 사회적 의식과 철학적 내용도 전과 다른 측면에서 전개되었는데, 이른바 기철학(氣哲學)의 발전이다. 기철학(이하 기학)은 명말청초 사상계의 흐름을 설명해 주는 용어로서 이철학(理哲學: 이하 이학)에 대한 비판 반성으로 대두된 이론이다.

일반적으로 이학은 "체제 속에 안주하는, 시무에 등한한 사회사상으로 반영됨에 비하여 기학은 체제 내의 모순에 대한 개혁에의 의지와 고뇌의 몸부림과 체제 내의 부정부패에 대한 강렬한 분노를 표시하는, 시무에 밝은 사회사상으로 연결되고 있음"[86]을 알 수 있다. 물론 이것은 상대적 측면에서의 특징을 설명한 것이긴 하나, 명말청초란 시기를 놓고 볼 때 매우 적절한 지적이 아닐 수 없다. 이 점을 염두에 두면서 이제는 명대 양명학으로부터 시작된 이학에 대한 비판 반성을 살피고 당견의 철학사상을 검토해 보기로 한다.

2. 양명학의 성립과 전개

(1) 반이학사조

명말청초 사회 전반에 걸친 대변화의 흐름은 그대로 학술사상에도 영향을 주었다. 정치적인 왕조의 교체, 민족적인 중화주의의 충격, 경제적인 대변화 등은 사상적인 새로운 사조의 출현을 모색하였다. 사회의 전반적인 분위기를 반영한 사상적 각성이 명말청초 나타나기 시작한 것이다. 한마디로 송명 이래의 이학[87]에 대한 일대 반성 작용을 말한다.

---

86) 안병주, 앞의 책 143쪽.
87) 일반적으로 理學을 道學·新儒學·性理學·宋學이라고도 하는데, 여기서는 주자학에 한정하여 사용한다. 참고로 이들 명칭에 대한 자세한 내용은 張立文의 『宋明理學研究』(中國 人民大學出版社, 1987년 6월) 5~14쪽 참조.

이학이란 용어는 크게 두 가지 입장에서 달리 사용되는 개념이다. 하나는 송명대 사상을 통틀어 이학이라고 하는 입장이며, 다른 하나는 주자학만을 염두에 두고 사용한 표현이다. 대체로 전자의 입장은 기학[88]과 구별하기 위한 표현이며, 후자의 입장은 심학(心學), 즉 양명학과 구별하기 위한 개념이다.[89]

이 같은 논의는 이미 선행 연구자들의 성과가 지대하다. 그렇기 때문에 여기서는 논의의 편의상 송명사상 선행 연구자들의 논증을 간단히 정리하고, 주자학에 대한 양명학의 사상사적 위치를 확인하는 데 그치려고 한다.

중국의 장립문(張立文)은 중국의 철학자들이 대체적으로 그러한 것처럼 사상의 발전을 상호 대립구조 속에서 파악하면서, 송명시대 주자학과 양명학을 본질적으로 이학,[90] 즉 관념 철학의 대표적인

---

88) '氣學'이란 용어는 단지 理學·心學과 구별하기 위해 사용한 표현이다. 일반적으로 理學이나 心學이란 표현은 자주 사용되면서도 氣學이란 표현은 거의 사용하고 있지 않다. 소위 氣學이란 용어를 氣의 哲學·氣哲學·氣一元論·氣論 등의 표현으로 사용하는 것이 통례이다. 필자가 氣學이란 용어를 사용한 것은 다른 뜻이 있는 것이 아니라 理學과 心學이라는 용어를 염두하고 사용한 것이다. 따라서 氣學은 기존의 氣哲學·氣의 哲學·氣一元論·氣論과 같은 의미를 지니며, 理學도 마찬가지로 理哲學·理의 哲學·理一元論·理論과 통하며, 心學도 心의 哲學·心哲學과 같은 맥락이다.

89) 주로 전자의 입장은 사적 유물론에 입각해서 송명시대를 봉건 이데올로기가 지배하는 사회라는 거시적 안목에서의 분석이며, 후자의 입장은 주자학과 양명학을 理學과 心學이라는 좀 다른 측면에서 구체화해서 보려는 입장이다.

90) 물론 장립문은 최근 저술 및 편저들, 『中國哲學論理構造論 – 中國文化哲學發微』(中國社會科學出版社, 1989년) 『中國哲學範疇發展史 – 天道篇』(中國人民大學出版社, 1988년) 『氣』(中國人民大學出版社, 1990년) 등을 통해서 송명대 철학사상에 대한 기존의 관념론과 유물론의 대립적 구별에 의한 철학사의 기술 방식을 탈피하려고 하였다. 특히 『中國思想通史』(中國人民出版社, 1957년)로 널리 알려진 侯外廬라든지 그 이후의 任繼愈 등의 철학사 서술방식(『中國哲學史』中國人民出版社, 1978년) 등이 송명철학을 객관적 관념론과 주관적 관념론이라는 틀로 설명하려고 한 데 대해서, 張은 '主氣的客體理派' '主理的絶對理派' '主心的主體理派' 등의 용어로서 설명하고 있다. 侯나 任의 철학용어 선택이 다분히 서양철학에 기초하고 있다면 張은 중국 전통의 용어를 살려 중국적 특수성을 설명하려고 한 흔적이 역력하다. 그 까닭을 張은 "서양의 '兩軍對戰'(관념론과 유물론의 투쟁)식의 방법을 모방하여 중국철학사

경우로 설명한다. 그는 송명대 이학사조의 흥기를 당시 사회경제와 자연과학 발전의 필연적 결과로 보면서 중국철학 발전사상 새로운 단계의 구축이며, 인간의 인식 발전의 일대 진전이라 말한다. 이학의 범주는 송명대 사상의 일반적 흐름을 모두 반영한다. 그렇기 때문에 송대 주자학이나 명대 양명학이 모두 이학이라고 하는 범주에 속하게 된다.91) 송대 주자학과 명대 양명학을 이학이라는 같은 범주 속에서 파악하며, 역사발전상 봉건사회의 이데올로기로 그 역할을 하였다고 분석한 것이다. 결국 주자학에서 양명학으로의 전개는 또 다른 봉건 이데올로기의 창출이었으며, 사상사의 발전은 아니라고 보는 입장이다.

한편 이학은 중국 봉건사회를 지탱하는 이데올로기로서 기존의 도불(道佛)에 대한 전통 유학의 보존이란 측면에서 11세기 이후 발생하여 송명대 관방(官方)철학으로 군림하다가 명말청초 '천붕지해'의 시대를 맞이하여 기학자들에 의해 점차 비판 반성의 대상이 되었다고 주장한다.92) 결국 이학의 위기는 봉건통치의 분열을 의미하며, 근대 과학적 사유로서의 전환을 가속시키는 작용을 하였다고 본 것이다.

를 연구하는 기존의 모형과 방식에 만족하지 않기 때문"이며 "이것은 서양철학 중심론을 타파하고자" 한 것이라고 설명한다.(이상 인용문은 張立文이 主編한 『氣』의 번역서 『氣의 哲學(상)』(김교빈 외 옮김, 예문지, 1992년)의 「한국어판 서문」 18, 19쪽에서 인용) 그러나 張의 여기서의 客體理派와 絶對理派는 기존철학의 범주에서는 객관적 관념론, 主體理派는 주관적 관념론에 해당된다. 막상 서양철학적 철학방식을 탈피하려고 하였으면서도 결국은 다시 그 방법적인 틀 안에서 해석한 것이다.

91) 張立文, 『宋明理學硏究』 18~20, 680쪽 참조. 張立文은 여기서 송명대 사상가들을 主流(周濂溪·二程·張載·朱熹 및 邵雍·司馬光과 陸九淵·王守仁 등), 非主流(王安石·蘇軾·蘇轍·呂祖謙 등)로 나누어 보면서 주희와 양명을 같은 주류로 분류하였는데, 이것은 곧 두 사람의 사상이 세밀한 부분에서의 차이점을 묵과한 것은 아니나 사상사의 대흐름 속에서 본다면 양자의 역할과 기능이 같다는 것을 전제한 것이다.

92) 張立文, 『宋明理學硏究』(中國人民大學出版社, 1987년 6월 제3版) 1~4쪽, 667~669쪽 참조.

한편 일본의 산정용(山井湧)은 주자학과 양명학을 '이철학', '심철학'으로 분류하며, 그 차이점을 부각시키고 있다.93) 여기서 '심철학'은 이철학으로서의 주자학에 반대하는 입장이며, '기철학'의 전 단계를 가리킨다. 관학으로서 '이철학'을 반대하는 입장이 '심철학'이며, 주자학의 엄숙주의·권위주의에 반기를 든 것이 양명학이란 주장이다.

도전건차(島田虔次)는 양명학이 육상산(陸象山, 1139~1192)의 사상에서처럼 윤리학만을 위주로 해서 존재론이나 주석학 등에는 관심이 없었다고 분석하며, 양명학을 존재론의 입장에서 재조명하자면 분명히 '기학'의 입장이 된다고 하였다. "이(理)는 기(氣)의 조리(條理)이며, 기는 이의 운용"(『전습록』 卷之中, 「答陸原靜書」)이라는 소위 유물론적인 명제를 주장하고 있는 것은 주목할 필요가 있다고 하면서 양명학을 기학적 성격으로 규정하였다.94)

강전무언(岡田武彦)은 송학에서 명학으로의 전개를 두고 이원론에서 일원론, 이지주의(理智主義)에서 서정주의(抒情主義)로 표현한다. 명대에 들어와 학술사상 전반에 걸친 변화는 '이(理)' 중심보다 '정(情)' 중심의 이정일치주의(理情一致主義), 기법보다도 흥취를 중시하는 감흥주의, 이지의 규제보다도 성정의 자연성을 존중하는 자연주의, 객관보다도 주관을 강조하는 주관주의, 반전통을 주창하며 전통으로부터의 해방을 외치는 자유주의로 나타났다고 보았다.95)

---

93) 山井湧, 『明淸思想史の硏究』(東京大學出版會, 1980년 12월) 27~39쪽 참조.

94) 島田虔次, 『주자학과 양명학』(김석근 외 역, 까치, 1986년 3월) 176쪽 참조. 양명학을 기학이라고 하는 입장은 山下龍二도 동의한다. 주자학은 理氣分離를 인정하지만 (本源이 태극[理]이라는 점에서 理는 선험적 개념이라는 주장), 양명학에서는 理氣分離一體여서 기학적인 측면을 갖고 있다고 분석한다. 자세한 것은 그의 『陽明學の 硏究』下, 展開編 (現代情報社, 1971년 10월) 3, 4, 95, 96쪽 참조.

95) 岡田武彦, 『王陽明と明末の儒學』(明德出版社, 1970년 8월) 9~15쪽 참조. 여기서 岡田은 명대 학술사상의 송대와의 차이가 유학사상뿐만 아니라 문화예술 전반에 걸쳐

결국 강전무언도 산정용과 같은 입장에서 이학과 심학을 분명히 구분하였으며, 심학을 이학의 발전된 형태로 파악하고, 동시에 기학의 전 단계로 인식하였다. 도전건차와 산하용이(山下龍二)는 양명사상을 기학이라 말하며 이학과 구분하였다. 다시 말해 양명학은 명대 중기 이래 양명의 논쟁 상대였던 나흠순(羅欽順, 1465~1547)과 같이 기학적 입장이었다는 것이다. 오히려 육상산(陸象山)은 이학자였으며, 왕양명은 나흠순·왕정상(王廷相, 1474~1544)·당학징(唐鶴徵, 1538~1619)·유종주(劉宗周, 1578~1645)로 이어지는 기학자 그룹의 한 사람으로 그의 심학은 기학의 원류라고 하였다.[96] 양명의 심학적인 사유체계 속에 이미 기학적인 요소가 깊게 깔려 있다는 설명이다.

또한 산본명(山本命)은 주자학과 양명학의 차이를 구체적인 네 가지 실례를 통해 설명하였다.[97] 그는 학문과 행위의 관계, '격치(格

나타난 현상으로 설명하고 있다. 예컨대, 불교의 경우도 禪宗의 경전 가운데 특히 인간존중의 입장을 취한 능엄경이 중시되었다는 점을 들고 있으며 사상적인 측면에서의 대체적인 흐름이 性과 情, 理와 情의 구분을 인정하지 않는 理情一致 내지 性情 不可分離의 사상이 대두하였다고 한다.

96) 山下龍二, 『陽明學の硏究』下, 展開編 4, 95, 96쪽 참조.

97) 山本命, 『明時代儒學の倫理學的硏究』(理想社, 1974년 3월 21~73쪽 참조)에서 다음 네 가지로 朱·王의 차이점을 설명한다. ①학문과 행위의 관계에 나타난 양명의 주희비판. 『중용』의 "尊德性, 道問學"의 문제에서 주희는 경중의 관점에서는 덕성을 중시하고, 선후의 관점에서는 問學을 먼저라고 주장하였다. "존덕성, 도문학"을 경중 선후의 문제로 나누어 살핀 것이 주희라면, 양명은 이러한 주희의 이원적 입장을 거부한다. 學을 行보다 선행시키는 주희의 학문을 비판한 것이다. 그리고 덕성보다는 문학을 중시하는 것이 양명의 입장이다. 양명은 주희의 知선행의 입장이 폐단을 가져온다고 하며 이 같은 입장을 피력한 것이다. ②格致(格物致知)와 誠意의 관계에 대한 양명의 주희비판. 『대학』에서는 본래 격치와 성의를 어떠한 순차도 두지 않았다. 그런데 주희는 격치를 성의에 선행시키고 있다. 이러한 주희의 입장을 양명은 시간적으로나 논리적으로 격치·성의를 구분할 수 없다고 하였다. 주희의 입장이 主知主義的 입장이라면 양명의 입장은 主意主義的 입장이라 할 수 있다. ③心과 理개념에 대한 비판. 주희는 心을 둘로 나누어 본다. 주희에게서 心은 性과 情으로 구분된다. 여기서 性卽理의 명제가 등장한다. 그러나 양명은 이를 비판하며 心卽理를 주

致)'와 '성의(誠意)'의 선후문제, '심'과 '이'의 개념, '성'과 '기'의 개념문제에서 양명은 주희(1130~1200)의 입장을 전면적으로 부정 비판하였다는 것이다. 나아가 양명에게서 주희를 비판한 문장이 『전습록』 상·중·하권 가운데 30군데나 있다고 하며, 주자학의 이일원론적 경향98)에 대해 양명사상 속에는 이미 기일원론적 요소99)가 발견된다고 보았다.

이러한 양명학에 대한 기존의 세 가지 입장, 즉 ①심학을 이학과 본질적으로 같은 입장에서 볼 것인가 ②심학을 이학의 발전이란 측면에서 기학의 전 단계로 볼 것인가 ③심학이 곧 기학이라는 입장에서 이학에 대한 부정 비판이며 극복이란 측면에서 볼 것인가의 문제로 정리할 수 있다. 우선 첫 번째 견해와 세 번째 견해(특히 산 정용, 강전무언)를 긍정하는 입장에서 본 논의를 전개하고자 한다. 그것은 송대 주자학과 명대 양명사상 이래 명말청초 후기 양명학의 전개과정을 이학－심학－기학이라는 연속선상에서 이해하는 것과 상

장한다. 性은 心體에 지나지 않는다고 보면서 주희의 성즉리를 심즉리로 대체시키고 있다. ④존재론에서의 性과 氣개념에 대한 비판. 주희는 성즉리이므로 性[理]과 氣를 이원적으로 구분한다. 그런데 양명은 이러한 주희의 입장을 부정하고 性과 事, 性과 氣를 일원적 입장에서 설명한다. 나아가 "理는 氣의 條理이며, 氣는 理의 運用"이란 입장에서 氣철학적 입장도 동시에 견지한다. 주희가 이일원론적 입장에 섰던 것과는 전혀 다름을 알게 한다.

98) 주자학을 '理一元論'으로 볼 것인가 '理氣二元論'으로 볼 것인가의 문제는 연구자마다 보는 각도에 따라 달리 설명되고 있다. 이것은 곧 시간적으로 보면 理와 氣는 선후관계가 없으나, 가치론적으로 말한다면 理가 氣보다 우선한다는, 理先氣後의 입장이 된다는 것이다. 따라서 주자학의 세계관이 어느 쪽을 지향하는가의 문제는 연구자의 시각이 우선 검토되어야 할 문제라고 생각된다.

99) 유명종, 「양명학의 한국적 전개」(성대 대동문화연구원, 『한국사상대계』 Ⅳ 성리학사상 편, 1984년 4월) 834쪽 에서 "陽明이 理氣觀을 말한 곳은 지극히 적으나 朱子의 絶對的인 理에 반대하고 오히려 氣를 중요시한다."고 하면서, 이러한 氣개념은 "情欲의 自然을 억압하지 않고 정당하게 肯定하는 태도로 나타나서 王畿·李贄에게로 계승 발전되었다."고 평가하였다. 따라서 양명사상을 氣學의 입장에서 보려고 한 시도는 상당한 근거를 갖고 있으며, 그렇기 때문에 양명의 사상이 명말 "人欲의 自然性을 긍정하는 철학으로 나타날 수 있었다."고 볼 수 있는 것이다.

통한다.

송명대 이후 사상사의 흐름은 보·혁의 대립 갈등 속에서도 끊임없이 전대의 사상을 유지 보완하려는 양상으로 전개되었으며, 심학은 바로 이러한 대립적인 양자를 연결시키는 고리 역할을 하였다. 곧 이학·심학·기학은 상호 보완적이며, 연속적이었다. 그러면서도 동시에 이학은 심학과 기학의 비판 대상이었다. 따라서 심학의 사유 체계 속에 이미 기학적 요소가 담겨 있다는 것이다. 구체적으로 양명은 맹자(B.C.372?~289)의 '성선(性善)'의 문제를 논의하면서 '성이 곧 기(性卽是氣)'라는 주장을 하였다.

> "그러나 본성이 선하다고 하는 단서는 반드시 기에서 비로소 볼 수 있는 것이므로 만약 기가 없다면 볼 수 없다. (맹자가 말한) 측은·수오·사양·시비의 사단이란 것도 바로 기이다. 정자(程子)는 말하기를 '성을 말하고 기를 말하지 않으면 완전하지 못하고 기를 말하고 성을 말하지 않으면 분명하지 않다'라고 하였는데, 이것 역시 학자가 한편에만 치우쳐서 인식한 나머지 이렇게 말한 것이다. 만약 자기의 성을 확실히 인식할 것 같으면 기가 바로 성이고 성이 바로 기이다. 원래 성과 기는 분리할 수 없다."[100]

이 예문은 '성즉리(性卽理)'를 말하는 주자학의 경우와는 구별된다. 주희는 인간의 순수한 본성을 '이'로 설명하였는데, 이 '이'는 곧 맹자가 말한 사단의 범주에 있다. 따라서 '이'의 상대 개념인 '기'는 마땅히 '성'과 대비되는 '정'의 범주에서 설명된다. 주희 철학의 근본문제가 '이'를 중심으로 하고 있기 때문에 이학이라고 하

---

100) 『傳習錄』卷之中 56쪽 (이하 『전습록』 페이지는 富山房, 1972년 증보판): "然性善之端, 須在氣上始見得, 若無氣亦無可見矣. 惻隱羞惡辭讓是非卽是氣. 程子謂, 論性不論氣不備, 論氣不論性不明, 亦是爲學者各認一邊, 只得如此說. 若見得自性明白時, 氣卽是性, 性卽是氣. 原無性氣之可分也."

는 것도 여기에 연유한다. 이 점에서 양명학은 주자학적인 세계관과 구별되며, 이러한 이유로 양명사상을 기학의 일단으로 보려고 하는 것이다.

결과적으로 명대 이후 심학과 기학은 반이학사조의 단면을 보여준다고 할 수 있다. 여기서 먼저 양명의 주자학에 대한 위기의식에서 비롯된 심학을 살핀 다음 명말 전개된 양명 좌우파 논쟁과 그 특징을 살피는 것으로 주자학과의 차별적인 모습들을 살펴보자.

(2) 정리론(定理論)의 딜레마와 양명의 위기의식

11세기 이후 전개된 성리학은 송대에서보다도 명대에 들어오면서 관학으로서 더욱 확고해졌다.[101] 강력한 전제군주 체제의 수립을 위해 명 태조는 관리등용의 필수 관문인 과거시험의 범위를 사서오경으로 국한하고,[102] 그 해석에는 주자학을 채용하였다. 성조(成祖)는 호광(胡廣, 1370~1418) 등에 명하여 『오경대전(五經大全)』『사서대전(四書大全)』『성리대전(性理大全)』을 편찬케 하고 학관에 반포하여, 주자학을 더욱 공고히 하였다.

주자학이 관학으로서 전제군주제의 핵심적인 역할을 할 수 있었던

---

101) 본래 성리학(구체적으로는 주자학)의 관학화는 元代 延祐年間이다.

102) 이에 대한 문제는 荒木見悟의 『불교와 양명학』(김석근 역, 서광사 1993년 7월) 21~22쪽과 배영동의 『명말청초 사상』(민음사, 1992년 4월) 19~21쪽 참조. 太祖는 전제국가의 확립차원에서 군주권력을 조금이라도 훼손하거나 反하는 내용은 經書에 있는 것이라도 배제하려고 하였다. 예컨대 『맹자』「盡心下」의 "民爲貴, 社稷次之, 君爲輕."과 같은 소위 역성혁명론의 내용을 비롯한 왕조권력에 비판적인 문항 85군데를 지워버리고 새로이 편집한 것에 『孟子節文』이 있다. 또한 '六諭'(부모에 孝順하고, 鄕黨과 和睦하고, 長上을 존경하고, 자손을 교훈하고, 家가 生理(生業)에 안주하고, 非爲를 만들지 말 것)를 제정하여 일반의 교육까지도 통제하려고 하였다.

것은 '정리적(定理的) 규범주의'에서 비롯되었다. 주자학의 엄숙주의는 이에 대한 정의에서 찾을 수 있다. 주희의 "이는 물리(物理)인 동시에 도리(道理)이고, 자연인 동시에 당연이고, 따라서 자연법칙과 도덕규범이 연속하고 있다."[103]는 데 엄숙주의를 요청한다. 주자학은 실현되어야 할 규범이 자연[본연]에 해당하지만 그렇다고 낙관주의는 아니다. 본래 주희의 의도와는 달리 명대로 들어오면서 주자학은 '이를 만들고' 찾기보다는 '이'를 '따라야 한다'는 법칙성으로 탈바꿈하였다. 그렇기 때문에 '이'는 '모든 사람이 공유한 것', 혹은 '모든 사람에게 똑같은 가치의식 또는 '정해진 이치[定理]'에 대한 인식을 요구하는 것'이 되면서 딜레마에 빠지지 않을 수 없었다.[104]

본래 주희는 격물치지(格物致知)를 통한 '이'의 탐구를 근본으로 하였으나, 점차 후대로 오면서 '이'에 대한 탐구보다는 '정해진 이[定理]'를 따라야 한다는 규범주의로 변질되었다. 주자학에서는 인간의 자연적 욕망을 '기질지성(氣質之性)'으로 파악하며, 이 '기질지성'은 인간의 욕망이 개재되어 있기 때문에 마땅히 극복되어야 한다는 '정리(定理)'적 엄숙주의가 항상 인간의 인식을 간섭하고 있다. "존천리(存天理), 거인욕(去人欲)"의 명제는 주자학의 필수 불가결한 요소이며, 이것이 엄숙주의·형식주의를 보다 철저히 하는 요인으로 작용하였다.

주희의 '이'는 '천하일리(天下一理)', '이일분수(理一分殊)'로서 인간 누구에게나 동일한 가치의식을 요구한다. 주자학의 특징이 여

---

103) 배영동, 앞의 책 24쪽 참조.
104) 荒木見悟, 앞의 책 72쪽 참조. 부연하자면 荒木見悟는 "지금은 理 그 자체 때문에 인간의 자신을 묶어 버리고 정해진 이치의 주위를 맴도는 결과를 낳고 말았다."고 하며, 그렇기 때문에 "사고의 패턴이 미리 정해지고 거기서 한 걸음도 빼지 못할 뿐만 아니라 ……"고 하여 주자학이 결국에 가서는 인간성을 고갈시키는 결과를 낳았다고 하였다.

기에 있다고 할 수 있으며, 이로 인해 주자학의 '이'는 획일성·교조성·전체성·절대성을 강조한다는 비판을 받게 되었다.

대표적으로 대진(戴震, 1723~1777)은 "사람이 법을 위반하여 죽는 경우에는 오히려 이를 불쌍히 여기는 자가 있으나, '이'에 위반되어 죽는 경우에는 그 누가 이를 동정하겠는가!"[105]라고 하며, 주자학의 '이'를 비판한 바 있다. 이 같은 이학은 곧 개인에게는 엄숙주의·권위주의의 강요로 나타났다.[106]

결국 주자학의 정리적(定理的) 이론체계는 명대로 들어오면서 점차 비판 대상이 되었다. 특히 명대 사상의 선구자라고 일컬어지는 진백사(陳白沙, 1428~1500)는 송대 주자학의 '이'의 엄격성을 못마땅하게 여기고 " '이'에 구속되지 않는 자연스런 인간으로 돌아갈 것을 주장하여"[107] 주자학에 대한 근본적인 회의를 시작하였고, 이후의 양명학자들은 주자학의 '정리'에 입각한 엄숙주의를 비판하는 태도를 분명히 하였다.

또한 관학으로서의 주자학은 명대 중기 이후 사회적 혼란을 치리하는 데 지배이데올로기로서의 역할을 다하지 못하였다. 이로부터 당시 지식인들은 명조체제의 위기를 구제하기 위한 새로운 이데올로기의 필요성을 절감하게 되었으며, 주자학에 대한 자연스런 비판의 분위기는 당연히 지배이데올로기에 대한 비판과 반성으로 나타났다. 왕양명의 주자학에 대한 회의와 좌절, 그리고 주자학에 대한

---

105) 『孟子字義疏證』 卷上 「理」: "人死於法, 猶有憐之者; 死於理, 其誰憐之!"

106) 주자학의 理중심의 세계관을 두고 엄숙주의, 권위주의라고 표명한 학자들과 그 내용에 관해선 山井湧의 앞의 책 12쪽을 참조. 한편 Julia Ching도 "TO ACQUIRE WISDOM"-The Way of Wang Yang-ming-(Columbia University Press, 1976) 21쪽 'HISTORICAL SUMMARY'에서 송대 주자학이 점차 관학으로서 자리를 확고히 하면서 그 학적 체계를 "secret police system", "closed door"라고 단정하며, 그 경직성을 분명히 하고 있다.

107) 荒木見悟, 앞의 책 46~47쪽 참조.

비판은 여기서 비롯된 대표적 실례라고 볼 수 있다.

"나는 진실로 하늘의 영험함에 힘입어 우연히 양지(良知)의 학문을 깨닫고, 필시 이것으로 말미암은 이후에 천하를 다스릴 수 있다고 생각하였다. 이로서 매번 백성들의 도탄에 빠짐을 생각하면 애끓듯 마음 아파 자신의 불초(不肖)함도 잊고 이것으로 구제하려고 생각하였다. 또한 스스로 헤아리지 못하는 자들은 천하의 사람들이 이것을 보고 마침내 서로 비방하고 조소하며 나무라고 배척하며, 광인(狂人)이나 상심한 사람일 뿐이라고 여겼다. 아아, 이 어찌 족히 (이 비방에) 신경쓰리요. 질통이 내 몸에 절실히 느껴지더라도 한가히 남의 비방과 조소를 헤아리겠는가. 사람들은 진실로 그 부자형제가 깊은 연못에 빠져 허덕이고 있는 것을 보았다면 (말할 것도 없이) 부르짖으며 허겁지겁 달려가 옷과 신발을 벗어 던지고 절벽에 매달려 내려가 살려내려고 할 것이지만, (이 양지학을 모르는) 선비가 보았다면 바야흐로 서로 그 곁에서 인사를 나누며 담소하면서 예모와 의관을 버리고 부르짖으며 달려가는 이 사람을 광인이나 상심한 사람으로 여길 것이다. 그러므로 물에 빠진 사람 옆에서 인사를 나누며 담소하면서 구제할 줄 모르는 것은 골육친척의 정이 없는 길가는 사람이나 가능한 일이다."108)

양명의 위기의식을 잘 표현하고 있는 내용이다. 명대 중기 이후로 주자학이 점차 그 기능을 다하지 못하고 무기력해지자 양명은 현실에서 오는 위기의식을 심학이라는 새로운 학문 방법 속에서 해소하려고 하였다. 양명의 심학적 체계는 '양지'라고 하는 인간 개개인의

---

108) 『전습록』 卷之中 105~106쪽: "僕誠賴天之靈, 偶有見於良知之學, 以爲必由此而後天下可得而治. 是以每念斯民之陷溺, 則爲之戚然痛心, 忘其身之不肖, 而思以此救之. 亦不自知其量者, 天下之人, 見其若是, 遂相與非笑而詆斥之, 以爲是病狂喪心之人耳. 嗚呼是奚足恤哉. 吾方疾痛之切體, 而暇計人之非笑乎. 人固有見其父子兄弟之墜溺於深淵者, 呼號匍匐, 裸跣顚頓, 板懸崖壁而下拯之, 士之見者, 方相與揖讓談笑於其傍, 以爲是棄其禮貌衣冠, 而呼號顚頓, 若此是病狂喪心者也. 故夫揖讓談笑於溺人之傍而不知救. 此惟行路之人, 無親戚骨肉之情者能之."

고유한 본성을 기준으로 하고 있기 때문에 '천리(天理)'와 같은 객관적 실재에 의존하는 것을 거부한다. 주자학의 '이' 중심적 사유체계는 '천리'라고 하는 객관적 실체(본질)를 근간으로 하면서 현상을 설명하는 전체주의적, 절대주의적 사유체계를 형성하고 있는 까닭에 개체성보다는 전체성을 우선하는, 또한 주관적 개인의 사유보다는 객관적 실체에 대한 사유를 우선하는 논의구조로 전개되었다.

그러나 양명학적 심학의 체제는 개인의 주관적 심, 주관적 사유를 근간으로 사유체계를 설명하는, 그렇기 때문에 전체성보다는 개체성을 강조하고, 객관적 실체보다는 주관적 심성에 인식의 기초를 설정하였다. 이로부터 양명은 개인의 자아와 욕망에 대해 주자학에서처럼 엄격성을 요구하지는 않았다.[109] 주희의 '천리' 구조 속에서는 개인의 욕망이나 자아는 전체성에 가려 결국 "존천리, 거인욕"의 '극기(克己)' 수양구조를 그 핵심으로 하게 된다. 이로부터 주자학의 전체성 중시의 사상 경향에 대한 비판은 점차 정치적 전제주의에 대한 비판과 더불어 개체성을 강조하는 양명학적 인식 세계를 도출하게 되었다.

양명의 '심즉리(心卽理)'론은 '이'의 객관적 실재로부터 주관적

---

[109] 양명의 '拔本塞源論'은 『전습록』의 중요한 부분 가운데 하나이다. '발본색원론'은 성인이 되는 공부로서 마음의 본체를 회복하는 공부에 대한 이론이다. 여기서 '拔本'이라 함은 마음속에 사욕이 바야흐로 움트려는 찰나에 그 사욕을 극복하는 것이고, '塞源'이라 함은 사욕이 움트기 이전에 미리 방지하는 것을 말한다. 따라서 양명의 사상을 두고 개인의 욕망에 대한 긍정을 말하는 것은 다소 무리가 따른다고 할 수 있다. 양명학의 실천수양론도 역시 주자학에서처럼 "存天理, 去人欲"인 것만은 틀림없다. 다만 주자학에서처럼 客觀 天理에 입각한 엄격성은 양명학에 와서는 부정되고 오히려 주관 심성에 기초한 개인의 자아가 인식의 주된 대상이 되면서 '去人欲'의 철저성은 완화되고 있다고 본다. 이 점은 특히 양명의 후학들로부터 인욕에 대한 새로운 해석이 등장하면서 더욱 구체화되었다. 뒤에 언급할 양명의 四言教에 대한 양명제자들(특히, 錢德洪과 王龍溪)의 논쟁에서 이를 확인할 수 있을 것이다.

'심'으로의 복귀를 의미한다. 주자학의 '성즉리'론은 마음이 사물에 나아가 이치를 찾아내고 가치를 판단하는 것이므로 "객관적으로 정해진 제도·권위·질서·관습 등이 그대로 전제되고 그 주어진 조건" 등이 전제되어 마음의 이치를 간섭한다면 양명에게서는 "마음이 상황을 변혁시킬 수 있는 가능성을 내다보면서 이치에 대한 자유재량의 여지를 남기고 있다."[110]고 볼 수 있다. 곧 양명은 "천리는 인심에 있다 …… 천리는 곧 양지이다."[111]고 하며, 주희가 말한 '천리'를 '인심'이라 해석하고, '인심'을 떠난 어떠한 것도 무가치하다는, "무심외지리(無心外之理), 무심외지물(無心外之物)"[112]의 명제를 제시하였다. 이것은 주자학의 '이' 세계관 속에서 인간의 본심을 벗어난 행동을 합리화하고 형식화한 폐쇄성으로부터 개인의 개성을 해방시키는 중요한 단서를 마련한 것이다.

> "주희가 이른바 격물에 대해서 말한 것은 대상물에 나아가 도리를 궁구한다는 데 있다. 즉물궁리(卽物窮理)는 사사물물(事事物物)에 나아가 이른바 '정리(定理)'를 구하는 것이다. 이는 내 마음을 사사물물 가운데서 구하는 것이니 '심'과 '이'를 나누어 둘로 본 것이다. 사사물물에서 '이'를 구하는 것은 마치 효(孝)의 이치를 부모에게서 구하는 것과 같다. 부모에게서 효의 이치를 구하면 효의 이치가 과연 내 마음에 있는 것일까, 아니면 부모의 몸에 있는 것이겠는가. 가령 부모의 몸에 있다면 부모가 돌아가신 후에 내 마음속에는 효의 이치는 마침내 없어지고 말 것이다."[113]

---

110) 荒木見悟, 앞의 책 77~78쪽 참조.
111) 『전습록』 卷之下 47쪽: "天理在人心 …… 天理卽是良知."
112) 『전습록』 卷之上 15쪽 참조. 같은 책 卷之上 38쪽에는 "心外無理, 心外無事."란 말이 보이며, 60쪽에서는 "心外無物"이란 말도 보이는데, 이 같은 내용은 『전습록』 전체의 주된 내용으로 보아도 무방할 것이다.
113) 『전습록』 卷之中 12, 13쪽: "朱子所謂格物云者, 在卽物而窮其理也. 卽物窮理, 是就事事物物上, 求其所謂定理者也. 是以吾心而求理於事事物物之中, 析心與理而爲二矣. 夫求理於事事物物者, 如求孝之理於其親之謂也. 求孝之理於其親, 則孝之理

"내가 지금 '심즉리'를 말하는 것은 무엇 때문인가. 단지 세상 사람들이 '심'과 '이'를 나누어 둘로 보는 까닭에 허다한 폐단이 생기었기 때문이다. (예컨대) 오패(五伯: 五覇)가 이적(夷狄)을 물리치고 주실(周室)을 받든 것도 모두 하나의 사심 때문으로 이치에 합당하지 못한 것이다. (그런데) 사람들은 오히려 그들[五覇]이 이치에는 합당하지만, 단지 마음에 아직 순수하지 못한 점이 있었던 것이라고 말하며 왕왕 그 행위를 쾌히 흠모하며 겉만 훌륭하면 된다고 생각하면서 오히려 마음은 간섭하려고 하지 않는다. (이런 식으로) 마음과 '이'를 둘로 나눈 결과 그 유폐가 패도(覇道)의 거짓에 이르러도 스스로 알지 못한다. 그래서 나는 '심즉리'를 주장한 것이다."114)

양명학의 '심즉리론'은 결국 개인의 자아를 존중하는 '양지론'으로 전개되었다. 인간은 누구나 '양지'를 지니고 있다는 데 동등하다는 '치양지론'이다. 양명은 맹자가 '적자지심(赤子之心)'을 통해 인간 고유의 본성을 설명했던 것처럼 인간의 고유한 본성 '양지'로써 인간존중의 입장을 피력하였다. 양명의 '양지론'은 육상산은 물론 맹자까지 소급되는 논리로, 여기에 정명도(程明道, 1032~1085)의 만물일체(萬物一體)사상과 장횡거(張橫渠, 1020~1077)의 태허(太虛)사상이 깊이 포섭되어 있다고 볼 수 있지만,115) 이 '양지론'이 갖는 사상적인 의미는 개인의 자아를 중시하는 데 있다. 현불초(賢不肖), 능불능(能不能)을 불문하고 '양지'는 누구나 소유한 인간 본래의 속성이라는 데 양명사상의 핵심이 수록된다. 따라서 양명사상의 핵심은 도덕 주체로서의 개인의 '양지'를 실현하는 것이며, 그것을 통해

其果在於吾之心邪, 抑果在於親之身邪. 假而果在於親之身, 則親沒之後, 吾心遂無孝之理歟."

114) 『전습록』卷之下 80쪽: "我如今說箇心卽理, 是如何. 只爲世人分心與理爲二, 故便有許多病痛. 如五伯攘夷狄尊周室, 都是一箇私心, 便不當理. 人却說, 他做得當理, 只心有未純, 往往悅慕其所爲, 要來外面做得好看, 却與心全不相干. 分心與理爲二, 其流至于伯道之僞而不自知. 故我說箇心卽理."

115) 岡田武彦, 앞의 책 122쪽 참조.

모든 가치기준이 설정된다고 본 것이다.

> "대저 학문은 마음에서 터득한 것을 귀하게 여긴다. 마음에서 구해 그르
> 다면 비록 그 말이 공자에게서 나왔다 하더라도 옳다고 여길 수 없다. 더구
> 나 공자에 미치지 못하는 자에게 있어서랴. 마음에서 구해 옳다고 한다면
> 비록 그 말이 범부에게서 나왔다 하더라도 감히 그릇되다고 할 수 없다."116)

개아(個我) 중심의 이론이 명대 양명사상 속에서 부각될 수밖에
없었던 근본적인 원인은 적어도 주자학의 전체성을 강조하는 데 대
한 반론에서 제기된 것으로 보인다.117) 주자학의 객관적 이관(理觀)
속에서의 개아는 전체성 속에 항상 소외 내지는 종속당하고 말기
때문에 사회적으로는 개인보다 공동체가 우선한다. 양명의 '양지론'
에 입각한 개아중심으로의 인식 전환은 주자학적 전체주의적 성향
에 대한 반성적 작용이다. 공동체적 윤리에 앞서 개인의 주관적 판
단에 의한 개인의 윤리를 우선시하는 것이 양명학이다. 양명학은 시
비선악의 판단 기준을 개인의 심성에 의존한다.118)

양명의 '지행합일(知行合一)' 사상은 지행관에서 '선지후행(先知

---

116) 『전습록』 卷之中 94쪽: "夫學貴得之心. 求之於心而非也, 雖其言之出於孔子, 不敢以
  爲是也. 而況其未及孔子者乎. 求之於心而是也, 雖其言之出於庸常, 不敢以爲非也."
117) 岡田武彦, 앞의 책 17쪽에서는 명말의 자연주의가 그 성질상 극단적인 個我의 강
  조와 같은 형태의 것으로 전개되었다고 하는 점은 누구나 공감하는 바라고 지적하
  며, 그렇기 때문에 상당수의 지식인들 사이에서는 전통적인 유교윤리, 적어도 禮敎
  에 대한 憎惡의 念을 포괄하며 도출하고 있는데, 이것은 이미 양명사상 속에서 배
  태된 것이라 보고 있다.
118) 주희가 개체성보다는 전체성을, 양명이 전체성보다는 개체성을 강조했다고 하는 것
  은 그들의 格物說에서도 찾을 수 있다. 주희에게 있어서 격물이란 외재적 사물에
  서 이치를 궁구하는, 곧 외물(객관사물)에 그 인식의 기준점이 있다고 한다면 양명
  에게서는 주희의 이 같은 방식으로는 이치를 궁구할 수 없다고 논박한다. 양명은
  "但當求之於內, 而程朱格物之說, 不免求之於外."(『전습록』 卷之中 93쪽)라고 하여,
  內(自我) 속에서 이치를 찾아야 한다고 인식하였다. 결국 양명은 도덕 주체로서 개
  인의 양지(心性) 회복을 강조한 것이다.

後行)'의 입장에 섰던 주자학에 대한 보완이론이다. 절박한 현실을 목전에 두고 '선지후행'의 입장에 섰다면 지식인으로서 고민하지 않을 수 없었을 것이다. 유학의 본질적 측면이 '내성외왕지도(內聖外王之道)'에 있다고 할 때, 언제까지 '내성'만 하고 있을 수만도 없을 것이다. 양명은 '내성'과 '외왕'을 결코 분리하지 않았다. '내성'이 곧 '외왕'의 길이요 '외왕'이 곧 '내성'이라는 점을 인식한 것이다. 개인이 없는 전체 무의미하듯 전체 없는 개인 무가치하다는 인식이 그의 '지행합일' 사상에 내포되어 있다는 것이다.

사회의 다양한 문제를 놓고 고민할 때 양명은 주희의 '선지후행'의 방법을 버리고 '지행합일'의 적극성을 택한 것으로 이해된다. 주희의 지행관으로 비춰본다면 한 사람이 태어나 죽을 때까지 아무것도 알지 못한다면 그 사람은 영영 어떠한 일도 하지 못하고 마는, 그렇기 때문에 '선지후행'의 방법으론 아무것도 할 수 없다는 절박한 심정이 양명의 지행관을 도출하게 된 것이다. 나아가 양명은 사회적 폐단이 지식인들의 논리적 허구에서 비롯되었다는 위기의식을 갖고 있기 때문에 '지행합일'을 주장하게 된 것이다.

> "지금 사람들은 앎과 행동을 둘로 나누기 때문에 반드시 먼저 알고서야 행동하는 것으로 생각하고 있다. 지금 내가 강습하고 토론하는 앎의 공부를 하여 참되게 알고 나서야 행할 수 있다고 한다면 결국 종신토록 행하지 못하고 또 종신토록 알지도 못할 것이다. 이것은 작은 병통이 아니며, 이렇게 내려온 것이 하루 이틀이 아니다. 내가 지금 지행합일을 말하는 것은 이와 같은 병을 치료하기 위한 약인 것이지, 당치도 않게 근거 없이 만들어 낸 것은 아니다."119)

---

119) 『전습록』 卷之上 12쪽: "今人却就將知行分作兩件去做, 以爲必先知了, 然後能行. 我如今且去講習討論, 做知的工夫, 待知得眞了, 方去做行的工夫, 故遂終身不行, 亦遂終身不知. 此不是小病痛, 其來已非一日矣. 某今說箇知行合一, 正是對病的藥,

이러한 위기의식에서 비롯된 양명의 '지행합일'의 주장은 '사상마련(事上磨鍊)'의 논의에서 보다 구체적으로 드러난다.

"사람은 모름지기 구체적인 일(事上) 속에서 연마하고 공부를 하여야만 유익하다. 만약 정적(靜的)인 것만을 좋아하다가 구체적인 일(事)을 만나게 되면 곧 혼란해져서 끝내는 큰 정진이 없게 된다. 이 정적인 때의 공부는 또한 어긋난 것이 있어서 (이때는 뭔가) 얻는 것 같으나 실은 잃고 마는 것이다."[120]

이같이 양명은 사상(事上)에서의 공부를 말하면서 정적(靜的) 공부를 부차적인 것으로 인식하고 구체적인 일(事) 속에서의 실천성을 강조하였다. 양명의 지행관은 구체적인 사상 속에서의 실천을 강조한다는 측면에서 주희의 '선지후행'과는 다르다. 양명의 '지행합일'은 주희의 '주지주의(主知主義)'적 측면에 대한 비판임과 동시에 보완이론으로서의 역할을 하였다는 것이다.

이렇게 양명사상이 주자학과 상대적으로 달리 나타날 수밖에 없었던 원인은 크게 두 가지 측면에서 살필 수 있다.

하나는 당시 지식인들의 사회적·계층적 성향에서 찾을 수 있다. 본래 송대 학술사상은 관료 지식인 계층의 취향에 적응하기 위한 것이었다면, 명대 학술사상은 서민 계층의 취향에 적응하기 위한 것이었다. 이것은 송명대 문화 전반에 걸쳐 그 특징으로 부각되었는데, 시·서·화는 물론 도자기의 모양과 색채가 이를 증명한다.[121]

又不是某鑿空杜撰."

120) 『전습록』 卷之下 6쪽: "人須在事上磨鍊做功夫, 乃有益. 若只好靜遇事便亂, 終無長進. 那靜時功夫亦差, 似收斂而實放溺也." 이러한 '事上磨鍊'에 대한 문제는 『전습록』 卷之中 「答周道通書」(47~49쪽)에도 자세히 언급되어 있다.

121) 岡田武彦, 앞의 책 11쪽 참조. 한편 岡田武彦의 『宋明哲學の本質』(木耳社, 1984년 11월) 9~22쪽에서는 계층적 기반에 따른 송명대 학술의 본질적인 차이점을 도자기

여기서 송명대 관료 지식인 계층의 취향과 서민 계층의 취향을 분리해서 설명한 것은 상대적 경향성을 두고 한 말이다.

다른 하나는 사인(私人) 해외무역의 발달과 이로 인한 상인들의 사회적 위치의 부각과 상공업 발전에 따른 서민 경제의 활성을 들 수 있다. 사인 해외무역은 이미 관 중심의 조공무역 형태가 쇠퇴하고, 이를 연안 상인들이 대신하는 과정 속에서 해외무역이 활기를 띤 것을 말한다. 또한 상품경제의 발달은 수공업의 발달과 연관되어 도시를 활성화시키는 주요한 요인으로 작용하였으며, 동시에 기존의 행정 중심의 도시가 이제는 상업 중심의 도시로 전환하였는데, 이때 그 주역으로 등장한 이들이 중소 상인계층임은 이미 언급한 바 있다. 명대 중기 이후의 사회 변모가 결국은 사상사에 있어서 개인의 자아를 중시하는 경향으로 나가게 한 것이다.

이 같은 사상적 흐름은 양명 사후 더욱 구체성을 띠며 전개되었다. 양명사상이 주자학에 대한 사회적 위기의식의 발로라면 양명학 자체 내에서의 분파 양상은 양명사상에 대한 또 다른 위기의식의 발로라고 할 수 있다. 명대 중기를 넘어 명말로 접어들면서 사회가 더욱 혼란해지자 지식인들 사이에서 새로운 사상에 의한 사회구제를 모색하게 되었다. 대표적인 것으로, 양명사상을 보다 사회적 측면에서 주관적이고 개인적 측면을 강조한 양명좌파가 나타났고, 또 양명사상의 기본적인 흐름에 다시 주자학적인 엄숙주의를 보완한 양명우파가 나타난 것이다.

일반적으로 양지현성파(良知現成派), 혹은 태주학파(泰州學派)라

라고 하는 생활 도구 속에서 찾는다. 예컨대 明磁는 宋磁에서와 같이 지적 엄숙미 라든지 형태에서의 자연스런 작위의 흔적을 찾기 어렵다고 지적한다. 그러나 여기 서는 이에 대한 자세한 설명은 부연하지 않는다. 사상이나 문화 예술이란 마땅히 시대성과 **사회성**, 그리고 계급성을 반영한다는 기본적인 논리를 적용한다면 굳이 이에 대한 지면 할애를 할 만큼의 여지가 없기 때문이다.

고 일컬어지는 양명좌파와 양지귀적파(良知歸寂派)의 대립이 명말 사상계의 한 특징으로 자리한 것이다. 물론 양지수증파(良知修證派) 및 여타의 양명학파가 존재하였으나 여기서는 다루지 않는다. 그러면 먼저 양명 좌우파 논전과 그에 따른 사상적 경향을 살펴보자.

(3) 양명학의 좌우파 논전

명말 사회적 혼란은 크게 대내외적인 양 측면에서 나타났다. 대내적으로 불안한 농촌경제에서 비롯된 농민층의 봉기는 명조를 위협할 정도였으며, 이자성·장헌충을 대표로 하는 농민군은 전국 곳곳에서 위세를 떨치고 있었다. 또한 지도층 내부의 갈등이 날로 심화되었는데, 대표적인 분란의 형태는 엄당(奄黨)과 사대부 계층 간의 갈등이었다. 명조의 중앙집권화 과정 속에서 권력의 핵심으로 부각된 엄인(奄人)들의 횡포는 명대 정치조직의 틀을 흔들고 있었다. 이 같은 엄인들의 전횡에 대항해서 조직적인 반발을 보인 이들이 사대부 계층이며, 이들이 하나의 조직적인 움직임을 보인 것이, 예컨대 동림당과 같은 정치 결사체였다. 한편 대외적으로는 중국의 북쪽에 위치한 만주족이 더욱 강성해진 군대를 이끌고 명조를 위협하고 있었다.

이러한 정치적 혼란의 와중에서 사상가들은 기존의 학적 체계에 대한 새로운 변화를 도모하였다. 대표적인 경우가 왕용계(王龍溪, 1498~1583)·왕심재(王心齋, 1483~1540)를 중심으로 한 양명좌파의 학자들이다. 이른바 현성파라고도 하는 이들 학자들은 당시 사회 풍조를 따라 사상적인 변화를 도모하면서 명말 사상계를 풍미하였다.[122] 이들은 '심'의 자연성을 중시하고 개인의 욕망을 긍정하는, 나아가 기존의 도덕적 질서를 멸시하는 극단적인 상황으로까지 사상을 도출하고 있었다. 이 같은 현성파의 입장은 육상산-왕양명-현성파로 이어지는 사상 발전의 자연한 모습이기도 하였다.[123]

이들 양명좌파에 대한 선행 연구의 평가는 대체로 기존 도덕윤리에 대한 파괴자로 단정하고 있다. 대표적으로 도전건차(島田虔次)는 양명좌파의 학자들을 "사회적 통념과 권위에 도전하여 기성도덕을 극단적으로 부정하기에 이르렀으며, 적극적으로는 도덕적 혼미, 사회불안을, 소극적으로는 사회적 병폐를 초래했다. 그리고 이론이나 실천적인 면에서 과격주의자(래디칼리스트: 소인과 같은 거리낌이 없는 자)였다."[124]고 말하며, 양명좌파의 사상가들을 기존 체계에 대한 파괴를 도모한 반란자로 규정하였다. 반면에 양명우파의 학자들은 양명의 학문을 기존의 사상체계였던 주자학적 사유체계로 해석하였는데, 즉 주자학적인 엄숙주의를 양명사상에 결부시키고자 한 것이다.

그렇다면 과연 양명 좌우파의 사상적 차이는 어디에서 찾을 수 있는가? 한마디로 양명 좌우파의 대립은 양명의 사언교(四言敎)[125]

---

122) 現成派의 사상은 양명학의 원류라고 할 수 있는 陸象山의 사상으로 소급된다. 陸은 주자의 性卽理의 사상을 "高遠한 이상을 게시하고 도의 순수성, 객관성을 견지하여 현실에 대해 엄숙한 규범을 세움으로써 지리함에 빠졌다."고 하며 "구체적, 유동적인 心에 卽해서 理를 설명"하고자 하였다. 陸은 心의 자연성 및 구체성을 중시한 것이다. 따라서 육왕의 학은 현성파의 출현을 예정하고 있었다.(이상 인용문은 岡田武彦, 『王陽明と明末の儒學』125, 126쪽 참조)

123) 岡田武彦, 앞의 책 20, 122~123, 125~126쪽 참조.

124) 島田虔次, 앞의 책 177쪽 참조.

125) 四言敎에 대한 내용은 『전습록』 卷之下 외에도 『陽明年譜』 및 『王龍溪先生全集』 卷1의 「天泉證道記」에도 기록되어 있다. 그 기록 연대는 『전습록』이 1556년, 『陽明年譜』가 1563년, 『王龍溪先生全集』이 1587년도에 기록되었다. 이렇게 저술의 기록 연대를 밝혀두는 것은 사언교의 내용이 양명의 저작이 아니라 王龍溪의 조작이라는 논란이 있기 때문이다. 조작설을 주장하는 대표적인 인물은 유종주와 황종희

혹은 사구교(四句敎)를 둘러싼 논쟁에서 비롯되었다. 사언교란 무엇인가?

> "선(善)도 없고 악(惡)도 없는 것이 심의 본체이고, 선도 있고 악도 있는 것이 의(意)의 움직임이며, 선을 알고 악을 아는 것이 양지이며, 선을 행하고 악을 제거하는 것이 격물이다."126)

이 네 구절, 즉 심체(心體)·의동(意動)·양지(良知)·격물(格物)에 대한 무선무악(無善無惡), 유선유악(有善有惡) 등의 언설을 사언교라고 한다. 양명의 이 발언에 대해 양명의 제자였던 전덕홍(錢德洪)과 왕용계의 논쟁이 좌우파 분기의 시발점이 되었다. 우파의 전덕홍은 이 말을 두고,

> "마음의 본체는 천명의 성이어서 원래 무선무악이다. 다만 사람에게는 습관적인 것(習心)이 있어서 뜻과 생각에 선악이 존재한다. 격물·치지·성의·정심·수신은 바로 그 본성의 본체를 회복하려고 하는 공부이다. 만일 원래 무선무악이라면 공부는 말할 필요도 없다."127)

라고 하며, '천명지성(天命之性)'으로서의 '무선무악'과 '습심(習心)' 곧 경험적·후천적 마음으로서의 '유선유악'을 말하였다. 인간의 선천적 본성과 경험적 마음을 구분하는 이원론적 경향성을 띤 표현인

이다. 그러나 사언교의 내용은 양명 만년의 최후의 논설로 봄이 타당할 것 같다. (송하경, 「양명학파의 형성과 그 전개(Ⅰ)」 유교학회 편, 『유교사상연구』 1992年 558~560쪽 참조)

126) 『전습록』 卷之下 66쪽: "無善無惡是心之體, 有善有惡是意之動, 知善知惡是良知, 爲善去惡是格物."

127) 『전습록』 卷之下 66쪽: "心體是天命之性, 原是無善無惡的. 但人有習心, 意念上見有善惡在. 格致誠正修, 此正是復那性體功夫. 若原無善惡, 功夫亦不消說矣."

데, 이른바 이것을 사유설(四有說), 유선설(有善說)이라고도 한다. 전덕홍의 양명 사언(四言)에 대한 판단을 황종희의 『명유학안(明儒學案)』에서 찾는다면, "심의 본체는 순수무잡(純粹無雜)하고 지선(至善)하다. 양지는 지선한 것이 드러나 살필 수 있는 것이니, 양지는 곧 지선이다 …… 의(意)라고 하는 것은 감응을 말한 것이며, 물(物)이라고 하는 것은 감응지사(感應之事)를 말한 것이다."128) "양지와 천리는 원래 두 가지 다른 의미가 아니다."129)고 하면서, 양명이 심체(心體)로써 '무선무악'을 말한 것은 시폐(時弊)를 구제키 위해 부득이 그렇게 말한 것이라고 하였다.130) 결국 양명의 '무선무악설'은 심체를 설명하는 제한된 내용에 불과하며, 본지는 기존 심성론의 연장이라는 범주 속에서 찾고 있는 것이다.

전덕홍의 이러한 논리 속에는 주자학에서의 주객이분적(主客二分的) 성향이 보이며, 심성론에서의 '본연지성'과 '기질지성'의 이원론적 사고를 보게 된다. 한마디로 전덕홍의 입장은 송대 주자학의 윤리적 선악관을 계승하는 입장에 선 것이다. 반면 좌파의 왕용계는 양명의 사언교를 두고,

"이 말은 아마도 궁극적인 뜻을 말씀하신 것이 아닐 것이다. 만약 마음의 본체가 무선무악하다고 말한다면 뜻(意)도 역시 무선무악한 뜻이 되고, 지(知)도 역시 무선무악한 지가 되며, 물(物)도 무선무악한 물이 된다. 만약 뜻(意)에 선악이 있다고 한다면 필경 마음의 본체에도 존재해야 할 것이다."131)

---

128) 황종희, 『明儒學案』 卷十一 「浙中王門學案」 '員外錢緖山先生德洪': "心之本體, 純粹無雜至善也. 良知者至善之著察也, 良知卽至善也 …… 意也者, 以言乎其感應也. 物也者, 以言乎其感應之事也."
129) 황종희, 앞의 책: "良知天理原非二義."
130) 황종희, 앞의 책: "故先師曰 '無善無惡者心之體.' 是對後世格物窮理之學爲先有乎, 善者立言也. 因時設法不得已之辭焉耳."
131) 『전습록』 卷之下 66쪽: "此恐未是究竟話頭. 若說心體是無善無惡, 意亦是無善無惡的

라고 하며, 심체가 '무선무악'이면 의·지·물도 모두 '무선무악'이라고 하였다. 이른바 사무설(四無說), 무선설(無善說)이다. 마음의 본체(心體)가 '무선무악'이라면 경험적 심(心) 및 인식능력(知·意), 그리고 객관사물도 모두 '무선무악'이라는 입장이다. 이것은 전덕홍의 해석과는 전혀 다름을 알 수 있다.[132]

왕용계 논지의 초점은 심체가 무선악(無善惡)이면 의·지·물 모두 무선악이며, 심체가 유선악(有善惡)이면 의·지·물도 모두 유선악이라는 주장이다. 이때 심체는 양명학에서 성정(性情)을 포괄한 개념이므로 성정에는 선악이 혼재한다는 의미를 지닌다. 결국 주자학의 심성론에서 순선(純善)만을 인정하는 본연지성(本然之性)에 왕용계는 선악이 혼재한다는 주장을 함으로써 주자학적 세계관과는 전혀 다른 논의를 전개한 것이다.

이러한 양명좌파 학자들의 주장을 두고 우파의 학자들은 기존 도덕윤리 및 관습적인 것에 대한 파괴로 규정하였다. 황종희는 좌파의 왕용계를 우파의 전덕홍과 비교하면서, "용계의 학문에 대한 깨달음은 선생(전덕홍)과 같지 않다. 용계는 마침내 선학(禪學)에 빠져 들었지만 선생은 유자의 본보기를 잃지 않았다."[133]고 하며, 용계의 학문을 유학의 범주로부터 분리하기도 하였다.

이에 양명우파의 학자들은 정통적인 사대부의 도덕윤리를 준수하는 측면에서 양명적 세계관에 주자학적 엄숙주의를 가미하였다.[134] 그렇기 때문에 한편에선 양명우파를 두고 '신주자학'이라고 할 정도

意, 知亦是無善無惡的知, 物是無善無惡的物矣. 若說意有善惡, 畢竟心體還有善惡在"
132) 황종희, 『명유학안』 卷十二 「浙中王門學案」 '郎中王龍溪先生畿'에서는 전덕홍의 四言教에 대한 설명이 양명의 본지를 곡해한 것이라고 하며 비판한 글이 실려 있다.
133) 황종희, 『명유학안』 卷十一 「浙中王門學案」 '員外錢緒山先生德洪': "龍溪之修持不如先生. 乃龍溪竟入於禪, 而先生不失儒者之矩矱何也."
134) 島田虔次, 앞의 책 178쪽 및 岡田武彦의 앞의 책 21쪽 참조.

로 그 사상적인 내용에 다소 주자학과 양명학을 절충하였으며, 나아
가 기강확립은 물론 가치관의 정립을 도모하려고까지 하였다. 이들
우파적 성향의 사상가들을 '사대부파' 혹은 '명교(名敎)지지파'라고
한 것도 여기에 연유한다. 그리고 이들은 양명학을 주자학적 세계관
과 방법에 의해 재조명하려고 하였기 때문에, 양명학을 송학으로 환
원하려고 하는, 결국 시대풍조를 역행하려는 경향성을 보였다고 비
판받기도 하였다.[135]

그런데 흥미 있는 것은 이 같은 두 사람의 논쟁에 대해 양명이
구체적인 답안을 제시하고 있지 않다는 점이다.

"두 사람의 견해는 서로 도와야 활용될 수 있으며, 각기 일면만을 고집
해서는 안 된다. 내가 여기서 사람들을 접해 본 결과 두 종류의 사람들이
있었다. (첫째) 영리한 본성(利根)을 가진 사람은 직접 근원적인 것에서부
터 깨달아 들어가는데, 원래 사람 마음의 본체는 밝고 잡된 것이 섞이지
않은 것이며, 원래 '감정이 드러나기 전의 상태'(未發之中)이어서 영리한
본성을 가진 사람이 본체에 대해 한 번에 깨닫게 되면, 바로 그것이 공부
가 되며, 자타(自他)와 내외(內外)가 동시에 모두를 투철해 버리는 것이다.
그다음 사람은 습심(習心)이 있어서 마음의 본체가 가려져 있음을 면치 못
하는 사람이다. 그러므로 또한 (이들에 대한) 교육은 의념상(意念上)에서
선을 행하고 악을 제거하는 것이다. (이렇게) 공부가 무르익은 후에 찌꺼기
가 모두 제거될 때 마음의 본체는 또한 아주 밝게 드러난다. 여중(汝中: 용
계)의 견해는 여기서 내가 말한 영리한 본성이라고 한 사람에 해당되고, 덕
홍(德洪)의 견해는 내가 여기서 말한 그다음 사람에 해당한다. (따라서) 두
사람이 서로 의견을 취하여 응용하면 모든 사람들을 모두 도로 이끌 수 있
을 것이다. (그런데) 만약 각기 일면만을 고집한다면 눈앞에서 바로 사람을
잃을 것이며, 도의 본체에 대해서도 각기 다 이해하지 못할 것이다."[136]

---

135) 岡田武彦, 앞의 책 20쪽 참조.

양명은 상반된 전덕홍과 왕용계의 견해를 두고 어느 편에도 타당성을 부여하지 않으면서 상호보완[相資]을 요청하고 있다. 이 같은 양명의 애매모호한 태도에 따라서 그 후학들은 상반된 견해를 갖게 되었고, 제각기 학문의 방법을 달리하게 됨에 따라 명말 양명 좌우파 대립이 생긴 것이다.

양명 좌우파의 대립이 사상사에서 중요하게 부각된 것은 기존의 심성론 체계에 대한 고수인가, 수정인가의 경향으로 나타났기 때문이다. 공자 이래 맹자를 도통의 기본으로 인식한 송대 주희 이래의 정통주의 학자들은 주자학의 천리심성을 순수유선(純粹有善)으로 해석하여 왔고, 이것은 양명의 양지론 속에도 어느 정도 수용되었다. 양명은 마음의 본체가 '무선무악'이라고 하였는데, 이때 선악은 결코 맹자의 성선을 부정한 것은 아니었다.

그러나 상기한 사언교의 내용을 다른 각도에서 볼 때, 양명은 심성의 선악문제를 상대적인 것으로 파악하였으며, 나아가 선악을 일물(一物), 천리(天理)의 차원에서 인식하고 있다.[137] 이 점에서 좌파

---

136) 『전습록』 卷之下 67쪽: "二君之見, 正好相資爲用, 不可各執一邊. 我這裏接人, 原有此二種. 利根之人直從本源上悟入, 人心本體原是明瑩無滯的, 原是箇未發之中. 利根之人一悟本體, 卽是功夫, 人己內外, 一齊俱透了. 其次不免有習心在本體受蔽. 故且敎在意念上實落爲善去惡. 功夫熟後, 渣滓去得盡時, 本體亦明盡了. 汝中之見是我這裏接利根人的, 德洪之見是我這裏爲其次立法的. 二君相取爲用, 則中人上下皆可引入於道. 若各執一邊, 眼前便有失人, 便於道體各有未盡."

137) 『전습록』 卷之下 18쪽에서 양명은 黃直(字는 以方이며, 江西의 金谿人이다)이 선악을 一物이라 한 까닭을 물으니, "至善이란 마음의 본체인데, 본체상에 약간이라도 온당함이 지나치면 곧 그것이 惡이 되는 것이다. 하나의 善이 있으면서 또 하나의 惡이 상대되어 있는 것이 아니다. 그러므로 선악은 단지 一物이다."(至善者心之本體, 本體上, 才過當些子, 便是惡了. 不是有一箇善, 却又有一箇惡, 來相對也. 故善惡只是一物)고 대답하자 황직은 이를 수긍하며, "저는 선생님의 말씀을 듣고서야 程子가 이른바 '善은 원래 性이나 惡도 또한 性이라 하지 않을 수 없다'고 한 말과 '선악은 모두 天理다. 惡이라 이름하는 것도 본래는 惡이 아닌데 단지 본래성에서 過(지나침)와 不及에 의해서 되는 것뿐이다'고 한 말이 모두 의심할 것이 없다는 것을 알았습니다."(直因聞先生之說, 則知程子所謂善固性也惡亦不可不謂之

의 학자들은 오히려 우파의 학자들보다 양명의 학설에 충실했는지도 모른다. 주자학에서 양명학으로 진행하는 것에 대한 비판 수정은 오히려 우파 학자들에 의해 추진된 것으로 보인다. 양명학을 주자학적 세계관에서 재해석하며, 수정 비판하였기 때문이다. 주자학에서 양명학으로의 진행을 당연시 한 학자들이 좌파 학자들이라면 그것을 제동하였던 부류가 우파 학자들인 셈이다.[138]

따라서 기존의 양명 좌우파 개념은 주자학을 정통유학으로 기준했을 때의 설명이다. 그렇다면 명대 양명학이 주자학의 도통을 계승하였다는 전제 아래 다시 양명 좌우파의 개념을 설정한다면 그 개념은 바뀌어야 할 것이다.

性, 又曰, 善惡皆天理. 謂之惡者本非惡, 但於本性上過與不及之間耳, 其說皆無可疑)고 하며, '善惡只是一物'과 '善惡皆天理'를 말하고 있다. 이것은 주희가 心을 性情으로 구분하며 性을 純善으로 情을 善惡混在로 본 것과 대비된다고 볼 수 있다. 근본적으로 양명은 心을 二元(性情)的으로 구분하지 않으나 善惡一物, 善惡皆天理 입장에서 惡을 善의 過不及 정도로 분석한다.

138) 島田虔次는 "좌파의 여러 제자들은 대체로 왕양명의 주장을 열광적으로 선전, 전파했다. 왕양명의 주장에 다소라도 의식적으로 비판, 수정을 가한 것은 오히려 우파 쪽이었다. 그 비판, 수정은 대부분 주자학에서 양명학으로 나아가는 데 대한 제동이었다."(『朱子學과 陽明學』 181쪽 참조)고 하며, 양명사상의 온전한 계승자로 좌파학자들을 내세우고 있다. 그러나 필자가 여기서 굳이 양명 좌우파의 정통성에 대한 논의를 할 여지는 없다. 다만 양명 좌우파의 기존의 분파에 대한 개념규정의 전제가 주자학적 세계관을 지향하는가 아니면 양명학적 세계관을 지향하는가에 달려 있었으므로 이를 확인하고자 할 따름이다. 나아가 청초 학자들에게 있어서는 명말에서의 좌우파 논전을 불식하고 經世之學을 지향하였다는 데 그 공통된 특징을 갖고 있으며, 바로 이 점에 의미를 두고자 한다. 특히 주변 인물이라든지 학문적인 성향에 있어서 다소 양명우파적 성향을 지녔던 황종희의 사상이나 당견의 사상이 좌파에서 주장하던 특징적인 것들을 대부분 수용하고 있다는 점에서 명말청초, 특히 청초로 접어들면서 좌우파의 사상적 갈등은 해소된 것으로 이해된다. 한편 荒木見悟(앞의 책 96쪽)는 王龍溪를 '王門의 顔淵'으로 지칭하면서, 萬曆年間 이후로 理學을 완전히 心學化한 좌파 王學이 압도적이었다고 분석하고 있다.

(4) 명말청초 양명학의 특징

여기서는 엄밀히 명말청초 양명학(후기 양명학)의 근대 지향성에 관한 문제를 다루려고 한다. 양명학과 후기 양명학자들의 사유체계가 동일한 것은 아니지만 연속성을 갖고 있기 때문에 후기 양명학의 근대 지향성에 관한 논의는 양명학 자체의 근대성 논의와도 같다. 다시 말해 후기 양명학자들이 갖고 있던 근대 지향적 사유체계가 양명사상에서 연유했기 때문에 양명사상의 본질 속에는 이미 근대 지향적 요소가 다분히 내재되어 있다는 것이다. 양명학은 이미 여러 측면에서 진보적 사유체계를 갖고 근대사회로의 흐름을 유도하였다는 것이다.

먼저 양명사상을 주자학보다 진보적 사유체계로 파악한 선행 연구자들의 논의는 양명학을 체재내적 이데올로기로 볼 것이냐 아니면 체제외적 이데올로기로 볼 것이냐의 평가로부터 시작하고 있다. 명대 주자학이 관학으로서 굳건히 자리하고 있을 때, 양명학은 체제내적 지배이데올로기로서의 자리를 확보하기 위해 주자학과 헤게모니 쟁탈전을 하였다고 하는 하나의 주장과 본질적으로 양명학은 체제외적 학문으로서 관학인 주자학에 대해 일대 비판 부정을 하였다고 하는 또 다른 하나의 상반된 주장이 있다.

양명학이 주자학과 체제내적 헤게모니 쟁탈을 하였다고 하는 주장은 어느 면에서 타당한 것으로 보인다. 그렇기 때문에 관학이었던 주자학보다도 양명학이 보다 더 체제 순응적이었다는 평가도 가능하다.[139]

그러나 이것은 양명사상의 진면목을 잘 살피지 못한 것이다. 양명

---

139) 島田虔次, 앞의 책 195쪽 참조.

학이 체제 수호를 외치는 주자학에 대한 일대 반성이자 비판이었다고 보기 때문이다. 양명학은 체제 내 이데올로기의 주류였던 주자학과는 본질적으로 대립 관계였으며, 한편으론 유학사상사의 이론보완의 형태를 취하면서 진보적 의식구조를 지녔다는 것이다.

이렇듯 양명사상에 대한 평가는 연구자마다 각기 다르다.[140) 양명

---

140) 양명학이 주자학과 대립적 관계라고 하는 것은 중국사상사를 서술하는 학자들 상당수가 이에 동의한다. 특히 일본의 학자들이 그렇다. 대표적으로 狩野直喜는 양명학을 주자학에 대립되어 발생한 학문으로 분석하며, 양명학을 주자학과 철저히 구분하였고(『中國哲學史』 岩波書店, 1953년 9월 467, 468쪽), 森三樹三郎은 양명학을 주자학의 反動이라 하였으며(『중국사상사』 임병덕 역, 온누리, 1986년 6월 232~238쪽), 溝口雄三은 『儒敎史』(山川出版社, 1987년 7월 315, 316쪽)에서, 山下龍二는 『중국사상사』(조성을 옮김, 이론과 실천, 1988년 1월 3판 278쪽)에서, 山本命은 『明時代儒學の倫理學的硏究』 13~73쪽에서, 山井湧은 『明淸思想史の硏究』 15,16쪽에서 정도의 차이는 있지만 양명학을 주자학과 대립된 유학의 새로운 요소로 파악하였다. 반면 중국의 학자들은 양명학과 주자학을 본질적으로 동일하다는 입장을 피력한다. 후외려는 "왕양명과 주희의 철학사상은 본질적으로 다른 것이 아니다. 본래 주관유심주의와 객관유심주의는 절대적인 구분이 있는 것이 아니다"(『中國思想通史』 第4卷, 907쪽)고 하면서 朱·王 동일성을 말하였고, 任繼愈는 "왕수인의 주관유심주의나 주희의 객관유심주의는 모두 봉건지주계급의 이론적 기초이자 세계관이다. 그들의 논쟁은 유심주의 내부의 다른 파벌 간의 논쟁이며 유물주의에 효과적으로 반대하고 부패한 봉건통치를 보호할 수 있는 유심주의에 대한 논쟁이었다."(『中國哲學史』 第3冊, 297쪽)고 하여 朱·王의 차별성을 배제하였다. 그러나 張立文은 『宋明理學硏究』 592~597쪽에서 양명학의 태동을 주자학에 대한 위기의식의 발로로 인정하면서, 그 사회적 토대의 변화와 양명사상의 대두를 주자학의 발전선상에서 서술하였다. 그러면서도 張은 理學이라고 하는 굴레 속에서 동일하다고 하여 기존의 평가에 대한 그 이상의 새로운 모습을 보이지는 못하였다. 한편 대만에서의 양명사상에 대한 평가는 엇갈린다. 蕭公權은 양명이 "儒(양명학)로써 儒(주자학)를 공격하는"(以儒攻儒)입장의 길을 열었다고 하며, 양명사상을 매우 높게 평가하였으며(『中國政治思想史』 下 聯經出版社業公司, 1981년 3월 599쪽), 張鐵君은 '혁명교육의 기초'로서 양명사상을 평가하였다(「文化改造與陽明學說」(蔣和琪 編, 哲學修養叢書, 『陽明學論集』 所收). 특히 余英時는 『歷史與思想』(聯經出版社業公司, 1989년 11월 16판 91~106쪽)에서 주자학과 양명학을 智識主義와 反지식주의로 표현하며, 그 대립성을 강조하였다. 그런가 하면 勞思光(『中國哲學史』 上三, 三民書局, 1980년 2월) 같은 학자는 道統論에 입각해서 양명사상을 주자학의 適統으로 평가하기도 한다. 우리나라에서의 양명사상에 대한 평가는 전반적으로 도덕윤리적인 문제에 편중된 감이 없지 않으나, 조영록의 「양명사상에 있어서의 '分'의 문제」(역사학회 편, 『동양사논문선집』 II, 일조각, 1980년 重版)와 김수중의 「양명학의

학을 봉건 이데올로기의 한 양상으로 볼 것인가, 아니면 탈봉건 이데올로기를 지향한 사유체계로 볼 것인가가 주된 평가의 기준이다.

먼저 양명학을 주자학과 마찬가지로 봉건 이데올로기의 한 양상이라고 보려는 학자들은 대체적으로 중국 사회에 대한 시대구분에 있어서 청말까지를 봉건시대로 보면서 결국 송·원·명·청시대의 철학은 봉건적 철학사상일 수밖에 없다는 논리를 내세운다. 반면 양명학, 특히 후기 양명학을 탈봉건 이데올로기의 한 경향으로 보려는 학자들은 명말청초의 사회경제구조—자본주의 맹아현상—에서 생성된 진보적 의식체계가 양명학이라고 평가한다. 그렇다고 후기 양명사상을 곧바로 근대사상으로 치부한 것은 아니다. 근대사회 전 단계에서 근대사회를 추동한 진보적 사유체계로서 양명사상의 역할을 높이 평가한 것이다.

여기서 간단히 양명사상을 주자학과 구별해서 진보된 사유체계로, 나아가 근대 지향적 사유체계로 분석한 몇 가지 견해를 정리해 본다.

①먼저 양명학의 심학적 본질이 갖고 있는 특징을 네 가지 경우로 분류해서 설명한 내용141)에서 근대 지향성을 찾는 경우이다.

첫째, 양명학은 기존의 '이' 관념에 사로잡히지 않고 현실에 따른 '이'를 현실의 사례마다에 색정(索定)하는 풍조를 자아냈다. '이'는 일률적·형식적인 격법(格法)으로서 균일화되는 것이 아니라 개별

'大同'사회의식에 관한 연구」—王守仁, 王艮, 何心隱을 중심으로—(서울대 대학원 박사학위논문, 1991년) 등의 논문이 다소 양명의 사회사상적 의의와 그리고 사민평등 이론을 다루고 있는데, 이것은 양명학이 定分論(불평등론)으로서의 주자학에 대한 부정 비판의 이론이라는 측면에서 그 진보적 성격을 규명하려는 작업의 일환이라고 생각된다.

141) 溝口雄三 外著『儒教史』315, 316쪽 참조.

다양한 양태를 갖게 되었다.

둘째, 오경도 역사[142]라고 양명 자신이 말했듯 경서의 초역사적인 절대화·권위화를 부정하고, 경서라 하더라도 역사적 산물로 봄으로써 그 권위가 상대화되어 뒤의 고증학에서 나타나는 경서를 포함한 고전의 실증적 연구의 길을 열었다.

셋째, 성인관의 변화에도 보이듯 '이'의 담당층이 관료 사대부층만이 아니라 농·공·상 서민층에까지 확대되어 '이'의 내용에 이들 계층의 요구가 반영되었다.

넷째, 인간의 내부 깊숙한 곳에서 본원적으로 흘러나오는 것을 본성이라고 하는 데서 이윽고 소유욕과 생존욕까지를 본성으로서 용인하게 되어 뒤에서 이야기되는 욕망긍정적인 '이'를 낳기에 이르렀다.

이러한 주장은 다시 크게 두 가지로 요약할 수 있는데, 하나는 양명학이 주자학의 "존천리, 거인욕"의 수양론을 지양하며, 인욕긍정의 요소[143]를 갖고 있다는 점에서 봉건적 의식으로부터 탈피하였다는 것이며, 다른 하나는 양명사상이 사대부뿐만 아니라 일반 서민층까지 포괄하는 서민적 사회풍토 속에서 태동했기 때문에[144] 여기서 주

---

142) 『전습록』 卷之上 26쪽: "五經亦史. 易是包犧氏之史, 書是堯舜以下史, 詩禮樂是三代史."

143) 양명의 인욕에 대한 견해는 분명히 주자학의 범위를 벗고 있는 것은 아니나, 전반적인 사상체계상 **인욕긍정**의 사상체계로 나갈 수 있는 가능성을 열어 놓았다고 보는 입장이다. 이른바 **양명좌파**의 **인욕긍정**의 경향은 결코 양명의 입장을 전혀 도외시한 것이 아니라 오히려 양명의 사상을 발전시켰다는 측면에서 이것은 어느 정도 이해할 수 있을 것이다.

144) 양명은 『전습록』 卷之下 40쪽에서 "愚夫愚婦와 함께하는 것을 일러 '同德'(목적과

자학과는 다른 개방된 사유구조로의 전환을 가져왔다는 것이다.

양명학에 대한 평가는 이것으로부터 심하게는 "양명학은 반유교적 색채를 띤다."는 주장까지 나왔다. 양명학이 반유교적 색채를 띠고 있다는 것은 "양명 이전의 심학에서 말하는 심은 도덕적 본성, 천리였지만, 양명 심학에서의 심은 정(情)을 포함한 살아 있는 마음으로서의 양지였다. 여기에 인욕긍정론을 도출할 수 있는 요소가 있다."고 하며, 또한 "경서는 절대불가침의 성전(聖典)이라기보다 역사서로 생각하였다. 경서는 삼대 이전의 역사를 기록하고 있으며, 독자는 그 역사 가운데 도(道)를 엿볼 수 있다."고 한 양명의 언설을 근거로 들고 있다. "양명이 반주자학적 이론을 정립한 것은 그때까지의 심학이 주륙(朱陸) 절충적이었던 것과는 매우 다르다. 그리고 반주자학에서 이윽고 반유교적 색채를 보이기 시작한 단계에서 양명은 죽었다."[145]고 지적하며, 양명사상이 주자학을 부정 비판하며 상대적으로 근대 지향적 의식체계를 형성하였다는 것이다.

여기서 양명학이 주자학을 비판하며 새로운 모습을 드러냈다고 해서 '반유교'라고까지 표현한 산하용이의 견해를 전적으로 찬동하는 것에는 문제가 있다. 유학사상의 흐름이 끊임없는 이론보완을 통해서 변화된 사회에 적응하기 위한 개방성과 실학적 사유방법을 지향하고 있다는 점에서, 양명사상이 기존의 주자학적 세계관을 비판

성향을 갖게 지니는 것)이라 하고, 愚夫愚婦와 달리 행동하는 것을 일러 '異端'(성인의 도에 어긋나는 것)이라 한다"(與愚夫愚婦同的, 是謂同德, 與愚夫愚婦異的, 是謂異端)고 하며, 사람의 올바른 도리를 말할 때 차별을 배제하고 있다. 성인의 도는 인간을 차별하는 데 있지 않고 모든 인간과 더불어 목적을 지향하는 데 있다는 설명이다. 이러한 양명의 사상은 맹자의 입장과 일치한다. 맹자는 「離婁章句」下에서 "堯舜도 보통 사람과 같을 뿐이다"(堯舜與人同耳)고 하면서 본질적 인간의 평등함을 거론한 바 있다. 그러나 맹자나 양명의 이러한 평등적 세계관은 어디까지나 도덕적, 윤리적 평등을 말한 것으로 사회적, 신분적 평등원리를 설명한 것은 아니다.

145) 이상 인용문은 山下龍二, 『中國思想史』278쪽 참조.

수정하였다고 해서 이를 유학의 범주로부터 분리하는 것은 무리라 생각하기 때문이다. 나아가 양명학이 주자학과 다르다고 반유교적 색채를 띠었다고 하는 것은 주자학을 변함없는 정통사상으로 간주한 것이기 때문에 유학의 '시중지도(時中之道)'와도 상치한다고 하겠다. 그런 점에서 양명학은 다만 시대에 어울리지 않는 주자학적 세계관을 비판하고 당시 사회를 구제하기 위한 새로운 사유방법으로 새롭게 태어난 근대 지향적 의식체계로 이해함이 옳을 듯하다.

②중국 근대화 과정 속에서 수구적 지식인들을 비판하고 개혁에 앞장섰던 학자들 가운데 상당수가 양명학에 영향받은 이들이 많다. 이것은 양명학이 그 어떤 사상보다도 진보적 성향을 갖고 있기 때문이다. 특히 청말민초 혁명적 지식인들이 양명학을 선양하고 있다는 점은 양명학의 근대성을 여실히 증명한다고 하겠다.

예컨대 위원(魏源, 1794~1857)·공자진(龔自珍, 1792~1841)·강유위(康有爲, 1858~1927)·담사동(譚嗣同)·장병린(章炳麟, 1869~1936) 및 송교인(宋敎仁, 1882~1913)·유사배(劉師培, 1884~1919)·웅십력(熊十力, 1885~1968) 등이 양명학적 성향이 강했던 인물들이다. 이것은 곧 양명학의 사유체계가 여타의 어떤 유학이론보다도 진보적 요소가 강하였음을 시사한다.[146]

역설적으로 청조가 정치 안정을 도모하면서 강력한 주자학적 질서체계를 복구한 것은 주자학의 봉건성을 정치 원리로 활용한 것이며, 이때 나타난 전제주의에 대한 비판의식은 양명사상으로 무장한

---

146) 島田虔次, 앞의 책 224쪽 및 楊國榮의 『王學通論』(上海 三聯書店, 1990年 12月) 209쪽과 吳雁南의 「'心學'與辛亥風雲」(中國 社會科學出版社, 『歷史研究』 1992年 4月) 167~179쪽 참조. 여기서 吳雁南이 제시한 양명학은 공자 이후 맹자, 자사로 이어지는 학풍이 육상산, 왕양명에 와서 정리된 '心學' 일반을 가리킨다. 참고로 吳는 공자─순자 계통의 학문을 주희가 계승하여 주자학이 성립한 것으로 이해하고 있다.

지식인들에 의해 전개되었는데, 이것은 양명학의 근대성을 상징한다고 하겠다. 청말민초 근대적 지식인들은 사상적으로 양명의 만물일체론을 평등 이론으로, 양지심성론을 심물일체론(心物一體論)·개성해방론(個性解放論)으로 해석하며,[147] 양명사상을 매우 진보적인 사유체계로 이해하였던 것이다.

참고로 한국과 일본의 경우도 양명학이 실학적 사유풍토와 맞물리면서 근대적 의식으로 자리하였다고 하였는데, 이 같은 논거와 같은 맥락에서 이해된다. 한국의 경우 조선 후기로 접어들면서 현실에 대한 개혁적 의식을 고양시킴에 양명학이 대단히 큰 역할을 하였으며,[148] 일본에서도 "백여 년 전 명치(明治)가 유신(維新)의 개혁정치를 단행할 때, 양명학이 그 원동력이 되어 근대화하는 데 성공적으로 이끌게 되었다."[149] 이렇듯 양명사상은 근대화의 물결을 능동적으로 이끈 진보적 이론체계였던 것이다.

③양명학을 기학이라는 측면에서 주자학의 이학에 대한 부정 비판의 이론으로 설명하는 경우이다. 이기론에서 주희는 이기불가분리(理氣不可分離)와 부잡성(不雜性)을 동시에 말하면서도 비중을 이일원론적 측면에 두었다. 반면 양명은 "이는 기의 조리"라고 하는

---

147) 楊國榮의 앞의 책, 209~222쪽 참조.

148) 김길락, 「조선조 후기 陽明學에 있어서 근대정신의 형성과 전개」(충남대 유학연구소 편, 『유학연구』 제1집 소수 392쪽 참조) 이 논문에서는 한국의 양명학이 관학이었던 주자학을 비판하며―그렇기 때문에 양명학자들이 어느 경우에는 사문난적이라는 곤욕을 치루기도 하였다―근대 지향적인 이론으로 자리하였다고 보았는데, 이러한 주장은 기호학파의 영수인 율곡의 학문이 양명학에 대해 관대하였다는 점과 그 이후 기호학파에서 강화학파가 출현하였고 여기에서 실학자들이 대거 배출되었다는 점을 근거로 하고 있다. 이것은 곧 양명학적 사유체계가 시대의 時宜性을 중시한 변법론을 중시하였기 때문이라는 분석이다.

149) 김길락, 「명대에 있어서의 양명철학의 전개」(유교학회 편, 『유교사상연구』 제1집 194쪽 참조)

기일원론적 측면을 강조하였다.[150) 상대적으로 기일원론적 세계관은 현실 문제를 직시하며 개혁을 실천하는 데 치중하였는데, 양명학의 '지행합일' 이론이 바로 여기에 해당한다는 것이다.

명말청초 양명학이 경세치용의 현실개혁이론으로 자리할 수 있었던 것도 결코 우연한 일이 아니다. 양명사상은 이학으로부터 탈피하여 기학이라는 새로운 인식체계로 나아갔으며, 이것이 곧 현실 사회에 대한 개혁을 보다 구체화할 수 있는 방향으로 나가게 한 것이다. 명말청초 개혁사상의 근간이 바로 기학이며, 그 이면에 양명학이 강하게 작용했다는 측면을 강조한 논거라 하겠다.

④현대 중국학자들 가운데 일부는 주자학을 객관적 관념론, 양명학을 주관적 관념론으로 규정하는 일반적 경향을 부정하고 양명학이 객관적 관념론에 더욱 접근되어 있다고 주장한다. 이것 역시도 양명학을 근대 사유체계로 보려는 의도에서 나온 주장이다.[151) 다시 말해 인식 주체와 인식 대상을 분리한 것이 근대적 의식의 기반이라는 데서 나온 이야기이다. 의식과 존재, 정신과 육체 등을 이분법적으로 분리한 데카르트 철학이 서구 근대사상의 기본임을 염두에 둔 평가이다.

그러나 이것은 목적론에 편향된 평가일 뿐이다. 사상사의 발전을 반드시 정해진 틀 속에 넣고 분석하는 것 자체가 문제이며, 객관적 관념론이 과학적 사유패턴에 보다 접근했다는 도식 또한 이해하기

---

150) 山本命, 앞의 책 45~73쪽 참조.
151) 島田虔次,『주자학과 양명학』190, 191쪽 참조. 여기서 島田은 주자학을 객관적 관념론, 양명학을 주관적 관념론으로 규정하고 유물론에 보다 접근된 학문으로 객관적 관념론을 더욱 가치 있는 것으로 분석하는 것에 대해서 달리 표현한다. 즉 그는 양명학이 오히려 객관적 관념론에 더욱 접근되어 있으며, 이러한 양명학은 근대 사유체계로서의 요소를 다분히 갖고 있다고 분석한다.

어려운 부분이라 하겠다. 동시에 양명학을 객관적 관념론의 경향으로 보는 것도 문제 있기 때문이다.[152]

양명사상의 근대 지향성에 관한 주장은 근대성에 대한 본질적 고찰이기보다는 한편으론 목적 지향적 경향성이 강하다는 느낌도 받는다. 다시 말해 주자학을 봉건적인 사상체계로 전제한 다음 이것의 보완이론인 양명학을 근대 지향적이라고 평가하는 것 자체가 그렇다.

실제로 양명사상을 가장 잘 담고 있는 『전습록』의 기본적인 내용은 그래도 주자학적 세계관을 뛰어넘지 못하고 있다는 점에서 더욱 그러하다. 특히 실천 수양의 문제에 있어서 "존천리, 거인욕"의 주자학의 모토는 양명학에 와서도 거의 그대로를 답습하고 있으며 bn, 오히려 강화된 인상을 주고 있다.

그런데도 상당수 학자들이 양명사상을 근대 사유체계와 접근된 형태로 해석하는 것은 아마도 양명사상이 담고 있는 내용 속에서 근대 지향적 사유로 전환 가능한 방법과 체계가 있기 때문일 것이다.

예컨대 개인의 자아를 인식상의 가장 중요한 문제로 삼는 것 속에서 개인의 욕망을 긍정하는 방향으로 나갈 수 있는 개연성을 찾을 수 있으며, 전체보다는 개체를 중시하는 체계에서 근대적 개인윤리를 도출할 수 있다는 가능성에 그 근거를 두고 있다. 사실 이러

---

152) 이른바 서양 근현대 철학사의 흐름을 놓고 볼 때 칸트-헤겔-포이에르바하-마르크스의 단계를 설정하고 말한다면 이 문제는 더욱 명백해진다. 헤겔 이후 포이에르바하의 주관적 관념론 이후 **마르크스**철학이 나왔다고 하는 단편적인 상식 속에서도 島田虔次의 이해는 다소 문제가 있다고 여겨진다. 한편, Julia Ching은 그의 "TO ACQUIRE WISDOM"-The Way of Wang Yang-ming-(Columbia University Press,1976) 'Preface' 18쪽에서 양명학의 특징을 니체철학과 견주며 설명하였는데, 곧 서양철학의 Descartes(1596~1650), Kant(1724~1804)의 출현과 Hegel(1770~1831)의 관념변증법의 정점이 우상 타파주의자 Nietzsche(1844~1900)를 불러일으키는 반작용을 하였다고 하면서 양명학과 명말 **양명좌파**의 철학을 기존의 정주학에 대한 반작용으로 설명한 것도 상기한 논자의 생각과 무관하지 않다.

한 가능성은 명말청초로 접어들면서 소위 후기 양명학자들에 의해 실제적인 사유방식으로 나타났고, 여기서 양명사상이 일종의 근대 지향적 사유체계였음을 증명할 수 있다는 것이다.

특히 이지를 비롯한 명말 양명좌파 학자들의 사상을 근대 지향적 사유체계로 자주 언급하는 것은 주목할 필요가 있다. 그리고 명말청초 황종희와 당견의 양명학적 사유체계 속에 드러난 근대 지향적인 요소들도 주목되는 점이다.[153] 이들은 '옛것에 대한 해석'에 그치지 않고, '변혁을 위한 철학'을 하고자 했기 때문이다.

3. 소 결

여기서 양명사상이 주자학적 세계관보다 진보적이며, 나아가 근대 지향적인 의식체계를 갖추고 있다고 논의하였다. 그러나 양명사상의 근대성에 대한 논의는 몇 가지 전제되어야 할 요소들이 있다.

첫째, 근대사회에 대한 총체적 이해 없이 단순히 시간성만을 문제로 논의할 수 없다는 점이다. 적어도 사회경제적 발전 양태가 본질적으로 봉건질서를 대신할 만한 구체적 토대를 마련하고 있는가를 검토해야 한다는 것이다.

---

153) 楊國榮, 『王學通論』 202~207쪽에서는 황종희의 사상 속에 담겨진 自私自利의 심성론과 工商皆本의 이론을 李贄의 심성론의 계승 내지 영향이라고 주장하였다. 그러나 일반적으로 황종희는 좌파 **양명학자**, 특히 이지를 매우 경계하며 『명유학안』에서 조차 다루지 않았던 것으로 보아 이 주장은 다소 문제가 있다.

둘째, 단순히 개체성 중시, 개아중심, 욕망긍정이라고 해서 근대지향적 사유체계라고 할 수 있느냐의 문제점이다. 가령 선진시대의 양주(楊朱) 사상이 개아중심의 사상체계였다고 근대 지향적이라고 할 수 있는가의 문제이다.

셋째, 근대 지향적이란 표현상의 애매모호성에 대한 개념정의를 필요로 한다는 점이다. 원시사회도, 고대사회도, 중세사회도 모두 근대를 지향하고 있기 때문이다.

바로 이러한 문제들을 어느 정도 해소해야만 양명사상이 근대 지향적 사유체계였다는 의미가 살아날 것이다.

먼저 첫 번째 문제에 대한 해명은 제2장 1절의 「명말청초 사회경제적 상황」에서 어느 정도 설명되었다. 소위 명말청초 자본주의 맹아현상에서 보이는 토지의 사적 소유와 그에 따른 토지겸병과 상품생산의 확대, 그리고 상업도시의 발달, 해상무역의 민영화 등 물적 토대에 기초한 사회경제 분석을 통해 해소될 수 있다고 본다. 사회경제적 상황이 물적 토대가 되어 후기 양명학자들의 사상이 형성되었으며, 이것이 두 번째 지적하고 있는 개체성 중시, 개아중심, 욕망긍정의 사유방식으로 나타났고, 결국 이러한 사상체계는 단절적 일단이 아닌 시대사조 형태로 전개되었다는 점에서 근대 지향적이라 할 수 있다는 것이다.

또한 세 번째 지적된 근대 지향적이라는 표현상의 애매모호함은 이미 봉건질서를 완전히 씻지 못한 명청대의 한계 상황을 어느 정도 인정한다는 의미에서 이것은 명청대 사상의 한계로 인정할 수밖에 없는 문제로 여겨진다. 결국 명말청초 자본주의 맹아현상과 후기 양명학자들의 근대 지향적 사유체계가 중국 근대화와 직접적인 연결 요인으로 작용하지 못했다고 하는 비판을 부분적으로 인정할 수밖에 없는 이유도 여기에 있다. 그렇다고 중국의 근대화가 철저하게 외세의 개입으로만 설명되는 것에도 또한 불만이 없을 수 없다.

그런 점에서 중국 내부의 근대사회를 향한 몸부림, 즉 느슨하긴 하지만 지속적으로 변화 발전을 지향했던 노력들이 외세의 강력한 충격에 의해 좌절되고 말았다는 변명을 하지 않을 수 없게 만드는 점이다. 바로 이 점에 착안한 논리가 바로 경제적으로는 자본주의 맹아론이며 사상적으로는 후기 양명학파의 근대 지향성에 관한 논의가 아닌가 생각된다.

제3장 당견의 양명학적 세계관의 전개와 변용

제3장
당견의 양명학적 세계관의 전개와 변용

1. 생애와 학문관

당견(1630~1704, 字 鑄萬, 號 圃亭, 四川 達州人)은 명말청초 소위 계몽철학으로 주목되는 사상가이자 진보적 지식인의 한 사람이다. 원래 이름은 대도(大陶)였는데, 청조의 압박[154]을 피하기 위해 견(甄)으로 개명하였다. 그러나 당견이 개명할 당시의 나이는 57세로, 이미 노쇠하였기 때문에 단순히 청조의 '귀촉(歸蜀)'정책으로 인해 개명했다기보다는 청조의 관리와 지방 호강들의 구박을 피하기 위해 개명하였다는 견해가[155] 더 설득력을 갖는다. 그래서 그는 개명한 이후 곧바로 은거 생활을 하였고 가까운 친척 및 벗들과만 교유하였으므로 당대는 물론 후대 사람들이 그를 널리 알지 못했던 것으로 보인다.

---

154) 康熙 25年(1686년) 청조의 "驅蜀人歸蜀"정책. 楊賓, 「唐鑄萬傳」 224쪽 및 李之勤 「唐甄事迹叢考」 254쪽 참조.(『잠서』 중화서국, 1984년 수록)
155) 李之勤, 앞의 논문, 256쪽 참조.

먼저 그의 사상 형성에 절대적 영향을 미쳤던 파란만장한 생애를 간단히 살펴본다. 1640년 당견은 부친 당계태(唐階泰)가 강소(江蘇) 오강(吳江)에 진사(進士)하면서 그를 따라 당시 상품경제가 발달하고 번창했던 소주 오강에서 살았다. 1657년에는 사천(四川) 향시에 응시하여 거인(擧人)이 되었고, 그 후 1671년 42세 때에는 산서(山西) 장자지현(長子知縣)으로 임명되었으나 도인(逃人)으로 견책당하여 십 개월 만에 파직당했다.[156)]

당견이 관직을 가졌던 것은 청초 상당수 지식인들이 청조의 관직 참여를 거부하고 은거했던 것과는 대조되는 점이라 유의할 필요가 있으나, 그 스스로 오랜 유랑 생활로 인한 가난 때문에 관직에 나아갔을 뿐이라고 말한다.[157)] 관직에서 물러난 이후로 그는 강남에 거주하였는데, 생활이 날로 곤궁해져 갖고 있던 밭을 팔고 경상(經商)[158)]에 종사하기도 하였다.[159)] 아무리 삶의 방편으로 상업에 종사했다고는 하지만 중국 전통사회 속에서 사대부가 상업에 종사한다

---

156) 『潛書』「守賤」 88쪽(이하 『潛書』는 생략): "十月而革爲民"「西蜀唐圃亭先生行略」 208쪽(이하「行略」): "爲長子令甫十月, 以逃人註誤去職."「淸史列傳」唐甄傳(『潛書』 84년版 229~230쪽): "甫十月, 以逃人註誤去官."

157) 당견은 「唐階泰墓表」에서 "參議旣卒七年, 家貧無所得, 大陶乃學爲時文, 還蜀鄕試, 名榜中. 仕長子知縣十月, 革爲民, 貧益甚."(214~215쪽)라고 하였고, 「守賤」에서도 "吾爲貧而仕."(88쪽)라고 하여, 관직에 나간 동기를 밝히고 있다. 한편「행략」에서도 이에 대한 설명이 나와 있다. 「행략」에는 당견의 先代가 상당한 토지를 소유한 대지주 집안이었으나, 숱한 戰禍와 流浪生活로 唐甄 代에 와서는 빈곤을 면치 못했다고 한다.

158) 「食難」 85쪽에서는 당견이 小地主로서의 부세부담을 논하고 그것을 팔아 小商人이 되는 과정을 상세히 설명하고 있다.

159) 「行略」 208, 210쪽에 보면 당견은 관직생활을 통해 받던 祿을 박탈당한 뒤로 생활이 넉넉지 못하여 가족의 끼니를 걱정해야 할 정도였다고 한다. 또한 그가 죽었을 때에는 그를 장사 지내지 못하다 翰林의 한 학자가 그 사정을 八親王에게 청하여 장례를 치렀다는 이야기도 실려 있다. 이 이야기는 楊賓의 「唐鑄萬潛書序」(『潛書』 84년 판 246쪽)에도 상세히 전하고 있는데, 여기서는 扶助金이 도착하기 전에 이미 장례를 치렀기 때문에 그의 壻 王聞遠이 돌려보냈다고 기록하고 있다.

고 하는 것이 예삿일은 아니었다.

당견의 이 같은 상업으로의 전환은 당시 상업 경제의 발달과 그에 따른 의식구조의 변화 차원에서 시사하는 바가 크다. 명말청초 사대부 상인, 즉 유고(儒賈)는 당견 말고도 상당수 있었음을 감안할 때 당시 사회상황을 어느 정도 짐작하고 남음이 있다.

당견은 명말청초 대내적인 농민봉기[160]와 대외적인 이민족(만주족)의 중국 내습 등의 사회적인 혼란기를 살면서 전통적으로 상업이 발달한 강남지역의 현실을 경험하며 살았다. 이와 같은 사회경제적 분위기가 당견의 사상 형성에 절대적 영향을 주었음은 두말할 나위도 없다.

당견의 사상은 한마디로 경험과 실천을 중시하는 데 있었다. 경험적·실천적 학문이란 이론적·관념적 학문과 대비되는 표현이다. 당견은 이론과 관념에 치우치는 것을 '공리(空理)'라 비판하고 구체적 현실 속에서 실학적 학문 태도를 취하였다. 실학적 학문 태도의 기본은 경험과 실천을 중시하는 데 있다. 그가 생각한 학문이나 사상은 스스로의 노력과 실천 행위를 통해서 얻어진다고 하였다. 자신의 노력과 실천 없이 학문이나 사상은 연마될 수 없다고 본 것이다.

당견이 저술한 『잠서』 역시도 30년간의 견문을 모아 놓은 것이다.[161] 『잠서』가 단지 책상 앞에서 이상적으로 그려낸 것이 아니란 것이다. 이것은 사회 현실을 직접 경험하고 문제를 해결하려는 실천적 의지를 담아낸 것이다. 이를 잘 표현하고 있는 내용을 들어보자.

"옛날 명나라 때 산동(山東)에 한 공자(公子)가 있었는데 집안이 부유하

---

160) 당견이 출생한 四川 達州는 당시 농민군의 거장 張獻忠이 지배하던 곳이었다.
161) 『잠서』「潛存」편(北京 古籍出版社, 1955년. 北京 中華書局, 1984년) 205쪽에 자세히 기록하고 있다.

고 노는 것을 좋아하여 힘든 일에는 익숙하지 않아 가까운 동리에 갈 때에도 말이 없으면 가지 않았다. 하루는 서울을 가게 되어 좋은 말을 고르고 건장한 하인을 선택해서 좇게 하였다. (말을 탈 때는 하인이) 재갈을 잡아 주어야 오르고, (말에서 내릴 때에는) 재갈을 잡고 내리고, (그리고 하인이) 재갈을 잡고 험한 길을 지나갔다. 말이 좋고 하인이 건장해도 날마다 2백 리를 걸은 이후에나 쉴 수 있으니, 어찌 마음껏 즐거울 수 있겠는가! (그런데) 길을 가다 도적을 만나 말을 잃고 또 하인을 잃고는 사방에다 대고 살려달라고 외쳐도 도와주는 이 하나도 없었다. (외치기를) 그만두고 어찌할 수 없어서 곧 억지로 일어나 걸었다. 정강이가 부르트고 발바닥에 못이 생기면서 겨우 하간(河間, 하북성 소재)으로부터 15일 이후에나 서울에 도착했다. 대저 하인과 말은 먼 길을 가는 데 도움은 될 수 있다. (그러나) 일단 중도에 그것을 잃으면 사람의 발만 같지 못하고, 그 힘은 사람의 힘만 못해서, 나가고자 해도 나갈 수 없으며, 물러가고자 해도 물러갈 수 없고, 좌우 어느 쪽으로도 돌이킬 수 없다. 이때에 어찌 (자신을) 구렁텅이에 맡기겠는가? 돌이켜 자기에게서 그 원인을 찾을 뿐이다. 나에게 말이 없어도 발이 있으며, 나에게 하인이 없어도 힘이 있다. 발이 비록 약해도 다니지 못할 정도는 아니며, 힘이 비록 약해도 거동치 못할 정도는 아니다. 다른 사람들은 날듯이 뛰어 서울에 도착할 수 있었지만 나는 발이 부러질 것 같은 어려움 속에서 간신히 서울에 도착하였다. 다른 사람들은 나보다 훨씬 이전에 서울에 도착한 것이다. 진실로 수고로움을 거리끼지 않으며 뒤쳐지는 것을 부끄럽게 생각지 않으면 비록 하인과 말의 도움이 없어도 마침내 또한 반드시 도달할 수 있다. 학문을 하는 데 친구가 없는 것 또한 이와 같다. 나는 또한 산동 공자의 뒤를 좇겠노라."162)

---

162) 「無助」 39쪽: "昔者有明之世, 山東有公子, 家富而好逸, 不習於勞, 閭里之近, 非馬不往. 一日, 之京師, 擇良馬, 選健僕以從, 執鞚而升, 執鞚而下, 執鞚而過險. 馬良僕健, 日行二百里而後舍, 浩浩乎其足樂哉! 前塗遇寇, 失其馬, 又失其僕, 號天四顧, 無救之者. 已而無可如何, 則强起而行; 脛腫蹠跰, 自河間十五日而後達京師. 夫僕馬者, 致遠之資也. 一旦中道而失之, 足不如人, 力不如人, 欲進不能進, 欲退不能退, 左顧而莫爲之左, 右顧而莫爲之右. 於斯時也, 豈遂委於溝壑哉? 反求諸己而已矣. 我無馬, 我自有足; 我無僕, 我自有力. 足雖弱, 不至不能行; 力雖弱, 不至不能擧 …… 苟不憚勞, 不恥後, 雖無僕馬之助, 終亦必至焉. 爲學無朋, 亦若是矣. 甄也

당견이 말한 학문 방법은 한마디로 '반구저기(反求諸己)'[163]이다. 자기 스스로를 돌아보며 그것, 곧 자신의 실천과 경험을 통해 터득한 그것에서 자신이 찾고자 하는 것을 탐구하는 것이다. 그렇기 때문에 다른 사람의 경험의 산물은 나에게 직접적인 도움을 줄 수 없다. 남에게 의존하는 학문은 결코 바람직하지 않을 뿐더러 자기 자신에게도 결과적으로 도움을 줄 수 없다. 조력이라고 하는 것은 어디까지나 한시적이며 그 한계가 뚜렷하다. 여기서 당견사상의 특징을 발견할 수 있다.

그는 양명학에서 시작해서 결코 양명사상을 답습하는 데 그치지 않고 독창적인 사상체계를 형성시켜 나갔다. 예컨대 '성재합일론(性才合一論)' 및 '성공합일론(性功合一論)', 즉 도덕적 본성으로서의 '성(性)'과 현실적 경험과 실천으로서의 '재(才)'와 '공(功)' 개념을 결합시키려고 한 것이다.

또한 그는 인간의 보편적이고 상식적인 범위를 초월한 것을 학문 대상으로 삼기를 거부하고, 성중귀천(聖衆貴賤)을 가리지 않고 인간이면 누구나가 추구할 수 있는 것을 학문의 대상으로 삼았다.

> "출입은 반드시 문으로 하며 담을 넘거나 벽에 구멍을 뚫고 거기로 다니는 사람은 없다.[164] 밤에 잠자고 낮에 일어나는 것은 반드시 집에서 하며 새의 둥지에 올라가서 하거나 동굴 속에 들어가서 기거하는 사람은 없다.[165] 음식은 반드시 불을 이용해서 만들며 생고기나 야채로 그냥 배를 채우는 사람은 없다. 사람들은 반드시 해야 할 일을 제쳐두고 하지 않는

請從山東公子之後也."
163) 이 문구는 『중용』의 "子曰, 射有似乎君子, 失諸正鵠, 反求諸其身."에서의 '反求諸其身'과 거의 같은 의미를 지니고 있다.
164) 『논어』「옹야」: "子曰, 誰能出不由戶, 何莫由斯道也."
165) 『시경』「소아·斯干」: "乃寢乃興."

경우는 없고, 반드시 해서는 안 되는 일인데도 그것을 하는 경우도 없다. 반드시 해야 할 일인데도 하지 않는 것은 사람의 도리가 아니다. 이 세 가지 경우를 가지고 도(道)를 비유하자면 도라고 하는 것은 사람을 떠날 수 없고, 일을 떠날 수 없고, 잠시도 떠날 수 없는 것이다.166) (이것은) 성인이나 일반 사람이나 모두 같고, 귀한 사람이나 천한 사람이나 모두 한가지이며, 어떤 다른 경우도 예외가 없다."167)

일반적으로 인간을 금수와 구별할 때 불과 도구를 사용하여 의식주를 해결하는 데 둔다. 당견은 이것을 도라고 하는 보다 추상화된 개념을 통하여 추론하였다. 당견은 도의 체득을 주체적 인간[一人]과 구체적 행위[一事]를 통해서 가능하다고 보았다. 인간과 인간의 일상을 떠나서 도를 체득할 수 없다는 것이다. 또한 도의 체득에 성중귀천의 차별이 있을 수 없다고 하면서 신분 차별을 배제하였다.

이 같은 당견의 학문에 나타난 사상을 평가함에 이미 발표된 당견 관계 논문들의 특징과 성향을 간단히 정리해 보는 것도 의미 있을 것 같다.

첫째, 당견의 사상을 유물론으로 간주하는 경향이다.168) 즉 사물 내부에 운동 변화의 원인이 있다고 여기는 우주관과 실제적인 인식론, 그리고 지행일치를 강조한다는 입장에서 당견의 사상을 유물론으로 살피는 입장이다.

---

166) 『중용』: "道也者, 不可須臾離也, 可離, 非道也."
167) 「勸學」 45~46쪽: "出入必由戶, 無踰垣穴牆而由之者; 寢興必居室, 無登巢入窟而居之者; 飮食必以火, 無決腥茹草而飽之者. 人未有舍其必爲而不爲者也, 未有必不可爲而爲之者也. 必爲而不爲, 非人道矣. 以此三者譬道, 則道也者, 不可一人離也, 不可一事離也, 不可須臾離也. 聖衆同之, 貴賤同之, 無他塗也."
168) 蘇顯信, 「論唐甄哲學思想的唯物主義傾向」(『中國哲學史』 北京人民大學 1985. 7) 94쪽.

둘째, 당견은 맹자와 왕양명의 심성론을 수용하여 주관적 관념론의 틀을 벗지 못하였다고 하는 평가이다.[169] 즉 '심성'이 "천지를 갖추고 있으면서 만물을 통제한다."는 양명학적 관념철학의 단면을 당견이 견지한다는 것이다.

셋째, 당견은 인식론에 있어서는 유물론적 입장을 견지하나 역사적 측면에서는 순환론적인 입장에 있다고 해서 변증법적 역사인식에까지는 미치지 못하였다는 것이다.[170] 즉 당견의 학문은 표면상 왕양명의 학문을 계승하고 있으나 실제적으로는 양명학의 한계를 이미 초월하고 있다는 평가이다.

넷째, 당견은 젊어서는 유물론, 만년에는 관념론적 경향을 띠었다고 하는 분석이다.[171] 이 견해는 당견사상의 양면성을 지적하는 경우이다.

다섯째, 당견을 철저하게 전통 유학의 한 흐름 속에서 보려는 입장이다.[172] 공자·맹자·왕양명의 연장에서 당견의 사상을 보려는 시

---

169) 陳瑛 外, 『中國倫理思想史』(貴州 人民出版社 1985. 4) 726,7쪽 및 王茂 外, 『淸代哲學』(安徽 人民出版社 1992. 1) 328쪽 참조. 그 밖에 趙宗正의 「淸初經世致用思潮簡論」(『哲學硏究』 1983年 第6期 哲學硏究雜誌社) 76쪽에서는 명말청초 사상가들의 사상적 방향을 왕부지·안원은 유물론자로 당견·손하봉은 유심론자로 황종희·고염무는 유물주의를 지향하는 학자로 구분하고 있다.

170) 馮德政, 「簡論唐甄進步的社會歷史觀」(『中國哲學史』 北京 人民大學書報資料社 1985. 1) 100, 101쪽 候外廬, 앞의 책 302,315쪽 참조.

171) 후외려, 앞의 책 323쪽 및 王茂 外著, 『淸代哲學』 344쪽 참조. 『淸代哲學』의 당견에 대한 평가는 여기서의 지적처럼 젊어서는 유물론, 나이 들어서는 관념론이라는 평가를 하면서 당견사상의 대체는 주로 주관적 관념론에 치우치고 있다는 결론을 말하고 있다.

172) 田原剛, 「唐甄潛書研究」(國立臺灣師範大學國文研究所博士論文, 1983년 5월)

각이다.

이처럼 당견에 대한 다양한 사상적 평가는 나름대로의 근거를 제시하며 논증하고 있기 때문에, 그 평가 자체의 정당성보다는 평가의 기준이 어디에 있는가가 오히려 중요한 문제가 될 것 같다. 전통사상가의 학문을 평가하며 유물론으로 볼 것인가, 관념론으로 볼 것인가 하는 문제는 엄격히 평자의 관점이 무엇이냐에 따라 전혀 달리 나타날 수 있기 때문이다.

그러나 한 사상가의 학문을 경직된 틀 속에 끼워 맞추다 보면 그 사상가의 다양한 사상의 흐름을 무시할 위험성도 있다. 유물론과 관념론이라는 철학의 두 가지 방법에 반드시 속해야 한다는 강박관념이 오히려 사상가의 다양한 학문적 방법을 간과해 버리는 우를 범할 수도 있기 때문이다. 일반적으로 이 같은 흐름은 현대 중국학자들이 전통사상가들에 대한 평가를 함에 있어서 쉽게 발견된다.

그렇다고 위에 제시한 다섯 번째의 경우처럼 당견의 사상을 공자·맹자·왕양명이라고 하는, 소위 전통사상의 범주에 묶어두고 평가하는 것 역시도 경계할 필요가 있다. 왜냐하면 각 시대마다 나타난 사상은 각기 다른 언어와 문법 속에서 그 시대의 특수한 사유와 철학을 담아내기 때문에, 공맹사상과 당견의 사상을 같은 범주에서 다루는 것은 문제가 있기 때문이다. 그렇다고 사상의 연속성까지도 부정하는 것은 아니다. 사상이란 계승 발전이란 연속성 속에서 그 흐름이 이어져야 의미가 살아나기 때문이다.

유교의 사상사는 '이론보완의 역사'[173]로서 시대적 요청과 현실성·실용성을 항상 염두에 두고 있었다. 당견이 추구한 학문 역시도 당시

---

173) 안병주, 앞의 책 11, 13쪽 참조.

사회적 문제를 객관적으로 평가하고 해결하려는 노력의 일환으로
이전 시대의 이론을 수정 보완하는 데 있었다. 그로부터 명말청초
당견의 사상은 근대 지향적인 사유체계를 갖고 있었다는 평가도 가
능한 것이다.

2. 학술연원과 그 전개

(1) 『잠서』에 대해

『잠서』상·하 97편은 당견의 대표적인 저작이다. 책의 체재는 상·
하편으로 이루어져 있는데, 상편 50편은 주로 학술에 대해서 논하
고, 하편 47편은 주로 정치에 대해서 논하였다.

본래 『잠서』의 원명은 『형서(衡書)』였다. '형(衡)'이란 "천하를 저울질
한다."174)는 뜻으로 '잠(潛)'보다는 매우 적극적인 의미를 갖는다고 할 수
있으나,175) "불행히 뜻을 얻지 못하여 『잠서』라고 고친 것이다."176)고 전
한다.

『잠서』의 '잠'이란 『주역』 "잠용물용(潛龍勿用)"(「상경(上經)」 乾上
乾下)의 의미에서처럼, "물속에 잠복해 있는 용이 자신의 때를 기다

---

174) 「행략」 209쪽: "衡者, 志在權衡天下也."
175) 侯外盧, 『中國思想通史』 제5권 323쪽에서는 『潛書』의 『衡書』로의 改名을 두고, "
    '衡'은 민주성의 '精粹'였다면, '潛'은 봉건성의 '糟粕'이다."고 하며 그 차별성을
    말하고 있다.
176) 「행략」 209쪽: "以連蹇不遇, 更名潛書."

리며 함부로 나서지 않는다.”는 뜻을 함축하고 있어서 황종희의 『명이대방록』의 ‘명이(明夷)’(『주역』 「하경(下經)」 離下坤上: 현인이 어리석은 군주를 만나 화를 당하는 상. 그렇기 때문에 현명한 군주의 도래를 대망한다는 뜻)의 용법과 같은 맥락에서 이해된다.

그런데 흥미로운 것은 『사고전서총목제요(四庫全書總目提要)』(王雲五 主編, 국학기본총서, 대만상무인서관, 이하 『총목(總目)』)에서 『형서』 3권을 당대도(唐大陶) 찬으로 『잠서』 4권에 대해서는 당견 찬으로 나누어 마치 다른 책처럼 설명하고 있다는 점이다.

『총목』 84쪽에서는 『형서』에 대해 설명하며, 이 책은 「핵유(核儒)」 「인사(仁師)」 「오행(五行)」 「심지(審知)」 「이재(利才)」 「석맹(釋孟)」 「수임(受任)」 「억존(抑尊)」 「권실(權實)」 「천예(賤隷)」 「정은(貞隱)」 「명제(明悌)」 「부국(富國)」 편 등 13편으로 이루어졌다고 하였는데, 이 가운데 「핵유」 「오행」 「석맹」 「천예」 「부국」 편 등은 『잠서』에는 보이지 않는 편명들로 아마도 『잠서』의 「변유(辨儒)」 「오형(五形)」 혹은 「오경(五經)」 「존맹(尊孟)」 혹은 「종맹(宗孟)」 「천노(賤奴)」 「부민(富民)」 편에 해당되는 것들로 『잠서』에서 그 내용을 보완한 것으로 보인다.

이렇게 볼 때 『잠서』는 기존의 『형서』를 보완 가감하여 편찬된 것으로 보인다. 『잠서』의 체재를 상·하편으로 나눈 것은 송대 이구(李覯)가 편찬한 「잠서」[177)와 구분하기 위함이었다[178)고 하는 지적

---

177) 「잠서」는 이구가 23세 때(1031년) 지은 그의 첫 번째 저술로서 제20권으로 이루어져 있다. 그 내용은 크게 세 가지 측면에서 살필 수 있다. 첫째, “君以有民而貴”라고 하는 입장에서의 **군주비판론**이며, 둘째 토지에 대한 **평균사상**(보다 본질적이고 구체적인 내용은 그의 「平土書」에서 다룸)이며, 셋째 불교비판론이다. 이후로 이구는 「廣潛書」라고 하는 저술을 통해 「潛書」의 내용을 보완하였다. (이상은 謝善元의 『李覯之生平及思想』(中華書局 1988년 8월 北京) 66, 76, 77쪽 참조)

178) 『총목』 88쪽 참조.

이 타당할 것 같다. 이로부터 당견은 이미 송대 이구의 부국·부민·안민(安民)·평토(平土)의 정치 경제적 개혁 이론에 적지 않게 영향받았음을 추론하게 된다.

당견은 『잠서』의 대체적인 내용과 저술방법을 「잠존(潛存)」편에 직접 서술하고 있다.[179] 그는 여기서 30년간 모은 자료들을 상·하편으로 나누어 상편은 학술을 하편은 정치를 언급하였다고 하였는데, 이것을 따른다면 『잠서』는 당견이 40세(1670년)부터 견문을 기록하기 시작하여 30년 후인 70세(1700년)에 완성한 것으로 보인다.

당견의 『잠서』는 지금까지 세 종류가 전한다. 하나는 왕문원(王聞遠)의 원각본(元刻本)이고, 다른 하나는 1883년 중강(中江) 이씨(李氏) 및 1905년 성도(成都) 등씨(鄧氏)의 중각제본(重刻諸本)이다.

이 책에서 인용한 『잠서』는 1955년 12월 북경 고적출판사가 간행한 것을 주로 참고하였고, 나중에 1963년 6월과 1984년 4월에 북경 중화서국에서 당견의 일문(佚文) 및 관계 문헌을 보완한 『잠서』를 구해 내용을 새롭게 검토하였다. 이것은 모두 왕문원의 원각본을 대본으로 하고 이각본(李刻本)을 참고한 것이다.

반뢰(潘耒, 1646~1708)는 당견의 『잠서』를 읽고, "그 문장이 매우 고상하여, 광대하고 펼치는 것은 장주(莊周) 같고, 엄하고 굳센 것은 한비(韓非) 같고, 통달함은 가의(賈誼) 같다."[180]고 평하였다. 이것은 단순히 의례적 표현이라기보다는 그만큼 『잠서』의 내용이 폭넓게 현실의 사회 문제를 과감하게 폭로하고 있다는 지적이다.

명말청초 문장가였던 위희(魏禧, 1624~1680)는 당견의 『잠서』를

---

179) 「潛存」205쪽: "甄雖不敏, 願學孟子焉. 四十以來, 其志强, 其氣銳, 雖知無用於世, 而猶不絶於願望. 及其困於遠遊, 厄於人事, 凶歲食糠粃, 奴僕離散, 志氣銷亡 …… 鬱結於中, 不可以已, 發而爲言. 有見則言, 有聞則言. 歷三十年, 累而存之, 分爲上下篇: 言學者繫於上篇, 凡五十篇; 言治者繫於下篇, 凡四十七篇; 號曰潛書."

180) 「潘耒序」6쪽: "其文高處, 閎肆如莊周, 峭勁如韓非, 條達如賈誼."

읽고 "오백 년 내 이 같은 문장은 없을 것이다."고 하며, 당견을 상석에 모시고 당 아래서 예를 갖추었다는 내용이 전한다.[181]

청말민초의 양계초는 『잠서』를 명말청초 고염무의 『일지록』과 왕부지의 『사문록(思問錄)』에 비견된다고 하고, 당견을 '입언불후(立言不朽)'[182]의 인물로 평가하며, 중국사상사에서 당견과 그의 『잠서』가 차지하는 비중을 거론한 바 있다.

당견은 『잠서』상·하편 말고도 『모시전전합의(毛詩傳箋合義)』『춘추술전(春秋述傳)』『잠문(潛文)』『잠시(潛詩)』『일기(日記)』 등을 저술하였지만 거의 사라지고 전하지 않는다.

(2) 사상연원과 그 주변 인물

명말청초 사상가들을 분류하는 데에는 몇 가지 방법이 있다.

먼저 정주학과 육왕학에 대한 태도를 따라 구분하려는 입장이다. 즉, 황종희·당견을 중심으로 한 육왕학적 경향의 학자 그룹, 육세의(陸世儀, 1611~1672)·장이상(張履祥, 1611~1674)을 정점으로 한 정주학적 경향의 학자 그룹, 손하봉(孫夏峰, 1584~1675)을 중심으로 한 정주·육왕 절충주의적 학자 그룹, 안원(顔元, 1635~1704)처럼 정주·육왕 양가 모두를 비판한 학자 그룹 등 네 부류로 나눌 수 있다.[183]

---

181) 楊賓, 「唐鑄萬傳」 224쪽: "嬉方袒裼臥竹床納凉, 見其書, 讀之至五行, 蹶然起, 呼門者追客, 必使返, 而大陶猶在. 嬉衣冠迎入, 扶大陶坐堂上, 而自拜於堂下, 曰: '五百年無此文矣!' 因呼傳鼎具食, 共讀之." 한편 王聞遠의 「行略」 209쪽(84년 판은 228쪽)에서는 魏嬉가 『잠서』를 보고 "是周秦之書也, 今猶有此人乎!"라고 감탄했다는 구절이 보인다.
182) 梁啓超, 『中國近三百年學術史』(臺灣中華書局 1982년 10월 10판) 167쪽 참조.

둘째, 명말청초의 학풍을 경세치용이라는 시대사조 속에서 그 차이점을 구별하는 방법이다. 실천파·기술파·경학사학파 등 세 가지 입장에서 분류하는 방식이다.[184] 실천파에 속하는 학자는 손하봉·주지유(朱之瑜, 1600~1682)·육세의·이옹(李顒, 1627~1705)·육롱기(陸隴其, 1630~1692)·안원 등이며, 이들은 과거를 위한 학문과 성리의 공담을 비판하고 진정한 실천과 수양을 학문의 근본 목적으로 하는 학자들이다. 기술파는 천문·역산·농업·수리·병학(兵學)·화기(兵學) 등 기술적 측면의 실용을 강조한 사람들로, 대표적인 학자는 서광계(徐光啓, 1562~1633)가 선구적이며, 설봉조(薛鳳祚, 1628~1680)·왕석천(王錫闡, 1628~1682)·매문정(梅文鼎, 1633~1721) 등이 이에 속한다. 경학사학파는 성리의 공담을 부정하고, 대신 경학사학의 연구에 나아가 그 지식을 정치와 사회 문제 해결에 치중한 이들로, 황종희·고염무·왕부지·모기령(毛奇齡, 1623~1716)·당견·만사동(萬斯同, 1638~1702) 등이 대표적 인물이다.

---

183) 趙宗正의 앞의 논문 76쪽 및 張豈之 主編, 『中國儒學思想史』(陝西人民出版社 1990. 4) 438쪽, 그리고 吳雁南의 「淸代理學探析」(『中國哲學史』 中國人民大學書報資料社 1985.1) 111~115쪽 참고. 후자의 논문에서는 고염무와 왕부지의 학문경향은 정주학을 지향한다고 보고 있다. 한편 蔡尙思의 『中國古代學術思想史論』(廣東人民出版社 1990.8) 433,434쪽에서는 명말청초 학문적 경향을 程朱派(顧炎武·張履祥), 陸王派(李贄·黃宗羲·唐甄), 程朱·陸王 調和派(李顒·孫奇逢), 張載派(王夫之), 실제상 法家(張居正), 실제상 墨家와 南宋 功利派(顏元), 道家와 道敎派(傅山), 佛敎派(李贄·屠隆), 天主敎派(利馬竇·徐光啓), 反各派各敎者(顏元·李塨·王源·袁枚) 등 열 개 학파로 분류하고 있으나 반복되는 감이 없지 않다.

184) 山井湧, 『明淸思想史の研究』 242~244쪽 참조. 여기서 山井湧은 첫째 번 實踐派의 학문은 淸朝 考證學의 成立과는 무관하다고 하면서, 淸代에도 宋學과 明學의 延長이었으며, 주자학·양명학의 범위를 벗어나지 못하였다고 평가하였다. 두 번째 技術派는 서양의 자연과학의 영향을 많이 받으면서 새로운 학문으로의 발전의 가능성을 도모하긴 하였지만, 당시 중국인의 의식으로서는 본말 의식이 강한 관계로 이들은 또다시 經學史學의 길로 흡수되었다고 평가하였다. 세 번째 經學史學派는 淸朝 考證學으로 발전하여, 이른바 이들에 의해서 明學에서 淸學으로의 발전을 도모하였다고 평가하였다.

  셋째, 양계초가 분류한 방식으로, 송명 도학파 이래 명말 사공파(장거정이 대표)·문학파(왕세정(王世貞)이 대표)·세리파(勢利派: 위충현 일파) 등의 삼파[185]로 구분하는 방식이다. 이러한 분류방식은 주로 정치적인 입장을 염두에 두고 분류한 방법이라 생각된다.

  이상과 같은 명말청초 학자들에 대한 분류방식을 놓고 당견의 학문적 위치를 정리한다면, 먼저 첫 번째 분류에 따르면 육왕학자로, 두 번째 방법에 따르면 경학사학파로, 세 번째 방법에 의하면 사공파로 분류할 수 있다. 단순히 이것만을 놓고 본다면 당견의 학문은 현실 사회에 각별히 신경쓴 실학사상이며, 그렇기 때문에 순수 철학적인 면보다는 사회적이고 정치적인 데 치중하였음을 알게 한다.

  상기 열거한 학자들 대부분은 청조의 관직 참여를 거부하였는데, 당견은 관직에 나아간 몇 안 되는 인물 가운데 한 사람이었다. 물론 당견의 말을 빌려 관직을 가질 수밖에 없었던 까닭이 가난이었다고는 하나, 명말 상당수 한족 지식인들이 청조의 관직을 거부하고 은거하였던 것과는 대조되는 입장이다. 그렇다고 당견의 관직 참여가 그의 청의(淸意)를 훼손한다는 말은 결코 아니다.[186] 오히려 당견은 관직에 나아가 자신의 개혁적 사고를 직접 현장에서 실천하였다는 데 더 큰 의의를 둘 수도 있기 때문이다.

  사상적으로 당견은 육왕학적 경향을 띤 학자임이 분명하며, 그가

---

185) 梁啓超, 『中國近三百年學術史』 3, 4쪽 참조.
186) 명말 遺老들이 거의가 청조의 관직 수여에 대한 배려를 거부하고 심산유곡에 은거하며 불사이군의 청의를 간직하려고 하였다. 그러면서도 상당수의 사람들이 관직에 간접적으로 참여하게 되는데, 대표적으로 황종희는 그의 제자 萬斯同을 明史館에 나가게 했으며, 고염무의 外甥 徐乾學(1631~1694)형제도 관직에 나간 대표적인 경우이다. 그러나 명말청초 진보적인 지식인 그룹의 경세치용의 학풍의 한계가 재야 지식계층에 의한 탁상공론이었다는 데 있다면, 당견의 관직에서의 개혁 실천은 또 다른 의미가 있다고 생각된다.

주로 비판의 대상으로 삼은 것은 정주학임은 두말할 것도 없다. 한 마디로 당견은 "송대에 이르러 유학이 크게 흥성한 것 같지만 사실은 크게 분열되었다."고 단언하였다. 이는 송대 도학이 "문학과 사공을 각각 나누어 보면서"[187] 사실상 분열되었다는 것이다. 문학과 사공을 나누어서는 안 된다는 생각에서 나온 비판이다. 학자가 수행하는 학문과 일상적 삶은 별개가 아니며, 또 구별되어서도 안 된다는 판단이 이 같은 발언을 하게 한 것이다.

또한 그는 송대 이후로 학술사상이 획일주의로 흐른 것을 비판하였다. 주자학 일변도로 편향된 풍토를 비판한 내용이다. 명대 중기 이후 시행된 팔고취사(八股取士) 제도의 획일적 시행의 주된 교과서가 송대 도학자류의 것이었음은 주지의 사실이다. 도학류의 획일주의에 대한 비판은 명말청초 경세치용을 주장한 학자들의 일반적 주장이었는데, 당견도 같은 입장이었다.

그러나 당견은 정주학을 비판하면서도 철저히 부정하는 데까지는 나가지 않았다. 당견은 스스로 정주학 비판을 이론보완이라 하였다. 이런 점에서 당견의 정주학 비판은 유학사상사의 단절적 의미보다는 연속성으로 보아야 할 것이다.[188] 이론보완의 사상사적 측면을 보여준 것이며, 이것은 그의 표현에서도 찾을 수 있다.

---

187) 「勸學」 46쪽: "至於宋, 則儒大興而實大裂. 文學爲一塗, 事功爲一塗."

188) 유명종, 앞의 책 107쪽에서는 당견이 程朱의 '主敬說'을 도입하여 양명이 敬을 무시했던 것과는 대조된다고 하며, 정주사상의 영향을 지적하고 있다. 이 같은 경향은 청초 양명학 수정주의자들의 공통된 경향으로 판단하고 있다. 정주의 '주경설'이란 周濂溪가 '主靜說'을 주장한 것이 불교의 논리에 가깝다고 하며 '靜'字는 마땅히 '敬'字로 바꾸어야 한다는 설명이다. "故程子只說敬." "學者只是敬以直內, 義以方外, …… 所以伊川謂只用敬不用靜." "程子主敬之說, 而不專主於靜也."(이상 『性理大全』「太極圖」)라고 한 것은 정주학의 '주경설'을 근거할 수 있는 내용들이다. 그런데 양명은 이 같은 정주의 '주경설'이 '주정설'과 다를 바 없이 불교적이라고 비판하였는데, 당견은 이를 재비판하고 정주의 '주경설'을 계승하고 있는 것이다. 이 같은 당견의 靜과 敬에 대한 설명은 「敬修」 편 41, 42쪽에 자세하다.

"고경범(顧景范, 1624~1680)이 나에게 말했다. '선생은 정자(程子)와 주자(朱子)를 비난하였으니, 또한 성인의 문에 죄를 범한 것입니다.' 당견이 말했다. '무슨 말입니까? 두 분은 옛날의 현인인데, 내가 어떻게 비난할 수 있겠습니까? 그들의 학문은 안으로 정치(精緻)하나, 밖으로 빠뜨린 것이 있습니다. 그 정치한 것은 안연(顔淵)도 능히 덧붙일 수 없으나, 그 빠뜨린 것은 아마도 자로(子路)와 유자(有子)보다도 결여(缺如)한 것입니다.[189] (따라서) 나는 두 분을 비판한 것이 아니라, 두 분의 이론을 보완한 것입니다.' "[190]

여기서 '정내(精內)'란 '능견성(能見性)'을 말하며, '유외(遺外)'란 '불능진성(不能盡性)'을 말한다.[191] 당견은 내외를 나누어 '진성(盡性)'만을 일삼는 도교와 불교의 논리를 정주학이 답습하면서 마침내는 "치세를 버리고 진성을 구한다.(舍治世而求盡性.)"고 비판한 것이다. 다시 말해 정주학은 도교의 '양생(養生)'에 입각한 '사(私)'와 불교의 '명사(明死)'를 주로 하는 '공(空)'의 논리에 치중한 것과 다르지 않기 때문에 유가가 추구해야 할 치세(治世)를 망각한 행위란 것이다. 정주학을 치세부재라 비판한 것이다.

"노자(老子)는 양생(養生)을 말하고, 석가(釋迦)는 내세를 밝히고[明死], 유가는 치세(治世)를 말하였다. 이 세 가지는 각기 달라 상통할 수 없기 때문에 그것을 합하려고 하는 것은 기만하는 것이며, 시비(是非)를 비교하려고 하는 것은 어리석은 일이다. 석가가 천지 밖으로 나가고, 노자가 사람들 밖으로 나가려고 하나 대중들은 천지 밖으로 나갈 수 없고, 사람들로부터

---

189) 『사기』 「孔子世家」와 「仲尼弟子列傳」에 보면 자로와 유자는 당시 魯나라와 衛나라에서의 공적이 크다고 하였다.

190) 「有爲」 50쪽: "顧景范語唐子曰: '子非程子朱子, 且得罪於聖人之門.' 唐子曰: '是何言也. 二子, 古之賢人也, 吾何以非之. 乃其學, 精內而遺外. 其精者, 顔淵不能有加; 其遺者, 蓋視仲弓而闕如也. 吾非非二子, 吾助二子者也.' "

191) 「性才」 16쪽: "程子朱子作, 實能窮性之原 …… 蓋彼能見性, 未能盡性. 外內一性, 外隔於內, 何云能盡!"

도 벗어날 수 없다. 한번 다스려지고 한번 혼란한 것 [一治一亂]은 노자나 석가가 능한 이치가 아니다. 이로써 하늘과 땅을 다스리는 열쇠는 오로지 유가에만 있다. 그러므로 공자와 맹자가 도덕을 말하면서 반드시 구체적인 사업을 언급하였고, 분주히 백성을 구제하기 위해 혼란한 나라들을 전전하면서 하루도 편안할 날이 없었다. 몸소 기용되지 않았을 때에는 후세를 위해 저술과 언설로 유산을 남겨 놓았다. 석가는 오로지 내세를 밝히려고 진심보성(眞心寶性)192)을 구하면서 천지산하를 물거품과 그림자처럼 여기었다.193) 노자는 오직 양생을 말했기 때문에 그 뿌리로 돌아가 제 명(命)을 돌이키고[歸根復命],194) 천하 만물과 백성을 풀강아지[芻狗]로 여겼다.195) 유가만이 오직 치세(治世)를 말하였다. 그래서 인(仁)으로 백성을 기르고, 의(義)로 세상을 평안히 하고, 예(禮)로 백성을 따르게 하고, 지(智)로 온 천하에 미치게 하여, 천지산하(天地山河)와 만물백성(萬物百姓)이 자기의 본성을 다 실현하였고, 이것을 벗어나서는 본성을 다 이룰 수 없다. 예를 들자면 한 집에는 문·정원·방·창고·시동(侍童)·노비·첩·온갖 가구와 기

---

192) 『楞伽經』에 海水와 파도를 갖고 眞·妄의 두 마음을 비유하면서, 해수는 항상 불변하여 眞이라 하였고, 파도는 일고 잠잠함을 되풀이하며 無常하여 變이라 했다. '眞心'은 諸佛如來의 마음이고, '妄心'은 凡夫外道의 마음이다. '寶性'은 如來藏의 다른 이름으로 眞如 가운데 번뇌하는 것을 말한다. 순금은 토사에 섞여 있지만 그 특성은 불변하는 것처럼 여래장의 본성도 중생의 번민 가운데 있지만 淸淨眞如의 성질을 잃지 않고 있어서 '寶性'이라고 한 것이다.

193) 여기서 물거품(泡)과 그림자(影)는 사물의 虛像과 生滅無常을 말한다.

194) 『노자』 16장에 "대저 만물은 무성하게 자라지만 각기 다시 뿌리로 돌아갈 뿐이다. 뿌리로 돌아가는 것을 靜이라 하고 이를 命으로 돌아간다고 한다.(夫物芸芸, 各復歸其根. 歸根曰靜, 是謂復命.)"라고 하였다.

195) 『노자』 5장에 "천지는 인자하지 않아 만물을 풀강아지로 여긴다. 성인은 인자하지 않아 백성을 풀강아지처럼 생각한다.(天地不仁, 以萬物爲芻狗, 聖人不仁, 以百姓爲芻狗.)" 하였는데, 여기서 풀강아지(芻狗)는 옛날에 제사 때 쓰던 것으로 제사가 끝나면 곧바로 폐기하였기 때문에 전하여 쓸모없는 것을 말할 때 비유되는 말이다. 『莊子』「天運」편에서도 "대저 풀강아지는 제상에 올려지기 전에는 상자에 올려지고, 아름다운 비단에 싸여 있다가 祭主가 목욕재계한 뒤 그것을 바치지만, 제사가 끝난 뒤에는 길 가는 사람들이 그 머리와 등을 밟고, 풀 베러 다니는 사람들이 그것을 가져다가 모아서 불에 태울 뿐이다.(夫芻狗之未陳也, 盛以筴衍, 巾以文繡, 尸祝齊戒以將之. 及其已陳也, 行者踐其首脊, 蘇者取而爨之而已.")라고 하면서 추구의 허망한 신세를 말하였다.

구가 갖추어져야 (집주인이) 주인이 될 수 있다. 만일 이 넓은 집을 버리고 들에서 살면 주인이 아니다. 치세를 버리고 본성을 다하는 것[盡性]을 구하면 어찌 이것과 다르겠는가! 지금 사람들은 내적 수양에 대해서는 매우 정밀한 데까지 이르렀지만 외적 사무에 대해서는 잊고 있는 것과 같다. 천지산하가 물거품이나 그림자처럼 잊혀지고, 만물백성이 풀강아지처럼 내팽개쳐져 버렸다. 명분은 치세를 한다고 하지만 실제로는 치세가 아니니 본성을 다하는 것도 아니다. (후세의) 유가는 일찍이 석가를 공허하다고 했고, 노자를 사사롭다고 했다. 이렇게 비판한 것을 따져 보면 공허한 것만을 보고 그 실제를 보지 못한 것이고, 사사로운 것만을 보고 공적인 것을 보지 못한 것이다."196)

치세를 떠난 불교와 도교 비판 내용이 주종이지만, 이에 영향받은 정주학 또한 비판 대상이 아닐 수 없었다. 치세라고 하는 유학본래의 모습을 회복하자는 의미에서의 비판이니, 불교와 도교에 대한 비판은 부정에 이를 수 있지만, 정주학에 대해서는 보완이란 차원에서 이해 가능할 것이다. 다시 말해 당견은 정주학의 문제를 비판하면서 동시에 보완하려고 했던 것이다. 정주학의 미흡한 정치론 분야를 적극적으로 수정 보완하고자 했던 것이다.197)

---

196) 「性功」 22쪽: "老養生, 釋明死, 儒治世. 三者各異, 不可相通; 合之者誣, 校是非者愚. 釋出天地外, 老出人外; 衆不能出天地外, 不能出人外. 一治一亂, 非老釋所能理; 是以乾坤管鑰, 專歸於儒. 故仲尼興言道德必及事業, 皇皇救民, 輾轉亂國, 日不寧息; 身旣不用, 著言爲後世禾絲種. 釋惟明死, 故究眞心寶性, 以天地山河爲泡影. 老惟養生, 故求歸根復命, 以萬物百姓爲芻狗. 儒惟治世, 故仁育, 義安, 禮順, 智周, 天地山河, 萬物百姓, 卽所成性, 離之無以盡性. 譬如一家, 門庭房廩, 童僕婢妾, 諸器畢具, 乃爲主人; 若棄其廣宅, 棲身於野, 乃非主人. 舍治世而求盡性, 何以異是! 今於其內致精, 於其外若遺若忘. 天地山河, 忘類泡影; 萬物百姓, 遺等芻狗; 名爲治世, 實非治世, 卽非盡性. 儒嘗空釋而私老. 究其所爲, 吾見其空, 未見其實; 吾見其私, 未見其公."

197) 山井湧의 『明淸思想史の硏究』 252쪽에서는 도표로써 명대(15,16세기) 심학과 명말청초(17세기) 경세치용의 학문을 비교하며, 학문의 내용상 심학은 '心의 本體工夫'였다면, 경세치용학에서는 정치론(經學·史學)에 있다고 분석하고 학문이 추구하는

그는 곽도(霍韜)의 글 가운데 "…… 정주는 강학하면서 정치에 대해서는 언급하지 않았기 때문에 그 학문에 대한 언급은 가히 본받을 만하나, 그 정치에 대한 언급은 의심할 만하다."는 것을 인용하고, "곽자(霍子)의 말이 옳다. 내가 하고 싶은 말을 먼저 하였다. 옛날 성인은 말이 곧 행동이고 행동이 곧 말이었으며, 학문이 곧 정치였고 정치가 곧 학문이었다."198)고 하며, 자신의 학문이 정주학의 정치 이론을 보완한 것임을 말하였다.

이렇듯 당견은 양명학의 본지를 통해 정주학을 보완하고 동시에 공맹사상을 학문적으로 사사하였다. 특히 맹자에 대한 당견의 입장은 매우 적극적이었다. 한마디로 당견의 사상은 표면상 맹자를 종으로 삼고 [宗孟] 존중하며 [尊孟] 왕양명을 표본 [法王]으로 하였다.

그렇다고 그의 사상이 유학의 본질이라 할 수 있는 공자사상의 영향을 도외시한 것은 아니다. 그는 왕양명과 맹자를 축으로 그 사승관계(일종의 도통론)로서 공자를 현창하였다. 특히 공자사상에서는 '충서(忠恕)'에 주목하였다.199)

이를 통해 당견의 학문적 계통을 정리한다면, 공자(충서)-맹자(양지심성론, 민본론)-왕양명(치양지론, 지행합일론)으로 이어지는 사

방향도 심학에서는 자기의 心에 대한 인격적 수양을 치중했다고 한다면, 경세치용학에서는 사회 정치의 현상에 대한 개선에 치중했다고 분석하였는데, 이 같은 분류는 하나하나의 구체적인 분석을 통한 세밀한 평가는 아니더라도 전체적인 사상의 흐름상 타당한 견해라 생각된다. 이 점을 감안한다면 당견이 사회 정치적 현상에 대한 개선 의지는 명말청초 경세치용학의 한 단면을 보여준다고 할 수 있다.

198) 「有爲」 50쪽: "唐子觀霍韜之書, 其言有之曰: …… 程朱講學而未及爲政, 故其言學可師也, 其言政皆可疑也. 唐子曰: 善矣霍子之言, 先得我心之所欲言也. 古之聖人, 言卽其行, 行卽其言; 學卽其政, 政卽其學 ……" 참고로 霍韜는 明代 南海人으로 字는 渭先, 初號가 兀厓였으나 나중에 渭厓라고도 하였다. 저서에 『詩經解』 『象山學辨』 『程朱訓釋』 『渭厓集』 『西漢筆評』 『渭厓家訓』 등이 있으나 당견이 여기서 인용한 책이 어떤 것인지는 확실치 않으나 내용상 『程朱訓釋』이 아닐까 생각된다.

199) 「虛受」 11, 12쪽 참조. 「法王」 9쪽: "仲尼之敎, 大端在忠恕. 卽心爲忠, 卽人可恕, 易知易能者也; 無智無愚, 皆可擧趾而從之."

상 흐름을 따른 것이다.

당견사상의 핵심은 양명학이지만, 그 근저에는 공맹사상이 있다. 양명학의 인식론과 심성론이 맹자의 양지심성론의 영향으로 이루어졌다면, 당견의 사상 또한 그것에서 찾을 수 있다는 것이다.

그런데 그는 유종주(劉宗周, 1578~1645)의 제자이면서 사상적으로 양명학파였던 황종희와는 거의 비슷한 시기를 살았으면서도 왕래의 흔적을 찾을 수 없다. 다만 황종희의 스승 유종주와 함께 활동했던 황도주(黃道周, 1585~1646)가 당견의 부친 당계태와 절친한 관계였다는 점과 황종희의 동향인 절강 후배 전조망(全祖望, 1705~1755)이 당견의 장인 이장상(李長祥: 達州에서 농민군과 대항)의 행장을 기록하고 있다는 점을 감안한다면 어떠한 형태로든 영향을 받지 않았을까 생각한다.

왜냐하면 둘 다 후기 양명학자란 점에서뿐만 아니라, 당견의 『잠서』와 황종희의 『명이대방록』은 모두 반전제주의, 부민론, 민본사상 등을 정치사상의 핵심으로 하고 있다는 점에서 더욱 그러하다.

한편 동시대의 고염무와도 직·간접적인 관계가 있었던 것으로 보이는데, 그 까닭은 고염무의 문인 반뢰(潘耒, 1646~1708)가 『잠서』 서문을 쓰고 있다는 점에서 추정할 수 있다. 그렇다고 당견이 그의 저술 가운데서 고염무와의 관계를 논하고 있는 것은 아니다. 다만 명말 청초라고 하는 전환기적 사회상황을 함께 겪은 사상가라는 점에서 기본적인 노선, 즉 경세치용의 실학적 성향이라는 측면에서 그 공통점을 찾을 수 있을 뿐이다. 물론 이것은 고염무뿐만 아니라 황종희·왕부지의 경우도 마찬가지이다.

당견이 직접 교유하고 토론했던 친구들로는 위희(魏禧: 字, 凝叔. 號, 裕齋. 寧都人)·왕원(王源: 字, 崑繩. 大興人)·고조우(顧祖禹:

字, 景范. 江蘇 無錫人, 동림학파의 창시자)·서병의(徐秉義: 字, 中允. 號, 果亭. 崑山人)·안광효(顔光斅: 字, 學山)·채방병(蔡方炳: 字, 息關. 崑山人)·방웅(方熊: 字, 飛厓. 一名 黃山道人. 烏桂人)·양빈(楊賓: 字, 耕夫. 號, 大瓠. 山陰人)·방자(方子: 常州人. 생평미상)·이조후(李條候: 생평미상)·달량보(達良輔)·고속원(高謖苑: 생평미상) 등을 들 수 있다.

위희와 고속원은 『잠서』에 대한 찬사를 아끼지 않았는데, 당견은 이들과 정치적인 문제에 대한 토론을 하였으며(「거노(去奴)」167,168쪽, 「선시(善施)」82,83쪽, 「후본(厚本)」201쪽, 「행략(行略)」), 고조우는 당견과 주로 '내진(內盡)'(수양론)과 '외치(外治)'에 대한 논변을(「유위(有爲)」50쪽), 강희(康熙) 때 이부시랑(吏部侍郎)을 지낸 서병의, 안광효와는 성인의 학문을 논하며 '정(靜)'과 '경(敬)'을 변론하고 부국의 길에 대해서 토론하였고(「권학(勸學)」47쪽), 양빈과는 유학의 성리지도를(「변유(辨儒)」1~3쪽) 논하였고, 양빈은 「당주만문집서(唐鑄萬文集序)」 「당주만잠서서(唐鑄萬潛書序)」 「당주만전(唐鑄萬傳)」 등을 저술하고 당견이 졸한 뒤 「망우(亡友)」를 지어 애도하였다. 방자와는 병사(兵事)·문장(文章)·치도(治道)에 대한 논의를 하였으며(「지언(知言)」64쪽), 무예인(武藝人)으로 보이는 이조후와는 병사(兵事)와 병세(兵勢)를(「심지(審知)」182쪽) 토론하였다. 왕원은 당견으로부터 직접 『잠서』를 접하지는 못했으나 나중에 그것을 얻어 읽고 「서당주만잠서후(書唐鑄萬潛書後)」를 저술하였다.

당견이 주변 우인들과 교류하며 토론했던 주된 내용들은 크게 학술방면[修己·內聖]과 정치방면[治人·外王]이었다. '내성외왕'의 유학적 범주를 통해 이루어진 그의 학적 교류는 맹자의 양지 심성론의 영향으로 계승 발전된 양명의 인성론과 맹자 이후로 전개된 민본사상의 영향을 기초로 이루어졌다는 점에서 먼저 이것을 살펴봄이 마땅할 것이다.

(3) 존맹법왕(尊孟法王)

당견의 학문은 본질적으로 개혁을 추구하지만 그 사상적 뿌리는 전통 유학에 있었다. 그를 비록 개혁적 실학사상가이자 계몽철학자라고 하지만, 그 이전 그는 사서오경을 존중한 유학자라고 함이 마땅할 듯하다. 그는 먼저 사물의 가치판단 근거로 『춘추(春秋)』를 제시하였다.

> "『춘추』는 시비를 판단하는 기준이다. (그런데 『춘추』에서 사람들을) 판단하는데, 크게 이상한 것이 보인다. 사람들이 충(忠)이라고 생각하는 것을 『춘추』에서는 충이 아니라 하고, 사람들이 효(孝)라고 생각하는 것을 『춘추』에서는 효가 아니라 하고, 사람들이 인(仁)이라고 생각하는 것을 『춘추』에서는 인이 아니라 하고, 사람들이 의(義)라고 생각하는 것을 『춘추』에서는 의가 아니라 하고, 사람들이 신(信)이라 생각하는 것을 『춘추』에서는 신이 아니라 하고, 사람들이 도(道)라 생각하는 것을 『춘추』에서는 도가 아니라고 말한다. 여기에서 분명히 드러난다. 내적인 것으로부터 일어나는 것이 아니면, 외적인 것이 들어갈 수 없다는 것이다."[200]

『춘추』는 본래 공자가 그의 독자적인 역사의식과 가치관을 가지

---

200) 「破崇」 98쪽: "春秋, 是非之準也. 其所予奪, 大異常見. 人以爲忠, 而春秋以爲非忠. 人以爲孝,而春秋以爲非孝.　人以爲仁,而春秋以爲非仁.　人以爲義,而春秋以爲非義. 人以爲信, 而春秋以爲非信. 人以爲道, 而春秋以爲非道. 明于此, 而後內崇不起, 外崇不入."

고 필삭을 가한 것이다. 당견이 『춘추』필법으로 사물 판단의 근거를 삼
았다는 것은 공자사상을 학문의 잣대로 삼았다는 뜻이다. 그것은 철저한
『춘추』만의 가치판단 기준을 존중하였다는 것인데, 그것을 '내적인
것'에서 '외적인 것'으로의 지향이라 말했다. 상식적으로 드러난 것
만을 갖고 평가하는 것이 일반의 평가라면, 춘추필법에 의한 평가는
드러남 이전의 본질을 우선 평가하는 것이고, 그것을 당견은 사물
판단 기준으로 삼았다는 것이다. 물론 『춘추』 외에 오경에 대한 생
각도 매우 적극적이었다.

　　"『역경』을 통해서 음양을 살피고, 『서경』을 통해서 정치 원리를 살피고,
『시경』을 통해서 세상의 미추를 살피고, 『춘추』를 통해서 옳고 그름을 살
피고, 『예기』를 통해서 언행을 살핀다."[201]

　　오경은 전통사회 지식인들의 삶의 지침이자 지렛대이자 좌표였다.
당견의 학문 및 일상생활의 지향점 역시도 오경에 근거하였다. 당견
이 유학의 범주를 벗어날 수 없는 근거이다.
　　사서에 대한 견해도 마찬가지였다. 지식인이 자신의 마음을 발견
하기 위해 마땅히 숙독해야 할 책으로 사서를 든 것이다.

　　"곧바로 마음을 가리키는 데 이르러서는 사람마다의 특징에 따라서 잘
이끌어 주는데, 『논어』란 책 한 권이 있고, 그 내용과 뜻을 계승한 『대학』
『중용』『맹자』도 있다. 이 네 종류의 책들은 모두 마음의 본체를 분명하게
밝혀주는 것이다. 그리고 그것은 바로 도의 근원을 찾아주는 것들이기에
수기치인(修己治人)의 방법이며 마치 평탄한 대로와도 같은 것이다."[202]

---

201) 「五經」 61쪽: "乃繫易以道陰陽, 序書以明治法, 刪詩以著美惡, 脩春秋以辨邪正, 定
　　禮以制言行."
202) 「五經」 63쪽: "至於直指其心, 因人善誘, 則在論語一書. 而繼之者又有大學中庸孟

그런데 당견은 오경과 사서를 공부할 때에는 차서를 두어야 한다고 하였다. 오경을 벼농사에 비유하고 사서를 술과 음식에 비유하며 공부의 방법과 차서를 밝힌 것이다.

> "오경은 마치 벼농사와 같고 사서는 마치 술과 음식과도 같다. 술과 음식이 앞에 있으면 취하고 배부를 수 있다. 이에 다시 멀리서 오경을 찾는다고 한다면 (면전의) 술과 음식을 버리고 벼이삭을 찾는 것이다. (그러니) 어찌 어리석고도 수고로운 일이 아니겠는가!"203)

오경을 벼농사로 사서를 술과 음식으로 비유한 것은 오경을 기본으로 해서 사서가 나왔다는 것이다. 그렇기 때문에 사서오경을 공부할 때에는 오경에서 사서로 시작해야 한다는 것이다. 그런데 보통 차려진 술과 음식만을 즐기면 다시 그 전 단계인 벼농사를 잊기 십상인데, 그렇다면 비록 편리할 수는 있지만, 근본을 무시하는 셈이 되는 것이다. 따라서 오경 공부가 비록 수고롭더라도 필수적이고도 우선적임을 말하고자 한 것이다.

그러나 이러한 사서오경에 대한 당견의 견해는 '명심(明心)'을 대전제로 한다는 점에서 그 특징이 있다. 단순히 사서오경을 통달하는 것이 학문의 목적이 아니라 '명심'을 위한 수단으로서 사서오경을 중시한다는 것이다.

> "그러므로 마음이 밝혀지지 않고, 본성이 드러나지 않는 것이 나의 걱정이며, 오경에 능통하지 못한 것이 내 근심거리는 아니다."204)

子. 此四書者, 皆明言心體, 直探道原. 修治之方, 猶坦然大路."
203) 「五經」 63쪽: "五經如禾稼, 四書如酒食. 酒食在前, 即可醉飽. 乃復遠求之五經, 是舍酒食而問之禾稼也, 豈不迂且勞哉!"
204) 「五經」 63쪽: "故夫心之不明, 性之不見, 是吾憂也; 五經之未通, 非吾憂也."

사서오경에 능통한 것이 학문의 궁극적인 목적이 아니라 사서오경을 통해 내 마음의 본체를 발견하는 것이 목적이라는 것이다. 이것은 송명대 도학자들의 사서오경에 대한 태도를 비판하는 것에서 출발하였다. 그는 당대의 도학자들을 “바깥에 힘쓰다 안을 잊고, 근본을 버리고 말단을 구한다.”205)고 하며, 그들의 학문 방법을 비판한 것이다. 학문의 본질이자 목적이 ‘명심’을 토대하고 있기 때문에 가능한 비판이다. 이것 아닌 다른 학문 방법을 잘못되었다고 평가하는 데서 비롯한 것이다.206)

‘명심’을 근본으로 하는 이러한 당견의 학문관은 당연히 양명의 심학 계열임은 두말할 나위도 없다. 당견의 사상은 양명의 심학을 전수하였고, 양명으로부터 가장 큰 영향을 받았다는 것이다. 나아가 양명학의 토대가 된 맹자사상 역시도 그의 사상 형성에 빼놓을 수 없는 한 축이 되었다. 이것은 당견 스스로 ‘존맹법왕’이라고 한 데에 잘 나타나 있다.

먼저 맹자사상과의 관계를 살펴보자. 당견은 “내가 비록 영민하지

---

205) 「五經」 61쪽: “務外忘內, 舍本求末.”

206) 그렇다고 당견의 학문이 불교를 옹호하는 방향으로 흐른 것은 아니다. 당견은 道敎와 더불어 佛敎를 “若務外忘內, 舍本求末, 三五成群, 各夸通經, 徒炫文辭, 騁其議論, 雖極精確, 毫無益於身心. 則講五經者, 猶釋氏之所謂戲論, 莊周之所謂糟粕也, 與博奕何異!”(「五經」 61쪽)라고 하며, 폄하하고 있다. 또한 그는 「性功」 22쪽에서도 道佛에 관한 비판적 입장을 정리하고 있는데, “老養生, 釋明死, 儒治世. 三者各異, 不可相通; 合之者誣, 校是非者愚. 釋出天地外, 老出人外; 衆不能出天地外, 不能出人外. 一治一亂, 非老釋所能理; 是以乾坤管鑰, 專歸於儒 …… 釋惟明死, 故究眞心實性, 以天地山河爲泡影. 老惟養生, 故求歸根復命, 以萬物百姓爲芻狗. 儒惟治世, 故仁育, 義安, 禮順, 智周, 天地山河, 萬物百姓, 卽所成性, 離之無以盡性. 譬如一家, 門庭房廩, 童僕婢妾, 諸器畢具, 乃爲主人; 若棄其廣宅棲身於野, 乃非主人 …… 儒嘗空釋而私老. 究其所爲, 吾見其空, 未見其實; 吾見其私, 未見其公.” 라고 하며, 佛敎를 實없는 空으로 道敎를 公없는 私로 비판하고 있다. 나아가 道佛과 儒敎는 各異하기 때문에 相通이 불가능하다고 판단, 이른바 당시 일각에서 일고 있었던 三敎統一論을 부정한 바 있다.

않으나 원컨대 맹자를 배우려고 한다.”207)고 하며, 맹자의 학문에 대한 관심을 적극적으로 표현하였다. 맹자의 ‘부동심(不動心)’에 대한 논의를 학문의 중요한 요소로 설명하고 있는 것이다.

> “맹자의 도는 ‘호연지기(浩然之氣)’를 기르고 마음을 동요시키지 않는 데[不動心] 있다.208) …… 마음이 발을 믿지 못하면 험한 데를 다닐 수 없고, 공기가 풀무를 채우지 못하면 그릇을 완성시킬 수 없다. 천하의 막중한 임무도 그렇다. 기(氣)가 크면 마음이 안정되고, 마음이 안정되면 재능이 충족하다. (이것이) 참으로 온갖 험난한 시련을 이겨내고 공을 이루는 도리인 것이다.”209)

당견은 맹자의 부동심에 이르는 방법을 기대(氣大)－심정(心定)－재족(才足)－역험(歷險)－성공(成功)의 과정으로 설명하였다. 기－심－재－공은 당견의 사상 속에서도 매우 중요한 개념들이다. 여기서 ‘기’는 송명 이학의 존재론의 핵심이었던 ‘이’에 상대되는 ‘기’는 물론 아니다. 맹자의 호연지기(浩然之氣)의 ‘기’에 가깝다. ‘심’은 인간 본성으로서의 ‘양지’이다. ‘재’는 재주·재능을 의미하며, ‘공’은 사공을 말한다.

당견에게 ‘기’와 ‘심’에 대한 문제는 내치의 문제[내성·수기]로, ‘재’와 ‘공’의 문제는 외치[외왕·치인]의 문제로 연관된다. ‘재’와 ‘공’에 대한 구체적인 논의는 뒤에서 다루기로 하고 여기서는 먼저 당견의 심학적 경향을 살펴본다.

---

207) 「潛存」 205쪽: “甄雖不敏, 願學孟子焉.”
208) 『맹자』 「공손추」 상: “나는 나이 40에 부동심하였다.(我四十不動心.)” “나는 나의 호연지기를 잘 기른다.(我善養吾浩然之氣.)”
209) 「尊孟」 7쪽: “孟子之道, 在養氣而不動心 …… 心不持足, 則不能歷險, 氣不充橐, 則不能成器. 任天下之重亦然. 氣大則心定, 心定則才足, 固歷險成功之道也.”

당견은 "양명에게는 성인의 학문이 있고 성인의 재주가 있어서 맹자 이후로 능히 그에 미친 자가 없다."[210]고 하며, 양명을 맹자 이래 가장 뛰어난 사상가로 평가하였다. 나아가 "만약 공자가 다시 살아난다 해도 반드시 양명의 말을 바꾸지 못할 것이다. 이는 참으로 성인의 학문이다."[211]고 하면서, 양명의 사상을 추숭하고 있다. 「법왕(法王)」편은 양명을 모범으로 하겠다는 편제이기도 하며, 『잠서』전 편의 저류에는 양명에 대한 긍정적인 시각이 깔려 있다. 특히 '심학'과 '치양지설' 그리고 '지행합일설'은 당견사상의 핵심을 이루는 부분들이다.

그렇다고 당견이 양명학을 철저히 답습만 한 것은 아니었다. 당견은 양명학을 묵수한 것이 아니라 비판적으로 계승하였다.[212] 예컨대 당견은 양명을 두고 "양명 선생에게는 성인의 학문이 있고 성인의 재능이 있다. 그러나 성인의 덕성은 없는데, 이 점을 살피지 않을 수 없다."[213]고 하며 비판한 것이다. 성인의 덕성이 없다고 한 것은 "그가 공자를 경시하고 군사를 잘 안다고 스스로 자랑했기 때문이다."[214]고 하였다. 다시 말해 공자는 전쟁을 신중히 한 것이지 군사 문제를 등한히 한 것이 아니라는 주장이다. 오히려 당견은 "나의 군사에 대한 지식은 공자에게서 배웠다."[215]라고 말한 염유의 발언을 소개하고 있다.

또한 양명이 요순과 공자를 비교하며, 요순에게 더 높은 점수를

---

210) 「法王」 9쪽: "陽明子有聖人之學, 有聖人之才, 自孟子而後, 無能及之者."
211) 「法王」 10~11쪽: "若仲尼復起, 必不易陽明子之言矣. 此眞聖人之學也."
212) 당견의 학문이 양명학에서 출발하였지만 **상당부분에서** 양명학을 수정하였다고 하는 것은 당견 연구자들의 공통된 점이라 할 수 있다. 이미 유명종의 『청대철학사』에서 지적 거론하였지만, 중국의 侯外廬도 『中國思想通史』 제5권 317쪽에서 "他雖然提倡王守仁的學說, 但經過他的修正, 有了唯物主義因素."라고 하며, 당견의 학문이 양명학에 대한 수정이라는 입장을 밝히고 있다.
213) 「虛受」 11쪽: "陽明子有聖人之學, 有聖人之才, 而無聖人之德, 不可以不察也."
214) 「虛受」 11쪽: "以其小仲尼而自擅爲習兵也."
215) 『사기』「공자세가」: "冉有曰, 學之於孔子."

준 것216)에 대해 허무맹랑한 판단이라 비판하였다.

"나는 그가 무슨 기준으로 헤아려서 그 경중을 이처럼 결정했는지 모르
겠다. 마치 어떤 사람이 홀로 신비한 능력을 지니고 있어서 태산(泰山)을
보고 태산의 흙이 화산(華山)보다 얼마나 무겁고 가벼운지를 말하고, 화산
을 보면 화산의 흙이 태산보다 몇 근 몇 냥이나 무거운지를 말한다고 하면,
사람들이 이것을 믿겠는가? 양명 선생이 요임금과 공자를 헤아린 것이 마치
이것과 비슷하다."217)

당견은 "공자가 완벽하지 않기 때문에 반드시 완벽할 수 있는 자
가 있어야 한다는 것이고, 공자가 할 수 없는 것이 있기 때문에 반
드시 할 수 있는 자가 있어야 한다는 것이다. (양명 선생의) 오만함
이 또한 너무 심하다! 그렇기 때문에 (양명에게는), '성인의 덕성이
없다.'고 한 것이다."218)고 하며, 양명을 비판하였다. 겸손의 미덕이
양명에게 부족했다는 지적이다.

그런데 한 가지 당견의 사상연원을 살피며 흥미로운 것은 명말
양명사상의 분파에 따른 당견의 학문 성향을 살피는 일이다. 일반적
으로 양명학의 분파는 지역을 기준으로 나누는 방식과219) 학자의
학문적 성향을 통해 나누는 방식이220) 있으나, 당견의 경우 어느 쪽

---

216) 『전습록』 卷之上 67쪽: "然聖人之才力, 亦有大小不同, 猶金之分兩有輕重. 堯舜猶
萬鎰, 文王孔子猶九千鎰, 禹湯武王猶七八千鎰, 伯夷伊尹猶四五千鎰, 才力不同."

217) 「虛受」 11쪽: "吾不知其何以衡之, 而決其輕重如此也! 若有人焉, 獨具神識, 觀於
泰山, 而謂泰山之土輕重於華山者幾斤兩; 觀於華山, 而謂華山之土輕重於泰山者幾
斤兩, 人其信之乎? 陽明子之衡堯孔, 若似於此"

218) 「虛受」 12쪽: "以仲尼有未足, 必有足之者; 以仲尼有不能, 必有能之者; 其傲亦已
甚矣, 故曰, '無聖人之德也'."

219) 양명학을 지역에 따라 분류하는 방식은 황종희의 『명유학안』에 기초한다. 황종희는
양명학을 姚江學이라고 하며 지역적 분포에 따라 7개 학파에 총 83인의 학자들을
망라해서 소개하고 있다.(송하경, 「양명학파의 형성과 그 전개」(Ⅰ) 554쪽, 유교학
회 편 『유교사상연구』 제4, 5집 소수,1992년7월)

에 속했는지는 기존의 연구 성과로는 알 수 없다. 다만 학문적으로 '존맹법왕'의 입장에서 양명학을 존중하였고, 기존의 좌우파를 통섭하는 입장에서 경우에 따라서는 양명사상을 비판적으로 해석하는 '양명학 수정'221)의 입장이었기 때문에 그를 양명학 수정주의자로 평가할 수 있다는 점이다. 양계초가 대표적인데, 그는 당견이 '양명학 수정'의 입장에서 "심학을 단지 수단으로 생각한 것이지 목적으로 삼지 않았다."222)고 평가하였다.

따라서 양명 좌우파의 이론에 따른 당견의 사상적 위치 매김은 큰 의미가 없을 듯하다. 또한 개명한 이후 가까운 친척과 친구 이외의 다른 사람들과는 교류를 피한 관계로 그를 양명학 좌우파 학자들과 관계를 설정한다는 것 자체가 무의미할 것도 같다.223)

나아가 명조의 멸망으로 인한 한족의 민족적 수모는 좌우파 논전을 무의미한 일로 만들었다. 나라가 망한 뒤의 좌우파 논전이 무슨 의미를 지닐 수 있겠는가? 당견을 비롯한 망국을 경험한 지식인들은 사회 정치적 부조리에 대한 비판의식으로 학문의 방향을 잡았던

---

220) 일반적으로 左右派로 나눈다. 좌파는 王龍谿, 錢德洪, 王心齋, 何心隱, 李贄 등이 대표하며, 우파는 鄒守益, 羅洪先, 歐陽德, 胡直, 劉宗周 등이 대표한다.(송하경의 앞의 논문 555쪽) 학문성향의 차라 함은 양명의 '無善無惡'에 대한 해석상의 논란이다. 소위 양명의 4言敎라 별칭되는 이 문장을 두고 좌파의 학자들은 '욕망긍정론'으로 확대 해석하였고, 우파의 학자들은 이것은 스승의 학설이므로 조금도 가감해서 해석해서는 안 된다고 하였다. 곧 우파는 좌파의 '無善無惡說'에 대한 '反無善無惡論'이라고 할 수 있다.

221) 유명종, 앞의 책 69~115쪽에서는 명말청초 陳確(1604~1677)과 唐甄을 陽明學의 修正主義者로 분류하고 있다.

222) 양계초, 『中國近三百年學術史』 162쪽 참조.

223) 당견은 朋黨에 대해 매우 거부감을 갖고 있었다. 나아가 講學까지도 비판한다. 그 이유는 붕당이나 강학은 모두 名을 얻기 위한 방편으로 아무리 순수한 동기와 정당한 목적을 갖고 시작했어도 결국은 邪黨으로 전락하고 만다는 인식에서다. 이로부터 당견은 명말청초 사대부 출신들의 東林, 復社의 활동에 대해서도 내심 부정적인 견해를 피력하였다.(「除黨」 162~164쪽 참조)

것이다. 기존의 사변적 철학사상과는 다른 실천적·개혁적 경세치용의 실학사상에 관심이 집중된 것이다.

3. 자연관과 인간관

(1) 도와 인심

도(道)에 대한 논의는 중국철학의 존재론과 인식론에서 핵심적인 범주의 하나이다. 송명대 이래 도학자들의 도에 대한 기본인식은 유학이론을 보다 철학적으로 승화시켰다. 당견도 예외는 아니어서 도에 대한 논의를 통해 사상적 깊이를 더해 주었다. 일단 당견은 만물은 육기(六氣)로 이루어져 있다고 말한다.

> "자연은 여섯 가지의 기운으로 이루어졌는데, 음양(陰陽)·풍우(風雨)·회명(晦明)이 그것이다."224)

여기서 '기'는 상반상성(相反相成)하는 음양·풍우·회명이며, 이것의 운동에 따라 인간의 생명 활동이 비롯된다는 『춘추좌씨전(春秋左氏傳)』의 설명225)을 원용하고 있다. 자연 현상을 통해 자연의 원리를 설명

---

224) 「厚本」 200쪽: "天有六氣, 陰陽風雨晦明也."
225) 본래 '六氣'說은 『春秋左氏傳』 卷 第二十 昭公一(影印本, 保景文化社, 1983년, 372쪽)에서 "六氣曰陰陽風雨晦明也. 分爲四時, 序爲五節. 過則爲災, 陰淫寒疾, 陽淫熱疾, 風淫末疾, 雨淫腹疾, 晦淫惑疾, 明淫心疾."라고 언급되어 있다.

하는 방식이다. 자연의 원리 내면에는 그것의 본질적 요소로서 그것을 있게 하는 도가 내재한다는 것이다. 자연 현상의 최고 개념인 도에 대한 당견의 설명이다.

> "도는 오직 하나의 본성이니, 어찌 두 가지 이름이 있겠는가! 사람들이 본성을 말하면서도 본성의 작용[性功]을 이해하지 못하기 때문에 본성이 하지 못함이 없는 것을 별도로 재능이라고 말한다."226)

도의 절대성[惟一]을 표현하고, 그것을 인간 본성의 작용에 비유하였다. 도를 인간의 본래성과 결부시키며 그것이 드러난 작용을 지적한 내용이다. 도는 본성이자 현상의 구체적 원리로서, 그것은 현실적 작용을 통해 드러난다는 것이다. 도를 인간의 본성으로 이해한 것이다.

> "성은 천지를 통괄하며 만물을 갖추고 있다."227)

> "만물에는 조리가 있어서 이것을 통해 천도를 볼 수 있다."228)

'조리(條理)'란 마치 사람의 '맥락(脈絡)'이나 식물의 섬세한 섬유 조직과 같은 것이다.229) 곧 질서 정연한 법칙과 원리를 말한다. 현상의 구체적인 법칙성을 통해서 천도라고 하는 최고의 원리를 추급할 수 있다는 것이다. 동시에 그것은 최고의 원리로서 현상의 구체적 물상을 제어하기 때문에 질서를 잃지 않는다. 천도를 인간의 본

---

226) 「性才」: "道惟一性, 豈有二名! 人人言性, 不見性功. 故卽性之無不能者別謂才."
227) 「性才」 16쪽: "性統天地, 備萬物."
228) 「性才」 17쪽: "物有條理, 乃見天道."
229) 李忠實 外 譯, 『潛書』(新疆靑少年出版社, 1995년 9월) 52쪽 참조.

성과 같은 맥락에서 설명한 구절들이다.

또한 당견은 만물의 존재 원리로서 음양이론을 소박한 자연과학적 지식을 통해 설명하였다. '계란과 병아리'를 통해 자연 현상의 전반을 설명한 것이다.

> "계란에는 무정란[無陽]도 있다. 앞부분이 뾰족하고 뒷부분이 뭉툭하며, 흰자가 바깥에 노른자가 안쪽에 있기 때문에 비록 지극히 정밀한 사람이라도 어느 것이 유정란이고 어느 것이 무정란인지 구별할 수 없다. 어미 닭이 품은 이후에 유정란[有陽]은 병아리가 되고 무정란은 상하고 말 것이다."230)

여기서 무정란은 양이 없는 상태[無陽]이고, 양이 없는 계란은 불완전한 상태라고 하였다. 양이 결여된 무정란은 병아리를 생산할 수 없기 때문에 불완전한 상태이다. 생명능력은 음양의 조화를 통해서 가능하고, 음양이 온전히 갖춰져야 완전태가 된다는 주장이다. 만물의 존재 법칙을 음양의 원리로 설명하려는 기존의 논의를 따르면서 생의 연속을 '유양(有陽)'으로 설명한 것이다.

당견은 '유양'의 관점에서 만물의 존재 원리를 설명하는 데 그치지 않고, 이것을 인간의 생명 원리로까지 소급 적용하였다. 그는 "생명이 일어나 그치지 않는 것은 마음에도 양이 있기 때문이다."231)고 하며, 음양의 원리를 인간의 심성에 적용한 것이다. 이처럼 존재론의 문제를 심성론으로 적용한 것은 당견사상의 특징이었다.

그런데 흥미 있는 것은 송명대 사상가들이 이기론에 입각해서 사물에 대한 인식을 주로 했던 것과 비교한다면 당견은 이기개념을 그

---

230) 「性才」 16쪽: "卵之爲物, 無陽亦成. 銳前而豊後, 白外而黃中, 雖有至精者, 不能察其孰爲配, 孰爲寡. 旣伏之後, 有陽者出爲雛, 無陽者敗爲液."
231) 「性才」 17쪽: "發生不窮, 是爲心之陽."

렇게 많이 사용하고 있지 않다는 점이다. 이것은 양명학의 큰 특징 가운데 하나기도 하지만, 그렇다고 양명학이나 당견이 우주의 본질에 대한 탐색을 도외시한 것은 아니다. 당견은 인간의 행위 및 심성과 관련된 개념을 통해 우주의 근원을 설명하면서 본질적인 근원에 대한 탐색보다는 현실적인 삶의 교화를 강조하는 데 치중하였다.

> "순박한 것(質樸)은 천지의 처음 기운이며, 물(物)로 말하면 싹이 되고, 계절로 말하자면 봄에 해당되고, 사람에게서는 어린아이에 해당되고, 나라에 있어서는 장차 흥하려고 하는 조짐이 된다. 사치(奢侈)라고 하는 것은 천지의 끝나는 기운이며, 만물의 무성함이며, 계절로 치면 가을이고, 사람에게서는 늙어 욕심 많은 상태이고, 나라에 있어서는 장차 망하려고 하는 조짐이다. 성인이 올바른 사회 풍조의 기운을 잡고 천하 백성을 교화하는데, 그 방법은 사치함을 제거하고 순박함을 지켜 실천하는 데 있다."[232]

'질박'과 '사치'는 본래 인간의 현실적 삶 속에서의 태도를 표현하는 개념이지 결코 우주의 근원을 설명하기에는 적합하지 않은 용어이다. 그런데도 당견은 질박·사치개념을 동원해서 천지의 시종을 설명하였다. 이것은 우주의 근원과 끝을 낮은 단계에서 높은 단계로 설명하는 변증법적 방법에 오히려 가깝다. 단순한 것에서 복잡한 것으로 낮은 단계에서 높은 단계로 이어지는 변증법적 흐름을 지향한 태도이다.

하지만 모순도 안고 있다. 질박한 것, 낮은 단계, 시작단계의 순박함을 지속해야 한다는 주장이다. 발전을 위해서는 다음 단계가 필연적으로 따라야 하지만, 당견은 초보단계의 순박함만을 강조하였

---

232) 「尙治」 102, 103쪽: "樸者, 天地之始氣; 在物爲萌, 在時爲春, 在人爲嬰孩, 在國爲將興之候. 奢者, 天地之終氣; 在物爲茂, 在時爲秋, 在人爲老多慾, 在國爲將亡之候. 聖人執風之機以化天下, 其道在去奢而守樸."

다. 그것은 아마도 그의 인식론이 심성론에 머물고 존재론으로 나아가지 못했기 때문일 것이다. 당견사상의 특징이 우주론이나 존재론에 있는 것이 아니라 도덕적 심성론에 있다는 것이다.

이것은 도를 설명하면서도 나온다. 도를 우주론적 존재론적 개념으로 인식하기보다는 도덕적 심성론으로 이해한 것이다. 당견이 말한 도의 범주는 인간의 구체적 실천과 행위, 그리고 경험을 통해 드러난다. 여기서 인간의 실천과 행위 그리고 경험은 당견의 인식이론을 설명하는 기본적인 요소가 된다. 당견은 주체적 인간과 대상적 사물[자연]을 상정하고, 그 사물에 대한 직접적인 경험을 강조하였다.

> "하늘이 인간을 낳았지만, 도는 인간에게 있고 하늘에 있지 않다. 그것을 하나의 사물에 나아가 말하자면, 도는 여기에[此物]에 존재하며, 저기[彼物]에 존재하지 않는다. 한 사람에 나아가 말하자면, 도는 나에게 존재하며, 다른 사람에게 존재하지 않는다."233)

당견은 구체적 사물을 하늘로부터 발생하였다고 하는 추상성에서 출발하면서 동시에 그 도에 대한 인식은 인간을 주체로 하였다. 인간이 도를 탐구할 때 가장 중요한 것은 경험적 세계[此物]라는 것이다. 피아(彼我)라고 하는 상대적 관계성 속에서 아(我)의 주체적 측면을 강조한 것이다.

> "천지의 도를 배워 비록 천지에 대해서는 알았다 하더라도 도가 여전히 천지에 있다면, 나에게 무슨 소용이 있겠는가! 성인의 도를 배워 비록 성인에 대해서는 알았다 하더라도 도가 여전히 성인에게 있다면, 나에게 무슨

---

233) 「自明」 23쪽: "天生物, 道在物而不在天; 天生人, 道在人而不在天. 取諸一物, 道在此物而不在彼物; 取諸一人, 道在我而不在他人."

소용이 있겠는가! 군신(君臣)·부자(父子)의 도를 배워 비록 그 도를 알았다
하더라도 그 도가 여전히 군신·부자에게 있다면, 나에게 무슨 소용이 있겠
는가! 시장을 지나가는 사람이 보물을 보고 기뻤는데, 그렇다고 길을 가다
가 그것을 잊지 못하고 나아가 가질 수도 없는 노릇이다. 그 보물은 자기
소유가 아니기 때문에 마치 하찮은 물건과도 같은 것이다. 어찌 이 보물을
보물이라고 할 수 있겠는가! 이것으로 도를 비유하자면 도가 자기 소유가
아니라면 어찌 그 도를 도라고 할 수 있겠는가!"234)

당견의 이러한 인식에는 양명이 깊은 산에서 자개자락(自開自落)
하는 꽃에 대한 이야기를 하면서, "네가 이 꽃을 보지 못했을 때,
이 꽃과 네 마음은 모두 무관계하였다. 네가 와서 이 꽃을 볼 때,
이 꽃의 빛깔은 일시에 명백하게 되어 곧 이 꽃이 너의 마음 밖이
아니라는 것을 알 것이다."235)고 한 '심외무물(心外無物)'의 세계관
을 보여준다. '무물(無物)'이라고 한 것은 존재의 유무가 아니라 경
험의 유무를 말한다. 경험적인 것과 경험되지 않은 것은 가치가 다
를 수밖에 없다는 판단이다.

"사람의 몸에는 (볼 수 있는) 눈이 있으니, 눈에는 눈 밝음[明]이 있으며,
사람의 몸에는 (들을 수 있는) 귀가 있으니, 귀에는 귀 밝음[聰]이 있다. 도
는 눈 밝음에 있지 눈에 있지 않고, 도는 귀 밝음에 있지 귀에 있지 않다.
도는 눈 밝음을 밝히는 데[明明] 있지 눈 밝음 자체에 있지 않으며, 도는
귀 밝음을 밝히는 데[聰聰] 있지 귀 밝음 자체에 있지 않다."236)

---

234) 「自明」 23쪽: "學天地之道, 雖知天地; 道在天地, 於我乎何有! 學聖人之道, 雖知聖
人; 道在聖人, 於我乎何有! 學君臣父子之道, 雖知其道; 道在君臣父子, 於我乎何
有! 過都市者, 見寶而喜, 去之不可忘, 就之不可取. 寶非己有, 猶壤芥也, 夫豈非寶
不可以爲寶! 以斯譬道, 道非己有, 夫豈非道不可以爲道!"
235) 『전습록』 下: "爾未看此花時, 此花與汝心同歸於寂. 爾來看此花時, 則此花顏色一
時明白起來, 便知此花不在爾的心外."
236) 「自明」 23쪽: "身有目, 目有明; 身有耳, 耳有聰; 道在明而不在目, 道在聰而不在耳;

당견은 눈·귀라고 하는 물질적인 존재보다는 '보아서 밝히는 것'[明明]과 '들어서 아는 것'[聰聰]이라는 경험적 작용에 문제의 초점을 두었다. 도라고 하는 것도 절대부동의 대상적 존재 그 자체는 무의미하며, 경험적 작용에 의해 체득되었을 때 그 의미가 있다고 하였다. 이로부터 도를 명(明)·정(靜)·통(通)·변(變)·광(廣)의 의미와 결부시키며 이해한 것이다.

> "도(道)는 밝음[明]을 귀하게 여기고, 밝음은 고요함[靜]에서 나온다. 도는 통함[通]을 귀하게 여기고, 통함은 밝음에서 나온다. 도는 변화[變]를 귀하게 여기고, 변화는 통함에서 나온다. 도는 광대함[廣]을 귀하게 여기고, 광대함은 변화에서 나온다."237)

여기서 당견은 도에 대한 인식을 명(明)·정(靜)이라는 정태적(靜態的) 요인과 통(通)·변(變)이라는 동태적(動態的) 요인을 결합시켜 설명하였다. 이것을 선차성을 두고 말한다면 정–명–통–변–광이라 할 수 있다. 정태적인 것으로부터 점차 동태적인 것으로 나가는 논리를 취한 것이다. 그러나 여기서 당견이 문제의 초점으로 맞추고 있는 것은 '변'과 '광'의 의미에 있다. 왜냐하면 당견은 "성현의 말씀은 때를 따라서 변한다."238)라고 하며, 시대와 상황의 변화에 주목하였고, "물이 흐르지 않고 머물면 맑지 않다."239)라고 하며, 머묾에 따른 문제를 간파하였기 때문이다. 나아가 그는 도를 추구하는데 편협한 것을 부정하고 다양성[廣] 속에서 이해하려고 하였기 때

道在明明而不在明, 道在聰聰而不在聰."
237) 「性才」 16~17쪽: "道貴明, 明由於靜, 道貴通, 通由於明; 道貴變, 變由於通; 道貴廣, 廣由於變."
238) 「辨儒」 1쪽: "聖賢之言, 因時而變."
239) 「辨儒」 4쪽: "水止則不淸."

문이다.

이러한 도에 대한 인식을 통해서 당견은 '궁리진성(窮理盡性)'의 보다 구체적인 방법을 제시하였다. 선진유가 이래 '궁리'와 '진성'은 대단히 중요한 문제로 내려왔다. 특히 송대 주자학 이후 사물의 객관적 원리를 규명[窮理]하는데 그 방법상의 차이(예컨대, 격물에 대한 주자와 양명의 철학적 방법에 의한 해석상의 차이)로 인하여 유학사상은 보다 철학적으로 심오해졌으며 발전을 거듭하였다. 당견은 이 같은 흐름 속에서 격물에 대한 구체적인 언급은 하지 않았지만 '궁리'의 방법으로서 양명학적 방법의 틀을 근거로 자신의 이론을 전개하였다.

"공자가 말했다. '이(理)를 궁구하고, 본성을 다하면, 명(命)에 이른다.'[240] 이(理)는 홀로 밝혀지는 것이 아니다. 천지만물이 소통하지 않음이 없는 것, 이것이 이이다.[241] 본성은 (인간만이) 홀로 터득한 것이 아니라, 천지만물이 모두 함께 공유한 것인데, 이것이 성(性)이다. 천지만물과 격리되면 궁리(窮理)할 수 없다. 하늘이 위에 안주하지 않고, 땅이 아래에 안주하지 않고, 만물이 그 가운데 안주하지 않으면, 진성(盡性)할 수 없다."[242]

당견이 말한 '이'는 주희가 말했던 것처럼 객관적 실재[태극·천리]의 개념은 아니다. 주희의 '이'는 경우에 따라서 인식 범위를 초월한 객관적 존재로서의 실재라고 한다면, 당견이 말한 '이'는 천지

---

240) 『주역』 「說卦」: "리를 궁구하고 본성을 다하면 명에 이른다.(窮理盡性, 以至於命.)"

241) 이 말은 周濂溪 『太極圖說』과 張橫渠 『西銘』의 萬物一體論과 程子가 말한 "한 사람의 마음이 곧 천지의 마음이다. 한 사물의 이치가 곧 만물의 이치이다.(一人之心, 卽天地之心. 一物之理, 卽萬物之理.)"고 한 내용과 상통한다.

242) 「良功」 52쪽: "仲尼曰: '窮理盡性以至於命.' 理非獨明也; 天地萬物無不通, 是理也. 性非獨得也; 天地萬物大同焉, 是性也. 隔於天, 隔於地, 隔於萬物, 是不能窮理也. 天不安於上, 地不安於下, 萬物不安於中, 是不能盡性也."

만물과 분리되지 않은 주관적 경험 속에서 터득된 '이'이다. 상대세계 내의 범위에서만 '이'를 궁구할 수 있다는 것이다. 그래서 그는 "하늘의 운행을 좇고, 땅의 질서를 인하여 상황[情]을 따라 변화에 도달하면 능히 궁리할 수 있다."243)고 하였다.

결국 당견이 언급한 '궁리진성'이란 존재와 사유의 관계를 표현한 것으로 '궁리진성'의 범위는 인간의 경험 세계에 국한된다. 경험 세계를 초월한 '궁리'를 당견이 '공리(空理)'라고 한 것은 바로 이 때문이다.

당견은 도가 인심(人心)에 있음을 말하며, "천지가 비록 장대해도 그 도는 오직 인간에게 있다. 사람들이 비록 많아도 그 근본은 오직 마음에 있다."244)고 하였다. 그래서 학자들은 그의 철학을 주관적 관념론으로 평가한 것이다.245)

(2) 사회적 인간

당견은 인간의 이성적 작용을 '재(才)'와 '공(功)'개념을 통해 구체화하였다. '재(才)'와 '공(功)'개념은 인간 본래의 면목이 현실적으로 드러난 것을 말한다. 다시 말해 인간 사회로 드러난 양태를 갖고 본성을 말하고 인간의 참모습을 발견한다. 그렇다면 먼저 당견이 인간을 논의하며 가장 핵심적으로 여겼던 마음[心]에 대해 알아보자.

당견이 말한 마음은 인간의 지(知)·정(情)·의(意)를 통괄하는 도덕 주체이다. 곧 이것은 양지로 표현된다. 양지는 인간의 본성으로

---

243) 「良功」 52쪽: "順天之行, 因地之紀, 遂情達變, 是能窮理也."
244) 「尙治」 105쪽: "天地雖大, 其道惟人; 生人雖多, 其本惟心."
245) 陳瑛 外, 『中國倫理思想史』(貴州 人民出版社, 1985년) 726,7쪽 참조.

맹자 심성론의 핵심이자, 양명이 계승 발전시킨 논리이며, 당견 심
성론의 기본 개념이다.

> "양지를 모르는 자는 자기에게 보물이 있는 것을 모르는 자이다. 양지를
> 알면서도 이르지[致] 못하는 자는 보물을 품고도 잘 이용할 줄 모르는 자
> 이다."246)

당견은 이렇게 양지를 보물에 비유하며, 이 보물은 인간이면 누구
나 차등 없이 갖고 있다고 하였다. 다만 그 보물의 사용 여부에 따
라 차등이 발생한다는 것이다. 양지는 인간이면 누구나 태어나면서
부터 소유한 인간 본래의 마음이라는데 '천부의 인권'이라 할 수 있
다. 이 점에서 인간 누구나 양지를 갖고 있다는 데 평등하다. 당견
은 이러한 인간의 양지[심성]를 잠재된 형태의 것으로 인식하였다.
마음과 책을 통해 심성을 비유한 언급 속에 잘 나타나 있다.

> "의학 서적이 있어도 그 책을 읽은 사람이 사람을 살리지 못하고, 점치
> 는 책이 있어도 그 책을 읽은 사람이 길흉화복을 예측할 줄 모르고, 성인
> 의 책이 있어도 그 책을 읽은 사람이 천하를 다스리지 못한다. (이것은) 그
> 지극한 도가 책 속에 있는데도 그것을 스스로 터득하지 못했기 때문이다.
> 그러므로 상고(上古)시대에는 책이 없었어도 도가 나왔으며, 중고(中古)시
> 대에는 책이 적었어도 도가 밝혀졌으며, 요즘 시대에는 책은 많아도 도가
> 사라졌다. 마음[心]은 과일나무와 같고 책은 토양과 같다. 가지와 낙엽은
> 과일나무에서 나오고 토양에서 나오지 않는다. 스스로 터득함이 없는데도
> 계속해서 책을 읽는 것은 그 (과일나무의) 종자를 버리고 토양에서 가지와
> 낙엽을 구하는 것이다."247)

---

246) 「知行」 14쪽: "不知良知者, 不知自有寶者也. 知良知而不致者, 懷其寶而不善用者也."
247) 「自明」 23쪽: "醫有書, 讀其書者不能生人; 卜筮有書, 讀其書者不能知吉凶; 聖人

독서도 중요하지만 독서를 통해 본질을 이해하지 못하는 것은 마음속에서 온전한 그 원인을 찾지 못했기 때문이라는 것이다. 마음공부를 강조하면서 사색과 체인을 학문 방법으로 삼았던 양명학의 일단을 보여준다. 동시에 독서를 강조한 것은 당견사상의 하나의 학문적 특징이었다. 마음을 종자로 책을 토양으로 비유하면서, 현실의 결과[枝葉]는 마음에서 찾아야 한다고 한 것이다. 종자[심]가 토양[책] 없이 배양될 수 없을 뿐만 아니라 자랄 수도 없기 때문이다. 따라서 당견이 말한 마음과 책은 불가분의 관계이다. 명말청초 학문의 기초 방법으로 중시된 독서와 명대 심학에서 강조한 사색을 통한 체인 방법이 모두 당견의 사상 속에 포용되어 있음을 알게 된다.[248]

당견은 사물 판단의 기준을 마음에 두었다. 인간은 자신의 주관적 심성을 통해 세계[존재]를 인식하고 설명한다는 것이다.

> "경험한 일, 접한 사물, 독서한 글, 전해 받은 학문은 모두 마음이 바탕이다."[249]

결국 당견 철학사상의 기초는 마음에서 출발하며, 그것이 곧 당견이 추구한 도라고 할 수 있다. 마음을 통해서 도를 터득할 수 있다고 본 것이다.

> "마음은 비유하자면 불이요, 도는 비유하자면 밝음이다. 어찌 둘로 볼 수 있겠는가."[250]

有書, 讀其書自不能治天下; 道在書而非自得也. 是故上世無書而道出, 中世書少而道明, 下世書多而道亡. 心如果, 書如土. 枝葉出於果, 非出於土. 不自得而壹於書, 是舍其種而求枝葉於土也."

248) 山井湧, 『明淸思想史の硏究』(東京大學出版會, 1980년) 252쪽 참조.

249) 「自明」 24쪽: "所見之事, 所遇之物, 所讀之書, 所傳之學, 皆心資也."

마음을 불에, 도를 밝음에 비유한 것은 그의 인식 방법의 한 측면이다. 이것이 주자학 '격물치지'의 인식 방법과는 구별되는 점이다. 이것은 객관사물을 인식하는데, 주희의 방법처럼 '격물'의 단계를 거쳐 '치지'에 이른다는 이분법적 방법의 지양이었다. 일종의 '주객동일(主客同一)'[251]이라 하겠다.

> "내가 늦게 도에 뜻을 두고 안 것이 곧 마음이 도라는 것이다. 마음 밖에서 찾지 않고 마음에서 오로지 찾아야 한다. 근심과 성냄이 많은 것을 걱정하는 것은 마음에 해가 될 뿐이다."[252]

'심외무물(心外無物)', '심외무사(心外無事)'의 심학적 입장을 보여준다. 본체로서의 마음밖에 어떠한 것도 인정하지 않으려는 주관적 관념론의 단면이다. 이 점에서 보면 당견의 사상은 양명학의 범

---

250) 「居心」 29쪽: "心譬則火也, 道譬則明也. 何見爲二物哉."

251) '主客同一'에 관한 문제를 서양철학에서는 '主客 辨證法'(subject-object-dialectics)이라 표현한다. 주체와 객체에 대한 정의는 철학사의 흐름과 관련지어 차이를 드러내고 있는데, 고대철학에서의 주체 개념은 "물질, 즉 변형된 실체나 만들어진 것, 대상적인 것이었다." 이러한 주체 개념은 중세로 접어들면서 객체 개념과 대립되는 용어로 사용되었고, 17,8세기에 이르러서는 이 문제에 대한 새로운 접근법이 발전하였다. 이것은 "인간을 자율적으로 사고하고 활동하는 이성적 개체로, 곧 자립적인 사고와 행위를 할 수 있는 주체로 파악하려는 노력과 연관되었다 …… 주체는 정신의 능동적 자기 활동으로 파악되었고, 객체는 그 활동의 대상으로 파악되었다." 헤겔은 양자를 변증법적인 관계로 묶어서 파악하였는데, 이것이 바로 헤겔의 '주객변증법'이다. 헤겔은 "사회와 역사적 현상을 끊임없이 인간의 활동으로부터, 노동으로부터 출현하려는 과정으로서 설명하려고 한다. 자신을 객관화하거나 外化하고 동시에 이 외화를 지양하는 주체의 활동, 자신의 타자로 몰입하지만 동시에 이 타자를 타자로서 지양하여 자신을 자기 운동으로서 실현하는 주체의 활동, 바로 이 속에서 역사발전의 내적 내용을 보았던 것이다." 바로 이 같은 헤겔의 주객변증법을 마르크스와 레닌은 사변적이고 관념적인 것을 비판하면서 계승하였고, 그것이 바로 변증법적 유물론 및 역사적 유물론인 것이다.(이상 인용문은 한국철학연구회 편, 『철학대사전』 1192,3쪽 참조)

252) 「悅入」 31쪽: "甄晚而志於道, 而知卽心是道, 不求於外而壹於心, 而患多憂多恚爲心之害."

주를 벗어난 것으로 볼 수 없다.

그러나 당견은 양명이 말한 마음의 범주를 보다 구체화시키고 있다. '성(性)'을 공(功)·재(才)의 개념과 통일시켜 설명하면서 현실적이고 구체적인 데 결부시킨 것이다. 그는 "사덕(四德: 仁義禮智)에 '공'이 없으면 반드시 그 '재'는 충만하지 않으며, '재'가 충만하지 않으면 반드시 그 '성'은 다할 수 없다"253)고 하여, 기존의 심성론에 '재'와 '공'개념을 결합시켜 현실의 실제성에 접근하였다. 선천적 본성을 현실의 구체적 '재'와 '공'개념에 부합시킴으로써 사상적 방향을 현상세계의 가시적 형태와 경험적 결과에 집중시킨 것이다.

(3) 현실적 재능으로 드러난 인간의 본성

당견은 '성'에 대한 인식을 현실적인 결과로 나타나는 '재'와 결부시키고 있다. 선천적 본성으로서의 '성'과 후천적 결과로서의 '재'를 통일시킴으로써 전통적인 '성'과 '재'에 대한 입장을 대신한 것이다.

기존의 '성'에 대한 개념은 『중용』의 '천이 명한 것을 성[天命之謂性]'이라고 한 것과 『맹자』의 '성선(性善)'에 대한 논의가 대표적이다. 그 후 송대로 넘어오면서 성론은 '본연지성'과 '기질지성'의 차별적 이해로 발전하였다. '본연지성'은 인간 본래성으로서의 순선(純善)한 상태를 가리킨다. 하늘로부터 받은 본연의 성은 악이 조금도 개재되지 않은 순선의 상태이다. 반면에 후천적인 '기질지성'은 선악이 혼재하고 있어서 '본연지성'과는 질적으로 구분된다. 여기서

---

253) 「性才」 15쪽: "四德無功, 必其才不充; 才不充, 必其性未盡."

인간의 '선'과 '불선'은 기질의 청탁 여부에 달려 있다. 이것을 송대 학자들의 언설을 따라 도식화한다면 다음과 같이 말할 수 있다.[254]

性＝天(本然之性)＝純善
才＝(氣質之性)＝淸濁에 의한 善不善 混在

이 같은 '성'과 '재'에 대한 차별적 이해는 왕양명에게도 그대로 계승되었다. 양명은 성인이 되는 까닭은 '천리(天理)'에 있지 '재능'에 있지 않다고 분명히 지적하였다. 오히려 양명은 '지식'과 '재능'이 성인의 학문을 방해한다고 하였다.[255] 그렇다면 당견이 '성'과 '재'를 합일의 관점에서 보았다면 기존의 성론에 대한 전면적인 수정의 측면에서 이해할 수 있다. 먼저 '성재'에 대한 당견의 발언을 살펴보자.

"사람에게는 본성이 있고, 본성에는 재능이 있다. 마치 불에 밝음이 있고, 밝음에 빛이 있는 것과 같다. 초에 불을 붙여 방 한가운데 놓아두면 방 구석구석 비춰지지 않는 곳 없이 모두 밝아진다. (이것은) 특별히 다른 것이 아니라 빛이 있기 때문이다. 또한 빛 없는 밝음도 있다. 마치 촛불을 끄고 향불을 붙이면 방 안에 있는 사람들이 그 밝음을 볼 수 없는 것은 아니

---

254) 이 같은 전거는 송대 張載 및 二程 이후 朱熹의 글 속에 여러 번 언급되어 있는데, 여기서는 伊川과 朱熹의 설명을 예로 든다. "性出於天, 才出於氣. 氣淸則才淸, 氣濁則才濁. 譬猶木焉, 曲直者性也, 可以爲棟梁, 可以爲榱桷者才也. 才則有善與不善, 性則無不善."(『二程遺書』 제19권, 上海古籍出版社, 1992년 199쪽) "孟子言人性善是也. 雖荀楊亦知性, 孟子所以獨出諸儒者, 以能明性也. 性無不善, 而有不善者才也. 性卽是理. 理則自堯舜至於塗人一也. 才稟於氣. 氣有淸濁. 稟其淸者爲賢, 稟其濁者爲愚."(위의 책 18) "性者, 心之理; 情者, 心之動. 才便是那情之會恁地者. 情與才絶相近."(『朱子語類』 卷 第五)

255) 『전습록』 卷之上 67~68쪽: "所以爲聖者, 在純乎天理而不在才力也……後世不知作聖之本, 是純乎天理, 却專去知識才能上求聖人……知識愈廣而人欲愈滋, 才力愈多而天理愈蔽."

다. 그러나 그 밝음은 사람들에게까지는 미치지 못하여 사람들이 모두 어
둠으로 혼란하여 움직일 수 없고, 어느 자리인지 위치를 알지 못하고, 동서
방향을 분간하지 못하고, 출입문이 어디인지 알지 못한다. 어떻게 이런 밝
음에 의지하겠는가! 만약 이 같은 밝은 빛을 모아 비추면 어떻게 빛이 없
다고 걱정하겠는가! 그런데 향촉의 가는 끝에 그쳐서 향불을 피우면 그것
으로는 비출 수 없으니, 이로부터 비록 밝음은 있다 해도 사람들에게 미치
지 못하는 것이다. 재능 없는 본성이 이룬 것이 이와 같다."256)

'성'을 불[火]에 '재'를 밝음[明]에 비유한 내용이다. 불의 본질은
사물을 밝히는 데 있다. 사물을 밝힐 수 없는 불은 의미를 지닐 수
없다는 것이다. 바로 이 같은 인식에 기초하면서 '성'과 '재'를 설명
한 것이다. 즉 '성'이 본체이자 주재이면서도 잠재되어 있다면 제
기능을 다하지 못한다는 것이다. 그래서 본체로서의 '성'을 발현시
키는 것으로 '재'를 말하지 않을 수 없다는 것이다. '재'란 인간의
'재능'으로 '성'이 선험적 의미라면 경험적 개념이라 할 수 있다. 선
험적 본성이 드러나는 것은 현실적인 '재'를 통해서 가능하다는 말
이다.

> "세상 사람들은 '성덕(性德)'은 알고 '성재(性才)'는 모른다."257)

이 같은 '성재'에 대한 인식은 선천적 품성으로서의 '성'과 후천
적 재능으로서의 '재'를 통일시킴으로써 전통적인 '성중재경(性重才

---

256) 「性才」 16쪽: "人有性, 性有才, 如火有明, 明有光. 著火於燭, 置之堂中, 四隅上下,
無在不徹, 皆明所及, 非別有所假而爲光. 亦有無光之明, 如燭滅而著在條香, 滿堂
賓客無不見其明者. 然而明不及衆, 衆皆昏亂, 不能行作, 不知幾席所在, 不知東西
所向, 不知門戶所由, 人亦何賴於此明! 若卽此明取而燎之, 何患無光! 惟止於香杪,
炷而不燎, 是以雖明而不及於衆. 無才之性, 所成如是."
257) 「性才」 15쪽: "世知性德, 不知性才."

輕)'의 입장을 비판한 것이다. '성'과 '재'를 차별적으로 이해했던 것을 '성재합일'의 관점에서 비판한 것이다. 이것은 기존 심성론에서 덕성을 중시하고 재능을 경시하는 사고에 대한 비판이라 할 수 있다.258)

인간의 본성을 설명하면서 단순히 도덕적 품덕으로서의 인의예지만 갖고는 부족하고, 인간의 경험적 재능을 동시에 살펴야 한다는 것이다. 이것은 명말청초 인간의 욕망을 자연스런 인간의 본성으로 인정하는 흐름을 반영한 것이기도 하다.

상론한 바와 같이 '성중재경'의 입장에서는 '본연지성'으로서의 순선한 본성과 '기질지성'으로서의 '유선유불선(有善有不善)'의 차별적 이해가 불가피하였다. 사람마다 부여받은 기의 청탁 여하에 따라 현우(賢愚)의 차별이 생긴다고 하는 논의이다. 기질로서 드러난 '성', 곧 '재'에는 청탁이 있어서 그것으로 인하여 사람은 차별된다는 것이다.

그렇다면 '재'의 청탁은 무엇에 근거하는가? 두말할 나위도 없이 거기에는 인간의 욕망이 개재된다. 욕망을 얼마나 잘 절제하고 조절하느냐의 여하에 따라 청탁의 구별은 가능하다. 여기서 '천리인욕(天理人欲)'에 의한 현우(賢愚)의 차별적 인식이 가능했으며, 이것이 주자학의 요체가 되었다. 물론 이 판단의 근저에는 맹자의 성선론이 개재되어 있기 때문에 가능한 이론이다.

---

258) 周桂鈿, 『中國傳統哲學』(北京師範大學出版社 1990년 7월) 265~278쪽에서는 중국 사상사에서 볼 수 있는 '才能'과 '品行'을 논하며 공맹을 연원으로 漢代 董仲舒와 宋代 司馬光이 발전시킨 '德重才輕論', 魏晉시기의 徐干·曹操 그리고 葛洪이 대표되는 '才重德輕論', 荀子로부터 시작해서 송대 歐陽修, 명대 呂坤이 계승한 '才德殊用論', 송대 二程과 朱熹로 대표되는 '才德相資論', 명청교체기의 王夫之가 주창한 '德才體用論'등 다섯 가지로 분류하고 있다. 이것을 토대로 보면 당견은 '才德殊用論'과 '才德相資論'에 가깝다고 할 수 있다.

그렇다면 당견이 '성재합일'론을 통해 상기한 '성중재경'의 입장을 대신하였다면, 맹자의 성론에 대한 비판이자 보완이라 생각된다. 이 점에서 당견의 '성재합일'의 사상은 비록 그가 '존맹(尊孟)'이라고 하면서 맹자사상의 계승자로 자처하였지만, 단순한 계승 차원이 아닌 비판·수정·보완의 차원에서 이해되어야 할 것이다. 이에 대한 보다 구체적인 내용은 '성'과 '공'을 합일시켜 보는 데에 자세하다.

(4) '공' 으로 나타난 인간의 본성

'공'개념은 이미 언급한 '재'개념과 더불어 당견사상을 구체화시키는 용어이다. 당견의 '공'에 대한 논의를 위해서는 기존의 '사공(事功)'이론을 살피는 것이 우선되어야 할 것이다.

사공이론은 이미 송대 주희와 대립했던 사공파(事功派)에게서 찾을 수 있다.[259] 사대부 관료 사회였던 중국 사회에서 유학은 본질적으로 정치 현실과 구분할 수 없는 관계였다. 특히 송대 사대부 관료 사회에서 유학과 정치철학은 불가분의 관계였으며, 이로부터 학자들의 관심은 '내성외왕'의 문제에 봉착하게 되었다. '내성'을 중시하는 학자들과 '외왕'을 상대적으로 중시하는 학자들이 나타나게 되었는데, 송대에는 이정(二程)·주희가 '내성'을, 왕안석(王安石) 이후 진동보(陳同甫, 1143~1194) 같은 학자 등이 '외왕'을 강조한 학자들이었다.

여기서 진동보류의 학자를 사공파라 하였는데, 주희는 이들 사공

---

259) 김수중, 「양명학의 대동사회의식에 관한 연구」 서울대 대학원 박사학위논문, 1991년. 40, 41쪽 참조.

파에 대해서 "내성 없이 외왕에만 치우치는 것"이라고 비판하였다. 주희가 사공파를 비판했던 것은 이들 사공파의 논의가 현실 정치에 몰두하다 보면 패도나 술수에 빠질 위험성이 있으며, 그러다 보면 인욕(사욕)에 매몰될 가능성이 있기 때문이라고 하였다. 따라서 주희가 본 사공파의 이론은 심성 수양론에 배치될 수밖에 없다는 논리이다. 그렇다고 주희가 '외왕'의 입장을 전면적으로 부정한 것은 아니다. 내적인 자기반성과 수양(내성) 없이 현실 문제에 접근하는 것에 대한 경계에서 나온 발상이다. 이것이 '사공' 이론에 대한 전면적인 부정은 아니더라도 현실 문제에 대해 소극적으로 대응한 것만은 사실이다.

하지만 명대 이후 양명에 이르러 보다 적극적인 자세로 전환하였는데, 그것은 기존의 '사공' 이론에 대한 비판적 견해에 대한 반성작용의 일환이었다.

양명의 '사공'에 대한 입장은 '사상마련(事上磨鍊)'(『전습록』 卷之下)의 논의 속에 잘 나타나 있다. 그렇다고 양명 심학의 내용이 현실 사회 문제보다는 인간의 내면적 수양에 치중하였던 주자학의 심성 수양론 문제를 완전히 탈각한 것은 아니었다. 다만 상대적 측면에서 주자학보다는 '사공' 이론에 적극성을 띠었다는 지적일 따름이다.

이렇게 볼 때 당견의 '사공'에 대한 견해는 양명의 '사상마련'의 논의의 연장선상이었고, 이보다 구체성을 띤다는 데 그 의미를 찾을 수 있다. 인간의 자기반성과 수양으로서의 '내성'과 현실 문제에 대한 '공'의 문제를 통일된 입장에서 보아야 한다는 것이다.

그는 「변유」편에서 양빈(楊賓)과 토론하는 가운데, "유자는 '공'을 꾀하지 않는다고 들었다."고 하는 말에, "그렇지 않다. 유자가 귀하게 여기는 것은 혼란을 안정시키고 폭거를 제거하며 백성을 편안케 하는 일이다. 만일 유자가 '공'을 말하지 않으면 순임금이 반드시 유묘(有苗: 남방 오랑캐)를 정복하지 않았을 것이며, 탕왕이 반드시 하(夏)를 평정시키지 않았을 것이고, …… 순황(荀況)이 반드시 군사에 대해 말하지 않았을 것이다."260)라고 하며, 유자의 사회적 책무가 '공'에 있음을 말하였다.

> "유자는 사공(事功)을 말하지 않고, 관심 밖의 일로 여긴다. 이 땅의 형제들이 굶주려 죽고, 전쟁으로 죽고, 포악한 정치로 죽고, 외부의 폭력으로 죽고, 내부의 잔혹함으로 죽으면, 그 화근이 군주에게 미치고, 국가가 멸망하게 된다."261)

'사공'을 자신과 상관없는 바깥일이라고 생각한 도학자들의 풍조에 대한 비판 내용이다. 유자의 책무가 현실적 '사공'에 있다고 보기 때문이다. 소위 '위기지학(爲己之學)'이란 명목으로 사회적 책무를 등한히 하는 도학자들에 대한 강한 반발심도 작용한 듯하다. 당견은 이들을 두고 '위기지학'이 아닌 '실기지학(失己之學)'을 하는 자들로 단정한다.262) '위기지학'을 한다고 하며 홀로 현자인 양하면서도 사회적 위기에 대해서는 전혀 대응치 못하는 도학자를 두고 한 말이다. '사공'과 관계없는 '위기지학'은 '실기지학'으로 '공리(空理)'요, '공언(空言)'에 지나지 않다고 단정한 것이다. '공리'란 '실사(實事)'가 없기 때문이요, '공언'이란 '실행(實行)'이 아니기 때문이다.263)

---

260) 「辨儒」 3쪽: "大瓠曰: '吾聞儒者不計功.' 曰: 非也. 儒之爲貴者, 能定亂, 除暴, 安百姓也. 若儒者不言功, 則舜不必服有苗, 湯不必定夏, …… 荀況不必言兵."
261) 「良功」 53쪽: "儒者不言事功, 以爲外務, 海內之兄弟, 死於饑饉, 死於兵革, 死於虐政, 死於外暴, 死於內殘, 禍及君父, 破滅國家."
262) 「良功」 53쪽: "彼自以爲爲己之學, 吾以彼爲失己之學."
263) 「良功」 53쪽: "…… 皆空理, 無實事也 …… 皆空言, 非實行也."

그래서 그는 어떤 문제보다도 '공'을 강조하고 있다. "생명[生]의 귀함은 사람[人]만 같지 못하고, 사람의 귀함은 마음[心]만 같지 못하고, 마음의 귀함은 성(聖)만 같지 못하고, 성의 귀함은 공(功)만 같지 못하다."264)고 하며, '공'의 가치를 가장 우월한 것으로 평가하였다. '공' 없는 '성'에 대한 탐구, 즉 순수한 인간 본성에 대한 탐구는 일종의 공염불에 지나지 않다고 여긴 것이다.

여기서 '공'이란 이목(耳目)으로 설명할 수 있다. "이로부터 공을 말한다면 공은 이목(耳目)처럼 눈앞에 있다."265) 이목은 인간의 경험적 도구로서 필수 요소이다. 나아가 이목은 인간의 감각기관이면서 이성적 사유 판단의 기초가 된다. 감각을 떠난 이성적 사유는 불가능하며, 그렇기 때문에 이성적 사유 판단은 감각 작용에 의존한다. 당견은 '공'을 이목으로 설명하면서 이목의 중심이 마음이라는 사실을 강조하였다. 즉 '공'을 이루는 경험적 방법들은 모두 마음을 그 바탕으로 한다는 것이다. 마음에 의지해야만 그 '공'을 이룰 수 있다고 본 것이다.

> "경험한 일, 접촉한 사물, 독서한 책, 전수한 학문은 모두 마음이 그 바탕이다."266)

경험적 작용의 모든 것이 마음에 바탕하고 있다는 내용이다. 사물 인식의 핵심을 마음에 설정한 것이다. 이로부터 당견은 "성(性)을 다하지 못하면 성인(聖人)이 아니고, 공(功)이 나타나지 않으면 성(性)을 닦았다고 할 수 없다."267)고 하면서 '공'을 성(性)·성(聖)과

---

264) 「有爲」 51쪽: "生貴莫如人, 人貴莫如心, 心貴莫如聖, 聖貴莫如功."
265) 「非文」 63쪽: "以此逑功, 功在耳目."
266) 「自明」 24쪽: "所見之事, 所遇之物, 所讀之書, 所傳之學, 皆心資也."
267) 「有爲」 51쪽: "性不盡, 非聖; 功不見, 非性."

결부시키며 강조하였다. 성(性)의 발현을 곧 '공'이라고 한 것으로, 이것은 당견의 사상이 단순히 순수 형이상학적인 것에 국한되지 않았다는 사실을 증명한다.

> "천하에 어찌 심성에서 나오지 않은 '공'이 있겠는가. '공'이 심성에서 나오지 않았다고 하는 것은 천지가 없는데 만물이 있다는 것과 같다. 어찌 심성만 있고 '공'이 없겠는가."[268]

이로부터 당견은 송명대 유학 실천론의 핵심이었던 심성 수양론에서도 결과[功] 없는 수양은 결코 헛되다는 사실을 역설하였다.

> "수양이라고 내적인 것이 아니고, 사공(事功)이라고 외적인 것은 아니다. 내외를 나눔으로부터 관중(管仲)·소하(蕭何) 등 공적이 뛰어난 부류가 빈객이 되었고, 정자(程子)·주자(朱子)와 같이 심성이론에 묻혀 있던 이들이 주인이 되었다. 빈객은 물리치면 안으로 들어갈 수 없고, 주인은 한곳에 머물면 나갈 수 없다. 빈객은 방안 오묘함을 볼 수 없고, 주인은 거마(車馬)의 편리함에 익숙하지 않다. 내외를 나눔으로부터 공자의 도가 분열되어 백성들은 생활하는 데 어려움을 겪게 되었다."[269]

당견은 심성 수양을 내적인 것으로[內聖], '사공' 이론을 외적인 것으로[外王] 분리하는 그 자체를 비판한 것이다. 구체적으로 그는 나무의 뿌리와 가지를 예로 제시하며,[270] 나무의 가지와 뿌리는 불

---

268) 「良功」 54쪽: "天下豈有功不出於心性者哉. 功不出於心性, 是無天地而有萬物也. 豈有心性無功者哉."
269) 「良功」 52쪽: "修非內也, 功非外也. 自內外分, 管仲蕭何之流爲賓, 程子朱子之屬爲主; 賓擯不入, 主處不出; 賓不見閫室之奧, 主不習車馬之利. 自內外分, 仲尼之道裂矣, 民不可以爲生矣."
270) 「有爲」 51쪽: "天下無無本之枝, 壹於外者失之矣; 天下無無枝之本, 壹於內者失之矣."

가분의 관계라는 상식적인 논리로써 내외를 구분하는 것을 반대한 것이다. 이것은 기존의 '내성외왕'의 이원론적 방법에 대한 비판에서 비롯한 것이다. 앞서도 언급하였듯이 당견은 송대 이정(二程)과 주희가 지나치게 '내성'만을 강조하고 '외왕'을 홀대한 관계로 유학의 분열을 가져왔다고 진단하고, 개인의 인격 수양과 현실 사회의 문제를 이원화시키는 것을 반대하였다.

(5) 앎과 실천은 하나

지행(知行), 곧 앎과 실천에 대한 전통적 입장은 크게 세 가지 유형별로 나눌 수 있다. 북송대 정이천(程伊川, 1033~1107)과 주희의 '선지후행론(先知後行論)', 남송대 육상산과 명대 왕양명의 '지행합일론(知行合一論)' 그리고 명말청초 왕부지의 '선행후지론(先行知後論)' 등이다.

물론 이러한 분류는 이론적으로 앎과 실천, 어느 것을 강조하느냐에 따라 달리 설명된 것에 지나지 않다. 이것을 토대로 당견의 지행관을 살핀다면 육왕의 '지행합일론'에 가깝다. 즉, 당견의 지행관은 양명의 '지행합일'을 근간으로 하며, 그것은 정·주의 '선지후행'에 대한 비판에서 시작하였다. 구체적으로 정주학의 맹점이 이론에 치중하다 보니 정치적, 현실적 문제를 등한히 한 데 있다고 보았기 때문이다. 그는 정·주의 지행관을 실천보다는 앎에 치중한 것으로 이해하고, 양명의 지행합일론을 근거로 지행관을 정리하였다. 그렇지만 그는 단순히 앎과 실천의 합일에 그치는 것이 아니라, 양명적 '지행합일'보다 적극적인 '지행일치(知行一致)'를 추구하였다.

"단것[甘]을 아는 것이 지(知)이다. 그 단것을 알고 먹는 것이 곧 실천
[行]이다. 따뜻한 것을 아는 것이 지이다. 따뜻한 것을 알고 옷을 입는 것
이 실천이다."271)

앎을 객관사물에 대한 경험[甘食, 暖衣]으로 표현하였다. 이 점에
서 실천이란 '의(意)의 소재'가 아닌, '먹고(食之)', '입고(衣之)' 하는
행위를 가리킨다. 다시 말해 "앎의 소재는 곧 행의 소재이다."272)고
하는 '지행일치'의 인식이다.

"옛날 성인들은 말(言)이 곧 행이요, 행이 곧 말이었으며, 학문이 곧 정
치요, 정치가 곧 학문이었다."273)

현실 사회 문제를 떠난 학문은 큰 가치를 지닐 수 없다는 말이다.
현실적 문제에 기초한 학문관을 통해 지행관을 전개한 것이다. 정치
방법을 잘 알고 있다고 해서 저절로 다스려지는 것은 아니다. 인식
에 기초한 실천을 통해서 현실 사회는 다스려진다는 말이다.

"천하가 어떻게 다스려지는가. 명령하여 실천[行]되면 다스려진다. 천하가
어찌 다스려지지 않는가. 명령해서 실천되지 않으면 다스려지지 않는다."274)

실천에 그 초점을 맞추며 지행관을 정리한 내용이다. 양계초는 이
같은 당견의 지행관을 두고 "당견은 비록 심학을 극력 제창하였지
만 송명대 유자의 '명심견성(明心見性)'의 설과는 같지 않다. 그는

---

271) 「知行」 14쪽: "知其甘者, 知也; 知其甘而食之, 卽行矣. 知其暖者, 知也; 知其暖而
衣之, 卽行矣."
272) 「知行」 14쪽: "知之所在, 卽行之所在."
273) 「有爲」 50쪽: "古之聖人, 言卽其行, 行卽其言; 學卽其政, 政卽其學."
274) 「權實」 115쪽: "天下奚治, 令行則治; 天下奚不治, 令不行則不治."

심을 함양하여 오로지 정치를 행하고 쓰임[用]을 강조하기 때문에 그의 심학은 단지 수단에 불과하며 목적은 아니었다."275)고 하며 양명과의 차별성을 강조하였다. 당견의 지행관이 실천에 강조점이 있고 양명의 지행합일은 앎에 강조점이 있다고 하는 말이다.

다시 말해 양명의 '지행합일론'이 "일념의 발동처가 곧 행이다."276)라고 하는 "지로써 행을 대신한다.(以知代行)"는 입장이라면, 당견은 실천을 수반치 않는 앎은 공리(空理)라고 하는 입장에서 이해한 것이다.

이러한 당견의 지행관은 근본적으로 정주의 '선지후행'의 입장을 비판하기 위한 것이었다. 정주학의 지행관에 나타난 이론을 당견은 공리·공언(空言)으로 보면서 실사(實事)·실행(實行)을 통해 극복해 보자는 논리였다.277) 당견이 말한 실사와 실행의 구체적 내용은 물론 구체적이고 현실적인 데 있다. 명(名)과 실(實)의 문제를 거론하며 명을 공리로 단정하며 비판한 것이다.

(6) 명분보다는 실제

일상적으로 명분과 실제는 함께 쓰이지만 둘은 상대 개념이다. 명실이 일치하면 좋겠지만, '실'의 입장을 강조하다 보면 '명'은 불필요한 것이 될 수도 있다. 당견은 '실'을 강조하며 '명'을 현실로부터 거척되어야 할 것이라고 하였다. 송대 이래로 도학(道學)·기절(氣節)·문장(文章)이 발전하면서 '명'을 꾸미는 상황이 전개되었다고

---

275) 梁啓超, 『中國近三百年學術史』 162쪽.
276) 『전습록』 卷之下 17쪽: "一念發動處, 便卽是行了."
277) 「良功」 53쪽: "後儒豈不曰: '天地吾心, 萬物吾體'; 皆空理, 無實事也. 後儒豈不曰: '湯武可法, 桀紂必伐'; 皆空言, 非實行也."

개탄하고, 이것이 사회를 해치는 주요인이라 지적한 것이다. 송대 이전 사회에서는 악인이라도 자기 자신을 꾸며 선인으로 자처하지는 않았다고 하면서, 실례로 폭군의 대명사처럼 불리는 '유왕(幽王)과 여왕(厲王)'[278]도 스스로를 요순이라 칭하지 않았음을 지적한다.

그러나 지금은 도학을 숭상한다고 하면서 스스로를 공맹이라 이름하며 '주자가 다시 소생했느니' '맹자가 다시 태어났느니'라고 하며, 명을 꾸민다고 비판한다.[279] 그러면서 "대개 명이란 헛되고 실이 없다."[280]고 단정하였다. '명'을 추구하는 것을 "마치 씨에 구멍을 뚫어 그 종자를 없애는 것과 같다."[281]고 하며, 생명력의 상실로까지 이해하였다. 당견의 '명'에 대한 비판 의지는 "마음[心]의 종자가 끊어지면 덕(德)이 끊어지고, 덕이 끊어지면 도(道)가 끊어지고, 도가 끊어지면 치(治)가 끊어진다."[282]고 하며, 그 절박함을 드러내었다.

다시 말해 명말청초 절박한 사회 혼란의 본질적 원인이 호명자(好名者)들 때문이라는 것이다. 왜냐하면 '명'을 좋아해서 그것을 추구하는 사람들은 특권층이며, 이들은 일하지 않고 먹는 사람들이기 때문에 사회악이라는 주장이다.

> "『시경』에 이런 말이 있다. '곡식을 심지도 않고 거두지도 않았는데, 어찌 그렇게 많은 벼를 차지하며, 사냥을 하지도 않았는데, 어찌 그렇게 많은 담비가죽이 매달려 있는가.'[283] 농사짓지 않고 곡식을 얻고, 사냥하지 않고

---

278) 『맹자』 「이루」 상편과 「고자」 상편 참조
279) 「去名」 편 58~60쪽 참조. 이 편에서는 시종 '名'의 허실을 비판하며 송명대 도학자들의 道學·氣節·文章을 숭상하는 것을 '名'을 꾸미는 것이라 힐난하고 있다.
280) 「去名」 58쪽: "蓋名者, 虛而無實."
281) 「去名」 58쪽: "猶鑽核而絶其種." 이것은 晉나라 淸談의 한 사람인 王戎의 古事를 인용한 것이다. 왕융은 "좋은 자두나무 씨를 뚫어 남이 심지 못하게 하였다"고 한다.
282) 「去名」 58쪽: "心之種絶, 則德絶; 德絶, 則道絶; 道絶, 則治絶."

짐승을 얻는 것을 말한 것인데, 명예 좋아하는 사람들이 손쉽게 얻는 것이
이와 같다는 것이다."284)

여기서 인용한 『시경』은 일하지 않고 먹는 특권층을 비꼰 내용이
다. 같은 맥락에서 당견은 호명자들을 전리품에 비교하며 비판하였
다. '명'이란 수고하지 않고 얻은 전리품과 같다는 것이다. 호명자의
대표적인 예는 도학자들이다. 이들 도학자들은 도학·기절·문장을
숭상하며 '명'을 좋아한다는 것이다. 이것을 '삼명(三名)'이라 지칭
하고 맹렬히 비난했던 것이다.285)

> "나는 도학을 좋아하지 않는다. 공자를 말하고, 맹자를 공경하고, 주자를
> 종주로 삼고, 육상산을 배척하는 것에 나는 찬동하지 않는다. 내가 찬동하
> 는 것은 진실[忠]과 믿음[信]이다. 나는 기절을 좋아하지 않는다. 붕당을 세
> 우고 비판하고 공격하는 것을 일삼고, 유배 보내는 것을 즐기며, 곤장 치고
> 칼로 처벌하는 것을 고소해하는 것에 나는 찬동하지 않는다. 내가 찬동하
> 는 것은 정직이다. 나는 문장을 좋아하지 않는다. 수많은 자료를 찾고, 널
> 리 관람하고, 한유(韓愈, 768~824)를 본받고, 구양수(歐陽修, 1007~1072)를
> 모방하는 것에 나는 찬동하지 않는다. 내가 찬동하는 것은 성인의 말씀이
> 다."286)

---

283) 『시경』「魏風」 '伐檀': "不稼不穡, 胡取禾三百廛兮. 不狩不獵, 胡瞻爾庭有縣貆兮."
284) 「去名」 58쪽: "詩云: '不稼不穡, 胡取禾三百廛兮? 不狩不獵, 胡瞻爾庭有縣貆兮?'
    不耕得穀, 不獵得獸, 好名者之捷得如是."
285) 유명종은 앞의 책 105쪽에서 '道學'과 '氣節'을 비판한 것을 두고 '혁명적 선언'이
    라 표현하고 있으며, '文章'에 대한 비판도 전통적 문예관을 비판한 것으로 이해하
    였는데, 필자는 이 같은 견해를 당견사상의 특징을 이해하는 중요한 단서가 된다고
    판단하며 동의한다.
286) 「去名」 60쪽: "吾不好道學, 言孔, 貌孟, 宗朱, 賓陸者, 吾不與也; 吾之所與者, 忠信
    也. 吾不好氣節, 立朋黨, 習攻擊, 樂流竄, 甘梃刃者, 吾不與也; 吾之所與者, 正直
    也. 吾不好文章, 窮搜, 泛覽, 規韓, 模歐者, 吾不與也; 吾之所與者, 聖言也."

여기서 도학·기절·문장은 송명대 명분론자들의 학문을 말한다. 이것을 좇다 보니 주륙이 나뉘어 다투고, 당쟁이 나고, 고문(古文)이다 팔고문(八股文)이다 하는 다툼이 일어났다는 것이다. 이들 도학자류는 '명'을 통해 정당성을 확보하려고 하였는데, 이렇게 전대의 현인들을 빗대어 '명'을 꾸미는 자들을 비판하고자 한 것이다. 현인들의 이름을 빌려 자신을 과대 포장하는 명분론을 거부한 것이다. 충신·정직·성언으로 비춰진 것만이 실리이고 실사라는 주장이다. '명'은 공리이며, '실'은 실리요 실사라고 할 수 있기 때문이다.

당견은 '삼명(三名)'이 마음을 해치는 가장 큰 원인이라고 생각하였다.[287] 따라서 당견은 '삼명'을 부정 비판하는 것으로부터 윤리 도덕은 물론 올바른 사회를 건설할 수 있다고 생각하였다. 비록 그 대안으로 제시된 충신·정직·성언이란 것이 다소 추상적이어서 구체적 실천성을 담보하고 있지는 못하지만, 당대 명분론자들에 대한 비판을 통해 문화 전반에 관한 반성을 시도했다는 점에서 당견사상의 진취적 성향을 어느 정도 보여준다고 하겠다.

이 같은 명분론을 비판하는 입장에서 나아가 당견은 꾸밈[文]도 비판하였다. '문'의 상대 개념은 '질(質)'이다. '질'이란 '실질'의 의미를 갖는다. 사물의 진실성과 구체성을 뜻한다. 당견이 '실'을 강조한 것은 결국 현실적이지 못한 것에 대한 부정 비판으로 설명된다.

"문장에는 반드시 실제적인 내용[質]이 있다. 오늘날 문장의 잘못을 찾는다면 완전히 그 실제적인 내용을 잃고 있다는 것이다. 옛날 서울에 얼음을 조각해서 인물(人物)의 형상을 만드는 사람이 있었다. (그가 만든 조각에) 의상을 입히고 색을 칠하고 해서 형색이 마치 살아 있는 것 같았고, 모양도 산 것 같았다. 서울의 날씨가 추워지자 (조각을) 건물 뒤에 놓아두었는

---

287) 「去名」 60쪽: "此三名者, 害心之大者也."

데, 며칠이 지나도 (생생한 모습은) 변하지 않았고, 변한 것이 있다면 그것
을 다시 장식하였다. 그 앞을 지나치는 사람들이 매일 수백 명에 달했는데,
모두가 그 재주에 탄복하며 놀라는 것이었다. 하루는 지나치는 사람들에게
말했다. '누가 나에게 쌀 서 말을 주시겠습니까? 내가 나의 작품을 팔겠습
니다.' 대답하는 사람이 아무도 없었다. 그러자 (조각가는) 질문하였다. '나
의 재능은 아주 뛰어납니다. 내가 이 재주를 쌀 서 말에 팔려고 하는데, 아
무도 응답이 없는 것은 무엇 때문인가요?' 어떤 사람이 웃으며 말했다. '선
생의 재능은 아주 뛰어나지요. 선생이 어떻게 모형 틀 없이 금으로 옥을
다듬을 수 있겠습니까? 하(夏)·은(殷)·주(周)·한(漢)나라의 그릇을 만들면
가히 보배로서 망가트리지 않습니다. 지금 얼음을 쪼아 조각품을 만들어
그 형체는 비록 (실물과) 닮았어도 날이 지나면 변하고 말 것입니다. 나는
심히 선생의 기교를 애석하게 여기나 그것은 진짜가 아니며, 마음은 수고로
우나 쓸모가 없어 눈요기로서는 가하지만, 대대로 오랫동안 보전할 만한 것
은 못 됩니다.' 문장에 실제적인 내용이 없다는 것은 바로 이와 같다."[288]

실질 없는 꾸밈을 철저히 비판한 내용이다. 꾸밈이란 일시적인 것
이지만 실질은 그렇지 않기 때문이다. 나아가 당시 지식인들의 문장
에 대해서도 비판적 입장을 취한다.

"문장은 군자가 소중하게 생각하는 것이다. 오늘날의 문장은 옛날의 문
장이 아니다. 그 말은 비록 아름다우나 실속이 없어 내가 취해 보고 싶지
않다. 경전에는 도와 다스림의 방법이 실려 있다. 오늘날 사람들은 경전을
공부하면서 새로운 의견을 제시하는 것은 매우 좋아하지만 실용성이 없다.

---

288) 「非文」 63, 64쪽: "文必有質. 今世求文之弊, 盡失其質矣. 昔京師有琢氷爲人物之形
　　者, 被以衣裳, 綴以丹碧, 神色如生, 形制如眞. 京師天寒, 置之堂背, 逾日不變; 變
　　則修飾之. 往觀者日數百人, 皆歎其巧, 驚其神. 一日, 語衆曰: '孰能與我三斗粟.
　　吾授之以吾技.' 人無應者. 乃問之曰: '吾之技亦巧矣. 吾欲鬻技, 得三斗粟, 而人無
　　應者, 其故何也.' 有笑之者曰: '子之技誠巧矣. 子何不範金琢玉, 爲夏殷周漢之器,
　　可以寶而不壞. 今乃琢氷爲玩物, 其形雖肖, 不日而化矣. 吾甚惜子之技巧而非眞,
　　心勞而無用, 可以娛目前而不可以傳久遠也.' 文而無質, 亦猶是也."

이것은 경전을 속이는 것이어서 내가 취해보고 싶지 않다."[289]

당견이 문장을 비판한 것은 명분에 휩싸인 도학자들이 글로써 자신을 꾸미기 때문이다. 당시 도학자들의 글에 실제적인 의미[實義]가 없다는 것이다. 경을 궁리하는 것 또한 실용적 가치가 없다고 판단하며 비판하였다. 이 같은 실리·실사·실의·실용의 강조는 명말청초 경세치용의 실학사조의 한 흐름이었다.

송명대 도학자들의 폐단을 공리(空理)라 비판하고 실리의 입장에서 현실 사회 문제에 적극적으로 대처하고자 한 당견의 학문적 태도를 살피게 된다. 송명 도학자들은 개인의 수양[克己]을 중심으로 자신들의 세계관을 형성하고 교육하였지만, 이것이 명말청초라고 하는 사회분위기 속에서는 어울리지 않다고 판단한 것이다. 송명 도학자들의 학문 방법을 공리라고 비판한 것은 바로 이 때문이다. 당견은 송명 도학자들의 문제를 실리·실사·실용·실의라고 하는 보다 구체적이고 현실적인 것을 통해 극복하려고 했다. 실리로서 공리를 비판한 것은 명말청초 실학사조의 일면을 대변한 것이며, 그 시대를 사상적으로 치유[290]하고자 하는 노력의 일환이었다.

---

289) 「無助」 38쪽: "文者, 君子之所貴也. 今之文, 非古之文也; 其言雖美而非實義, 吾不欲取而觀之矣. 經者, 道與治之所在也. 今人窮經, 好爲創見而無實用, 是爲誣經, 吾不欲取而觀之矣."
290) 당견이 '名實論'에서 '實'을 강조한 것은 당시 혼란한 **사회풍토**와도 관련을 갖는다. 쇠미한 명조와 타락한 특권 귀족들의 명분론에 집착하는 것을 비판하고 동시에 이민족이었던 청조에 대항하는 논리로서 '實'을 강조한 것으로 이해된다는 것이다.

4. 소 결

어떠한 사상이든 사상가가 속해 있는 시대와 사회의 구속을 받는다. 사상의 역할은 그 사회의 문제를 어떠한 형태로든 반영하며 시대의 문제를 해결하려고 한다. 이런 점에서 당견의 사상은 명말청초라고 하는 시대와 사회의 특수한 관계 속에서 형성되었으며, 그 시대의 문제를 해결하려는 차원에서 이해할 수 있다.

명말청초 중국 사회는 이미 살핀 대로 정치적으로는 '천붕지해'라 불릴 정도로 혼란기였으며, 경제적으로는 자본주의 맹아현상을 출현시킨 전환기였다. 또한 서양의 선진문물의 전래는 일부 개명한 지식인들로 하여금 새로운 문화에 대한 흥취를 느끼게 하였고, 한편으론 적극적인 수용 자세를 보인 시기였다.

당견이 처했던 명말청초 중국 사회의 가장 큰 문제는 민족적 갈등과 경제적 생산력 확대에 따른 생산관계의 모순이었다. 만주족의 중국지배에 의한 한족의 심리는 매우 참담하였으며,[291] 이로부터 일부 지식인들은 항청운동에 가담하였고, 다른 부류의 지식인들은 산천에 은거하여 저술에 전념하였던 시대였다. 당견의 주변 인물들도 이 같은 당시 지식인들과 다름없었는데, 특히 그의 부친 당계태는 청조의 압제를 피해 숨어 다니다 가산을 탕진하는 지경에 이르렀다. 가산탕진은 당견으로 하여금 생계를 위한 청조의 관직 참여 계기가 되었고, 이도 여의치 않자 나중에는 갖고 있던 전답을 팔아 상업에 종사하게 되었다.

---

291) 중국을 지배한 만주족은 전체 한족의 2%에 지나지 않았다. 이같이 다수의 한족들이 소수의 만주족에게 망한 것은 한족들의 자존심을 크게 손상시켰다.

토지 겸병 문제와 그로 인한 전호·노복의 봉기가 당시 사회를 더욱 혼란케 하였으며, 도시의 번성에 따른 상품작물과 수공업 제품의 대량 출하는 무산 근로계층을 유발하였고, 이들이 고용 노동자로 흡수되면서 나타난 사회경제적 발달은 이른바 자본주의 맹아라고 하는 새로운 형태의 사회를 만들어 내게 되었다.

당견의 사상은 이 같은 사회상황과 경험에 기초해서 성립되었다. 특히 명대 이후 관학으로서 확고부동이던 주자학이 그 기능을 다하지 못하면서 지식인들은 점차 새로운 학문에 대한 욕망을 갖게 되었다. 양명학의 탄생은 이런 욕망을 배경으로 하였는데, 양명학 또한 명말청초 변화된 사회 속에 새롭게 변신하지 않으면 안 되었다. 사회적 위기의식이 새로운 사상과 학문을 요구하였고, 그것이 곧 명말청초 경세치용의 실학사상이었다. 당견의 학문을 명말청초 경세치용의 실학적 시대사조의 한 흐름에서 이해하고자 하는 뜻도 여기에 있다.

따라서 당견의 학문은 명말청초라고 하는 시대사조 속에서의 언어와 문법적인 체계를 통해서 이해함이 마땅하다. 당견의 사상은 전통적인 유학의 틀 속에서 이해할 수 있는 부분이 있는 반면, 명말청초라고 하는 특수한 시대 상황 속에서 이해해야 할 것들이 있다.

그 관점에서 이 글의 핵심적인 내용을 다시 나열해 본다면, 자연관과 인간관에서 도출된 도에 대한 인식과 심성론, 그리고 실천 중심의 앎과 명분보다는 실제를 강조한 내용이다. 이것을 당견은 '도' '천리' '음양' '심성' '양지' '사공' '성재' '지행' '명실'이라는 용어로 풀어 나갔다. 그러나 이 같은 다양한 용어들은 사실 '자연'과 '인간'이라는 보편적 개념으로 정리할 수 있다.

당견은 자연을 인간과 나눠보지 않았다. 인간의 심성을 논하면서 자연을 끌어다 붙이고 자연을 설명하면서 인간의 심성을 논의하였다. 앞에 열거한 일곱 가지 용어는 서로 다른 개념이지만 관련되어 있다. 그렇기 때문에 인간은 자연을 경험하면서 인간의 본래성을 발견할 수 있다는 것이다. 자연과 인간을 유기체로 이해하였기 때문이다.

여기서 자연의 본래성에 비유된 인간은 사회적 인간이다. 사회적 인간은 정치·경제·사회·문화 전반에 걸쳐 적극적이다. 당견은 이 문제를 실학적으로 접근하였다. 주자학의 이지적 이분법을 비판하고 직관적이고 실천적으로 접근한 것이다. 누구나 지닌 보편성[理]을 찾는 데[格物致知] 매달리지 않았다. 이미 보편 이성은 누구나 담지하고 있다고 보았기 때문이다. 오히려 보편적 양태[本性]가 현실로 드러난 것에 주목하였다.

여기서 '재'와 '공'개념은 당견 철학의 가장 핵심적인 용어가 되었다. 이를 유가 본래의 방법, 즉 '수기치인'이나 '내성외왕'으로 말하자면 '치인'과 '외왕'에 치중했다고 볼 수 있다. 이것은 '수기'와 '내성'에 치중했던 주자학에 대한 반성이었다. 명말청초 '천붕지해'의 와중에 무기력했던 관학으로서의 주자학에 대한 비판이었다.

한편 실리의 입장에서 명분을 비판하고, 경험과 실천으로 담보할 수 없는 앎의 문제를 비판한 당견의 사상은 명말청초 경세치용의 실학사조의 한 단면을 보여주었다. 주자학을 비롯한 기존의 학문체계는 지나치게 원리적이고 관념적이었기 때문에 변화된 사회의 문제를 해결하는 데에는 한계가 있다는 것이다. 부패한 사회, 다양성을 추구하는 사회의 지도이념으로 주자학은 한계가 있으며, 이 문제 해결은 실학적 방법이 아니면 불가능하다는 판단이었다.

당견 말고도 명말청초 지식인들이 공통적으로 경세치용의 실학 방법을 동원하려고 했던 이유도 여기에 있으며, 이 같은 계몽적 사고가 당시 사회의 사상적 특징으로 자리 매김한 것이다. 다만 그 방법적 측면에서 어떤 학자들은 주자학에 대해서, 어떤 학자들은 양명학에 대해서, 어떤 학자들은 주·왕 모두에 대해서, 어떤 학자들은 서양의 학문을 통해서 비판적 시각을 갖고 해결점을 모색하였지만 공통점은 경세치용의 실학이었다는 점이다.

당견은 그 가운데 양명학적 세계관으로 출발해서 주자학을 비판하고, 당시 사회의 문제에 접근하며 구제책을 제시하였다. 여기서 사상사의 흐름상 중요한 의미를 발견할 수 있다. 당시 공리공론으로 비판받던 주자학의 한계를 양명학적 세계관을 통해 극복하였고, 그 결과 양명학적 세계관의 한계까지도 극복할 수 있었다는 점에서 당견사상의 사상사적 의미를 찾을 수 있다는 것이다. 당견의 사상은 명말청초 실학사조의 한 단면으로서 양명학적인 세계관을 통해 주자학의 한계를 극복하려 하였고, 그런 과정 속에서 양명학적인 한계까지도 극복하려는 의지를 보였다는 것이다. 이것은 그의 윤리사상과 사회사상적 측면에서 더 잘 보여주고 있는데, 먼저 그의 윤리사상에 나타난 진보적 색채를 구명해 보기로 한다.

제4장 당견의 전통 윤리관 비판과 남녀평등의식

제4장
당견의 전통 윤리관 비판과 남녀평등의식

1. 윤리관의 이론적 기초

윤리란 어원적으로 그리스어인 에토스(ethos)에서 유래하며, 그 의미는 다음 세 가지 측면에서 살필 수 있다. 첫째, 복수 형태로 사용해서 친숙한 체재지·주거지·주택을 의미하며 고향을 의미하기도 한다. 둘째, 습관·풍속·관습 등을 의미한다. 셋째, 윤리적 의식·윤리적 신념 등과 태도·도덕성을 의미한다.

그런데 이러한 세 가지 의미는 서로 상관성을 갖고 있다. 이것들 사이에는 법칙적인 연관성이 있다는 것이다. 즉 윤리의 어원인 에토스란 용어는 '인간 사회의 역사', '인간의 공동체 생활의 역사와 윤리 자체의 역사'가 겪어온 여러 발전 단계를 반영한다는 것이다.[292]

---

292) 한국철학사상연구회 편, 『철학대사전』(동녘, 1989년 5월) 994~1008쪽 참조.

결국 윤리란 개인과 공동체를 가치론적으로 규정하는 규범이며 방식이라 할 수 있다. 그러나 이 같은 윤리에 대한 개념규정보다는 윤리를 규정하게끔 하는 방법이 오히려 중요할 것 같다. 윤리를 규정하는 방법이 어떠한가에 따라서 전혀 다른 차원의 윤리적 가치기준이 설정될 수 있기 때문이다. 고대·중세·근대, 즉 시간적 차이에 따라 윤리가 같을 수 없으며, 공간적 차이에 따라서도 윤리는 달리 표현될 수밖에 없다.

이런 점에서 윤리란 결코 고정된 것이 아니며, 하나의 패턴[型] 속에 그것이 계속 머물러 있지도 않다. 인류의 역사와 함께 끊임없이 변화 발전되어 오고 있기 때문에 역사적인 것이라고 말할 수 있다. 개인과 공동체가 속한 시·공간에 따라 윤리는 달리 규정되고 또한 이러한 시공의 변화에 따라 윤리도 자연 변화한다는 말이다. 그렇다고 보편적인 인류의 공동체적 윤리까지도 부정하는 것은 아니다. 시·공간의 차이에 따른 특수한 윤리를 전제로 한 말이다.

이 같은 역사성 속에서의 윤리 개념을 놓고, 여기서 논의하고자 하는 것은 중국에서의 전통 윤리의 측면과 그러한 전통 윤리의 변화된 형태로서 명말청초 당견의 윤리 의식을 살피는 데 있다. 특히 전통 윤리 가운데에서도 주자학적 윤리관과 그 변용으로 등장한 명말청초 당견의 윤리관을 비교 검토하고자 한다.

당견의 사상적 연원이 양명사상에 있으며, 그 양명사상이 주자학보다 근대 지향적이었고, 근대 지향적인 윤리관이 보다 구체화된 것이 후기 양명학이었다는 점에서 앞에서 말한 「명말청초 양명학의 특징」을 보완한다고도 볼 수 있다. 이른바 명말 양명좌파와 청초 양명학자들에게 비친 윤리관은 이전의 주자학과는 상당한 차이를 노정하였으며, 나아가 명대 양명학의 내용과도 차이를 드러냈다. 다시 말해 양명학이 주자학보다 상대적으로 근대 지향적 윤리체계를 갖추었다고 보았을 때, 이것은 사실 양명학 자체의 내용보다는 후기 양명학자들의 견해에 근거한 주장이라 생각하며, 그 중심에 당견의 윤리사상이 있다는 것이다.

왜냐하면 왕양명의 윤리관은 엄격한 의미에서 주자학적 세계관의 굴레를 확실히 벗고 있지 못하다는 점 때문이다. 양명의 윤리체계는 '존천리, 거인욕'의 '극기' 수양론의 한계를 완전히 탈각하지 못하고, 경우에 따라서 더욱 강조하는 면도 없지 않다는 점에서 그러하다. 이 점은 청대가 끝나는 시점까지 연장되었다고 보아도 무방할 것 같다.

그렇지만 명말청초 당견과도 같은 일부 개명한 사대부 지식인 그룹에 의해 제시된 윤리체계는 그것과는 달랐다. 근대 지향적 요소로서 개아(個我)문제와 인욕(人欲)문제를 다루며 새로운 윤리관을 선보였기 때문이다.

명말청초의 양명학자 당견의 윤리사상은 근대 지향적 의미체계로서 새로운 면모를 보여주었다. 특히 사회경제적 자본주의 맹아현상과 그에 따른 윤리관의 변화는 기존의 전체성을 강조하는 공동체 윤리로부터 개체성을 중시하는 인욕긍정의 철학사상을 발생시켰다. 보통 인욕긍정의 철학 사조는 양명좌파 경향의 학자에게서만 찾을 수 있다고 하나 실제적으로는 우파 계열의 학자들에게서도 정도의 차이는 있어도 거의 공통적으로 나타난다는 점에 주목할 필요가 있다. 청초로 접어들면서 좌우파 개념이 불분명해진 상태에서 황종희나 당견 같은 학자들이 대표적인 경우라 하겠다.

특히 당견의 윤리사상은 인욕이라든지 개인의 자아에 대한 주체적 요청이 보다 강조되고 있다는 점에서 주자학적 윤리체계로부터

의 일탈이며, 나아가 근대 지향적 인식으로의 전환이라는 점에서 의
미가 있다고 할 수 있다.

2. 도덕적 본성과 욕망

　인간을 다른 동물과 구별해서 말할 때 반드시 도덕적 이성을 말
한다. 도덕적 이성이란 윤리적 행위뿐만 아니라 사유 작용까지도 포
함한다. 당견은 이것을 양지를 통해 설명하였다. 양지는 인간이면
누구나 다 소유하고 있는 도덕 주체이다. 동시에 인간은 욕망을 추
구하는 데 누구나 같은 의지를 갖고 있다. 다시 말해 인간은 도덕
주체로서의 양지뿐만 아니라 식색(食色) 등의 욕구 본능까지도 동시
에 갖고 있다는 것이다.
　이 두 가지 측면, 양지라고 하는 인간의 보편적 심성과 식색이라고 하
는 본능적 욕망을 소유했다는 점에서 인간은 누구나 동등하다. 당견의 윤
리관은 이러한 두 가지 측면을 기반으로 전개되었다. 먼저 인간의 도덕적
품성으로서 인간이면 누구나 소유하였다는 양지의 측면을 살펴보자.

(1) 양　지

　양지란 용어는 본래 맹자가 "생각하지 않고도 아는 것을 양지라
고 한다."293)라고 한 것에 근거한 것으로 양명학의 가장 중요한 개

넘 가운데 하나이다. 이때 양지란 '생득적 지(innate knowledge)' 혹은 '타고난 도덕적 직관(innate moral intuition)'을 의미한다.[294]

이 같은 맹자의 양지 개념은 왕양명의 심학에 그대로 수용되었는데, 양명학에서 양지로서의 심은 본성(nature)과 감정(heart)을 포괄하는 의미를 갖고 사용되었다는 점에서 주자학의 이원적 심성론과 구별된다.

이러한 양명의 '심통성정(心統性情)'의 심성론은 명말청초 당견의 양지론에 직접적인 영향을 주었다. 그것은 도덕적 본성으로서의 인의예지(仁義禮智)를 가리킨다. 인의예지의 도덕적 본성은 내재된 인간의 본질적 요소임과 동시에 인간이 추구하는 최고의 도덕적 사유와 실천을 내포한다. 당견은 도덕적 본성, 인의예지를 인간이 공통적으로 함유하고 있으면서 사람마다 각기 그 특색을 나타낸다고 하였다.

> "사람은 모두 마음이 있고, 마음에는 누구나 인의예지가 있다. 인의예지는 목수가 갖고 있는 도끼·칼·먹줄·자와도 같다. 천하의 재목들이 같지 않기 때문에 만들어진 기구는 매우 다양하여 하나같지 않다. 어찌 도끼와 칼을 사용하지 못할 곳이 있으며, 어찌 먹줄과 자로 재지 못할 것이 있겠는가? 천하 사람들이 같지 않기 때문에 그들이 성장 변화하는 것도 천차만별로 하나같지 않다."[295]

---

293) 『맹자』「진심」 상편: "所不慮而知者, 其良知也."

294) Julia Ching, "TO ACQUIRE WISDOM"-The Way of Wang Yang-ming-(Columbia University Press, 1976) Preface, 15쪽 참조. 본문 107쪽에서는 良知(Liang-chih)개념을 보다 구체적으로 설명하면서, 인간의 心(mind)이 곧 本性(nature)이고 이것이 양지라고 하였는데, 이때 양지란 "善을 아는(to know the good) '마음'(mind-and-heart)의 능력"이라고 하였다. 여기서 'mind'는 사물인식의 주체로서의 마음이라면, 'heart'란 'mind'의 반의어로 心情·感情을 의미한다. 여기서 굳이 良知에 대한 영어 문화권의 해석을 원용한 것은 표의문자(漢字)가 갖는 심오한 뜻을 철학적인 용어로써 개념화하는데 표음문자의 편리함을 참작하기 위함이다.

인간은 인의예지라고 하는 도덕적 본성을 지니고 있다는 데에는 동등하나, 겉으로 드러난 인간의 형태는 각기 다르다. 그런데 비록 각기 다른 인간이라 하더라도 도덕적 본성인 인의예지를 통해서 교화할 수 있다고 본 것이다. 물론 여기서 중요한 것은 도덕적 품성으로서 누구나가 인의예지를 이미 지니고 있다는 점이다. 마음에 갖추어진 인의예지는 말할 것도 없이 양지이다. 당견은 이 같은 양지의 소유자라는 측면에서 성인(聖人)과 나는 동등하다는 입장을 피력한다.

"하늘이 인간을 낳음에 형체가 있으니 곧 마음도 있었다. 귀가 있으니 반드시 듣게 되고, 눈이 있으니 반드시 보게 되고, 코가 있으니 반드시 냄새 맡게 되고, 입이 있으니 반드시 맛보게 되고, 손이 있으니 반드시 잡게 되고, 발이 있으니 반드시 다니게 된다. 듣는 것은 마음이 듣는 것이고, 보는 것은 마음이 보는 것이고, 냄새 맡는 것은 마음이 맡는 것이고, 맛보는 것은 마음이 맛보는 것이고, 잡는 것은 마음이 잡는 것이고, 다니는 것은 마음이 다니는 것이다. 형체가 온전해서 결함이 없다면 마음도 온전해서 결함이 없는 것을 알 수 있다. 요순에게 결함이 없다면 나도 역시 결함이 없을 것이다. 그렇기 때문에 비록 어리석은 사람이라도 옳고 그름이 저절로 나타나니, 반드시 옳은 것을 그르다 하고, 그른 것을 옳다고 하지 않게 될 것이다.[296] 선악도 저절로 드러나니, 반드시 선을 악이라 하고, 악을 선이라고 하지 않게 될 것이다."[297]

---

295) 「良功」54쪽: "人皆有心, 心皆具仁義禮智. 仁義禮智, 猶匠之有斧刀繩尺也. 天下之材不齊, 其成器也, 萬變萬巧而不一. 豈有斧刀之所不能施者哉, 豈有繩尺之所不可合者哉! 天下之人不齊, 其爲變也, 亦萬有不一."

296) 『中庸』의 다음 구절을 참조. "부부의 어리석음으로도 참여하여 알 수 있으되 그 지극함에 이르러는 비록 성인이라도 또한 알지 못하는 바가 있다.(夫婦之愚, 可以與知焉, 及其至也. 雖聖人亦有所不知焉.)"

297) 「法王」10쪽: "天之生人, 有形卽有心. 有耳必聽, 有目必視, 有鼻必聞, 有口必嘗, 有手必持, 有足必行. 聽者心聽之, 視者心視之, 聞者心聞之, 嘗者心嘗之, 持者心持之, 行者心行之. 形全而無缺, 則知心全而無缺. 堯舜無缺, 我亦無缺. 是故雖夫婦之

감각 기능을 소유했다는 측면에서 인간은 누구나 동등하며, 그 감각 기능은 마음이라고 하는 본래적 작용에 의해서 드러난다. 마음에 의해서 청(聽)·시(視)·문(聞)·상(嘗)·지(持)·행(行)의 지각작용이 인지된다는 것이다. 지각의 중심에는 항상 본래적인 마음이 개재되어 있다는 설명이다.

그런데 "형체가 있으니 곧 마음이 있다.(有形卽有心)" "형체가 온전하고 결함이 없으면 마음이 온전하고 결함이 없다.(形全無缺, 則心全無缺.)"는 측면에서 보면 형체와 마음은 가치동일성 속에서 논의할 수 있다. '형심불가분리(形心不可分離)'의 원리에서 인간의 지각작용을 구도화하면, 귀[耳]−마음[心]−청(聽), 눈[目]−마음−시(視), 코[鼻]−마음−문(聞), 입[口]−마음−상(嘗), 손[手]−마음−지(持), 발[足]−마음−행(行)이라고 할 수 있다.

예컨대 아름다운 꽃을 감상한다고 하자. 꽃은 지각의 대상이고 지각하는 부위는 눈[目]이다. 그런데 눈으로 하여금 지각하게끔 하는 것은 마음이다. 그러나 그 마음은 '형심불가분(形心不可分)'이기 때문에 눈과 동일하다.

이 같은 원리를 당견은 도덕적 판단으로서의 시비선악의 문제로 추상화하였다. 시비선악의 도덕적 판단은 인간의 본래성에 기인하기 때문에 우열이 존재할 수 없다는 것이다. 따라서 형체와 마음이 온전하다면 감각 기능과 도덕적 판단은 성인이나 범인 모두가 동등하다는 입장이다.

그래서 당견은 '명심(明心)'을 강조한다. '명심'할 수 있다면 누구나가 성인이 될 수 있다고 보기 때문이다.

愚, 是非自見, 必不以是爲非, 以非爲是, 善惡自見, 必不以善爲惡, 以善爲惡"

"인간이면 누구나 요순이 될 수 있다고 한 것은 인간은 모두 마음을 밝힐 수 있다[明心]는 것이다."[298]

이에 당견은 공자나 양명이 '충서(忠恕)'를 말하고, '양지'를 말한 것은 모두가 '명심'하기 위한 방법이었다고 말한다.

"공자는 충서를 가르침의 근본으로 삼았는데, (이것은) 마치 (들과 산의) 잡초를 제거하고 길을 개척한 것과 같다. 양명 선생은 양지를 통해서 학문의 기본을 삼았는데, (이것은) 마치 길 잃은 사람을 인도해서 길가로 안내하는 것과 같다."[299]

인간은 누구나가 본질적으로 양지를 지니고 발현한다는 데 동등하다는 것이다. 이 같은 인간 이해는 맹자가 '성선'을 말하며, 인간의 본질적인 동등함을 말한 것과 다르지 않다. 또한 양명이 '양지'를 말하며 인간의 보편 심성을 논한 것과 다를 바가 없다. 그런데 맹자의 인간관, 혹은 성인관에서의 본질적인 문제는 역시 군자·소인의 차별성을 근본적으로 부정하지는 못하였다는 점이다.

반면에 양명은 맹자와 같이 본질적인 평등을 말하면서 성(聖)·우(愚)의 현실적 차별상을 인정하였다. 그러면서 동시에 제한적이긴 하지만 '사민평등'의 관점[300]을 견지하였다는 점에서 맹자보다 진전된 모습

---

298) 「法王」 10쪽: "人皆可以爲堯舜者, 人皆可以明心也."

299) 「法王」 10쪽: "仲尼以忠恕立敎, 如闢茅成路, 陽明子以良知輔敎, 如引迷就路."

300) 양명사상의 평등론적 세계관은 조영록의 「양명사상에 있어서의 '分'의 문제」-사회사상으로서의 성격-(역사학회 편, 『동양사논문선집』 일조각, 1980년 중판) 29~39쪽 참조. 이 논문은 양명사상을 사회사상사적 측면에서 조명하면서 양명의 평등론적 세계관을 주자학의 定分論的 세계관과 비교하며 부각시키고 있다. 이 점은 필자가 당견의 인간에 대한 평등적 세계관의 구축이란 측면에서의 이해와 맥을 같이한다. 본질적으로 당견의 인간이해는 양명사상의 흐름을 그대로 계승하고 있다는 점에서 더욱 그러하다.

을 찾을 수 있다. 양명의 '사민평등'의 근거는 물론 양지론에 입각한 도덕적 평등주의의 일환이었다. 그렇다고 현실적인 불평등을 부정한 것은 아니었기 때문에 역시 한계는 있었다.

당견은 양명의 도덕적 평등의 관점에서 양지라고 하는 인간 본성의 측면을 강조하며 동등함을 말하였다. 맹자와 양명의 양지론을 기반으로 인간의 동등함을 말하며, "요순이 완벽한 인간이라면 나 또한 완벽하며, 요순에게 결함이 있다면 나 또한 결함이 있다."고 하였다. 인간이라고 하는 보편적 상황에서 가능한 말이다. 인간은 누구나 도덕적 품성을 지니고 있기 때문에 덕(德)으로 교화하면 성인과 다름없다고 말한 것이다.

> "순임금이 천하를 다스릴 때 유묘(有苗)가 복종하지 않았다. 유묘는 천하의 어리석은 사람들이라 정벌해도 두려워하지 않았고, 가르쳐도 알지 못했다. 순임금이 그들을 바로잡을 수 있었는데, 이것은 바로잡지 못할 것이 없다는 것이다."[301]

순임금은 천하의 성인이고 유묘는 천하의 혼민(昏民)이다. 그러나 유묘에게도 도덕적 품성은 있어서 어리석음을 면할 수 있다. 당견은 『서경』의 이야기를 통해 인간의 보편적 품성의 동등함을 논하면서, 『주역』 하경(下經)의 "신급돈어(信及豚魚)"[302]의 문구를 인용하였다.

---

301) 「充原」 27쪽: "舜治天下, 有苗不服. 有苗, 天下之昏民也, 伐之不懼, 敎之不知. 舜能格之, 斯無不格矣."

302) 돼지와 물고기는 동물 중에서도 가장 저등한 類에 속한다. 그렇기 때문에 돼지와 물고기는 감동시키기 어렵다. 그러나 信義가 능히 이것들에게까지 미칠 수 있다는 뜻이다. 지극한 신의를 비유하여 말한 것이다. 그렇다고 당견이 "舜與豚魚爲一氣"라고 말했다고 해서 人物性同論의 입장을 취한 것은 아니다. 당견은 인간과 동물을 분명히 구분하고 있다. 당견은 "사람의 老少는 鳥獸와는 다르다. 조수는 수양할 줄 모르나 사람은 수양할 줄 안다."(「七十」 36쪽: 人之老少, 不同於鳥獸. 鳥獸不知修, 人則知修)라고 하며, 수양 능력의 여부에 따라 사람과 짐승을 구별하였다. 수

이 비유를 통해서 당견은 인간의 보편적 본성을 인간 누구나 품부
했다고 하였다.

> "귀의 기능은 듣는 데 있어 수많은 소리를 듣는다. 그런데 그 소리를 들
> 을 수 없다면 귀와 마음은 별개이다. 눈의 기능은 보는 데 있어 수많은 색
> 을 본다. 그런데 그 색을 볼 수 없다면 눈과 마음은 별개이다. 마음에는 감
> 각 기능으로 아는 것이 있어 수많은 생각을 한다. 그런데 생각을 할 수 없
> 다면 마음과 나[我]는 별개이다. 참으로 이 같은 도리를 알게 된다면 순임
> 금과 묘민(苗民)이 한 몸[一身]이 되고, 순임금과 돼지와 물고기가 하나의
> 기(氣)가 됨을 아는 것이다."[303]

인간은 자신이 갖고 있는 고유한 인식 기능[聞·見·識·聽·感·觸
등]을 다하지 못하면 인간으로서 기능을 다할 수 없다. 제 기능을
다할 때만이 유용하고 가치가 있다는 것이다. 이러한 보편성의 논리
를 통해서 순임금과 유묘를 동등하다고 본 것이다. 인식 기능을 갖
추고 있다는 데 누구나 같다는 것이다. 인간은 누구나 본성으로서의
양지를 소유하였고, 욕망을 갖고 있기 때문에 본질적으로 동등하다
는 것이다. "잔 속에 있는 물과 바다에 있는 물이 어찌 다르겠는
가!"[304]라고 하며, 그는 인간의 보편적 동등함을 비유하였다. 한마디
로 "성인과 나는 동류이다."[305]고 하는 보편적 시각에서 평등론을
제시한 것이다. 인간은 누구나가 도덕적 본성을 지니고 있다는 데

양이란 인간 본성의 회복으로 良知의 발현을 말한다. 이 점에서 당견은 『맹자』「告
子」上의 "犬之性, 猶牛之性, 牛之性, 猶人之性與."라고 한 흐름을 계승했다고 볼
수 있다.

303) 「充原」 27쪽: "耳旣有聞, 百千其聲; 不得其聲, 則耳與心二. 目旣有見, 百千其色;
不得其色, 則目與心二. 心旣有知, 百千其慮; 不得其慮, 則心與我二. 苟得其道, 則
舜與苗民爲一身, 舜與豚魚爲一氣."

304) 「充原」 27, 28쪽: "水在杯中與在海中, 豈有二水!"

305) 「居心」 28쪽: "聖人與我同類者也."

차이가 없다는 생각이다.

(2) 오 욕

욕구 본능은 인류 문명의 발생과 더불어 발전하였다. 문화 이전 단계 인간의 욕망은 동물과 다름없었다고 당견은 말한다. 인류 문명의 발전과 더불어 인간 의식의 한자리를 차지하고 있었던 것이 욕망이라는 것이다. 당견은 이것을 '정욕(情慾)'이라 표현하고, 이 '정욕'을 사회발전의 한 인자로 설명한 것이다.

> "천지가 처음 열릴 때 (자연적인) 도(道)는 있었어도 (인위적인) 덕(德)은 없었으며, (자연적인) 치리(治理)는 있었어도 (인위적인) 정령(政令)은 없었고, 조용히 각자 자기 몸을 수양하였다. 황제(黃帝)의 곡신(谷神)[306]에 대한 책이 노자로부터 칭송되면서 서술되어 도의 근본을 전하였다. 요순시대로 접어들면서 사람들이 날로 늘어나고 정욕(情慾)도 날로 열려 새나 짐승과 함께 거처하지 않게 되었다."[307]

여기서 '도'는 사람이 다닐 수 있는 길(道路)이며, '덕'은 덕(悳)으로 사람의 도리를 말한다. '도'는 자연 상태에서의 도로이며 '덕'은 인위적 가치를 부여한 윤리 도덕을 말한 것이다.[308] '치'는 가솔

---

306) 『노자』 6장에 "곡신은 죽지 않는데 그것을 玄牝이라 한다. 현빈의 문은 이것을 일컬어 천지의 뿌리라 하는데, 이것은 이어지고 또 이어지는 것과 같고, 아무리 써도 마르지 않는다.(谷神不死, 是謂玄牝, 玄牝之門, 是謂天地根, 綿綿若存, 用之不勤.)"라고 하였다.

307) 「性功」 21쪽: "天地初闢, 有道無德, 有治無政, 淸靜淵默, 各養其身 …… 運及堯舜, 生人日衆, 情慾日開, 不能與鳥獸雜處."

308) 『老子』 38장에 "그러므로 도를 상실한 이후에 덕이 생기고, 덕을 상실한 이후에

정도의 씨족 단위의 초보적 다스림을 의미하며, '정'은 보다 확대된 사회 공동체의 다스림을 의미한다.309)

이 같은 비문명 상태로부터 문명사회로의 전환을 당견은 요순시대로 소급하였다. 나아가 문명사회로의 접근은 인간의 정욕발현을 통해 이루어졌는데, 이것이 계기가 되어 조수와 구분되기 시작하였다고 말한다. 정욕이 인간을 인간답게 하였다는 주장이다. 그런데 이것은 단순한 동물적 본능을 말한 것은 아니다. 당견은 인간의 정욕을 동물적 본능과 구분하면서 다섯 가지 형태로 설명하였다. 복(服)·색(色)·성(聲)·미(味)·향(香) 등의 오욕(五欲)이 그것이다.

"대개 사람은 기(氣)와 혈(血)로 이루어진다. 기와 혈이 몸을 이루고, 몸에는 눈·귀·입·코의 네 기관이 있으며, 마음은 그 가운데 있다. 몸은 아름다운 옷을 입고 싶어 하고, 눈은 아름다운 색을 보고 싶어 하고, 귀는 아름다운 소리를 듣고 싶어 하고, 입은 맛있는 음식을 먹고 싶어 하고, 코는 아름다운 향기를 맡고 싶어 한다. 뿌리가 되고 바탕이 되는 것은 임신 초기에 이미 갖추게 되는데, 이것이 바로 그런 것들이다. 태어나서 제일 먼저

인이 생긴다.(故失道而後德, 失德而後仁.)"라고 한 것과 『莊子』「天地」 편에 "태초에는 無가 있을 뿐이었으니, 물론 그때에는 일체의 존재가 있었을 리 없고, 사물의 명칭도 없었다. 이윽고 그 無로부터 一이 생겼으나 다만 一이 있는 것뿐이요, 아직 형태는 생겨나지 않았다. 모든 사물은 그 일을 얻음으로써 생겨났는데, 그것을 德이라고 한다. 이 형태도 없는 일은 분화하게 되지만 그것 사이에는 아직 큰 틈이 없어서 그것을 命이라고 한다. 이것은 머물기도 하고 움직이기도 해서 만물을 낳게 된다. 만물이 이루어지면 이치가 생기는데 그것을 形이라고 한다. 형체는 정신을 보유하게 되어 각기 법칙을 갖게 되는데 그것을 性이라고 한다.(泰初有無, 無有無名, 一之所起, 有一而未形. 物得以生, 謂之德. 未形者有分, 且然無間, 謂之命. 留動而生物, 物成生理, 謂之形. 形體保神, 各有儀則, 謂之性.)"이라고 하며, 道(無)-德-命-形-性의 선차성을 부여하였다. 정리하자면 '道'는 만물의 근원이기 때문에 여기서 '有道'라고 한 것이며, 본성을 돌이켜 구하는데 본성 밖에서 德을 구하는 것이 아니기 때문에 '無德'이라 한 것이다.
309) 도가는 '無爲而治'를 말한다. 그렇기 때문에 治理는 있어도 政令은 없다는 것이다. 다시 말해 자연적인 '치리'와 인위적인 제도를 통한 '정령'은 구분된다는 것이다.

맛을 알고, 그다음 색을 알고, 그다음 옷 입는 것을 알고, 그다음 소리를 알고, 그다음 향기를 안다. 기와 혈이 자라면 이 다섯 가지 욕망[五欲]도 그것과 함께 자란다. 기와 혈이 왕성해지면 오욕도 함께 왕성해진다.”310)

이 말은 『논어』「계씨」편의 공자의 말을 연상시킨다. “군자는 세 가지를 경계해야 하는데, 젊을 때에는 혈기가 정해지지 않았으므로 경계함이 여색에 있고, 장성해서는 혈기가 강하므로 경계함이 싸움에 있고, 늙어서는 혈기가 쇠하므로 경계함이 얻음에 있다.”311)고 한 내용이다.

오욕은 오감(五感)을 통해서 얻어지는 인간의 기본적인 의식주의 전형적인 모습이다. 당견은 이러한 오욕을 나면서부터 인간의 고유한 것으로 인식하였다. 태내에서 오욕의 뿌리는 한갓 물질에 지나지 않았지만 그것이 태어남과 동시에 감각을 지닌 인간의 고유한 욕망으로 발전한다고 본 것이다. 인간의 몸을 이루고 있는 기혈이 점점 자라고 장대해지면서 오욕 또한 성장한다고 말한다. 물론 이 말은 생물학적 측면에서 당연한 것이라 여겨지지만 ‘저급한 것에서 고급한 것으로’, ‘낮은 것에서 높은 것으로’의 철학적 인식 방법의 한 예가 될 수 있다.

그런데 당견은 인간의 욕망을 나이에 따라 달리 나타난다고 하였다. 각 시기마다 욕망하는 바가 다르다 하고 그것을 오욕에서 찾고 있는 것이다.

---

310) 「七十」 36쪽: “蓋人生於氣血, 氣血成身, 身有四官, 而心在其中. 身欲美於服, 目欲美於色, 耳欲美於聲, 口欲美於味, 鼻欲美於香. 其爲根爲質具於有妊之初者, 皆是物也. 及其生也, 先知味, 次知色, 又次知服, 又次知聲, 又次知香. 氣血勃長, 五欲與之俱長; 氣血大壯, 五欲與之俱壯.”

311) 『논어』「계씨」: “孔子曰, 君子有三戒, 少之時, 血氣未定, 戒之在色, 及其壯也, 血氣方剛, 戒之在鬪, 及其老也, 血氣旣衰, 戒之在得.”

"나이 20세 이상으로 선비 된 자들은 앞 다투어 공명을 얻고 높은 벼슬 자리에 올라 출세하려 하고, 일반 사람들은 논밭을 장만하고 재물을 모아 부자가 되려 하고, 빈천한 사람들은 온갖 정성을 다해 부귀를 구하고자 한다. 이렇다면 무엇을 위해서인가? 오욕을 추구하기 위해서이다."312)

당견은 인간이 20세 이상 되면 욕망이 성하여 오욕을 더욱 추구한다고 하였다. 그렇기 때문에 젊은 시절에는 욕망으로 인해 진정한 도를 터득할 수 없다고 말한다. 이것은 욕망을 마음 작용의 한 측면으로 보면서 동시에 인간의 도덕적 기능을 저해하는 요인으로 보고 있기 때문이다.

"마음의 지식(智識)은 모두 오욕의 기교(機巧)가 된다. 오욕의 기교는 오히려 마음의 지식을 돕는다. 오욕은 본심을 쫓아내고, 그 자리를 찬탈한다. 본래의 마음이 그 자리를 잃으면, 욕망이 주인이 되어 나를 낳은 것도 욕망이고, 나를 기른 것도 욕망이라고 생각한다. 사람들은 모두 욕망을 본래의 마음이라 여기고, 마음 본래의 다른 작용은 없는 것처럼 생각한다. 그 본래의 마음이 비록 없어진 것은 아니지만, 오랫동안 (욕망에) 빠져 옷감이 염색하는 물에 들어가 원래의 색을 구별하지 못하는 것과 같으며, 바닷물에 빠진 진주를 다시 찾을 수 없는 것과도 같다. 이런 시기에 욕망을 버리고 도를 구하면 상황이 반드시 그렇게 할 수 없게 만든다. 젊을 때 도를 배울 수 없다고 한 것은 이런 이유 때문이다."313)

욕망은 인간의 도심(道心)에 이르는 것을 방해한다. 따라서 욕망의

---

312) 「七十」 36쪽: "二十以上, 爲士者貢擧爭先, 規卿希牧而得貴; 其爲衆者, 營田置廛, 居貨行賈而得富; 其貧賤者, 亦竭精敝神以求富貴. 若是者奚爲也? 將以求遂其五欲也."

313) 「七十」 37쪽: "心之智識, 皆爲五欲之機巧; 五欲之機巧, 還以助心之智識. 五欲逐心而篡其位. 心旣失位, 欲爲之主, 則見以爲生我者欲也, 長我者欲也 …… 其本心雖未嘗亡, 而陷溺之久, 如素入染, 不可認取; 如珠投海, 不可尋求. 於斯之時, 舍欲求道, 勢必不能. 謂少壯之時不能學道者, 以是故也."

극성기인 "젊을 때에는 도를 배울 수 없다. 젊었을 때 배우는 것은 송독(誦讀)이지 도가 아니다. 만일 배울 수 있다면 필시 그 지혜를 일찍 이룬 것이다. 지혜를 일찍 이룬 자는 만에 하나도 없다."314)고 하며, 욕망과 도심을 구분하였다.

그리고 이 욕망은 4, 50세까지 지속된다고 하였다.315) 이러한 점에서 당견의 욕망에 대한 입장은 공자의 "군자는 세 가지를 경계해야 한다."316)는 것과 송명대 "존천리, 거인욕"의 방법을 벗어난 것은 아니다. 당견도 역시 기존 실천 수양론의 핵심 이론을 그대로 답습하고 있는 것이다. 다만 욕망이 특히 젊은 시절에는 인간의 자연한 본성으로 도를 체득하는 데 방해가 되므로 이 시기를 지난 다음에야 이를 수 있다고 하며, '거인욕'에 대한 강제성을 어느 정도 완화시키고 있다는 점이 기존의 실천 수양론과 다른 점이라 하겠다.

> "혈기가 바야흐로 왕성할 때에는 오욕이 함께 왕성하게 되고, 혈기가 쇠약해지면 오욕도 함께 쇠약해진다. 부귀한 상태로 오랫동안 지내면 마음은 만족할 것이고, 부귀해지려고 애쓰다 보면 생각이 침체할 것이다. 또한 남은 날이 길지 않기 때문에 마음은 적적해질 것이다. 지위를 상실할 것을 염려하지 않는데, 몸이 지위보다 먼저 사라질 것이기 때문이다. 재물이 없어질 것을 염려하지 않는데, 몸이 재산보다 먼저 흩어질 것이기 때문이다. 빈천한 선비는 또한 이것을 보고 뜬구름처럼 여기며 자신과 무관하다고 생각한다. 이 같은 현상은 6, 70대의 일이다."317)

---

314) 「七十」 36쪽: "少不能學道. 少之所學者誦讀, 非道也. 若可學, 必其智慧早成; 智慧早成者, 萬不得一."

315) 「七十」 36, 37쪽에서 당견은 五欲의 구체적인 사항들을 나열하고 이 같은 욕망은 4,50세까지 지속된다고 하였다.

316) 『논어』 「季氏」: "孔子曰, 君子有三戒, 少之時, 血氣未定, 戒之在色. 及其壯也, 血氣方剛, 戒之在鬪. 及其老也, 血氣旣衰, 戒之在得."

317) 「七十」 37쪽: "血氣方壯, 五欲與之俱壯; 血氣旣衰, 五欲與之俱衰. 久於富貴, 則心厭足; 勞於富貴, 則思休息. 且以來日不長, 心歸於寂. 不傷位失, 以身先位亡也; 不

혈기가 쇠약해지면 인간의 욕망 또한 쇠약해지는 것은 자연스런 현상이다. 혈기의 쇠약해짐을 6, 70세 이후라 하며, 이때가 되면 인간의 욕망도 점차 쇠약해져 욕심으로부터 멀어진다고 하였다.

당견은 인간의 욕망을 자연한 것으로 인정하면서도 도를 배우는 데에는 방해가 된다고 하면서 "무욕자(無欲者)는 최고의 사람이요, 과욕자(寡欲者)는 중등의 사람이요, 다욕자(多欲者)는 하등의 사람이다."318)고 하며, 욕망의 정도에 따라 사람을 구별하고 있다. 또한 그는 "학문하는 도는 욕망 제어하는 것을 우선한다."319)고 하며, 욕망의 억제를 말하고 있는데, 그렇다고 인간의 본질적인 욕망 추구를 부정한 것은 아니다.

> "인간의 감정에서 말하자면 누군들 욕망하는 바가 없겠는가! 그 바른 것을 얻어서 안정시키고, 그 바른 것을 얻지 못하면 이를 버리니, 군자라고 할 수 있다. 그 바른 것을 얻었지만 그것에 탐닉하고, 그 바른 것을 얻지 못하고 억지로 그것을 따른다면, 비천한 사람이라 할 수 있다. 인간이 욕망하는 것은 먹고, 여색을 밝히고, 입고, 거처하는 데 있다."320)

의식주의 문제는 인간의 생활에 필수적인 것들이다. 그런데 당견은 '식색의처'를 말하며 의식주에 '색'을 덧붙이고 있다. 그는 정당한 방법에 의한 '식색의처'의 활용을 강조하면서 인간의 본질적 삶의 필수 요소를 부정하지는 않았다. 그렇기 때문에 당견은 인간의 보편적 정감으로서의 '식색의처'를 두고, "이 성정(性情)의 항상 됨은 현

憂財匱, 以身先財散也. 貧賤之士, 亦視之若浮雲而非我有. 此六十七十之候也."
318) 「思愼」 40쪽: "無欲者上矣; 寡欲者中; 多欲者下."
319) 「貞隱」 95쪽: "爲學之道, 制欲爲先."
320) 「貞隱」 95쪽: "人之情, 孰無所欲! 得其正而安之, 不得其正則棄之, 是爲君子. 得其正而溺之, 不得其正而强邃之, 是爲鄙夫. 人所欲者, 食色衣處是也."

인이나 성인도 동등하다.”321)고 하였던 것이다. 인간의 자연적 욕망은 정당하고 합리적이라는 차원에서 말한 내용이다.

또한 인간은 누구나 늘 그러한 감정[恒情]을 갖고 있는데, 그것을 당견은 구체적인 다섯 가지 예를 통해서 설명하였다.

첫째, 놀기 좋아하는 것[好遊]이다. 놀기 좋아하는 것은 사람이 늘 갖고 있는 감정이란 것이다.322) 이것은 군신상하 관계없이 누구나 마찬가지라고 하면서, “예(禮) 또한 놀이의 즐거움이 있다.”323)고 하였다.

둘째, 여색을 즐기는 것[好色]이다. 여색을 좋아하는 것 역시도 인간이 늘 갖는 감정이란 것이다.324) 인간 본성의 한 측면을 ‘호색’에 두고, 그것을 예라고 하는 질서 속에 가탁하였다.

셋째, 재화를 좋아하는 것[好財]이다. 재화에 대한 욕심을 인간의 당연한 감정으로 여긴 것이다.325) 나아가 “공(功) 없는 상(賞)은 일전(一錢)과도 바꾸지 않으며, 이익 없는 비용은 일금(一金)과도 바꾸지 않는다. 오직 재물을 아끼기 때문에 재물을 손상치 않으니 이것이 나라를 부하게 하는 좋은 기틀이다. 그러므로 ‘호재’가 무슨 해가 되겠는가?”326)라고 하여, 재물에 대한 인간의 공통된 심리를 묘사하고, 이것이 결국 부국의 기틀이 된다고도 하였다.

넷째, 골동품을 좋아하는 것[好古器]이다. 골동품을 좋아하는 것

---

321) 「明悌」 76쪽: “此性情之常, 賢聖之所同也.”
322) 「善遊」 150쪽: “好遊者, 人之恒情也.”
323) 「善遊」 150쪽: “禮也而寓遊之樂焉.”
324) 「善遊」 151쪽: “好色者, 人之恒情也.”
325) 「善遊」 151쪽: “好財者, 人之恒情也.”
326) 「善遊」 151쪽: “無功之賞, 不易一錢; 無益之費, 不易一金. 惟其愛財, 故不傷財, 此富國之善機也, 好財其何傷!”

역시 인간의 변함없는 감정 가운데 하나라는 것이다.[327]

다섯째, 좋은 집을 좋아하는 것[好宮室]이다. 좋은 집을 좋아하여 갖고 싶어 하는 것 역시도 인간의 공통된 감정이기 때문에,[328] 인간이면 고대광실을 추구한다는 것이다.

이러한 다섯 가지 인간의 보편적 심리가 비록 소박한 것들이기는 하지만 봉건적 의식구조가 지배하는 사회 속에서, 특히 호색(好色)·호재(好財)를 전면에서 논의한 것은 매우 특징적 측면이라 하겠다. 이것은 아마도 명말청초 인욕긍정의 사회 풍조와 발달된 경제 상황이 당견의 의식 가운데 반영된 하나의 모습일 것이다.

3. 전통 윤리관 비판

(1) 비판근거로서의 풍(風)

어떠한 제도나 윤리도 시대의 상황에 따라 변화되어야 한다. 당견은 그의 저술 곳곳에서 시대의 변화에 따라 예제와 윤리는 바뀌어야 한다고 강조하였다. 특히 「경목(卿牧)」·「선임(善任)」·「생관(省官)」·「제록(制祿)」·「달정(達政)」 여섯 편 속에서 당견은 정치제도 및 사회의 예속과 윤리에 대한 변혁을 강조한 바 있다.[329]

---

327) 「善遊」 151쪽: “好古器者, 人之恒情也.”
328) 「善遊」 151쪽: “好宮室者, 人之恒情也.”

혹자(『잠서』 본문에서는 구회(句匯)라고 표기하나 누구인지 구체
적으로 알 수 없다)는 이러한 당견의 변법이론에 대해 그 불가함을
역설하며 비판하였다. 이에 당견은 세속의 상황에 따라 변화되어야
한다는 사실을 변론하였다.

"난들 어찌 바뀌는 것을 바라겠는가! 정황에 순응하고 의에 맞게 따라가
는 것이다."330)

세속의 '정(情)'과 '의(義)'에 합당하다면 어떠한 제도나 사상도 바꿀
수 있다는 것이다. 시의 적절치 못한 제도나 사상은 개폐되어 마땅하다
는 논리이다. 당견은 이러한 변법의 당위성을 성인의 권위를 빌려 설명
하였다.

"이전의 옛 법이 이미 사라진 것은 마치 아름다운 나무라도 오랫동안
쌓아두면 썩고 좀먹어 집 짓는 재목으로 사용할 수 없는 것과도 같다. 그
렇기 때문에 성인이 이 땅에 있을 때에는 시대 상황에 따라서 법을 제정하
였고, 실제 정황에 따라서 예법을 제정하였던 것이다. (그러니) 어떻게 마
땅하지 않음이 있겠는가?"331)

시대와 상황에 따라 제도와 윤리를 변통해야 함을 강조한 것이다.
각 시대마다 혹은 지역에 따라 예절과 제도는 각기 달리 나타난다.
다시 말해 "호수를 건너는 방법으로 강을 건널 수 없고, 강을 건너
는 방법으로 바다를 건널 수 없다."332)는 것처럼 정형화된 하나의

---

329) 당견은 "백성이 부당한 법에 괴로워한 지 오래 되었다"(民之苦於蔽法久矣.「匪更」
143쪽)고 하며, 변법에 대한 필요성을 말하고 있다.
330)「匪更」142쪽: "吾何欲變哉! 順情合義而仍之者也."
331)「匪更」142,3쪽: "蓋禮之旣壞, 如美木積久而有蠹朽, 不可以爲宮室. 是故聖人之興
也, 隨時制法, 因情制禮, 豈有不宜者."

패턴이 언제나 적용될 수 없다는 말이다. 당견은 이 같은 시대와 공간에 따라 변화되는 논리를 '풍(風)'의 개념으로 설명하였다.

"성인이 교육하는 데 의지해서 운용한 것은 사회의 바람[風氣]이다. 하늘과 땅 사이에 형체는 없으면서도 빠르게 움직이는 것 치고 바람[風]만 한 것이 없다."333)

'풍'이란 끊임없이 운동 변화하는 것이다. 나아가 '풍'은 '양호한 사회 기풍과 환경'334)이라고 추상화할 수도 있다. 운동 변화하는 '풍'의 속성을 갖고 시간적으로 혹은 공간적으로 달리 표현되는 예속과 윤리를 설명한 것이다.

"옛날 정(鄭)나라와 위(衛)나라 사람들은 음란하여 남녀 구별이 없었다.335) (그런데) 오늘날에는 (그 옛날 정나라와 위나라가 있던) 조가(朝歌: 지금의 하남성 淇縣)의 거리와 진(溱)·유(洧)의 강가(하남성 경내에 있는 강)에 사는 사람들은 신발을 만들면서 이웃 여인에게서 도움을 빌리지 않는다. 어찌 옛날에는 음란했고 오늘날에는 정절을 지킨다고 할 수 있겠는가? 사회 풍조가 그렇게 만든 것이다. 옛날 사람들로 하여금 오늘날 살게 하고, 지금 사람들로 하여금 옛날에 살게 했다면 모두 그러했을 것이다. 오(吳)·월(越)지역에 사는 사람들은 비단옷을 입고 산해진미를 먹고 산다. (그런데 오늘날의) 하(河: 黃河)·분(汾: 汾河)지역에 사는 사람들은 입는 것은 베옷에 불과하고 먹는 것은 야채와 떡이나 먹고 살고 있다. 어찌 동쪽 사람들은 사치스럽고 서쪽 사람들은 검소하다고 하겠는가? 사회 풍조가 그렇게 만든 것

---

332) 「審知」 182쪽: "浮湖之法, 不可以浮河, 浮河之法, 不可以浮海."
333) 「尙治」 102쪽: "聖人之所馮以運者, 風也. 天地之間, 無形而速動者莫如風."
334) 王茂 外『淸代哲學』(安徽人民出版社, 1992年 1月) 338쪽 참조.
335) 춘추시대의 두 나라로 지금의 河南·河北일대에 있었다.『논어』「위령공」에 "放鄭聲, 佞人殆."라고 하였고,『예기』「악기」편에서는 "鄭衛之音, 亂世之音也."라고 하였다.

이다. 동쪽 사람들로 하여금 서쪽에 가서 살게 하고, 서쪽 사람들로 하여금 동쪽에 가서 살게 했다면 모두 그러했을 것이다."[336]

여기서 '풍'은 시대사조 혹은 풍토와도 같은 의미를 지닌다. 시대사조나 풍토는 시공간의 차이에 따라 달리 표현되어 나타난다. 풍토에 따라 삶의 패턴이 달라질 수 있고, 또 달라져야 한다는 주장이다. 공간적인 차이도 그렇지만 시간적인 차이도 마찬가지이다. 과거에 옳았던 것이 지금도 옳다고 할 수 없다. 과거에 유행했다고 현재도 유행하는 것은 아니다. 시간의 흐름에 따라 풍토가 달라졌기 때문이다.

명말청초라고 하는 시공개념을 통해서 당견의 사상은 의미를 갖는 것이며, 이것이 그대로 오늘날에 같은 의미를 지닐 수는 없다. 마찬가지로 기존 유학의 기본적인 예제나 윤리가 당견이 살았던 시대에 그대로 적용될 수 없는 것이다. 당견이 '풍'의 논리를 통해서 설명하고자 했던 제도와 윤리의 문제가 바로 여기에 있다. 시대에 적절한 제도와 윤리만이 의미를 지닌다고 본 것이다.

(2) 군신·부부의 윤리

중국 전통 윤리의 근간은 역시 오륜이다. 오륜이란 군신·부자·부부·형제·붕우의 관계를 윤리적으로 규정한 것이다. 오륜의 사회적 기

---

336) 「尙治」 102쪽: "古者鄭衛之民淫, 男女無別; 今也朝歌之墟, 溱洧之間, 纖履不假於隣女. 豈古淫而今貞哉? 風使然也. 使古人生於今, 今人生於古, 則皆然矣. 吳越之民, 衣穀帛, 食海珍; 河汾之民, 衣不過布絮, 食不過菜餅. 豈東人侈而西人約哉? 風使然也. 使東人居於西, 西人居於東, 則皆然矣."

본 맥락은 신분 질서의 확립을 통한 사회 안정을 목적으로 하였다.

그러나 이러한 오륜의 질서는 한대 이후 유교가 관학화 과정을 거치면서 이른바 삼강(三綱: 父爲子綱, 君爲臣綱, 夫爲婦綱)이라는 보다 차별적인 질서로 왜곡되었다. 삼강의 차별 질서가 유교의 본질을 오도하였다는 것이다. 한대 동중서(董仲舒)는 삼강을 강조하면서 부(父)·군(君)·부(夫)가 중심이 된 종속 윤리를 강제하였다.[337]

이 같은 차별 질서 윤리는 송대로 넘어오면서 더욱 강조되었다. 특히 훗날 관학으로 격상된 주자학이 여기에 속한다. 동중서가 말한 종속 윤리로서의 삼강 이론이 송대 주자학에서 그대로 연장되었다는 것이다.

그러나 이것은 명대 양명학을 거치면서 점차 비판되기에 이르렀고, 그 양상은 사민평등론적 경향으로 발전하였다. 물론 여기서 양명의 사민평등론에 대해 논의할 여지는 없다. 다만 양명사상을 계승한 당견의 사상에 나타난 진일보한 평등적 세계관을 살필 따름이다.

먼저 당견은 기존의 오륜관계를 기초해서 다섯 가지로 그 등급을 재분류하였다. 군주와 부모를 같은 등급에, 형제를 두 번째로, 아내를 세 번째로, 본인의 자녀와 형제의 자녀를 네 번째로, 친구관계를 다섯 번째로 분류하였다.[338] 기존의 오륜관계를 보다 세분한 것이다. 다만 이러한 오륜 개념 속에 한 가지 전제를 달고 있다는 점이 다르다.

---

337) 이에 대한 자세한 논증은 1994년 10월 5일~8일 北京에서 있었던 '孔子誕辰2545周年紀念與國際學術研討會'에서 김길락의 「유학과 21세기 가정윤리」 참조. 여기서는 "三綱의 '夫爲婦綱'의 종속윤리에 의거 '烈女不更二夫'論을 제시하게 되었고, '君爲臣綱'의 종속윤리에 의거 '忠臣不事二君'論을 주장하게 된 것이지, 공맹유학사상 속에서는 그 같은 종속윤리에 대한 주장은 찾아볼 수 없는 이론"이라고 주장하였다.
338) 「明悌」 76쪽: "差之爲五等: 一曰君, 父母; 次二曰兄弟; 次三曰妻; 次四曰子, 兄弟之子; 次五曰朋友."

기존의 오륜 관계, 특히 동중서 이후 관학화된 시점에서의 오륜 문제는 선진유가와는 달리 철저한 주종관계, 즉 명분론적·수직론적 의미를 강하게 담았다면,[339] 당견이 말한 오륜의 의미는 실제적·평등적 논리에 가깝다.

한마디로 당견은 "인간은 귀천이 없다."[340]고 단언한다. 사회관계 속에서 인간 사이의 관계가 평등하다는 입장을 전제한 것이다.

그런데 이러한 평등의식 속에는 예적 질서가 개재되어 있다. 물론 여기서 평등 개념은 매우 제한적이다. 오늘날 경제 정의라든지 사회 윤리에서 말하는 평등 개념과는 근본적으로 다르다. 기존의 주자학적 신분적 차등 질서에 대한 상대적 측면에서의 평등 개념이다. 따라서 여기서 평등 윤리란 주자학의 신분 윤리에 나타난 차등 질서에 대한 상대적 의미로서 제한된 경우에만 사용한다.

> "예절에는 표면적 의(儀)가 있고, 내재적 실(實)이 있다. 자기보다 존귀한 사람을 보면 자기를 낮추고, 자기와 지위가 비슷하면 함께 나란히 하고, 자기보다 비천한 사람을 보면 고자세를 취하는 것이 예절의 표면적 의이다. 천한 사람을 접대하면서 공경대신 모시듯 하고, 보통사람을 대하면서 상제 대하듯 하는 것이 예절의 내재적 실이다. 표면적 의식(儀式)에는 존비(尊卑)가 있지만, 내재적 실질(實質)에는 후박(厚薄)이 없다."[341]

여기서 예적 질서체계에 따른 '의'와 '실'을 구분하였다. '의'는

---

339) 김길락, 「유학과 21세기 가정윤리」 참조. 이 논문에서는 오륜을 上下 내지 尊卑의 인간관계로 이해하는 것은 孔孟의 本旨를 잘못 이해한 것이라고 지적하였다. 이 같은 오륜에 대한 신분 차별적 이해는 漢代나 宋代에 유학을 관학화하면서 정치 이데올로기로 왜곡할 때 이용된 것이라고 하였다.

340) 「善遊」 149쪽: "人無貴賤."

341) 「善施」 82쪽: "禮有儀, 有實. 見尊于己者而下之, 見己敵者而衡之, 見卑于己者而上之, 禮之儀也. 接賤士如見公卿, 臨匹夫如對上帝, 禮之實也. 儀有尊卑, 實無厚薄也."

의식·의례로서 형식적인 내용이라면, '실'은 실질·실제를 말한다. 이로부터 의례라고 하는 형식적인 예적 질서와 '실'이라고 하는 실제적·실질적인 질서를 구분할 수 있다. 의례는 상하신분 질서가 따르지만 '실'에는 인간이 본질적으로 평등하다는 입장이 내포되어 있다. 서로 상충되는 '의'와 '실'의 개념에서 당견의 오륜에 대한 입장이 과도기적 성격임을 알게 된다. 다시 말해 당견은 전통적 신분질서를 중시하면서도 진보적 평등 윤리를 동시에 피력한 것이다. 여기서는 평등이라는 시각에서 군신관계와 부부관계의 측면을 살펴보기로 한다.

① 군신관계

기존의 군신관계는 오륜의 하나인 '군신유의(君臣有義)'라는 관점에서 다루어졌다. 군신관계는 본질적으로 '의(義)'라고 하는 가치 개념을 통해 엮어져 있었는데, 이때 군신관계는 불평등[342]을 전제하지는 않는다. 즉 군주와 신하의 관계는 국사를 돌보는데 공의(公義)라는 객관적 관점에서 맺어진 관계이다.

맹자가 걸주(桀紂)에 대한 주벌(誅伐)을 사인(私人)의 살해로 규정한 것도 군주와 신하를 공인(公人)이라고 하는 측면에서 공의(公義)를 전제하였기 때문이다.

그러나 한대 이후 전제 왕권이 지속되는 과정에서 군신관계는 상하 수직 관계의 주종관계로 전락하였다. 군신 간의 공의는 점차 희석되고 신하는 군주의 사신(私臣)으로 전락하고 말았다. 이른바 동중서 이후의 '군위신강(君爲臣綱)'의 논리가 군신관계를 철저한 종

---

342) 물론 『禮記』에서 "天尊地卑, 君臣定."이라고 하여, 소박하나마 군신 간의 차별성을 전혀 배제한 것은 아니었으나, 본질적으로는 漢代 이래 중앙집권체제가 점차 강화되면서부터 군신 간의 불평등요소는 보다 강화되었다고 볼 수 있다.

속 논리로 전락시킨 것이다.

나아가 명대 중기 이래로 절대 군주권의 확립과 더불어 이는 더욱 심화되었다. 이로부터 군주는 '공복(公僕)'관념보다는 절대자로서의 위상을 확고히 하게 되었고, 신하는 군주의 노복처럼 여겨지게 되었다. 명대 중기 이래 환관들의 득세는 이 같은 현상을 더욱 부채질하여 군주의 노복에 지나지 않던 환관이 오히려 재상·신하의 지위를 침탈하는 경우까지도 발생하였다.

이 같은 사회 분위기 속에서 당견은 군신관계를 평등적 시각에서 재정립하고자 하였다. 먼저 당견은 「억존」편에서 군신관계를 인간이라는 본질적 문제를 통해서 평등함을 말하였는데, '억존'이란 개념은 크게 두 가지 의미를 함축하고 있다. 하나는 군권신수(君權神授)에 대한 부정이며, 다른 하나는 인간의 평등에 관한 내용이다. 먼저 군권신수에 대한 부정을 살펴보자.

> "태산이 아무리 높다 하더라도 금이나 은, 혹은 단청(丹靑)이 아니라, 모두가 흙일 따름이다. 강과 바다가 아무리 넓고 크더라도 단이슬이나 맛좋은 샘물이 아니라, 모두가 물일 따름이다. 천자가 아무리 존귀해도 천제(天帝)나 대신(大神)이 아니고, 모두가 사람일 따름이다."[343]

천자도 인간이고 신하도 인간이라고 하는 데 차별이 없다는 말이다. 다 같은 이성적 사유자로서 차등이 없다는 것이다. 다만 직능상의 구별이 있을 따름이다. 이 같은 직능상의 구별에서 점차 지배·피지배의 사회적 불평등은 야기된다. 그러나 인간의 '정(情)'이라고 하는 측면에서 천자와 신하가 구별되는 것은 아니다. 인간은 누구나

---

343) 「抑尊」 67쪽: "太山之高, 非金玉丹青也, 皆土也; 江海之大, 非甘露醴泉也, 皆水也; 天子之尊, 非天帝大神也, 皆人也."

‘항정(恒情)’을 지니고 있다는 데 평등하다고 하는 것이다.

> “인간이라면 누군들 감정이 하고 싶은 대로 하지 않겠는가? 천자가 비록 존귀하더라도 또한 인간일 뿐이다. 군주를 잘 섬기는 사람은 공경하는 것을 마치 하늘처럼 하지만 평상시에는 다른 사람과 다를 바 없이 한다.”[344]

‘정(情)’은 인간의 고유한 것으로 이미 앞에서 호유(好遊)·호색(好色)·호재(好財)·호고기(好古器)·호궁실(好宮室)을 인간의 ‘항정’으로 말했다. 인간의 ‘항정’은 천자라고 해서 다를 것도 없고, 신하라고 없을 수 없다. 인간이면 누구나 좋아하는 것이 ‘항정’이다. 천자도 인간의 ‘항정’을 지니고 있다는 점에서 절대적일 수 없다. 절대적인 존재가 아니기 때문에 신하로부터 비판도 받을 수 있다는 것이다.

> “직언(直言)은 나라의 양약(良藥)이고, 직언하는 신하는 나라의 양의(良醫)이다. 피부에 난 부스럼을 제거했어도 배 속에 체해서 굳은 것을 제거하지 않는 사람은 필시 죽고 말 것이다. 군주를 성군(聖君)이라 칭찬하면서 백관들의 잘못만 질책하는 자들이 있는 나라는 필시 망할 것이다. 직언하는 신하에게 귀중한 것은 우선 군주의 과오를 비판하는 것이고, 그다음은 궁궐의 잘못을 비판하는 것이고, 그다음은 군주의 주변 인물과 황후의 친족들의 과실을 비판하는 것이고, 총애받는 귀족들의 잘못을 비판하는 것이다. 이것은 단지 피부병을 치료하는 의사가 할 수 있는 일이다.[345] 군주는 이렇게 직언하는 신하를 어떻게 기용해야 할까? 신하는 이렇게 직언하는 것을 어떻게 써야 할까? 그러므로 나라에 직언하는 신하가 있어서 모든 관리들이 그를 두려워하지 않음이 없으며, 그를 두려워하는 것은 천자로부터

---

344) 「善遊」 150쪽: “人亦孰不欲逐其情! 天子雖尊, 亦人也. 善事君者, 敬之如天而處之無異於人.”
345) 군주의 잘못을 직언하지 못하고 그 주변의 잘못만 지적하는 신하를 피부에 난 부스럼만 치료하는 의사에 비유한 것이다.

시작되는 것이다."346)

이 내용은 국가가 온존하기 위해서 직언하는 신하가 있어야 하고 군주는 신하의 직언을 받아들여야 한다는 것이다. 나라가 바로 서기 위해서는 천자는 직언하는 신하의 말을 청종해야 한다. 그런데 명대 중기 이래로 전제군주제의 강화는 신민(臣民)을 한갓 동물이나 벌레 정도로 밖에 여기지 않았다.

　"군주는 날로 더욱 존귀해지고 신하는 날로 더욱 비천해졌다. 이로부터 군주가 신하와 백성을 천시하였는데, 이것은 마치 개나 말, 하찮은 개미나 벌레를 우리와는 완전히 다른 미천한 부류로 치는 것과 같다."347)

명대 이래 전제정치의 심각성은 매우 혹독하였다. 전제군주의 전횡은 날로 극심해져 마침내 신하가 군주를 직접 대면치 못하고 환관을 통해서 간접적으로 의견을 전달했을 정도였으며, 어렵게 한 번이라도 군주를 보게 되면 엄한 집 노예처럼 굽실대야 하는 형국이었다. 이런 상황에서 당견의 이 발언은 군신관계에 대한 바른 관계 정립의 필요성을 요구한 것이다.

당견이 재상 제도를 활성화시켜야 한다고 한 것은 명말청초 극에 달했던 환관들의 횡포를 대신하기 위한 처방의 하나였다. 신하는 군주에게 백성의 현실은 물론 사회의 부조리한 모습을 직언할 수 있어야 하고 군주는 신하의 직언을 청종하는 태도를 가져야 한다는 것이

---

346)「抑尊」68쪽: "直言者, 國之良藥也; 直言之臣, 國之良醫也. 除膚瘍, 不除癥結者, 其人必死; 稱君聖, 謫百官過者, 其國必亡. 所貴乎直臣者, 其上, 攻君之過; 其次, 攻宮闈之過. 其下焉者, 攻帝族, 攻后族, 攻寵貴, 是瘍醫也; 君何賴乎? 有此直臣, 臣何貴乎? 有此直名. 是故國有直臣, 百官有司莫不畏之; 畏之自天子始."
347)「抑尊」67쪽: "君日益尊, 臣日益卑. 是以人君之賤視其臣民, 如犬馬蟲蟻之不類於我."

다. 이것을 적극적으로 이해한다면 군주는 백성의 '공복'이라는 근대적 의미의 요소까지도 내포한 이론이라고 할 수 있을 것이다.[348]

② 부부관계

전통적인 부부관계는 일반적으로 건곤음양(乾坤陰陽)이라고 하는 개념에서 이해되어 왔다. 주자는 『주역』의 '남하녀(男下女)'의 관념을 건곤음양이라는 틀 속에서 설명하였다. 『주자어류(朱子語類)』에서는 "건(乾)은 존귀하고 곤(坤)은 비천하며 양(陽)은 존귀하고 음(陰)은 비천하여 나란히 설 수 없다. 한 집안을 통해 말하자면 부모는 진실로 모두 존귀하나 어머니는 마침내 아버지와 나란히 설 수 없음이다."[349]고 하며, 존비 개념을 통해 부부관계를 설명하였다. 그러나 당견은 이 같은 전통적 '남존여비'의 윤리 개념을 비판하고 부부는 상대적 관계이자 상호 보완적 관계임을 강조하였다.

> "오륜(五倫)으로 질서 지워진 백성들은 용서가 아니면 실천하지 않는데, 그 실천은 아내로부터 시작한다. 아내를 용서하지 않으면서 남을 용서할 수 있다는 것을 나는 믿지 않는다."[350]

오륜은 전통적 윤리의 핵심이며, 당견이 제시한 부부 윤리의 기본이다. 여기서 특별히 강조하고 있는 것은 '서'이고, '서'란 '추기급인(推己及人)'으로 유가가 지향한 '충서지도(忠恕之道)'이다. 대인관계를 매개하는 도덕적 원리를 '충서'에서 찾을 수 있는데, 당견은 바로 이러한 '서'의 논리를 동원하면서 부부의 정감적 질서를 표명하였다.

---

348) 졸고, 앞의 논문 142~163쪽 참조.
349) 『朱子語類』 卷 第68 易四 乾上(黎靖德 編): "乾尊坤卑, 陽尊陰卑, 不可並也. 以一家言之, 父母固皆尊, 母終不可以並乎父."
350) 「夫婦」 79쪽: "五倫百姓, 非恕不行; 行之自妻始. 不恕于妻而能恕人, 吾不信也."

"왕찬이 말했다. '선생께는 현명한 아내가 계시기 때문에 서로 화목하게 생활할 수 있지요. (그런데) 부인의 지혜가 꽉 막히어 통하지 않고, 집안에서 순종하지 않는다면 이것은 모두 남편의 잘못이 아닙니다.' 당견이 말했다. '그렇지 않습니다. 하늘이 만물을 낳음에, 후덕한 것을 아름답게 여기고, 천박한 것을 추하게 여기기 때문에 공평하지 않습니다. (그러나) 군자가 사람을 대하는 데에는 이런 것을 연유로 하지 않습니다. 아름다운 것을 가상하게 여기고, 추한 것을 긍휼히 여기어, 그렇기 때문에 그것을 공평하게 대합니다. 어떤 사람에게 두 명의 자제가 있습니다. 한 명은 똑똑한데 한 명은 우둔합니다. 마땅히 누구를 가련하다고 하겠습니까? 반드시 우둔한 아이를 가련하게 생각할 것입니다. 어떤 사람에게 두 명의 첩이 있는데, 한 명은 예쁘면서도 지혜롭고, 한 명은 추하면서도 어리석다면 당연히 누구를 가련하게 여기겠습니까? 반드시 추하면서 어리석은 여자를 가련하게 여길 것입니다. 그런데 하물며 부인에게야 더 말할 나위가 있겠습니까! 또한 용서(容恕)라고 하는 것은 군자가 세상을 사는 데 매우 중요한 요소입니다.' "351)

천지 만물의 외형적인 모습은 후박(厚薄)이 있어서 고르지 못하지만 군자는 여기에 연연하지 않고 고르게 본다고 하였다. 그 까닭은 '서'로 대하기 때문이란 것이다. '서'의 입장에서 보면 미추가 평등하다는 것이다. 미추에 따라서 부인을 상대하면 불공평해질 수 있지만, '서'의 입장에서 부인을 대하면 미추가 문제될 수 없기 때문에 늘 같을 수 있다는 지적이다.

결국 당견이 말한 평등 개념이 제도적 평등이라든지 사회적 평등을 말한 것이 아님을 알게 된다. 인간의 도덕적·정감적 요소에 근

---

351) 「夫婦」 78, 79쪽: "汪子曰: '先生有賢妻, 故能相和以處. 婦人智窒而見不通, 嘗不順于其家, 非盡夫之過也.' 曰: '不然. 天之生物, 厚者美之, 薄者惡之, 故不平也. 君子於人, 不因其故; 嘉美而矜惡, 所以平之也. 人有二子, 一賢, 一愚, 當孰憐? 必憐愚者. 人有二妾, 一美而慧, 一醜而愚, 當孰憐? 必憐醜而愚者. 而況于妻乎! 且恕者, 君子善世之大樞也.' "

거를 두고 한 말이다. 부부관계의 평등도 마찬가지로 인간이라고 하는 정감의 입장에서 평등하다는 것이다.

> "내가 보기에 부부가 서로 좋아하는 것은 모두 '정(情)'에 빠져서이다. '정'에 빠짐은 모두 호색으로 말미암는다. 이것이 아니면 반드시 서로 소원해지며, 심한 경우 이혼까지 이른다. 대개 부부의 도는 조화로써 이루어지며 혼자만이 즐기는 것으로써 이뤄지지 않는다."[352]

부부의 도가 조화에 있다고 하면서 혼자서 즐기는 것을 '사(私)'라고 비판한 내용이다. 부부가 서로 좋아하는 것은 '정'에 연유한 것이며, 이것이 곧 '호색'이라는 것이다. 따라서 부부는 같은 '정[호색]'의 입장에서 짝을 이루었으므로 조화를 이루어야 한다는 것이다. 이것이 부부 윤리의 지극함이라고 하였다.

> "서로 공경하고 화목한 것이 부부 윤리의 지극함이다."[353]

부부에 대한 기존 관념은 한대 이후 신분 질서가 점차 강조되면서 대체로 '여필종부(女必從夫)'라고 하는 남편 중심의 윤리체계[354]로 변질되었다. 그러나 당견은 이 같은 차등적 부부 윤리를 동등한 입장에서 새롭게 정리하였다. 직접적이고 직설적인 표현상의 금기 사항, 즉 정욕과 그에 따른 남녀 관계상의 남편 중심 사고를 지양하고, 부부간의 윤리적 본질을 '경(敬)'과 '화(和)'에서 찾은 것이다. '화'란

---

352) 「居室」 80쪽: "吾見以爲夫婦之相好者, 皆由于溺情; 溺情, 皆由於好色; 非是則必相疏, 甚者或至于乖離. 蓋夫婦之道, 以和不以私."
353) 「內倫」 78쪽: "敬且和, 夫婦之倫乃盡."
354) 부부관계를 '夫和婦順'의 질서와 조화를 강조하는 입장이 본래 유학의 입장이었으나, 漢代 이후로 대개의 유교윤리가 차등적 신분 질서로 고착되기에 이르렀다.

'사(私)'와 상대 개념으로 부부 공동의 노력과 만족을 의미한다.

인간은 누구나가 같은 욕망을 갖고 있는데, 가장 기본적인 것이 정욕이다. 정욕이 있기 때문에 서로 가까워질 수 있고, 새로운 단계로 발전할 수 있다는 것이다. 물론 단순 생물학적 정욕이라면 동물적 단계에 머물겠지만, 더 큰 단계의 정욕이기 때문에 금수와도 구별되게 하였다는 것이다.[355]

나아가 부부관계상의 하늘과 땅으로 비교하는 것에 대해서도 당견은 '위(位)'와 '덕(德)'의 개념으로 설명하였다.

> "땅이 하늘보다 아래 있고 아내가 남편보다 아래 있다고 함은 '위(位)'가 그런 것이고, 하늘이 땅보다 아래 있고 남편이 아내보다 아래 있는 것은 '덕(德)'이다."[356]

하늘이 위에 땅이 아래 있는 것은 위치상 당연하다. 이 각도에서 남편을 하늘에 아내를 땅에 비유한다면 남편이 위이고 아내가 아래이다.

그러나 '덕'의 입장에서 보면 그렇지 않다는 주장이다. 오히려 아내가 위요 남편이 아래라는 것이다. '덕'은 '겸양의 덕'이고, 부인을 높여 주는 것이 남편의 '덕'이란 것이다. 그렇기 때문에 남편이 부인을 폭력으로 대할 수 없다는 것이다.

---

355) "善治必達情, 達情必近人."(「抑尊」67쪽)에서 '達情'이란 자기 자신의 '情'으로 말미암아 다른 사람의 정에 미치는 것을 말한다. 이것은 자기와 다른 사람이 평등하다는 사실을 인식한 다음에야 가능하다. 자신과 남의 情에 통달함이 善治이며, 이 達情은 반드시 남을 가까이 한다. 한편 인간은 이미 날 때부터 정욕을 소유한다고 하여, "運及堯舜, 生人日衆, 情慾日開, 不能與鳥獸雜處."(「性才」21쪽)라고도 하였다.

356) 「內倫」77쪽: "蓋地之下于天, 妻之下于夫者, 位也; 天之下于地, 夫之下于妻者, 德也."

"오늘날 많은 사람들이 그 처에게 폭력을 휘두르고 있다. 밖에서는 별 볼일 없어 굴종하다가도 집안에만 들어오면 위엄을 부리며 노복에게는 참다가 안에 들어와서 위세를 떨며 부인에게 분노한다."357)

부인에 대한 남편의 폭행을 본질적으로 비판·부정한 내용이다. 전통적 남편 중심 사고로부터 부인폭행도 일어났다면 상호 존중 관계로 전환하게 되면 남편의 일방적 행동은 있을 수 없다는 것이다. 부인의 역할을 생각한다면 남편의 부인에 대한 폭력은 불가능하다는 것이다.

"사람에게 만일 아내가 없다면 자식은 어떻게 나오며, 가정은 어떻게 이루겠는가? 집안 식구들은 누구를 의지하며, 집 안에 있으면 누가 도우며, 집 밖에 나가면 누가 집안을 지키겠는가? 반드시 현명하고 지혜로운 처가 아니더라도 평범한 처가 또한 있다. 이것은 곧 하늘에 땅이 있는 것과 같고 군주에게 신하가 있는 것과 같다. '위(位)'에서 말하면 포폄할 수 없으나, '덕(德)'에서 말하면 위를 보고서 그를 폭행할 수 있겠는가?"358)

전통사회일수록 부부는 가정과 사회에서의 역할이 확연히 구별되었다. 남편이 바깥일을 부인이 집안일을 한다는 역할분담론이다. 역할이 구별되어 있지만 남편과 부인은 함께 가정을 이루는 구성원이다. 특히 부인 없는 가정은 있을 수 없다는 것이다. 부인에게 주어진 분명하면서도 구체적인 역할이 있기 때문에 그에게 가해지는 폭력은 논리적으로 설명이 안 되는 것이다. 떳떳한 사회 구성원으로서

---

357) 「內倫」 77쪽: "今人多暴其妻. 屈于外而威于內, 忍于僕而逞于內, 以妻爲遷怒之地."
358) 「內倫」 77쪽: "人若無妻, 子孫何以出? 家何以成? 帑則孰寄? 居則孰輔? 出則孰守? 不必賢智之妻, 平庸之妻亦有之. 是則如天之有地, 如君之有臣. 以言乎位, 則不可褒; 以言乎德, 則顧可上而暴之乎?"

의 부인에게 가해지는 폭력을 비판할 수 있는 근거는 여기서 나온
다. 부부관계는 남남에서 시작해서 인륜을 이루는 특수한 관계인만
큼 특히 지켜야 할 도리가 있다. 그것이 부부 윤리인 것이다. 당견
은 "처음은 부부였으나 나중에는 원수가 되어 하나의 윤리를 망친
다."359)고 하며, 부부관계의 중요성을 인륜의 입장에서 강조하였다.

 이 같은 당견의 부부 윤리관은 본질적 측면에서 전통적 '여필종
부'의 관념과는 구별된다는 점에서 진보성을 갖는다. "아내가 근심
하면 나 또한 근심하고 아내가 즐거워하면 나 또한 즐거워한다."360)
고 하는, 당견의 발언은 남편 중심의 사고가 아닌 아내 중심의 사
고로도 이해할 수 있다. 여기서 명말청초 변화된 사회 환경 속에서
기존의 윤리체계에 대한 비판 반성의 기미를 엿보게 된다.

4. 남녀 관계론

(1) 전통적 남녀관

 중국 전통사회의 남녀 관계에 대한 사회윤리적 입장은 크게 두
가지로 나누어 살필 수 있다. 하나는 '남경여직(男耕女織)'의 형태
에 나타난 노동 분업 형태이고, 다른 하나는 '남존여비(男尊女卑)'
라고 하는 신분적 차별의식이다.

---

359) 「內倫」 78쪽: "始爲夫婦, 終爲仇讐, 一倫滅矣."
360) 「明悌」 76쪽: "妻憂我亦憂也, 妻喜我亦喜也."

‘남경여직’의 논리가 다만 남녀의 양적·질적 노동의 차이에 입각한 남녀 구별 의식이라면 ‘남존여비’의 문제는 남녀를 성적·신분적 차별을 강제하는 개념이라 할 수 있다. 그렇다고 ‘남경여직’의 개념 속에 전혀 불평등의 요소가 없다고 할 수는 없다. 사회경제적인 발전과 더불어 ‘남경여직’의 노동 분업의 논리는 결코 평등적 남녀관을 대변하지는 않는다. 내외직의 구별이 남녀 불평등의 ‘남존여비’의식과 결부되면서 차별적인 윤리로 자리잡기 시작하였다는 것이다. 『시경』 「소아」편에,

> “이에 남자 아이를 낳으면 침상에 누이고, 꼬까옷 입혀 손에는 구슬을 들려주오. 그 울음소리도 우렁차고 이제 크면 (입신양명하여) 붉은 슬갑 휘황 찬란히 집안을 일으키어 군왕도 되리. 이에 여자 아이가 태어나면 맨바닥에 재우고 포대기 둘러 손에는 실감개나 쥐어 놓으리. 좋지도 나쁘지도 아니하여서 술 데우고 밥 짓기나 익히게 하여 부모 걱정 되지나 않게 하려네.”361)

라고 하였는데, 이것은 남녀를 태어나면서부터 차별적으로 대우하는 것을 적나라하게 보여주는 내용이다. 이러한 ‘남존여비’의 전통적 남녀관은 특히 한대 이후 나타난 ‘유교적 가부장적 사회질서’362)속에서 더욱 강화되었다.

---

361) 『詩經』「小雅」‘斯干’: “乃生男子, 載寢之牀, 載衣之裳, 載弄之璋, 其泣喤喤, 朱芾斯皇, 室家君王. 乃生女子, 載寢之地, 載衣之裼, 載弄之瓦, 無非無儀, 唯酒食是議, 無父母詒罹.” 이 詩에 근거하여 ‘弄璋之喜’란 아들 낳을 가리키는 대명사로 불리게 되었다.

362) 중국 전통사상 가운데 묵가는 **남녀** 문제에 있어서 유가처럼 **차별의식**을 강제하지 않았다. 韓非子 또한 유가에서의 도덕윤리에 입각한 논리를 긍정하지 않고 철저한 이해타산을 근거로 남녀를 보기 때문에 유가의 남녀관과는 다르다. 그렇기 때문에 여기서 **중국 전통사회**란 ‘유교적 가부장적 **사회질서**’가 지배하는 **사회**로 한정해서 서술한 것이다. 참고로 묵가와 한비자의 **윤리** 의식과 남녀관은 이운구의 「한자문화권에 있어서 **남녀평등의식**의 변천」(성대 인문과학연구소 편, 『인문과학』 제23집 소수) 15쪽에 자세히 정리되어 있다.

‘남존여비’ 사상은 중국 전통사회 속에서 비판 없이 일종의 사회적 미덕으로 자연스럽게 통용되었다. 처음에는 하늘과 땅이라는 건곤(乾坤)의 개념에 남녀를 대비시켰다. 건곤은 단순히 하늘과 땅이라는 대상적 존재를 가리키지만, 거기에 존비(尊卑) 차등 질서가 개입된 것이다. 건곤존비(乾坤尊卑)의 관념이 남녀를 구분하는 데 사용되면서 차등 질서로 나아간 것이다. 『주역』에서는 건도(乾道)는 존귀하고 곤도(坤道)는 비천한데, 건도는 남자를 곤도는 여자를 가리킨다고 하였다.

> “하늘은 존귀하여 높고 땅은 비천하여 낮아 건곤의 구별이 정하여졌다. 낮은 것과 높은 것이 나눠 있어서 귀한 것과 천한 것이 각기 지위를 얻게 된다 …… 건의 도는 남자를 이루고 곤의 도는 여자를 이룬다. 건은 대시(大始)를 주재하고 곤(坤)은 만물을 조성한다.”363)

이로부터 전통적 ‘남존여비’ 사상이 시작되어 만물의 원리를 설명하는 음양이론과 결부되었다. 동중서는 남녀를 음양이론과 접목시키면서 여성의 예속성을 더욱 분명히 하였다.364) 남자는 양으로 홀로 행할 수 있으나, 여자는 음으로 홀로 행하는 것이 불가하며, 남편의 도를 좇는 것이 상도(常道)라고 하였다. 맹자도 “여자가 시집감에 어머니가 명하는데 문 앞까지 가서 훈계하되, ‘네가 시집에 가서 반드시 공경하고 반드시 삼가하여 남편의 뜻을 어기지 말라.’고 하나니 순종으로 바른 도리를 삼는 것이 부녀자의 도이다.”365)고 하여,

---

363) 『周易』 「繫辭上傳」: “天尊地卑, 乾坤定矣. 卑高以陳, 貴賤位矣 …… 乾道成男, 坤道成女. 乾知大始, 坤作成物.”
364) 李雲九, 앞의 논문 13쪽 참조.
365) 『孟子』 「등문공」 下: “女子之嫁也, 母命之, 往送之門, 戒之曰, 往之女家, 必敬必戒, 無違夫子, 以順爲正者, 妻妾之道也.”

여자의 도리를 순종에 두었다.

한편 송대에 들어와 주자는 음양이론으로 남녀 문제를 설명하며 전통적 차별적 남녀관을 더욱 공고히 하였다. 『주역』의 건존곤비(乾尊坤卑)를 주자는 양존음비(陽尊陰卑)로 설명하고 서로 병립할 수 없는 것으로 남자[陽]와 여자[陰]를 구별하였다.366) 나아가 주자는 남녀를 선악의 가치 개념으로까지 규정하면서 그 차별성을 말하기도 하였다.

> "혹 선악을 남녀의 구분으로 생각하기도 하고, 혹 음양의 일[事]로 생각하기도 한다. 무릇 이러한 두 가지 상대되는 설명은[男: 女, 陰: 陽] 음양의 이치 아닌 것이 없다."367)

전통적인 남녀에 대한 차별적 이해는 결국 "암탉이 울면 집안이 망한다."368)고 하는 논리를 자연스럽게 용납하였다. 물론 이 내용은 상호 간의 역할분담에 따른 불간섭의 원칙을 천명한 것이기도 하다. 남자를 '외(外)'로 여자를 '내(內)'로 표기하며 내외를 구분하며 서로를 간섭할 수 없게 한 것으로, 혹 남자가 집안일을 간섭하면 부덕의 소치로 여기고, 여자가 바깥일을 간섭하게 되면 가정이나 국가가 망한다고 한 것이다.369)

평면상 내·외직 구분은 직능의 구분이라는 측면에서 긍정적인 측면도 없지 않으나, 이것은 본질적으로 여자를 안으로 구속하기 위한

---

366) 黎靖德 編, 『朱子語類』 卷 第六十八 易四 乾上 및 『性理大全』 卷之一 「太極圖」 에 상세히 기록되어 있다.

367) 『性理大全』 卷之一 「太極圖」: "或以爲善惡爲男女之分, 或以爲陰陽之事. 凡此兩件相對說者, 無非陰陽之理."

368) 『서경』 卷 第六 「牧誓」: "牝鷄之晨,惟家之索." 여기서 索은 盡(다한다. 亡한다)의 뜻이다.

369) 『서경』 앞의 편 및 『禮記』 卷十二 「內則」 참조.

논리에 지나지 않다. 긍정적 측면에서 내·외직의 구분은 오늘날까지도 자연스런 현상으로 받아들여지면서 전통의 한 유산으로 생각하나, 동시에 후자의 부정적 측면도 끊임없는 문제로 대두하고 있다. 즉 여자의 진정한 사회 활동은 내·외 구분 의식을 극복할 수 있어야 가능하며, 오로지 남편을 좇는 것을 부덕(婦德)으로 당연시되는 풍토에서는 불가능하다는 주장이다.

남녀에 대한 구별적 혹은 차별적 윤리관은 명말청초 변화된 사회 상황 속에서 다소 달리 나타났다. 특히 이지(李贄, 1527~1602)의 윤리관 속에 나타난 남녀관은 기존의 남녀관과는 다른 면을 보여주었다. 이지는『주역』「서괘전」에서 언급하고 있는 천지-만물-남녀-부부-부자-군신-상하의 차서에 의해 예의가 결정된다370)고 하는 논의에 기초해서 남녀 문제와 부부관계를 설명하였다.

"부부는 인륜의 시작이다. 부부가 있은 연후에 부자가 있고 부자가 있은 연후에 형제가 있고 형제가 있은 연후에 상하가 있다. 부부관계가 바른 연후에야 만사가 바름에서 나오지 않음이 없다. 부부가 만물의 시작이라고 하는 것이 이와 같다. 궁극적으로 말하자면 천지는 하나의 부부이다. 그러므로 천지가 있은 연후에 만물이 있다. 그런 즉 천하 만물은 모두 둘[兩]에서 생겨나며 하나[一]에서 생기지 못함은 분명하다 …… 대저 처음 사람을 생함은 오직 음양이기(陰陽二氣), 남녀이명(男女二命)이지 애당초 이른바 일[一]과 이(理)는 없다. 그런데 어찌 태극이 있겠는가."371)

---

370)『주역』「序卦傳」: "有天地然後有萬物, 有萬物然後有男女, 有男女然後有夫婦, 有夫婦然後有父子, 有父子然後有君臣, 有君臣然後有上下, 有上下然後禮義有所錯."

371)『焚書』「夫婦論」: "夫婦, 人之始也. 有夫婦然後有父子, 有父子然後有兄弟, 有兄弟然後有上下. 夫婦正, 然後萬事無不出于正. 夫婦之爲物始也如此. 極而言之, 天地一夫婦也. 是故有天地然後有萬物 …… 夫厥初生人, 惟是陰陽二氣, 男女二命, 初無所謂一與理也. 而何太極之有."

부부→부자→형제→상하의 차서는 『주역』「서괘전」의 논의를 뛰어넘는 새로운 이론은 아니다. 그러나 이지는 『주역』「계사상전」에서 "그러므로 『역』의 이치에는 태극이 있고 태극이 양의(兩儀)를 낳고 양의는 사상(四象)을 낳고 사상은 팔괘(八卦)를 낳고 팔괘는 길흉(吉凶)을 정한다."372)고 하는 태극의 시원성을 차치하고, 만물시원을 음양이기와 남녀이명에서 찾고 있다는 점이 다르다. 주자학의 만물 시원에 관한 논의가 『주역』의 체계를 기초로 하고 있다면, 이지는 『주역』의 부분적 측면을 원용하면서 만물의 시원성을 설명하고 있는 것이다. 그 이론적 근거는 남녀 관계를 통해서 규명하고 있다. 그런데 여기서 중요한 것은 이지의 남녀 관계에 대한 접근이 기존의 '남존여비'의 수직적 형태가 아닌 수평적 질서체계 속에서 이해될 수 있다는 데 있다.

"그러므로 사람에게 남녀가 있다고 하면 가하나 안목에 남녀가 있다고 하면 어찌 옳다고 하겠는가? 안목에 장단(長短)이 있다고 하면 가하나 남자의 안목이 더 크고 여자의 안목이 더 좁다고 하면 또한 어찌 가하겠는가?"373)

이지는 안목의 장단은 남자라고 해서 길고 여자라고 해서 짧다는 논의를 부정하였다. 내외를 구분하며, 남녀를 구속하는 사회 여건에 따라 남녀의 안목이 달라질 수는 있으나, 본질적으로 여자의 안목이 남자보다 부족한 것은 아니라는 것이다. 가부장적인 사회질서 속에서 이 같은 발언은 매우 혁신적인 것이었다. 결국 '남존여비'의 전통적 남녀관은 명말 이지로부터 점차 비판되기 시작했다고도 할 수 있다.

---

372) 『주역』「繫辭上傳」: "是故易有太極, 是生兩儀, 兩儀生四象, 四象生八卦, 八卦定吉凶."
373) 『焚書』 卷二 「答以女人學道爲見短書」: "故謂人有男女則可, 謂見有男女豈可乎? 謂見有長短則可, 謂男子之見盡長, 女人之見盡短, 又豈可乎?"

(2) 당견의 남녀관

이지의 남녀평등적 이해는 명말이라고 하는 보다 발전된 사회형태 속에서 설명되어야 한다. 기존의 남녀관이 종적 사회질서에서 나왔다면 명말 이지의 남녀관은 사회경제적인 발전과 점진적인 신분질서의 변화과정374)에서 발생한 일종의 수평적 질서체계에서 나왔다는 것이다. 남녀 관계의 수평적 질서에서의 이해는 기존의 남존여비 사상을 비판하였다는 데 의미가 있으며, 이것은 명말청초 더욱 심화되었다.

이지보다는 약 100년 뒤에 활동한 당견의 사상 속에서 그 내용을 찾을 수 있다는 것이다. 가부장적 봉건사회의 흐름에서 남녀 문제를 거론한다는 것은 그 자체만으로도 매우 참신한 일이기 때문에 당견의 평등적 남녀관은 사상사적으로 대단한 의미를 갖는다. 남녀 관계를 기존의 종적 질서로부터 횡적 질서로 설명한다는 차원에서 전에 없던 혁명적 의식의 전환이라고도 할 수 있을 것이다. 당견은 남자와 여자는 태어나면서부터 평등함을 주장하며 남녀의 본질적인 평등을 말하였다.

---

374) 명말청초 자본주의 맹아현상과 상공업발달에 따른 사농공상의 차등질서가 이전의 형태와는 사뭇 다르다는 측면에서 이를 신분 질서의 변화과정으로 본 것이다. 다시 말해 신흥 상공인 출신들과 중소지주계층의 사회 전면에의 등장은 전통적인 사회질서를 점진적이긴 하나 변화시키기에 이르렀다. 구체적으로 연안도시 및 내륙의 상공업도시 등에 등장한 富商 및 수공업자, 그리고 이에 종사하는 일용 근로자들의 등장은 이전에 볼 수 없었던 조직된 형태로 나타났으며, 이들과 함께 농촌에서의 신분 질서의 동요는 民變·奴變으로 나타나 명말 사회를 풍미하게 된다. 또 한편에서 儒賈(사대부 상인)도 등장하여 기존의 상공업에 대한 부정적 시각이 점차 사라지고 있음도 알 수 있다. 즉 四民의식을 기초로 한 차별적 신분사회가 점차 무너지기 시작했다는 말이다.

"태어난 것으로부터 말하자면 남자와 여자는 동일하다."375)

남녀가 평등하다고 하는 것은 한 부모에게서 나왔기 때문이다. 친가의 부모나 외가의 부모 모두 부모의 부모라고 하는 데 똑 같다면 남녀 관계도 결코 다를 수 없다는 논리이다.

"부모는 하나이다. 아버지의 부모나 어머니의 부모나 또한 동일하다. 남녀의 문제도 같아서 아들의 자식이나 딸의 자식 또한 다름없이 동일하다."376)

인간이 나면서부터 남녀차별 질서가 생긴 것이 아니라는 지적이다. 아들과 딸, 그 누구도 부모 아닌 데서 나올 수 없으니 차별이 있을 수 없으며, 친가 부모나 외가 부모 역시도 같은 맥락에서 다를 수 없다는 것이다.

그러나 사회적 직능이 부여되면서 남녀의 구별 의식은 점차 차별 논리로 전개되었다. 처음에는 단지 남자는 밖[外]을 여자는 안[內]을 책임지는 일종의 역할분담에 지나지 않았지만, 점차 남자의 일은 중하고 여자의 일은 가볍다는 논리가 남녀차별로 발전한 것이다.

오륜의 '부부유별(夫婦有別)'은 본질적으로 직능상 남녀 구별을 말하고 있을 뿐 차별을 말한 것은 아니다. 그러나 이것이 내·외직 구분을 통한 외직중시, 내직경시의 현상으로 변질되면서 차별논리로 나아갔다. 전통사회 남경여직의 직능 구별이 단지 구별에 그치지 않고 경중의 차별의식으로 자리 매김한 것이다. 남자의 노동을 중시하고 여자의 노동을 경시하는 풍조가 나타난 것이다. 사회적 직능의

---

375) 「備孝」 74쪽: "以言乎所生, 男女一也."
376) 「備孝」 74쪽: "父母, 一也; 父之父母, 母之父母, 亦一也. 男女, 一也; 男之子, 女之子, 亦一也."

구별이 남녀의 신분적 차별로 이어진 것이다. 그러나 당견은 여자의 지혜를 통해 치도를 알 수 있다는 말로 남녀관을 시정하였다.

> "그러므로 군자는 처자를 통해 천하 다스리는 도를 체득하며, 복첩(僕妾)을 살피는 가운데 천하 다스리는 도를 체득한다."[377]

이지는 남녀의 신분에 따른 견해의 장단에 차별이 있을 수 없음을 설명하였다면, 당견은 치도의 방법을 여자에게서 찾아야 한다고 주장하였다. "암탉이 울면 집안이 망한다."고 하는 기존의 남녀차별 의식과 비교해 보면 이것은 엄청난 발전이 아닐 수 없다. 또한 당견은 딸 선호 의식을 갖고 있었고, 남편의 아내 폭력에 대한 문제를 제기하였다.

> "당견이 왕찬(汪撰)[378]의 집에 머무는데, 왕찬이 여러 차례 그 아이들에 대해 말하였다. 당견이 왕찬에게 물었다. '선생은 아들을 좋아하십니까? 딸을 좋아하십니까?' 왕찬이 대답했다. '아들을 좋아하지요.' 당견이 말했다. '모두가 자식이기에 나는 딸 아끼기를 아들보다 더합니다.' 왕찬이 그 이유를 물었다. 당견이 다음과 같이 대답하였다. '아내를 좋아하는 것은 미덕이 아니며, 아내를 폭행하는 것은 큰 악이 됩니다. 오늘날 아내를 폭행하는 사람이 매우 많습니다. 그래서 저는 더욱 딸을 더 아끼는 것입니다.' 그러자 왕찬이 말했다. '그렇습니다. 저는 많은 친구들과 교제를 하는데, 결혼해서 10년 이상을 살면서 얼굴색 붉히며 화내지 않은 사람으로 오직 선생과 성서(城西)의 유(劉) 선생만을 보았습니다. 그 밖의 다른 사람들은 그 아내 폭행

---

377) 「尙治」 105쪽: "是故君子觀於妻子, 而得治天下之道; 觀於僕妾, 而得治天下之道."
378) 「受任」 편에 나오는 "汪子著中甫之傳."의 왕자는 汪琬이고, 여기서의 王子는 王撰으로 자는 異三, 吳縣사람이다. 어려서부터 詩에 능했다. 집안은 넉넉하지 못했지만 사방에 친구들과 교유하기를 좋아하였다. 자세한 내용은 民國 시절에 편찬한 『吳縣志』「人物」 참조.

하는 것을 마치 하인 대하듯 하는 것을 또한 여러 번 보았습니다.' "379)

남아 선호 의식은 유교사회의 가장 큰 특징 가운데 하나이다. 제사 담당자로서 특히 장남 선호 의식은 유교사회의 가장 주목되는 사항이었다. 유교사회에서 여자는 상대적으로 괄시받아 왔으며, 어머니는 아들 낳는 것을 의무로 여기기도 했다. 그 정도로 남아 선호 의식은 절대적이었고, 뿌리가 깊었다. 그런데 당견은 아들과 딸, 어느 쪽에 대한 선호도 거부하고 둘 다 자식이라는 입장에서 동등하다고 인식하였으며, 오히려 딸을 더 아낀다고 하였다.380)

나아가 당견은 여자에 대한 남자들의 폭력을 비난하였다. 힘에 의한 남편의 부인에 대한 폭력은 어떤 식으로도 정당화될 수 없다는 것이다. 그렇기 때문에 부녀 폭행을 악으로 규정할 수 있다는 것이다.

당견의 이러한 의식은 명말청초 근대를 지향하는 새로운 사상의식의 한 양상으로 받아들일 수 있다. 전통사회 남녀관의 특징이 남성 우월 의식에 있었다면 근대사회 남녀관의 특징은 평등 관계 속에서 말할 수 있기 때문이다. 그런 점에서 당견의 남녀에 대한 평등적 세계관은 비록 제한적이긴 하지만 근대 지향적 사유체계의 단면으로 이해할 수 있을 것이다.

---

379) 「夫婦」 78쪽: "唐子曰: 子愛男乎, 愛女乎. 曰: 愛男. 唐子曰: 均是子也, 乃我之恤女也, 則甚於男. 汪子問故. 曰: 好內非美德; 暴內爲大惡. 今之暴內者多, 故尤恤女. 汪子曰: 然. 吾之交友亦多矣; 處室數十年, 無變色疾聲者, 惟見先生與城西劉子. 其他則暴其妻不如待其僕者, 亦數見之矣."
380) 楊賓의 「唐鑄萬傳」 224, 225쪽에 의하면 당견의 자식은 無男獨女("無子, 有一女")였다고 한다.

5. 평등적 사회윤리관

한대 이후 확립된 유교적 가부장 사회는 곧 사회질서와 정치안정의 골간을 이루었다. 따라서 가부장 중심의 사회에서는 남아 선호사상과 남존여비 사상이 저절로 배태될 수밖에 없었다.

당견은 이 같은 사회 환경 속에서 상대적으로 혹은 절대적으로 천대받던 여자의 지위를 매우 애석하게 여기며 남녀평등적 시각을 견지하였다. 다 같은 부모에게서 태어나 단지 여자라는 이유만으로 불평등한 대우를 받는 것에 대해 문제가 있다고 여긴 것이다. 당견은 기존의 부부관계에서 절대적으로 열등한 지위에 놓여 있던 아내의 지위를 변론하며, 남녀 관계가 직능과 역할에 의한 구분은 있을지언정 신분적인 차등은 있을 수 없다고 하였다.

『잠서』의 여러 곳에서 당견의 이런 모습을 찾을 수 있다.

"인간의 도리는 조상에 근본하고 있는 것이지, 외부에 그 뿌리를 두고 있는 것이 아니다. 근본의 중요함은 마치 하늘과도 같다. 만일 태어난 것으로부터 말하자면, 어머니는 아버지와 다를 게 없다. 어머니가 나온 것에서 알 수 있는 것이다. 그러므로 (본가의) 조상이 중요하다면, 또한 외가를 경홀히 할 수 없는 것이다. 예제(禮制) 밖에서 정감(情感)을 논하고, 복제(服制) 밖에서 의리(義理)를 논한다면, 어떻게 (외가를) 가볍게 말할 수 있겠는가!"381)

"사람은 부모를 대할 때 모두 하나같다. 여자가 시집가기 전 집에서 부모를 대하는 것과 출가해서 부모를 대하는 것이 어찌 다를 수 있겠는가!

---

381) 「備考」74쪽: "人之爲道也, 本乎祖而非本乎外, 本之重如天焉. 若以言乎其所生, 母不異于父, 母所從出可知矣, 是故重于祖而亦不得輕于外也. 禮外論情, 服外論義, 若之何其可輕也!"

출가한 후 시부모님과 남편을 중시하며 대접하고 자기의 부모를 가볍게 대접하는 것은 후하게 대접해야 할 것을 박하게 한다거나 박하게 해야 할 것에 후하게 하는 것이 아니다. 전에는 부모의 자식이었다가 지금은 자식의 어머니가 된 것이다. 여기서 (연속적으로) 부자(父子)관계가 성립하고, 군신(君臣)관계가 성립하는 것이다. 본래 자신이 부모의 몸이 되었어도 여전히 사람 된 도의를 잊을 수는 없는 것이다."382)

"공자는 여자들이 결혼해서 부인이 되어 습관에 젖어 친정을 잊고, 시부모를 존중하고, 자신의 부모를 등한히 하고, 시부모를 가까이 대하고, 자신의 부모를 멀리하고, 시부모를 친하게 여기고, 자신의 부모를 소홀하게 대하는 것을 염려하였다."383)

"남편이 아내보다 아래 처하지 않는다면, 이것을 일러 남편이 높고 높아 위에 있다는 것이고, 남편이 높게만 있다면, 집안이 화목하지 않고, 집안의 도리가 이뤄지지 않는다."384)

당견의 남녀평등 이론은 여기에 그치지 않고 사회 일반으로까지 그 폭을 넓히고 있다.

"천지의 도는 원래 평등하다. 평등하면 만물이 각기 그 처소를 얻게 된다. 불공평하게 되면 이쪽이 두터우면 저쪽은 엷고, 이쪽이 즐거우면 저쪽은 슬퍼진다. 높은 곳에 사는 사람에게도 반드시 우묵하게 파인 웅덩이는 있고, 편안히 우마차나 타고 다니는 사람에게도 반드시 발에 무좀은 있을 수 있다."385)

---

382) 「備孝」 74쪽: "人之于父母, 一也; 女子在室于父母, 出嫁于父母, 豈有異乎! 重服于舅姑夫, 輕服于父母, 非厚其所薄而薄其所厚也. 昔爲人子, 今爲人母, 于是乃有父子焉, 乃有君臣焉, 固不得以其身爲父母之身也, 亦猶爲人後之義也."
383) 「備孝」 74쪽: "仲尼恐爲人婦者習焉而忘其情, 尊舅姑, 降父母; 近舅姑, 遠父母; 親舅姑, 疏父母."
384) 「內倫」 77쪽: "夫不下於妻, 是謂夫亢; 夫亢, 則門內不和, 家道不成."
385) 「大命」 96, 97쪽: "天地之道故平. 平則萬物各得其所. 及其不平也, 此厚則彼薄, 此

평등의 개념을 각자의 위치한 바에 만족한 것이라 말한 내용이다. 아무리 고관대작이라도 불행이 따르며, 편안하게 지내는 자라도 부족한 것이 있다는 논리로 평등의 문제를 파악한 것이다.

그런데 당견은 "천지의 도는 평등하다."고 하는 본질적 평등을 말하면서도, '위고대자(爲高臺者)'와 '위안승자(爲安乘者)', 곧 신분적으로 상류계층에 속하는 사람들이 존재하는 현실적 불평등 구조를 인정하였다. 현실적인 신분계층에 따른 불평등을 전제하고 있는 것이다.

따라서 당견의 평등에 대한 의식은 기존의 만물일체 사상이 담고 있는 '당위로서의 대동(大同)'과 '존재로서의 차별(差別)'386)의 형태를 완전히 벗었다고는 볼 수 없다. 이로부터 당견이 말한 평등은 매우 추상적일 수밖에 없다. 평등하지 못한 사회를 규탄하며 전통사회의 평등적 요소를 희구하는 정도로 자신의 견해를 피력할 뿐 구체적인 제도상의 개혁을 말하는 데까지는 나아가지 못했다.

"사람이 태어나 동등하지 않음이 없다. 그런데 지금은 이처럼 공평하지 못한 것이 너무 심하다. 저울로 물건을 다는데 (저울추가) 물건보다 무거우면 기운다. 물건을 짊어지고 가는데 앞쪽이 뒤쪽보다 무거우면 역시 기울게 된다. 양쪽이 고르지 못하기 때문이다. 그러므로 순임금과 우임금이 천하를 다스리면서 너덜대는 옷을 입고 거친 음식을 먹으면서 감히 스스로 방자하지 않았던 것이다. 어찌 좋아하는 것이 남들과 달라서이겠는가?"387)

樂則彼憂. 爲高臺者, 必有汚池; 爲安乘者, 必有繭足."
386) 만물일체론은 정명도, 왕양명의 대동사회론에 포착된 내용을 말한다. 이들은 모두 중국 전통 정치사상의 하나인 『예기』「예운」 편의 '대동사상'을 근간으로 하고 있다.
387) 「大命」 97쪽: "人之生也, 無不同也, 今若此, 不平甚矣. 提衡者權重于物則墜, 負擔者前重于後則傾, 不平故也. 是以舜禹之有天下也, 惡衣菲食, 不敢自恣. 豈所嗜之異于人哉?"

인간의 생명은 누구나 평등하다고 생각한 당견은 천자이면서도 거친 옷과 보잘것없는 채소를 먹은 순(舜)·우(禹)를 통해 당시 불평등한 사회의 모순을 비판하였다. 그러나 당견의 이러한 의식은 제도적 개선책으로 뒷받침하고 있지 못하였다. 순·우라는 이상적 인물에 가탁하여 현실의 불만을 토로할 뿐이었다.

  "왕공의 집안에서 한 번 연회를 여는 데 들어가는 비용이 상층 농가의 일년 수확 이상이 들어가는데도 오히려 그것을 먹으면서 만족하지 아니한다."[388]

  일반 백성과 군주가 똑같은 사람이면서도 평등하지 못함을 비판한 내용이다. 나라의 공복으로서 일반 백성을 돌보는 일에 힘써야 할 군주의 사치풍토를 아울러 비판한 것이다. 군주의 책무가 백성들의 불평등에 따른 문제발생을 치유하는 데 있어야 한다며, "평등하지 못한 것으로 천하가 기우는 것을 걱정해야 한다."[389]고 지적한 것이다.

  인간은 누구나가 한번 태어나 죽게 마련이다. 이것은 자연의 법칙으로서 누구도 예외일 수 없다. 인간이 본질적으로 평등할 수밖에 없음을 말한 내용이다.

  "인생은 항상 흐르는 물과 같아서, 젊음이 가면 노인이 되고 늙으면 죽음에 이름이 마치 바람이 지나는 것과 같다. 이것은 성인이나 보통 사람이나 모두 같다."[390]

  성인도 보통 인간과 다를 바 없다는 주장이다. 그런데 본질적으로

---

388) 「大命」 97쪽: "王公之家, 一宴之味, 費上農一歲之穫, 猶食之而不甘."
389) 「大命」 97쪽: "懼其不平以傾天下也."
390) 「博觀」 100쪽: "人之逝也, 少焉而老至, 老矣而死至, 如過風然. 此聖人與衆人同者也."

성인과 나는 같으나 현실적으로는 성인과 나는 같지 않다는 것이 문제라는 것이다.

> "성인도 우리와 같은 인간이다. 사람의 인간됨은 성인보다 결코 모자랄 것이 없으나, 사람들이 성인을 보기를 마치 하늘을 사다리로 오르지 못하는 것처럼 생각하니, 어찌 된 일인가?"391)

이 내용은 맹자가 언급한 "요순과 보통 사람은 모두 같을 뿐이다."392) "사람은 모두 요순과 같은 성인이 될 수 있다."393)고 한 내용과 상통한다. 성인과 범인은 일단 외형상 다르지 않으며, 본질적으로도 차별적이지 않다는 지적이다. 또한 성인의 경지에 오를 수 없는 것처럼 말하는 것 역시도 잘못이란 것이다. 『논어』「자장」편에 "부자를 따르지 못함은 하늘을 사다리로 오르지 못하는 것과 같다."394)고 한 것은 사제관계에서 나온 제자의 당연한 겸사일 뿐 성인의 경지에 마치 오를 수 없는 것처럼 해석하는 것은 옳지 않다는 것이다.

그렇다고 성인과 범인이 구별되지 않다는 것은 결코 아니다. 성인과 범인의 현실적인 차이는 이욕에 대한 절제 여부에 달려 있다고 당견은 말하고 있다.

> "마음으로 그 옳음을 알고도 옳음을 배척하고 그릇된 것을 좋아하며, 마음으로 그 선을 알면서도 선을 배척하고 악을 좇는다면 이것이 어찌 마음의 본래 모습이겠는가. 이욕이 그것을 가린 것이다."395)

---

391) 「居心」 28쪽: "聖人與我同類者也. 人之爲人, 不少缺於聖人; 乃人之視聖人也, 如天之不可階而升, 何哉?"
392) 『맹자』「離婁下」: "堯舜與人同耳."
393) 『맹자』「告子下」: "人皆可以爲堯舜."
394) 『논어』「子張」: "夫子之不可及也, 猶天之不可階而升也."
395) 「法王」 10쪽: "心知其是, 乃背是而甘於非; 心知其善, 乃背善而從於惡, 是豈心之本

인간 누구나가 '명심(明心)'으로서 요순과 같은 성인의 경지에 도달할 수 있다고 한 것은 이욕을 버리고 본 마음을 회복한다는 전제 하에 가능한 말이다. 공자나 양명이 '충서(忠恕)'를 말하고 '양지(良知)'를 말한 것이 모두 '명심'하기 위한 방법이었다는 것이다.

> "그렇기 때문에 '인간은 누구나 요순이 될 수 있다.'고 말한 것이다. 인간이면 누구나 요순이 될 수 있다고 한 것은 인간은 모두 마음을 밝힐 수 있다[明心]는 것이다. 공자는 '충서'를 가르침의 근본으로 삼았는데, (이것은) 마치 (들과 산의) 잡초를 제거하고 길을 개척한 것과 같다. 양명 선생은 양지를 통해서 학문의 기본을 삼았는데, (이것은) 마치 길 잃은 사람을 인도해서 길가로 안내하는 것과 같다."396)

결국 누구나가 성인이 될 수 있다고 한 근거는 '명심'에 있다. 본래 마음을 밝히는 것을 통해서 가능하다는 것이다. 공자가 '일이관지(一以貫之)' 했던 '충서'도 양명사상의 핵심인 양지설도 모두 '명심'하기 위한 방법이라고 한 것이다.

그래서 그는, "대저 마음이 밝혀지지 않고 본성이 드러나지 않는 것이 내 근심이며, 오경에 통달하지 못한 것은 내 근심이 아니다."397)고 하며, 오히려 오경을 상대화하고 있다. 오경이라는 이미 성현들에 의해 이루어진 것을 통해서 인간의 참모습을 찾으려고 하지 않고, 인간 본연의 각기 지닌 모습[心] 속에서 스스로의 삶의 본질을 찾으려고 했던 것이다. 오경이란 일종의 참고서 내지 역사서에 지나지 않으며, 인간의 참모습은 스스로의 마음에 있다는 논리이다.

然哉? 利慾蔽之也."
396) 「法王」 10쪽: "故曰: '人皆可以爲堯舜.' 人皆可以爲堯舜者, 人皆可以明心也. 仲尼以忠恕立敎, 如闢茅成路; 陽明子以良知輔敎, 如引迷就路."
397) 「五經」 63쪽: "故夫心之不明, 性之不見, 是吾憂也; 五經之未通, 非吾憂也."

6. 소 결

당견의 윤리사상을 크게 군신·부부·남녀 관계로 나누어 살펴보았다. 여기서 당견은 이들 관계를 인간의 보편적 관념에서 이해하였다. 도덕적 본성과 욕구 본능을 소유했다는 점에서 누구나 동등하다는 것이다. 다만 군신관계는 역할 면에서 직위와 직능의 구별이 있으며, 부부관계 내지 남녀 관계 역시도 역할에 따른 구별이라는 점에서 상하 신분 관계는 아니라는 생각이다.

이 같은 당견의 군신·부부·남녀 관계에 대한 평등적 시각은 매우 근대 지향적 의식이라 할 수 있다.

부자·형제관계는 본질적으로 혈연적 기초에 의거한다는 점에서 종적·수직적 관계일 수밖에 없고, 붕우관계는 동류라는 점에서 애당초 평등을 전제한다. 따라서 당견의 평등 윤리를 살피기 위해서는 군신·부부·남녀 관계에 집중할 수밖에 없다.

당견은 천부의 인격[양지]을 소유하고 있다는 점에서 군주나 신하, 남편이나 부인 모두 평등하다고 인식하였다. 그런데 현실적으로 군주와 신하의 관계는 주종관계로 전락하여 군주는 신하를 노복처럼 부리고 신하는 엄한 집 노예처럼 군주 앞에서 굽실거리는 모습을 보게 되는데, 당견은 이를 혹독히 비판한 것이다.

부부관계에서도 당견은 '여필종부'라고 하는 사회적 통념이 현실 사회를 풍미할 때 아내의 역할을 평등적 시각에서 고찰하였다. 내외를 구분하는 것은 편의상 직능의 구분이지 신분적 차별을 전제한 것은 아니라는 것이다. 이로부터 당견은 "군자는 아내에게서 천하 다스리는 방법을 배운다."고 하며, 간접적으로 아내의 참여 의식을 북돋우고 있다. 이것은 여성의 사회 참여를 거부해 오던 기존의 관념에서 보면 매우 혁신적인 일이 아닐 수 없다.

남녀 문제에서도 당견은 기존의 차등적 의식에서 벗어나 평등적 의식을 지향하고 있다. 특히 남아 선호의 유교적 가부장적 사회질서 속에서 남녀차별의 모습을 힐난하며 당견은 오히려 딸을 좋아한다고까지 하였다. 남녀에 대한 차별의식은 유교문화권의 제사권의 대물림이라는 차원에서 매우 심각할 정도로 진행되고 있었다. 그런데 당견은 이와 같은 남녀차별의식을 정면에서 비판하고 나섰던 것이다.

명말 이지 이래 보다 구체적인 실례를 통해서 남녀 관계의 평등적 인식을 표현한 당견의 이러한 입장은 명말청초의 변화된 사회모습과 무관할 수 없다. 특히 당견이 주로 거주했던 강남 소주 지역의 상품경제 발달과 그로 인한 도시화 현상에서 빚어지던 새로운 모습은 당견으로 하여금 새로운 인식을 불러일으키기에 충분하였다.

그러나 당견의 평등 이론을 곧바로 근대적 의미의 평등 개념이라고 단정할 수는 없다. 기본적으로 여기서 제시한 평등 이론은 기존의 전통적 관념과의 다른 점을 말한 것뿐이지 그것을 부정한 것은 아니다. 군신관계도 전제군주권에 대한 혹독한 비판은 하였지만, 군주제도 자체를 부정한 것은 아니다. 이 점에서 당견의 윤리사상은 분명한 한계가 있다. 선천적인 평등성을 주장하면서도 현실적인 불평등을 그대로 인정하는 것이 그렇다.398)

그럼에도 그의 평등 윤리사상이 갖는 의미는 당시 전통적 윤리 관념이 강하던 상황에서, "사람에게는 귀천이 없다."(「善遊」149쪽: 人無貴賤)고 하며, 인간의 본질적 평등을 말했다는 점이다. 귀천 의식은 다만 "사물은 무엇이 귀천인가. 여러 사람이 높이면 귀하고 여

---

398) 김수중, 「청초 당견의 철학사상」(서울대 철학사상연구소 편, 『철학사상』 4 1994年 12月) 353쪽 참조.

러 사람이 버리면 천한 것이다."399)라고 하는 데서 찾을 수 있듯,
그저 중론(衆論)·중지(衆智)에 따른 현상적 귀천을 말할 뿐 본질적
인 측면에서의 귀천은 아니라는 것이다. 본질적으로 인간은 누구나
가 동등하다는 것이다. 따라서 당견의 이러한 평등적 윤리 의식을
17세기 서구의 평등 이론과 비교하며 평가하려는 일부의 주장은400)
결코 무리가 아니라고 생각한다.

---

399) 「卿牧」 129쪽: "物何貴賤. 群尙則貴, 群棄則賤."
400) 侯外廬, 앞의 책 305쪽 참조. 한편 당견의 이 같은 의식은 "양명학의 근대적 성격
    을 고려할 때에도 적극적인 의미를 갖는다."(김수중, 앞의 논문 355쪽)는 점에서 단
    지 당견 일개인의 **철학사상**에만 의미를 두는 것보다는 양명학의 **사유체계**와 맞물
    려 이해하는 것도 의미 있는 일이라 하겠다.

제5장 당견의 사회의식에 나타난 이상사회론

제5장
당견의 사회의식에 나타난 이상사회론

　　당견사상의 진수는 당대 학자들 가운데 가장 진보적 색채를 드러내었던 사회 문제에 대한 논의에 있다. 명청교체기라는 전환기의 사정뿐만 아니라, 경제적으로도 상당한 변화를 가져온 시기를 체험한 그의 삶 속에서 배태된 사회 문제에 대한 생각은 기존의 어떠한 사상가들보다도 구체적이고도 개혁적이었다.

　　이렇게 드러난 사회의식은 크게 두 가지 측면에서 찾을 수 있다. 하나는 정치적 입장에서의 반전제주의와 민본사상이며, 다른 하나는 경제적 측면에서의 부민론(富民論)이다.

　　정치적으로 당견은 "제왕은 모두 도적이다."고 하는 어찌 보면 과격한 입장에서 표현된 반전제주의를 주장하였다. 전제주의는 중국의 오랜 정치형태로서, 당견이 살던 당대에는 물론 매번의 왕조 교체기의 혼란을 제외하고는 청말까지 더욱 강화되면서 지속된 정치형태였다.

특히 명대 이후의 전제주의는 엄당(奄黨)이라는 새로운 특권세력과 결탁하면서 그 기세를 더하였는데, 이에 대해 당견은 강하게 반발한 것이다. 물론 엄당의 특권화는 사대부들의 조직적인 반발을 사기에 족하였다. 엄인(奄人)세력과 사인(士人)세력의 갈등이 명말에 와서 더욱 심화된 것은 이를 증명한다. 두 세력 간의 갈등은 마침내 명조의 멸망을 자초하였는데, 당견은 그렇기 때문에 붕당과 엄당 모두에 대해서 비판적이면서 부정적이었던 것이다.

또한 그는 정치의 필수 요소로서 군사문제의 중요성을 역설하였다. 이는 당시는 물론 이전의 사대부들이 군사문제를 그렇게까지 중요한 문제로 다루지 않았다는 점에서 특징적 측면이라 할 것이다. 특히 송대 이후 문민정권이 정권의 중심에 있으면서 사대부의 군사문제에 대한 관심은 매우 적었고, 이것은 명대로 이어졌다. 하지만 '성공합일(性功合一)'을 사상적 특징으로 하는 당견만은 군사문제를 현실의 주요 문제로 다룬 것이다.

한편 경제적으로 당견은 "백성을 부유하게 하라."는 부민론을 강력히 제창하였다. 이것은 기존의 '의(義)'와 '이(利)'에 대한 차별적 견해에 대한 비판적 입장이었다. 기존 사대부의 경제관념은 도덕적 '의'를 강조하고 경제적 '이'를 경계하는 입장이었다면 당견은 경제적 이익에 대해서도 매우 적극적인 태도를 취한 것이다.

도덕적인 것을 우선하는 기존의 입장에서 경제적 이익을 동시에 중요한 요소로 파악한 당견의 견해는 전과 다른 차원에서 보아야 한다는 것이다. 더욱이 그의 부민에 대한 주장은 단지 선언에 그친 것이 아니라 직접적인 정치활동을 통해 적용하였다는 점에서 더 큰 의미를 부여할 수 있다.

나아가 사농공상 사민불평등 구조가 여전하던 사회 속에서 당견이 몸소 상업에 종사하였던 것은 사상사적 측면에서 대단한 의미를 갖는다. 엄격한 신분사회에서 사대부 지식인이 상인이 되었다는 것은 결코 예삿일이 아니다.

당견은 본말(本末)의 직업이 철저하던 전통사회에서 말단으로 천대받던 상업에 종사하였는데, 이것은 기존의 신분 질서 의식에 대한 도전이면서 동시에 새로운 사회로의 전환 가능성을 보여준 예라 하겠다. 명말청초 당견과 같은 유고(儒賈)의 등장은 전통적 사민의식을 희석시킴은 물론, 당시의 변화 발전된 사회모습의 일면을 보여준 것이기도 하였다.

이러한 정치 경제적 입장의 근저에는 뭇 백성이 근본이라는 민본사상이 내재되어 있다. 당견 사회사상의 대미는 역시 민본사상이라는 것이다. 민본사상은 고대로부터 끊임없이 제기되어 온 문제이긴 하지만, 명말청초 당견에 이르러 질적으로 전과 다른 면모를 보였다. 당견의 민본사상은 '중위방본(衆爲邦本)'이란 말로 축약할 수 있는데, 이것은 당시 성숙한 백성의 의지를 정치 현실에 담아야 한다는 뜻이었다. 일반 백성의 정치 참여에 대한 열망을 담은 민본사상은 그의 사회사상의 결정체가 아닐 수 없다.

그러나 이 같은 당견의 사회사상은 본질적으로 사회 현실에 대한 우환의식 없이는 불가능하였다. 현실 사회를 객관적으로 진단하고 그에 따른 방책을 제시하는데, 사회에 대한 위기의식과 우환의식이 결여되고서는 불가능하기 때문이다.

"내가 듣기에 재화를 생산하고 백성을 부양하는 정책은 3년 정도면 성취할 수 있고, 5년이면 넉넉해지고, 10년이면 부유해진다고 하는데, 이것은 정치의 상식이다. 청나라가 들어선 지 50여 년의 세월이 흘렀건만 나라 안은 점점 더 곤궁해지고, 농민·수공업자·상인·벼슬아치는 모두가 궁핍하여

졌다 …… 이것이 천하의 가장 큰 우환이다.”401)

이 같은 사회에 대한 우환의식 속에서 당견은 구체적인 문제 해결의 방법을 제시하였다. 명조는 망한 지 이미 오래되었고, 그렇다고 명조 회복에 대한 희망은 요원하고 거기에 거는 기대는 거의 할 수 없는 상황 속에서 당견은 불필요한 민족문제에 대한 논란을 지양하고 현실의 구체적 사회 문제 해결에 시선을 돌린 것이다.

1. 군주비판론과 이상적 정치형태론

(1) 전제군주비판론

‘격군심(格君心)’의 이론은 유교 정치사상의 본질적인 문제이자, ‘유교적 중앙집권 관료사회’에서 빼놓을 수 없는 핵심 사항이었다. 군주의 심리에 따라 정치의 안정을 담보할 수 있기 때문이다. 당견도 같은 맥락에서 “정심성의(正心誠意)의 학문으로 군주를 바르게 하고 세속을 변화시킨다.”402)고 하였다.

군주사회의 핵심은 군주권을 중심으로 하는 ‘피라미드 구조’의 안정성에 있다. 따라서 군주의 ‘현(賢), 불능(不能)’은 정치안정의 주

---

401) 「存言」 114쪽: “甄聞之: 生養之道, 三年可就, 五年可足, 十年可富, 政之常也. 淸
　　興, 五十餘年矣. 四海之內, 日益困窮, 農空, 工空, 市空, 仕空 …… 此天下之大憂也.”
402) 「辨儒」 2쪽: “以正心誠意之學匡其君, 變其俗.”

요 과제가 되므로 '격군심'은 매우 중요한 문제였다. 그렇다고 절대적 권력을 전제군주에게 부여한다고 해서 사회 안정을 이룬다고 본 것은 아니다. 오히려 유교의 이상적 군주는 '군자(君子)'로서의 형상, 소위 도덕적 군주의 출현에 의한 '도덕정치'403)가 곧 사회 안정의 초석이라고 여겼던 것이다.

군주는 결코 백성과 질적으로 다른 존재가 될 수 없다. 군주와 백성은 모두 인간이라고 하는 보편적 입장에서 동등하다. 당견의 군주에 대한 입장은 명말청초 대내외적인 불안 상황 속에서 군주의 도덕적 각성과 나아가 새로운 경제 환경 속에서 군주 독존의 문제점을 신랄히 비판하는 데 초점을 두고 있다. 그는 인간은 누구나 본질적으로 동등하다는 입장에서 군주와 백성을 다르지 않다고 인식하였다.

"요순에게 결함이 없다면, 나 또한 결함이 없다."404)

이것이 당견 군민론(君民論)의 핵심이다. 그는 군주라고 해서 보통 사람과 다르다는 입장을 피력하지 않았다. 인간이 감성적·이성적 존재라는 포괄적 개념 속에서 군주나 일반 신민(臣民)은 다르지 않다는 말이다.405) 다만 직능상의 구별이 있을 따름이라는 것이다. 이 같은 맥락에서 군주는 백성의 인정(人情)에 통달해야 하며, 이것을 통해서 선치(善治)할 수 있다고 하였다.

---

403) 여기서 도덕정치란 의미는 맹자 이래의 유교사회의 이상적인 정치형태로서의 틀이었던 왕도정치, 민본정치를 포괄해서 말한 것이다.
404) 「法王」 10쪽: "堯舜無缺, 我亦無缺."
405) 당견은 양명의 양지설을 수용, 인간의 보편적 심성으로 良知를 설정하고 있다. 양지에 입각해서 보면 군주나 신민 모두 평등하다.

"좋은 정치는 반드시 인정에 통달하는 데 있고, 이것은 반드시 사람을 가까이 하는 데 있다. 오색(五色)을 방안에 펼쳐 놓고도 촛불을 끄고 본다면 볼 수 없고, 오음(五音)을 당 아래서 연주한다 해도 귀를 막고 들으면 들을 수 없다. 군주가 높은 자리에 거하며 사람들을 가까이하지 않으면, 이미 관(官)을 볼 수 없는 소경이요, 백성의 소리를 들을 수 없는 벙어리이다."406)

군주권의 절대화를 비판한 내용이다. 절대 권력의 소유자 군주를 가까이할 수 없는 데서 오는 부작용을 말한 것이다. 백성의 소리를 들을 수 없는 군주라면 소경과 벙어리 신세와 다르지 않다는 지적이다.

"군주의 존귀함은 천상에 있는 것과 같고, 상제와 같은 몸이다. 공경 대신들이 어렵게 알현코자 하면 얼굴색을 꾸미고 감히 쳐다볼 수도 없을 뿐더러 구부리고 앉아 응대함이 엄한 집 노예에 비할 바가 아니다. 이 같은 지경이라면 비록 소리를 잘하는 자가 있어도 구천(九天)에까지 들리게 할 수 없고, 비록 (빛을) 잘 비추는 자가 있어도 구연(九淵)에까지 비출 수는 없다. 신하는 날로 더욱 멀어지고 지혜는 날로 더욱 가려지며, 이윤(伊尹)·부열(傅說)도 깨우칠 수 없으며, 용봉(龍逢)·비간(比干)도 능히 간언할 수 없으니 결국 나라가 망할 것이다."407)

사실 송명대 이래 차츰 강화되기 시작한 군주권에 대한 절대화 작업은 명대 중기 이래 극에 달했고, 그 폐단이 명말 심각하게 대두되기에 이르렀다. 특히 군주의 직접적인 전횡과 더불어 측근 보좌

---

406) 「抑尊」 67쪽: "善治必達情, 達情必近人. 陳五色於室中, 滅燭而觀之則不見; 奏五音於堂下, 掩耳而聽之則不聞. 人君高居而不近人, 旣已瞽於官, 聾於民矣."
407) 「抑尊」 68쪽: "人君之尊, 如在天上, 與帝同體. 公卿大臣罕得進見; 變色失容, 不敢仰視; 跪拜應對, 不得比於嚴家之僕隸. 於斯之時, 雖有善鳴者, 不得聞於九天; 雖有善燭者, 不得照於九淵. 臣日益疏, 智日益蔽, 伊尹傅說不能誨, 龍逢比干不能諫, 而國亡矣."

를 맡은 환관의 횡포는 관료 신하는 물론 일반 백성들에게까지 영향을 미치는 폐단을 야기하였다.408) 따라서 당견은,

> "천하를 다스리는 것도 군주요, 천하를 혼란하게 하는 것도 오직 군주뿐이다. 치란이란 다른 사람에 의해서 이루어지는 것이 아니라 군주 한 사람에 의해서이다. 소인이 천하를 혼란하게 했다면 소인을 기용한 사람은 누구인가?"409)

라고 하여, 중앙집권적 전제군주사회에서의 사회치란의 원인이 전적으로 군주에게 있음을 지적하면서 군주 독존의 문제를 비판하였다. 유학의 정치이념상 군주 독존의 문제는 철저히 거척되어야 할 것으로 본 것이다.

> "그러므로 군주의 걱정은 자존(自尊)보다 큰 것이 없다. 스스로 존귀하다고 생각하면 신하가 없고, 신하가 없으면 백성이 없고, 백성이 없으면 독부(獨夫)가 된다."410)

군신민(君臣民)의 관계는 상호 의존적이다. 군주가 군주 노릇 할 수 있는 것은 그를 따르는 신민(臣民)이 존재하기 때문이다. 따라서

---

408) 宋代 이래로 대신은 황제 앞에서 함께 앉아서 정사를 논할 수 없었고, 明代에는 '廷杖'이라고 해서 황제가 관료에게 직접 체형을 가한 예도 있다. 또한 명대 중기 이래로 환관의 정치적 횡포는 明朝를 약화시키는 한 요인으로 작용하였다. 다시 말해 환관과 그 주변의 특권 관리, 그리고 일반 관리(소외계층의 관리 및 재야 지식인 그룹 포함)들 사이의 갈등은 명조를 당쟁의 소용돌이로 몰고 갔다. 대표적인 것으로 동림당과 엄당의 대립을 들 수 있다. (졸고, 「청초 실학사상의 연구」-황종희를 중심으로-41쪽 참조)
409) 「鮮君」 66쪽: "治天下者惟君, 亂天下者惟君. 治亂非他人所能爲也. 小人亂天下, 用小人者誰也."
410) 「任相」 124쪽: "是故人君之患, 莫大於自尊; 自尊則無臣, 無臣則無民, 無民則爲獨夫."

올바른 군주는 신민(臣民)의 의견 청취를 통해서 정치를 한다는 것
이다. 이것은 일찍이 군민(君民)의 관계를 배(舟)와 물(水)에 비유하
며 "물이 배를 뜨게도 할 수 있고 가라앉게도 할 수 있다."411)고 한
전통 유학의 측면을 계승 발전시킨 논리라고 할 수 있다. 당견은
이것을 심신(心身)에 결부시키며 논증하였다.

> "군주와 백성을 다른 어떤 것으로도 족히 비유할 수 없으나, 바라건대
> 백성은 몸(身)으로 군주는 마음(心)으로 비유할 수 있을 것이다. 몸에 질병
> 이 있으면 마음이 어찌 편안하겠는가. 몸에 질병이 없으면 마음이 어찌 불
> 안하겠는가. 그 몸이 없어지면 마음이 존재할 수 있겠는가. 그러므로 군주
> 가 백성 사랑하기를 마땅히 마음이 몸 아끼듯 해야 한다."412)

몸과 마음은 둘이면서도 분리할 수 없는 관계이다. 군민(君民)관
계가 바로 이와 같다는 것이다. 군주가 마음이고 백성이 몸이라는
것은 상호 의존적 관계를 나타내기 위한 비유에 지나지 않다. 그래
서 당견은 족히 그 무엇으로도 비유하기 곤란하나 굳이 비유하자면
심신(心身)에 비유할 수 있다고 한 것이다. 군주가 백성의 의견을
거스를 수 없다는 것도 여기서 비롯된다.

당견은 군자가 중론을 거스를 수 없다고 하면서, 중론을 거스르지
않는 정치형태를 인의(仁義) 도덕정치라고 하였다. 군자의 이상적
정치형태를 인의를 바탕으로 한 도덕정치로 설명한 것이다.

> "천하에 인(仁)보다 강한 것은 없다. 인을 행하였는데, 공(功)이 없는 것
> 은 인의 양이 충분치 못해서이다. 물은 능히 배를 뜨게 할 수 있다. 그것이

---

411) 『荀子』 「王制」: "君者, 舟也; 庶人者, 水也. 水則載舟, 水則覆舟."
412) 「明鑒」 109쪽: "君之於民, 他物不足以喻之, 請以身喻民, 以心喻君. 身有疾, 則心豈
　　得安; 身無疾, 則心豈得不安; 有戕其身而心在者乎? 是故君之愛民, 當如心之愛身也."

배를 뜨게 할 수 없는 것은 물이 얕아서이다. 인은 능히 사람을 감복시킬 수 있다. 그것이 사람을 감복시킬 수 없는 것은 인이 작아서이다."413)

인의를 통한 정치형태를 강조한 내용이다. 유가에서 인은 치자(治者)의 최고 덕목이며, 인한 자만이 남을 다스릴 수 있다고 말한다. 여기서 당견은 인하고서도 남을 다스릴 수 없는 것을 인이 작기 때문이라고 하였다. 그렇다면 인자의 정치는 어떤 것을 말하는가? 당견은 중론(衆論)·중지(衆志)를 거스르지 않는 정치형태라고 하였다.

"이것은 여러 사람의 밝은 판단으로 하나의 밝은 이치를 삼고, 여러 사람의 총명함으로 하나의 총명함을 삼는다면, 힘들이지 않고도 천하는 크게 다스려진다는 말이다."414)

'중론정치'를 강조한 표현이다. 이 논리는 황종희의 『명이대방록』 「학교」편에서 강조하고 있는 '사대부의 공론정치'와도 같은 맥락이다. 황종희는 "천자가 옳다고 한 것이 반드시 옳은 것이 아니며, 천자가 그르다고 한 것이 반드시 그른 것이 아니다. 천자 또한 감히 스스로 시비(是非)할 수 없어서 학교에서 그 시비를 공론하였다."415)고 하며, 공론정치를 논한 바 있는데, 당견도 이 같은 입장에서 중론·중지의 중요성을 역설한 것이다.

"군자는 인정을 거스르지 않고, 중지를 거역하지 않으며, 이로써 도모하

---

413) 「尊孟」 6쪽: "天下莫強於仁. 有行仁而無功者, 未充乎仁之量也. 水能載舟者也; 其不能載舟者, 水淺也. 仁能服人者也; 其不能服人者, 仁小也."
414) 「用賢」 146쪽: "是謂以衆明爲一明, 以衆聰爲一聰, 不勞而天下大治."
415) 『명이대방록』 「學校」: "天子之所是, 未必是. 天子之所非, 未必非. 天子亦遂不敢自爲非是, 而公其非是於學校."

는 바가 쉽게 성취되고 성공하게 된다."416)

군자는 인간으로서 이상적 존재이다. 이런 군자가 정치를 담당해야 제대로 정치를 시행할 수 있다는 것이다. 군자만이 중론·중지를 거역하지 않는다고 보았고, 중론·중지를 거역하는 군주는 모두 나라를 사사로이 하면서 망국으로 이끈다고 하였다. 이러한 군주를 당견은 모두 도적에 비유하고 천하 백성을 해치는 것은 오로지 군주와 도적 때문이라고 하였다.

> "전쟁이 한번 일어난 것이 멀게는 백 년 전부터 가깝게는 이삼십 년 전의 일이다. 수많은 도성에 사람들이 도륙당해 인적이 끊어지고 수천리가 황폐화되었다. 사람을 죽이는 일은 도적이 그 반을 차지하였고 제왕이 그 반을 차지하였다."417)

전쟁은 백성의 희생을 수반하며, 그 희생을 통해 제왕을 비롯한 일부 소수의 사람에게는 이권이 돌아간다. 전쟁은 통치자의 편익을 도모할 뿐, 일반 백성들에게는 피해만을 가져다준다는 말이다. 따라서 전쟁의 결과 이겼다면 통치자에게는 광영이지만, 일반 백성들에게 남는 것은 처참한 희생과 상처뿐이다.

> "대란이 이미 평정되면 군신(君臣)은 안녕과 번영을 누리지만, 이 땅에 사는 남녀 가운데 죽은 자는 열 가운데 여섯 일곱이다."418)

---

416) 「善遊」 149쪽: "君子不拂人情, 不逆衆志, 是以所謀易就, 以有成功."
417) 「全學」 176쪽: "兵革一動, 遠者百餘年, 近者二三十年. 屠絶百城, 荊棘千里. 殺人之事, 盜賊居其半, 帝王居其半."
418) 「全學」 176쪽: "大亂旣定, 君臣安榮, 海內之男女死者已十六七矣."

이에 당견은 진나라 이래 제왕들을 모두 도적으로 비유하였다. 백성의 희생의 대가로 얻은 전쟁에서의 승리는 결코 백성을 위한 것이 아니란 이유 때문이다. 군주 한 사람의 이익을 위해서 수많은 백성의 생명을 초개처럼 앗아간 것이 전쟁이란 것이다. 그렇기 때문에 당견은 군주를 백성의 도적과도 같은 존재로 비유한 것이다.

> "진대 이래로 2천여 년 동안 도륙함이 얼마인지 헤아릴 수 없노라. 아아, 어찌 제왕 도적의 해독이 이같이 심함에 이를 수 있겠는가."[419)

> "진대 이래로 무릇 군주 된 자들은 모두 도적이다."[420)

당견이 군주를 백성의 도적이라고 한 것은 먼저 백성의 재산을 부세(賦稅)라는 교묘한 제도를 통해서 착취하였고, 둘째 전쟁이라는 살육을 통해서 백성의 생명을 빼앗았기 때문이라고 하였다.[421)

이러한 생각의 이면에는 인간 생명의 존엄함이 서려 있다.[422) 군주는 백성의 공복일 따름이지 백성의 생존을 침해할 어떠한 권리도 없으며, 천하를 사사로이 할 수도 없다는 것이다. 그래서 당견은,

> "정치를 잘하는 군신(君臣)이 있다면 재위에 있으면서 분발하여 전통적인 구법(舊法)을 버리고 두루 법 제작에 생각을 다하고 삼가 시의를 생각하며 전례(典禮)를 강론하고 법도를 깊이 헤아려 백성의 편리로 돌아가 천하의 오래되고 어두운 것을 떨쳐 버려야 한다."[423)

---

419) 「全學」 176쪽: "蓋自秦以來, 屠殺二千餘年, 不可究止. 嗟乎, 何帝王盜賊之毒至於如此其極哉."
420) 「室語」 196쪽: "自秦以來, 凡爲帝王者皆賊也."
421) 「全學」 176쪽, 「室語」 196, 197쪽 참조.
422) 「有歸」 202쪽: "人之生也, 身爲重." 「有歸」 203쪽: "聖人好生之德, 保人之身, 日夜憂思, 不遑寧處, 群生各遂, 以迄於今."

라고 하며, 백성의 편리를 전제로 한 전통적 구법의 개폐, 시의에 따른 법도의 제정 등을 주장하였다. 바로 이것이 군주의 당연한 책무이고, 그렇지 못한 군주는 비판받아 마땅하다는 논리이다.

그러나 전제군주에 대한 비판이 결코 군주제도에 대한 부정으로까지 발전한 것은 아니다. 당견을 비롯한 명말청초 전제군주에 대한 격렬한 비판은 크게 두 가지 측면에서 전개되었다.

하나는 명대 전제군주와 그를 에워싼 환관층 및 일부 특권층의 횡포에 대한 반감으로서의 군주비판 의식이며, 다른 하나는 청조라는 이민족 정권에 대한 명대 유신(遺臣)으로서의 민족적 불만에 기초한 군주비판이었다.

그것은 명말 유신들의 상당수가 동림당(東林黨)과 같은 정치 결사체를 조직하고, 이 조직을 통해서 환관 등 특권층에 대한 불만을 표출하는 것으로 드러났다. 이들은 환관 및 특권층의 전횡을 비판하기 위한 결사체를 조직하였고, 이민족 청조가 들어섰을 때에는 관직 참여를 거부하고 산천에 은거해서 현실 사회 비판에 전념하였다. 당견의 경우 비록 짧은 기간 동안이나마 관직에 몸담긴 하였어도 그 역시도 대부분의 생애는 재야 지식인으로서 체제를 비판하는 데 주력하였다.

그런데 이러한 전제군주에 대한 비판의식은 역사적으로 전제군주제에 대한 부정으로까지 발전하지 못하였다는 점과 이들이 대부분 제도권으로부터 소외된 상황에서 개혁적인 방안을 제시하고 있다는 데 그 한계는 분명히 있다. 다만 이들의 전제군주에 대한 비판의식이 청말 입헌 군주제를 제창한 개명한 지식인들에게 상당한 영향을 주었다는 점에서 그 사상적 의미를 찾을 수 있다.

---

423) 「匡更」 143쪽: "有有爲之君臣, 奮興在位; 去因仍之舊法, 殫制作之精思, 愼慮時宜, 講論典禮, 審量法度, 歸於百姓之便利, 以發四海之塵蒙."

(2) 이상적 정치형태론

‘상치(尙治)’는 글자 그대로 “정치를 존중한다.”는 의미를 갖고 있다. 그러나 남을 다스린다[治人]고 하는 것은 결코 쉬운 일이 아니다. 좋은 정치를 한다고 하는 것은 당견의 말처럼 “동해의 물을 말리고 태산(泰山)을 옮기는 것”424)과 같이 실현하기 힘든 문제이다. 그렇다고 끝내 치리는 불가능하다고도 할 수 없다. 당견은 “진실로 그 방법을 터득하면 천하 다스리는 것은 손바닥 뒤집는 것과 같다.”425)고 말하였는데, 그 치도의 원리는 다음 세 가지라는 것이다.

첫째 ‘풍(風)’의 논리, 즉 풍조를 중시하는 치세 원리이다. 언제 어디서나 접할 수 있는 바람을 통해서 정치 원리를 설명한 것이다.

“성인이 교육하는 데 의지해서 운용한 것은 사회의 바람[風氣]이다. 하늘과 땅 사이에 형체는 없으면서도 빠르게 움직이는 것 치고 바람만 한 것이 없다. 바람은 저 북방의 깊은 육지에서 일어나 저 남방의 뜨거운 해안까지 미친다. 이것은 온갖 사물을 쓰러뜨리고 온갖 소리를 낸다. 어느 것도 이것에 응대하지 않음이 없는 것은 오직 바람만이 그렇게 한다. 인간의 감정은 서로 영향을 주면서, 혹 순박하게도 하고[樸], 혹 시들시들 움츠러들게도 하고[雕], 혹 교활하게도 하고[鬼], 혹 엄숙하고 단정하게도[經] 한다. 이런 흐름은 갑자기 전국으로 퍼져 습성을 바꿔놓는데, 마치 사람들이 은연중 그것을 따르면서 자신이 그것을 따르고 있음을 모르는 것과도 같다. 바람이 천지 사이에서 일어나 어느 곳이나 미치는 것이 이와 같다. 그러므로 천지가 기(氣)를 내는 것을 바람이라 하고, 인간의 감정이 서로 영향을 주는 것도 바람이라고 한다.”426)

---

424) 「尙治」 102쪽: “是涸東海, 移太山之勢也.”
425) 「尙治」 102쪽: “苟得其道, 治天下猶反掌也.”

당견은 여기서 천지간의 자연적 바람을 통해서 인정상의 풍조를 설명하려고 하였다. 대기권의 바람은 어디에나 존재하듯 인간이 존재하는 어느 곳이든 거기에는 인정상의 풍조가 있다고 한 것이다. 그래서 당견은 "선치(善治)는 반드시 인정에 통달해야 하고 인정에 통달하기 위해서는 반드시 사람과 친근해야 한다."[427]라고 하며, 인정과 선치를 연결시킨 것이다. 바로 이 풍조를 알고 거기에 합당한 장치를 마련한다면 정치는 손바닥 뒤집는 것과 같이 쉽다는 것이다.

둘째, '귀인(貴人)'들의 솔선수범과 '패류자(敗類者)'의 제거[428]를 통한 치세방법이다. 여기서 '귀인'이란 군주로부터 대신·백관 등에 이르기까지 관료계층을 지칭하며, 이들의 솔선수범이란 온갖 사치와 탐욕으로부터의 탈피와 질박한 생활을 말한다.[429] '패류'는 "동류(同類)를 해치는 자"[430] 곧, 남을 해치는 것을 일러 패류라고 하였는데, 이것을 제거한다면 바른 정치를 할 수 있다는 것이다.

"당견이 일찍이 옥주(沃洲)의 산에서 양떼를 치는데 많은 양들이 병들어

---

426) 「尙治」102쪽: "聖人之所馮以運者, 風也. 天地之間, 無形而速動者莫如風. 起於幽陸, 至於炎崖; 偃靡萬形, 鼓暢衆聲. 無一物之不應者, 惟風爲然. 人情之相尙, 或樸或雕, 或鬼或經. 忽焉偏於海隅, 改性遷習, 若有物焉陰率之, 而無一人之不從者, 亦猶風之動於天地之間也. 是故天地之吹氣, 謂之風; 人情之相尙, 亦謂之風."

427) 「抑尊」 67쪽: "善治必達情, 達情必近人."

428) 「尙治」 103쪽: "先貴人, 去敗類, 可以行矣."

429) 「尙治」 103,4쪽: " '先貴人若何?' 曰: '捐珠玉, 焚貂錦, 寡嬪御, 遠優伎, 卑宮室, 廢苑囿, 損羞品, 却異獻. 君旣能儉矣, 次及帝后之族, 次及大臣, 次及百職, 莫敢不率 ……' "

430) 山井湧 外 編譯, 『明末淸初政治評論集』(平凡社, 1971년) 343쪽의 역주 참조. 원래 '敗類'란 말은 『시경』 「大雅」 '柔桑'에 "大風有隧, 貪人敗類(불어 닥치는 바람 빠르고, 남을 해치는 모진 사람들)"란 구절이 보이는데, 이때도 역시 '敗類'란 남을 해치는 부류란 뜻으로 쓰이고 있어서, 당견의 '패류'개념은 '風'과 더불어 『시경』을 근거해서 나온 말로 보인다.

죽었다. 어떤 사람이 그 까닭을 가르쳐 주며 '한 마리 양이 병들어 죽으면
상당수의 양들이 떼 지어 죽게 마련입니다. 그대는 반드시 잘 살펴서 그
병든 양을 골라 제거해야 하며, 그렇지 않으면 또한 그대의 모든 양들이
죽고 맙니다.'라고 일러 주었다. 그 말을 따라 하니 양들이 날로 번창하였
다. 천하를 다스리는 것 또한 그러하다."431)

여기서는 천하 다스리는 전제조건으로서 사회를 병들게 하는 패
류자의 제거를 말하고자 한 것이다. 그렇다면 구체적으로 어떤 사람
이 패류자인가? 이를 다시 세 가지 형태로 분류해서 설명하고 있다.

하나는 강학하는 당인(黨人)들을 패류자로 규정한 것이다. 강학을
하게 되면 반드시 당을 만들게 되며, 당인(黨人)은 반드시 진퇴를
다투고, 학자로 하여금 세력가에게 빌붙어서 본심을 잃게 한다고 하
였다. 그렇기 때문에 이들이 비록 현명하다 해도 '패류'가 되므로
반드시 제거해야 한다는 주장이다.432)

다른 하나는 호명자(好名者)를 패류자라 규정한 것이다. 이들은
교언영색으로 남을 혼동시키면서 자신의 무재(無才)·무덕(無德)을
가장하여 충신(忠信)의 정을 가린다고 하였으며, 나아가 이들은 초
야에 묻혀 살면서도 항상 조정에서 불러 주기를 기대하며 명예를
구하는 이들이라고 평하였다. 따라서 이들 역시 아무리 현명하다 해
도 '패류'로서 반드시 제거해야 할 대상433)이라는 것이다.

---

431) 「尙治」 104쪽: "吾嘗牧羊於沃洲之山, 羊多病死. 有敎之者曰: '一羊病, 則群羊皆
　　　敗; 子必謹視之, 擇其病者而去之, 不然, 且將盡子之群.' 從其言而羊乃日蕃. 治天
　　　下亦然."
432) 「尙治」 104쪽: "講學必樹黨, 樹黨必爭進退, 使學者攀援奔趨而失其本心. 故有口心
　　　性而貌孔顔, 所至多徒者, 是敗類之人也, 雖賢必去之."
433) 「尙治」 104쪽: "好名者, 無才而人稱其才, 無德而人稱其德, 使人巧言令色, 便媚取
　　　合, 而朱其忠信之情. 故有身處草野, 而朝廷聞譽求之, 公卿折節下之者, 是敗類之
　　　人也, 雖賢必去之."

또 다른 하나는 다언자(多言者)를 패류자로 규정한 것이다. 이들은 많은 말로써 정치를 오히려 해치며, 문사(文辭)로써 도를 가리며, 패려한 것으로 정당한 것들을 혼란케 하여 사람들로 하여금 헛된 것을 좇게 하고 실상을 잊게 하기 때문이다.434) 그래서 이런 패류자를 제거해야만 올바른 정치를 할 수 있다는 것이다.

셋째, '시세(時勢)'를 따르지 않으면 정치는 시행될 수 없다는 것이다. 시세의 흐름을 역행하면서 형법의 편안함만을 답습하며 백성들을 우마(牛馬) 다루듯 체포하고 책망한다435)면 결국 민심을 잃고 정치는 엉망이 될 것이라는 판단이다. 민심을 잃은 정치는 "사기와 위선이 날로 늘어나고 문식(文飾)이 날로 성행하고 절제되지 못한 기욕(嗜慾)이 날로 기승을 부릴 것이다."436)고 단정하였다. 아무리 좋은 법이 있다 하더라도 그것이 시세와 부합되지 않는다면 무의미하다는 것이다. 오히려 민심을 해치는 역할밖에 할 수 없다는 말이다.

이 같은 '상치'의 논리는 먼저 '풍'과 '시세'의 논리를 동원하면서 현실적인 상황을 중시하고 있다는 데 일단 긍정적인 면이 보인다. 아무리 훌륭한 정치 지도자도 상황을 모르고서는 어떠한 정치도 할 수 없으며, 잘 정비된 법제가 있어도 시세에 적합하지 않으면 무용지물이 되고 말기 때문이다. 이 점에서 당견의 '풍'과 '시세'를 동원한 '상치' 방법은 현실적으로 매우 중요한 내용을 담고 있다.

---

434) 「尙治」 104쪽: "多言者, 以議論害治, 以文辭掩道, 以婍直亂正, 使人尙浮夸而喪其實. 故有書數上而不止,繁稱經史而不窮, 廷折百官而莫能難之者, 是敗類之人也, 雖賢必去之."

435) 「尙治」 104쪽: "沮於時勢之難行, 習於刑法之苟安, 擧天下之民, 蟄之, 策之, 如牛馬然."

436) 「尙治」 104쪽: "詐僞日生, 文飾日盛, 嗜慾日縱."

또한 패류자를 제거해야 한다는 주장은 당시 부조리한 궁정 및 관료들에 대한 강한 불만의 한 표출이었다. 특히 당인(黨人)·호명자(好名者)·다언자(多言者)를 패류로 지목하고 이들을 제거해야 한다는 것은 당시 지식계층에 대한 강한 반감 의지를 표현한 것이다. 이것은 단지 관료계층뿐만 아니라 권력 지향적 지식인 모두를 포괄해서 비판한 것이기도 하다.

(3) 붕당비판론

명말청초의 학자들 가운데 상당수는 강학과 붕당활동을 통해 학문적인 혹은 정치적인 주장을 펼치었다. 대표적인 붕당으로 동림당을 들 수 있는데, 이것은 1592년 황태자 책봉을 둘러싸고 내각과 대립하며 관계를 떠났던 고헌성(顧憲成)·고반룡(顧攀龍) 등의 관료 출신들이 무석(無錫)에서 재야 사대부들을 중심으로 동림서원(東林書院)을 건설하고, 강학을 통해 반정부적 개혁을 부르짖으며 성립된 결사체이다.

그 후 동림당의 후예들이 표면적으로는 고학부흥(古學復興)을 내걸고 전국적인 사대부들의 반정부적 개혁 집단을 조직하게 되는데, 이것이 바로 복사(復社)이다. 황종희·왕부지·고염무·방이지(方以智) 등 명말청초 진보적인 사상가들이 이 결사체에서 활동했던 사람들이다.[437]

---

437) 그렇다고 이들 학자들이 모두 철저한 붕당의식을 통해 활동기반을 마련한 것은 아니다. 예컨대 황종희와 왕부지는 모두 **반청운동**을 전개한 학자이면서 그 방법적인 측면에서 황종희는 '群衆性'과 '黨派性'을 전제로 하였지만, 왕부지의 경우 이에 대해 오히려 비판적인 입장에 있었다. 이에 대한 논의는 嵇文甫의 「論王船山與黃梨洲政治思想中的一個岐異点」(中華書局, 『王船山學術討論集』 1965년 457~462쪽 참조)

복사의 전신인 응사(應社)도 명말 부패한 사회 정치에 대해 개혁의 슬로건을 내걸고 활동했던 정치 결사체의 하나였다.[438] 그런데 이러한 결사체의 시발은 사대부들의 강학모임이 발전되어 이루어진 것이었다. 강학활동은 당시 사대부 지식인들의 가장 큰 활동의 장이었다. 특히 청조가 들어서면서 이에 굴복한 명말 유노(遺老)들의 대부분이 산천에 은거하며 강학활동에 주력했는데, 이들이 결국 결사체의 주체가 된 것이다.

명말청초 이러한 사대부 지식인들의 흐름 속에서 당견은 강학활동과 붕당조직을 부정 비판하였던 것이다. 당견의 활동과 사상적 흐름을 놓고 볼 때 그들과 같은 맥락이므로 그들을 동조할 만도 한데, 오히려 그들에 대한 비판적 생각을 갖고 있었다는 것은 자못 흥미로운 문제가 아닐 수 없다. 그러한 데에는 그만한 이유와 근거가 있었기 때문이다.

> "옛날 명나라시대에 당을 만들자 사악한 자들은 (붕당을 만들어) 공경과 재상들에게 인연을 맺고자 아부하였고, 환관들에게 인연을 맺어 아첨하였다. 정직한 사람들은 (붕당을 통하여) 기절(氣節)과 인연하여 존중하고, 도학(道學)과 인연해서 존숭하였다 …… 일반적으로 명예를 구하고 녹봉을 후하게 받고자 하는 사람이 붕당에 가입하지 않으면 얻을 수 없다. 이러한 때 붕당은 정치권력의 중심이 되어 사람들 마음속에 뿌리깊게 자리잡았고 나라 안에 만연하여, 망인(亡人)의 나라 같으나, 그와 더불어 망하지는 않았다. 청나라 정권이 들어섰을 때에도 붕당의 나이 많은 사람들은 아직도 건재하고 있다. 나중에 태어난 사람들도 그들의 방법을 듣고 익혀서 팔짱끼고 서 있는 모습이 마치 풀은 말랐어도 그 뿌리에서 싹이 나고 나무는 잘랐어도 그 뿌리에서 다시 가지가 생기는 것과도 같다."[439]

---

438) 小野和子, 「明末淸初 知識人의 政治行動」—특히 結社를 中心으로—(윤혜영 편역, 『중국사』소수 홍성사 1986년 6월) 443, 444쪽 참조.

당견이 붕당을 비판한 것은 당인들이 접촉하는 부류가 당시 부패의 온상이었던 환관과의 인연 때문이라고 했다. 소위 특권층과의 결탁으로 이들은 나라가 망해도 망하지 않고 대를 이어 융성한다는 것이다. 그것은 당 조직의 근본 목적이 기득권의 쟁취에 있기 때문이란 것이다.

> "명(名)이란 당(黨)의 과녁이요, 세(勢)란 당의 우두머리이다 …… 과녁이 없으면 당이 모이지 않고 우두머리가 없으면 당이 설 수 없다."440)

당의 설립 목적이 명예와 권세의 획득에 있다고 생각한 것이다. 기득권을 얻고자 하는 당의 난립은 결국 나라를 망치기 때문에 제거해야 할 대상이란 것이다. 결국 당견은 "당이란 나라의 위질(危疾)이라 다스리지 않으면 필시 망한다."441)고 하며, 이의 정리를 역설하였다.

사실 명조의 멸망을 자초한 것은 각 당파 간의 갈등도 한 요소였다. 특히 엄당(奄黨)의 횡포와 이에 대항하는 동림당 간의 끝없는 대립은 항쟁으로 이어졌고, 그러는 동안 명조는 이민족 정권에게 넘어가고 말았다.

정치적 개혁을 주장하는 동림당과 기득권을 수구하려는 엄당의 대립은 대신들의 도덕적 자질을 문제 삼는 것으로부터 전개되었는데, 1610년 엄당은 동림당을 황제의 권위와 관료의 협동을 파괴한

---

439) 「除黨」 162쪽: "昔者明之爲黨, 邪者緣卿相, 緣奄奴; 正者緣氣節, 緣道學 …… 凡人之求顯名厚祿者, 不入其黨, 不得也. 當是時也, 黨之爲勢, 固於人心, 蔓於海內, 若亡人之國而不與之俱亡者. 及大淸之有天下也, 黨人之長老猶有存者. 後生習聞其術, 攘臂而起, 如草枯而根萌, 本斬而蘗生."
440) 「除黨」 162쪽: "名者, 黨之招也; 勢者黨之帥也 …… 無招, 則黨不聚; 無帥, 則黨不立."
441) 「除黨」 161쪽: "黨者, 國之危疾, 不治必亡."

다는 명목으로 철저히 탄압하였으며, 1624년 이후로 이 같은 탄압
은 동림당을 지지하는 700여 명의 사대부 지식인들을 숙청하는 것
으로 나타났고, 1627년 엄당의 대표 위충현이 권력을 잃었을 때에
는 이미 동림당의 인사들도 거의 제거된 상태였다.442)

물론 여기서 동림당의 청의(淸意)를 논할 여지는 없으나, 엄당의
과대한 횡포는 당시 사대부 계층뿐만 아니라 일반 민중들에게까지
도 엄청난 폐해를 안겨주었기 때문에 이에 대항한 동림당의 조직과
활동은 긍정적일 수밖에 없었다. 동림당의 반정부 활동은 부패한 사
회 현실에 대한 개혁이었기 때문이다.

그런데도 당견이 붕당에 대해 비판적이었던 것은 엄당에 대한 부정
적 시각에 기인한다. 엄당이 자신들의 공적 업무를 방기하고 사적으로
국정을 농단하는 사당(邪黨)으로 전락했기 때문이라는 것이다. 비록 부
패한 엄당에 대항한 동림당이라도 역시 궁극적으로는 정권에 목적을 두
었기 때문에 문제가 있으므로 사당이든 정당(正黨)이든 그 존재 자체를
없애야 한다고 한 것이다. 이를 위해서는 연을 끊어야 한다고 단호히
주장하였다.

> "그런즉 당을 치리하는 것은 다른 것이 아니라 그 연을 끊는 데 있을
> 뿐이다. 그 연을 끊으면 사당(邪黨)은 벌하지 않아도 저절로 파산할 것이
> 요, 정당(正黨)은 해체하지 않더라도 스스로 해산할 것이다."443)

여기서 명말 엄당과 동림당, 양당의 대립을 주목해야 할 것이다.
먼저 당견은 위충현 일파의 엄당을 혹독하게 비판하며 엄인(奄人)들

---

442) 존 K.페어뱅크 외 저, 김한규 외 역, 『동양문화사』 상(을유문화사, 1992) 263~264
    쪽 참조.
443) 「除黨」 162쪽: "然則治黨之道無他, 在絶其緣而已. 絶其緣, 則邪黨不伐而自破, 正
    黨不解而自散."

의 행태를 나라 망치는 일로 단정하였다. 이로부터 볼 때 사당(邪黨)이라고 한 것은 엄당임이 분명하며 정당(正黨)이라 한 것은 아마도 당시 엄당에 대립하던 동림당이 아닐까 생각된다.

이러한 입장을 두고 손자(孫子: 생평미상)가 동림당에 대한 긍·부정의 구체적인 질문을 하자 당견은 "중화(中和)의 도를 밝히고 입치변학(立治辨學)으로 후세의 법을 취하고자 한다. 내 어찌 무엇으로 동림을 긍정하며 무엇으로 동림을 비난하겠는가?"444)라고 하며, 구체적인 답변을 미루고 있다. 하지만 당견의 당에 대한 입장은 궁극적으로 당을 제거하자는 '제당(除黨)'이었다.

이렇게 당에 대한 부정적 시각은 강학에까지 미치고 있다. 강학이 처음 시작할 때 아무리 순수해도 결국은 당심(黨心)을 갖게 하기 때문에, 강학 자체가 문제 있다는 것이다.

> "필시 오늘날 시행해서는 안 되는 것은 무리를 모아 강학하는 것이다. 무리를 모아 강학함은 그 시작이 비록 당심(黨心)이 없었다 하더라도 그것이 점점 반드시 당세(黨勢)를 형성한다. 기절(氣節)의 쟁송은 이로 말미암아 일어나고 소인의 적은 이로 말미암아 선다."445)

강학은 명말 사대부 지식인들의 일반적인 활동이었으며, 이것은 청조의 관직 참여 거부의 일환으로 진행되었다. 예컨대 황종희는 항주(杭州)의 독서사(讀書社)의 사우(社友)들과 독서하면서 교유도 하고, 그 학문적·정치적 장을 넓혀 나갔으며,446) 왕부지도 1642년 황학

---

444) 「除黨」 164쪽: "故明中和之道, 以立治辨學, 以爲後世取法. 吾烏知其何爲附東林, 何爲攻東林."
445) 「除黨」 163쪽: "必不可行於今者, 聚衆以講學也. 聚衆講學, 其始雖無黨心, 其漸必成黨勢. 氣節之爭, 由此而起; 小人之敵, 由此而立."
446) 안병주, 앞의 책 183쪽 참조.

루(黃鶴樓)에서 당대 석학 백여 명과 대회동하여 학문을 논하고 정치에 대한 식견을 토론하였다.447)

그런데 당견만은 붕당은 물론 강학까지도 부정적이었다. 이 점이 당시 사상가들과 다른 점이었으며, 이로 인해 당견은 소수 몇몇 사람과만 교유한 것 같다. 그 후학 또한 자세치 않은 이유도 여기에 있는 것으로 보인다.

명말청초 막강한 세력을 형성했던 강학과 붕당조직에 대한 당견의 비판적 시각의 이면에는 사회의 온갖 부정부패가 이들 조직에서 싹튼다고 보았기 때문이다. 당견은 이들 붕당의 정치 참여를 배제하고, 그 대안으로 재상제도를 활성화해야 한다고 주장하였다.

> "군주는 재상으로서의 능력을 보고서 재상으로 임명해야 하며, 좌우 측근들의 말만 듣고서 재상을 임명해서는 안 된다. 군주는 사람의 능력으로써 사람을 임용해야 하며, 붕당의 무리로써 사람을 임용해서는 안 된다. 천하의 선비들이 모두 붕당을 통해서 반드시 부귀영화를 얻는 것이 아니라는 것을 알고 부귀를 누리는 자들이 반드시 붕당으로 말미암아 된 것이 아니라는 것을 알아야 한다. (그렇다면) 사람들이 또한 어떻게 붕당 결성하는 것을 좋아하겠는가? 어찌 그런 무리를 보고서도 도적이 되겠는가? 탐욕하고 사악한 무리는 하루저녁 사이에도 서로 친밀해져 형제와도 같은 도타운 정을 나누는 자들인데 어찌 의리로써 확고해진 관계라고 할 수 있겠는가? 앞으로 이들은 사람들의 재물을 착취할 것이다."448)

객관적이고도 냉정한 인사의 원칙을 천명한 내용이다. 강학이나 붕당 활동을 통해서 사귄 사람, 곧 친소 관계에 따라 사람을 기용

---

447) 王之春 撰, 『王夫之年譜』(中華書局, 北京 1989년 4월) 14, 15쪽 참조.
448) 「除黨」 163쪽: "君能以相用相, 不以左右用相; 相能以人用人, 不以朋類用人. 天下之士, 皆知由黨者不必得富貴, 得富貴者不必由黨, 人亦何樂於爲黨乎! 曷觀之聚而爲盜者乎! 以貪戾之徒, 一夕相親, 厚於兄弟者, 豈以義固哉? 將以取人之財也."

하는 것을 반대하고 엄정한 인사정책을 시행해야 한다는 주장이다. 당견은 "재상을 기용하는 것은 천하의 대사이다."449)라고 하는 입장에서 당인의 기용을 반대한 것이다.

(4) 환관비판론

명말 환관들의 전횡은 사대부 계층의 반발은 물론 일반 백성들에게까지 심대한 영향을 미치고 있었다. 환관들의 횡포는 명대 중기로 거슬러 올라간다.

명대 정치조직의 양대 산맥은 군주를 정점으로 내각(內閣)과 환관으로 구분된다.

내각은 군주의 개인적인 행정 업무를 보조하기 위해서 기용된 태학사(大學士)들이다. 이들은 공문서를 처리하고 군주의 비답(批答)을 기초하였다. 오늘날 대통령 비서실의 역할과도 같다. 내각의 인사들은 군주의 단순한 비서 역할에 그치지 않고 군주의 권한을 집행하기도 하였다. 결국 내각은 기존 행정 부서인 6부(六部)를 능가하는 자리가 되었다.

명대 정치조직의 핵심으로 내각 말고 환관을 들 수 있다. 환관은 본래 명초에는 일체 행정에 간여할 수 없도록 명문화되어 있었다. 홍무제(洪武帝, 1368~1398재위)는 환관의 행정 간섭에 대한 우려를 의식하고, "환관은 행정에 일체 관여해서는 안 된다."고 명판(銘板)에 새겨 궁중에 세워두었다. 그는 이를 뒷받침하기 위해 환관의 수와 직급·칭호·의복양식 등을 제한하고 문서의 취급을 금지시켰으

---

449) 「除黨」 162쪽: "用相者, 天下之大事也."

며, 정사에 대해 간섭하는 자를 해임시키기도 하였고, 이들을 문맹 상태로 남아 있도록 조치하였다.

그러나 궁중의 이런저런 잡부로서의 환관은 계속 필요하였고, 군주의 뒤를 이을 왕자들이 이들 환관의 도움을 어린 시절부터 받게 되면서 점차 동반자의 길을 걷게 되었다. 환관은 대를 이을 군주의 동반자이자 교훈자가 되어 점차 그 위치가 부상되기에 이르렀다.

1420년에는 환관을 위해 궁중 학교가 세워졌고, 환관의 수도 수천 명으로 증가하였다. 증대된 환관들의 점진적인 행정 간섭은 결국 군주만이 접근할 수 있는 인사에 관한 비밀 명부까지도 관장하게 되었다. 그들은 군주가 신뢰하는 대리인으로서 큰 영향력을 끊임없이 행사하였으며, 심지어는 군대의 지휘관이나 지방행정의 감독관이 되기도 하였다.450)

따라서 당대 이후 지배계층의 일원으로 황제 권력의 제동 역할을 하였으며, 송대 이르러 그 세가 더욱 확고했던 사대부 계층은 명대에 들어오면서부터 군주와 환관들로부터 강한 견제를 받기 시작하였다. 환관들은 군주의 측근에서 엄청난 위세를 부리며 전국 각지의 세관(稅官)을 사물화(私物化)하였고, 이권이 있는 곳이면 반드시 개

---

450) 존 K.페어뱅크 외 저 앞의 책 230~232쪽 참조. 명대 이래로 환관의 사회적 지위가 이전과 달리 특권 기득 계층으로 군림하면서, 상당수의 사람이 환관이 되려고 모여들었다. 이렇게 된 이후로 환관은 하나의 기득 계층으로 군림하였다. 이에 대한 논의는 田中正俊의 「民變, 抗租奴變」(윤혜영 편역, 『중국사』 홍성사, 1986년 6월)의 406, 407쪽 참조. "당시 宮刑이라고 하는 형벌은 특별한 예외를 제외하고는 이미 없어졌으며, 스스로의 육체를 손상하여 지원하는 자 중에서 환관이 채용되고 있었는데, 예를 들면 1621년(天啓元年)에는 3천 명의 환관을 모집한 것에 대하여 2만여 명이나 응모자가 있었다고 한다. 자제를 이와 같은 것에 응모시키는 것은 대체로 빈민에게서 시작되었지만 正統연간(15세기 중엽)의 환관 王振이 金庫·銀庫 합쳐 60여 채(棟), 마찬가지로 정통연간(16세기 초엽)의 劉瑾이 황금 250만 냥, 은 5천만 냥을 축재하고 있었다는 사실은 스스로 거세한 환관(自宮宦官)이라는 흉측한 존재가 內庭에서 권력을 떨치어 천하의 실권을 쥐고 뇌물을 받음으로써 얼마나 이익을 추구하였는가를 말해 주고 있다."

입하고 간섭하였다. 명말청초 가장 큰 이권이 개입된 곳은 세관 및 염(鹽)·철(鐵)·은(銀)광산으로 이것은 환관 및 그 측근 세력에 의해 거의 독점되다시피 하였다.451)

명대 이후로 사대부 계층은 위축되었고 환관들의 전횡은 날로 심화되었다. 특히 명말 위충현을 중심한 엄당의 횡포는 극에 달하였으며, 이로 인해 상당수 사대부 지식인들이 화를 당하기도 하였는데, 황종희의 부친 황존소(黃尊素, 1585~1626)도 위충현 일파에 의해 옥고를 치루다 죽임을 당했다. 당견은 이러한 위충현 등과 같은 엄당의 횡포를 격렬하게 비난하며, 반환관(反宦官)의 태도를 명확히 하였다.452) 환관들의 횡포가 결국 나라를 멸망시킨다고 하며 격렬히 비난한 것이다.

> "무릇 환관으로 인해 생기는 작은 근심은 일곱 가지이며, 큰 근심은 세 가지이다. 작은 근심은 나라를 혼란시키는 것이며, 큰 근심은 나라를 멸망시키는 것이다."453)

환관의 주된 임무는 엄밀히 군주를 수발드는 데 있다. 따라서 군주의 노예에 지나지 않다고도 할 수 있다. 그런데도 이들이 국가의 대소사를 막론하고 간섭하기 때문에 나랏일을 망친다고 본 것이다. 군주의 측근에 있으면서 온갖 정치에 간섭하고 군주를 방탕한 데로 유인하며, 대신 가운데 한 사람이 용기를 내어 간언하면 그를 벌주는 것 또한 환관이 한다고 하였다.

---

451) 졸고, 「청초 실학사상의 연구」-황종희를 중심으로-41쪽 참조.
452) 「恥奴」 170쪽 참조.
453) 「賤奴」 165쪽: "凡奄人, 小患七, 大患三. 小患亂國, 大患滅國."

"무릇 엄인은 군주를 주색(酒色)으로 인도하고, 군주를 황유(荒遊)로 이끌며, 군주를 사치스런 곳으로 모시고 악으로 바른 사람을 보게 한다."454)

당견은 이러한 환관들의 화가 나라를 망친다고 판단하고, "환관의 화는 옛날부터 혹독하여 전사(前史)에 밝히 드러났다."455)고 하며, 환관 제도를 반드시 개혁해야 한다고 주장하였다.

"환관을 개혁하지 않으면 소인들이 필시 극성을 부릴 것이요, 군자가 필시 재난을 당하고, 집안이 필시 안으로 부패할 것이며, 천하가 필시 망할 것이다."456)

여기서 환관을 제거하되 뿌리째 뽑아야 완전히 제거할 수 있다고 하면서 환관 제도에 대해 철저히 비판하였다. 환관을 없애는 방법으로 당견은 "궁전을 작게 하면 환관은 무용하다."457)고 하며, 궁전의 축소를 주장하였다.

중국 역대 제왕들의 횡포는 측근 환관들에 의해서 더욱 기승을 부렸다는 사실은 이미 알려진 사실이다. 특히 명말 대단위 농민봉기의 직접적인 원인도 군주를 중심으로 한 특권 계층(환관파)의 전횡이 하나의 요인으로 작용했다. 따라서 이런 환관에 대한 비판은 사회적 안정을 희구하는 측면에서 의미를 갖는다고 볼 수 있다. 다시 말해 정상적인 정치조직이 아닌 환관과 같은 비정치적인 집단이 정치를 좌지우지한다면 그 사회는 정상적으로 운영될 수 없다는 판단인 것이다.

---

454) 「賤奴」 165쪽: "凡奄人, 道君以酒色, 道君以荒遊, 道君以侈御, 道君以惡見正人."
455) 「醜奴」 166쪽: "奄奴之禍, 自古爲烈, 明著於前史."
456) 「去奴」 168쪽: "奄人不革, 則小人必逞, 君子必災, 家必內敗, 天下必亡."
457) 「去奴」 169쪽: "宮室小, 則奄人無用."

(5) 군사론

당견의 사상 가운데 특징적인 것은 군사에 대한 강조점에서 찾을
수 있다. 당견은 정치의 요소로서 '사정(四政: 군사·식량·제도·상
벌)'[458]을 말하고 있는데, 그 가운데 군사문제를 제일차적인 문제로
언급하였다. 당견은 "군자가 학문하는데 군사를 모르고는 할 수 없
다."[459]고 하며, 군사문제를 학문의 필수 요소로 단정한 것이다. 학
문의 근본을 인의 도덕적 문제에 국한한 것이 아니라, 군사라고 하
는 국가 대사의 문제와 결부시켜야 한다는 것이다.

> "학문하는 사람은 홀로 그 몸을 잘 다스린다. 태평성세에 거할 때에 인
> 의(仁義)가 넉넉하더라도 온전한 학문은 아니다. 온전한 학문은 솥과 같다.
> 솥은 다리 세 개가 있다. 학문에도 그것이 있는데, 인(仁)이 그 하나요, 의
> (義)가 그 하나요, 병(兵)이 그 하나다. 하나의 다리가 잘리면 두 개의 다리
> 가 지탱하지 못하고 솥은 그로 인해서 기울게 된다. 병법을 모른다면 인과
> 의는 쓸모없으며, 나라는 이것으로 인해서 망하게 된다. 생각건대 병법은
> 국가의 대사요, 군자의 급선무이다."[460]

인의가 중요하지만 군사문제를 다루지 않는 인의를 무용하다고
하면서 군사의 중요성을 강조한 내용이다. 군사문제는 한 개인의 문
제가 아니라 국가의 대사이기 때문에 존망의 차원에서 중요하다는
것이다. 따라서 개인이 도덕적 인의로 무장하고, 나아가 국가 대사

---

458) 「明鑒」 108쪽 참조.
459) 「全學」 172쪽: "君子之爲學也, 不可以不知兵."
460) 「全學」 173쪽: "學者善獨身. 居平世, 仁義足矣, 而非全學也. 全學猶鼎也. 鼎有三
　　 足, 學亦有之; 仁一也, 義一也, 兵一也. 一足折, 則二足不支, 而鼎因以傾矣. 不知
　　 兵, 則仁義無用, 而國因以亡矣. 夫兵者, 國之大事, 君子之急務也."

로서의 군사론에 익숙하다면 온전한 학문을 이룰 수 있을 뿐만 아
니라 치세를 이룰 수 있다는 것이다.

즉 '내성외왕'의 방법을 인의와 군사의 겸비로써 설명한 것이다.
개인의 인격 수양(수기·내성)을 통해 점차 제가(齊家), 치국(治國),
평천하(平天下)의 과정을 밟는 유학의 기본적인 정치론에 입각해서
당견은 인의와 더불어 군사문제를 거론한 것이다. 아무리 개인적 수
양이 잘되었다 하더라도 개인을 보호하는 국가가 위태롭다면 그것
은 큰 의미를 지닐 수 없다는 주장이다.

> "하루아침에 사직(社稷)이 불행해지면, 도적이 벌떼처럼 일어나고, 원근
> 각지에서 떠들썩하게 어지러워진다. 외적이 서울[國都]을 유린하면, 군주와
> 신하가 놀라 두려워한다. 왼편에 있는 사람을 불러도 왼편의 사람은 대답
> 하지 않고, 오른편에 있는 사람을 불러도 오른편의 사람은 대답하지 않고,
> 대신을 불러도 대신이 대답하지 않고, 말단 신하를 불러도 말단 신하가 대
> 답하지 않는다. 이런 때를 당한다면, 나라에 아무리 많은 효자가 있어도 아
> 버지는 적군에게 죽고, 나라에 아무리 많은 우애로운 형제가 있어도 형이
> 적군에게 죽고, 나라에 아무리 많은 충신이 있어도 군주가 적군에게 죽는
> 다. 몸소 인(仁)을 실천하는 사람인데도 불인(不仁)하는 사람의 포로가 되
> 고, 몸소 의(義)를 실천하는 사람인데도 불의(不義)한 사람의 포로가 된다.
> 비록 주공의 재능과 덕성을 갖고 있다 하더라도 또한 어찌 하겠는가!"461)

사직의 안정은 인의만 갖고는 불가능하다는 인식이다. 아무리 인
의 도덕질서가 잘 지켜진다 하더라도 힘이 없으면 망하고 만다는
생각이다. 그래서 당견은 인의라고 하는 것은 개인에게 늘 따라다니

---

461) 「全學」172, 173쪽: "一旦社稷不幸, 盜賊蜂起, 遠近驚潰; 寇薄國都, 君臣震慑. 問
　　左, 左不應; 問右, 右不應; 問大臣, 大臣不應; 問小臣, 小臣不應. 當是之時, 國多
　　孝子而父死於敵, 國多悌弟而兄死於敵, 國多忠臣而君死於敵, 身爲仁人而爲不仁者
　　虜, 身爲義人而不義者虜. 雖有周公之才之德, 亦奚以爲!"

는 문제이며, 교육과 실천을 통해 현현할 수 있는 것이지만, 군사라
고 하는 것은 불확정적인 것이기 때문에 일반적인 학습을 통해서
얻기가 어렵다고 하는 통념을 부정하였다. 다시 말해 당견은 "인의
의 일은 일상적인 것과 나눠진 것이 아니다. 군사의 조짐은 항상
잠복되어 있으면서 드러나지 않는다. 잠복해 있으면 천하가 상서로
우나 드러나면 천하는 재앙에 휘말린다. 그러므로 인의는 익힐 수
있으나 군사는 익힐 수 없다."462)고 전제한 뒤, 다시 이를 자문자답
형태로 부정한 것이다.

> "병법은 불과 같다 …… 불이라고 하는 것은 있지 않은 곳이 없다. 쇠
> 가운데 그것이 있고, 나무 가운데 그것이 있고, 흙 가운데 그것이 있고, 돌
> 가운데 그것이 있다. 병법의 도리 또한 있지 않은 곳이 없다. 성인의 말씀
> 에 그것이 있고, 전하는 기록에 그것이 있고, 시세(時勢)에 그것이 있고, 도
> 적의 행위에 그것이 있고, 넉넉한 품덕과 원망에 그것이 있고, 기쁨과 성냄
> 에 그것이 있고, 산천(山川)을 넘고 건너고 성읍을 지나치는 곳에 그것이
> 있다. 병법에 뜻이 없으면, 방패·창·활·화살이 병기가 아니며, 병법에 뜻
> 이 있으면, 눈과 귀로 보고 듣는 것이 모두 병기이다. 그런데 어떻게 배울
> 수 없는 것이 있겠는가!"463)

군사문제는 드러나지 않고 그 형태를 알 수 없기 때문에 불에 비
유할 수 있다는 것이다. 불은 오행 가운데서도 물질적 형태를 갖추
고 있지 않기 때문에 가장 그 외형적인 모습을 알기 어렵다. 반면 금

---

462) 「全學」 173쪽: "仁義之事, 日行而不離. 兵之象, 常伏而不見; 伏則爲天下祥, 見則
　　　爲天下殃. 是故仁義加習也, 兵無可習也."
463) 「全學」 174쪽: "夫兵, 猶火也 …… 火之爲物也, 無乎不有; 金中有之, 木中有之, 土
　　　中有之, 石中有之. 兵之爲道也, 亦無乎不有; 聖人之言有之, 傳記有之, 時勢有之,
　　　盜竊之形有之, 德怨有之, 喜怒有之, 所歷山川, 所過城邑有之. 無意於兵, 干戈弓矢
　　　非兵; 有意於兵, 耳目聞見皆兵; 而何不可學之有!"

(金)·목(木)·수(水)·토(土)는 외적인 힘의 작용에 의해서 원하는 물건을 만들 수 있다.

"금은 단련해서 검(劍)을, 목(木)은 깎아서 농기구를, 수(水)는 음료를, 토(土)는 구워서 그릇을 만든다."[464] 그러나 화(火)는 쉽게 조작할 수 없다. 그렇다고 화가 비물질적인 것도 아니다. 당견은 이런 화를 금·목·토·석(石)이라고 하는 물질적인 요소에서 찾는다. 군사의 도 또한 무형의 형태에서 찾는 것이 아니라, 인간의 경험과 시세, 그리고 자연의 형태에서 찾아야 한다고 한 것이다.

전쟁에서의 승패 또한 지략과 용기, 그리고 결단력에서 나오는 것이라고 하면서 인간의 경험을 중시하였다.[465] 즉, 전쟁의 승패는 "자연의 이치이지 신비한 것이 아니다."[466]고 하였다. 자연의 이치는 인간의 경험지(經驗知)에 의해서 인식 가능하기 때문에 병가(兵家)에서는 일찍이 "백문불여일견(百聞不如一見)"[467]을 강조했다는 것이다.

여기서 다시 문제의 초점을 유학이라고 하는 범주에서 당견의 군사에 대한 논의를 비추어 보자. 앞에서도 언급했듯이 당견은 인의만 학습하는 것이 온전한 학문이 될 수 없다고 하며, 군사에 대한 학습을 병행할 것을 강조하였다. 그것은 개인이 소속된 나라가 적으로부터 위협을 받게 되면 그 구성원들이 제아무리 효자(孝子)·인인(仁人)·의인(義人)이라 하더라도 안전할 수 없다는 논리이다.

유학의 기본 목적이 '수기치인'이라고 한다면 인의 공부는 '수기'

---

464) 「全學」 174쪽: "金以冶而成劍, 木以斲而成耜, 水以燅而得飲, 土以陶而成器."
465) 「全學」 174, 175쪽에서 당견은 軍士의 多少·怯勇·實詐·知不知·決斷力·攻擊力 등을, 「審知」 181쪽에서는 讀書·鑑古·審時·度勢·口談·指畫를 승패의 관건으로 설명하고 있다.
466) 「全學」 175쪽: "此所謂自然之理而非神也."
467) 「審知」 183쪽 참조.

에 해당되며, 군사에 대한 학습과 실천은 '치인'에 해당한다. '수기'의 근본적인 목적이 도덕적인 자기완성이라고 한다면 '치인'의 근본적인 목적은 '안민(安民)'에 있다. 「인사(仁師)」편의 '인사'란 말도 궁극적으로는 "백성을 아끼는 군대"를 의미하고 있는데, 여기서 당견은 전쟁의 근본 목적을 생민(生民)의 일환으로 설명하였다. 즉 전쟁이란 백성을 살리기 위한 전쟁이어야지 죽이는 전쟁이 되어서는 안 된다는 말이다.468) 생민을 위한 전쟁을 긍정하면서, 또한 당견은 유자의 책무로 '안민'을 언급하였다.

> "유자에게 귀한 것은 포학을 벌하여 천하의 폭거를 제압하는 것이며, 난을 주벌하여 천하의 혼란을 안정시키는 것이며, 백성을 길러 천하의 백성을 편안케 하는 것이다."469)

당견은 국가의 안정이 개인의 안전을 도모할 수 있다는 인식 아래 유자의 책무를 '안민'에 두었는데, 이것은 기존 도학자들이 지나치게 개인의 인격 수양[克己]만을 강조하고 있어서 나라가 위태롭게 되었다는 일종의 위기의식으로부터 나온 것이다. 특히 명말 농민군의 전국적인 횡행과 만주족의 위협을 몸소 체험한 당대 지식인으로서 이 같은 인식은 더욱 절실하였을 것이다.

---

468) 「仁師」 192쪽: "古之用兵者, 皆以生民, 非以殺民. 後之用兵者, 皆以殺民, 非以生民."
469) 「全學」 173쪽: "所貴乎儒者, 伐暴而天下之暴除, 誅亂而天下之亂定, 養民而天下之民安."

2. 중본·부민의 민본사상

(1) 전통적 민본사상의 형태와 전개

고대 중국 사회의 정치적인 흐름 속에서 군민(君民)관계는 매우 중요한 지위를 차지하고 있는데, 특히 국가라고 하는 공동체와의 관계 속에서 군민이 어떻게 규정되는가는 문제의 핵심이 된다. 전통적인 '숭사직(崇社稷)', '숭공(崇公)'의 논리는 전제군주제의 근본이 되기도 하고, 민본사상을 제약하는 논리로도 작용하였다. 국가의 존망이 군주의 존폐와 백성의 생사를 결정한다는 의식으로부터 일종의 '국가지상주의론'[470]이 등장하기도 하였다. 군주가 국가의 정치적인 핵심이기는 하나, 국가의 이익과 상치될 때에는 국가를 우선한다는 논리의 전개를 하는 것이 국가 지상의 원리인 것이다.

반면 맹자가 "백성이 귀하고 사직이 그다음이고 군주가 가장 가볍다."[471]고 한 것은, 군민 및 국가[社稷]의 관계에서 국가도 군주도 민을 우선하지 못한다는 민본사상의 전형을 보여준 대표적인 예라 하겠다. 이후로 '민귀군경(民貴君輕)'의 논리는 유가의 기본적인 정치사상으로 자리하였고, 순자가 말한 "하늘이 백성을 낸 것은 군주를 위한 것이 아니다. 하늘이 군주를 세운 것은 백성을 위해서이다."[472]라고 하는 위민(爲民)사상으로 연장되었다.

---

470) 주로 法家의 이론체계로서 군주나 民 모두가 국가의 이익을 '公益'이란 차원에서 우선하는 논리를 말한다. "天下, 非一人之天下, 天下之天下也." 『呂氏春秋』「貴公」 "故堯舜之位天下也, 非私天下之利也, 爲天下位天下也."(『商君書』「修權」) "立天子以爲天下, 非立天下以爲天子也. 立國君以爲國, 非立國以爲國君也."(『愼子』「威德」)라고 한 것들은 모두 국가지상주의를 염두에 둔 내용들이라 할 수 있다.
471) 『맹자』「盡心下)」: "民爲貴, 社稷次之, 君爲輕."

다시 말해 유가의 기본적인 민본사상은 천의(天意)·천도(天道)에 가탁하면서 민본의 정치 원리로 발전하였던 것이다. 이 같은 원칙은 한대에도 그대로 이어져 국가 존재의 원리로서 민본 원리가 정치의 기본 노선으로 주창되었고,473) 명말청초에 이르러 황종희의 '군객민주(君客民主)'474)의 민본사상과 당견의 '제왕개적(帝王皆賊)'의 군주비판론으로 발전하였다.

그런데 중국 전통의 이러한 민본의 원리는 군민관계를 놓고 분석할 때, 다시 '민양군설(民養君說)'과 '군양민설(君養民說)'로 나누어 생각할 수 있다.475)

'군양민설'은 군주가 양민여자(養民如子)·민지부모(民之父母)라는 관점에서 논의된 정치 이론이다. 『서경』의 "너의 백성을 기른다.(畜汝衆)"476), "백성을 기른다.(畜民)"477), "백성을 부양한다.(養民)"478), "백성을 편안히 한다.(安民)"479)는 논리와 '짐의 백성(朕民)'480)이란 말의 의미에는 '군양민설'의 내용이 담겨 있다. 이것은 전제군주제

---

472) 『순자』「大略」: "天之生民, 非爲君也. 天之立君, 以爲民也."
473) 漢代 王符는 그의 『潛夫論』에서 탁월한 정치적 식견을 '利民', '養民'에 기초한 전통 유가의 입장에서 보다 구체적으로 설명하고 있다. 예컨대 그는 "必國家之法, 防禍亂之原, 以利民也." 『潛夫論』「斷訟」(北京 中華書局, 1985년 9월) 229쪽. "且夫國以民爲基, 貴以賤爲本. 是以聖王養民, 愛之如子, 憂之如家, 危者安之, 亡者存之, 救其災患, 除其禍亂."(『潛夫論』「救邊」266쪽) "國以民爲基, 貴以賤爲本. 願察開闢以來, 民危而國安者誰也? 下貧而上富者誰也? 故曰: '夫君國將民之以, 民實瘠, 而君安得肥?' ……"(『潛夫論』「邊議」274쪽)라고 하며, 철저히 유가 정치사상의 근간인 민본론의 입장을 대변하고 있다.
474) 『명이대방록』「原君」: "古者, 以天下爲主, 君爲客."
475) 劉澤貨 主編 『中國傳統政治思維』(吉林敎育出版社, 1991. 10) 295쪽 참조.
476) 『서경』「商書」盤庚: "予迓續乃命于天, 予豈汝威. 用奉畜汝衆."
477) 위의 책: "古我先后, 旣勞乃祖乃父, 汝共作我畜民, 汝有戕, 則在乃心, 我先后, 綏乃祖乃父, 乃祖乃父, 乃斷棄汝, 不救乃死"
478) 『서경』「虞書」大禹謨: "德惟善政, 政在養民."
479) 『서경』「虞書」皐陶謨: "皐陶曰, 都, 在知人, 在安民 …… 知人則哲, 能官人, 安民則惠."
480) 『서경』「商書」盤庚: "高后丕乃崇降罪疾, 曰, 曷虐朕民."

의 일반적인 모델이자 '군풍민초(君風民草)'의 『논어』의 정치이념과
도 직결된다고 볼 수 있다. 다시 말해 정치의 근본을 '양민(養民)'
에 두고 백성의 욕구를 해소하고 조절해 주는 담당자로 하늘로부터
임명된 군주를 설정한 것이다.

> "중훼(仲虺)가 고(誥)를 지어 이르되, 아아! 하늘이 백성을 내실 때 하고
> 자 함이 있나니, 군주가 없으면 혼란해지므로 하늘이 총명함을 내시어 이에
> 다스리게 하심이다. 하(夏)나라 임금이 덕(德)에 어두워 백성을 도탄에 빠지
> 게 하거늘, 하늘이 왕에게 용기와 지혜를 주시어, 만방에 바르게 드러내어,
> 우(禹)의 뒤를 잇게 하시니, 그 떳떳함을 좇아 천명을 받들게 하시었다."481)

정권 교체의 타당성을 하늘[天]에 가탁하고, 그로부터 군주의 덕
치(德治)가 나온다는 정치 이론은 중국 전통정치사상의 근간이었다.
여기서 백성은 군주의 통치 없이는 혼란만을 야기하는, 그렇기 때문
에 정치적으로 반식물적 상태를 면치 못하는 존재에 지나지 않았다.
따라서 군주는 백성의 주인으로 필수 불가결한 존재이며, 백성을 기
르는 부모와도 같은 존재가 된다. '군양민(君養民)'의 논리는 바로
이러한 전제군주제의 기본적인 내용을 잘 설명해 주고 있다.

한편 '민양군설'이란 백성이 군주를 양성한다는 의미를 갖고 있으면서,
'군양민'의 논리와는 상반된다. 예컨대 『시경·위풍(魏風)』의 「벌단
(伐檀)」과 「석서(碩鼠)」 두 편의 시는 이를 잘 보여주고 있다.

「벌단」은 일하지 않고 먹고 사는 특권층을 비꼰 내용이고, 「석서」
는 가렴주구(苛斂誅求)를 일삼는 군주를 비판한 시이다. 군주를 비
롯한 특권층의 무위도식(無爲徒食)을 민중들의 공양의 대가로 생각

---

481) 『서경』「商書」'仲虺之誥': "仲虺乃作誥曰, 嗚呼! 惟天生民有欲, 無主乃亂, 惟天生
聰明, 時乂有夏昏德, 民墜塗炭, 天乃錫王勇智, 表正萬邦, 纘禹舊服, 茲率厥典, 奉
苦天命."

한 시인의 비판의식이 담긴 내용이다.

이것은 군주가 '백성의 부모'라고 하는 '군양민'의 입장과는 대조되는 이론으로 역사적으로 뒤에 나온 논리라고 할 수 있으나,[482] 본질적으로 전제군주제하에서 논의된 이론이라는데, 군주제 자체의 부정으로까지 발전하지는 못하였다. 또한 '민양군설'이 '군양민설'을 대신할 만한 어떠한 여건도 갖추고 있지 못했고, 하나의 정치사상으로도 확고하게 자리하지도 못하였다. 다만 명말청초에 이르면 이러한 '민양군'의 논리는 점차 그 구체성을 드러내었는데, 그 내용은 당견의 민본사상에 잘 나타나 있다.

(2) '중위방본(衆爲邦本)'의 민본사상

민본사상은 선진유가로부터 커다란 맥을 형성하며 이어져 왔다. 그러나 명말청초 민본사상은 사회질서의 재편과 더불어 그 질적 측면에서 전과 다른 입장에서 전개되었다. 기존 민본사상의 민은 '군풍민초(君風民草)'에 나타난 것처럼 절대 피지배자로서의 백성, 즉 군주의 일방적인 시혜 대상으로서의 백성이었다면, 명말청초 거론된 민은 단순히 시혜 대상으로서의 백성이 아닌 시혜를 적극 유도하는 입장에서의 민이라는 점이다.

당견의 중지·중론을 통한 공론 정치와 황종희의 '사대부들의 공론에 의한 여론정치'가 그것을 반증한다. 이것은 명대 중기 이후로 새로운 사회 지도층으로 부각된 신사층(紳士層)의 대두와도 무관치 않은데, 이들 신사층의 생원들은 각 지방에서 향촌의 여론을 지배하

---

482) 劉澤貨 主編, 앞의 책 295쪽 참조.

고 있었으며, 주로 사대부들인 이들의 공론은 당시에는 '사인공의
(士人公議)'로 불렸다.

'사인공의'를 통해 이들 사대부들은 지방행정에 깊숙이 간여했으
며, 때로는 횡포한 지방관을 배척하는 폭동[士變]을 일으키기도 하
였다.483) 물론 민주주의에서 말하는 주권재민의 공론·여론정치는
아니었다.484) 전제군주 체제하에서 군주와 백성에 대한 입장의 차이
가 전과 다르다는 것이다.485)

당견은 민 중심의 정치 이론을 '중위방본'이라는 보다 적극적인
표현을 통해 설명하고 있다.

---

483) 오금성 외 저, 『**명말청초사회의 조명**』(한울아카데미, 1990년 9월) 17, 92~98쪽 참조.
484) **민본사상**의 民主性에 대한 논의는 두 가지 입장에서 전개되고 있다. 그 하나는 민
  본은 어디까지나 '重民' 혹은 '爲民'일 따름이지 그 이상의 어떠한 것도 아니라고
  하는 민주성의 부정이 그것이고, 다른 하나는 **민본사상** 속에는 다분히 민주적 요소
  가 가미되어 있으며 따라서 민주에로의 **전환 가능**성이 개재되어 있다는 전진적 입
  장의 표현이 그것이다. 첫 번째 논의는 劉澤貨 主編 앞의 책(304, 305쪽)이 대표적
  이며, 두 번째 논의는 侯外廬 主編 앞의 책(164,306쪽)과 呂振羽의 앞의 책(583쪽),
  그리고 山井湧의 『黃宗羲』(講談社, 1983년 77쪽)와 안병주의 앞의 책(236~240쪽)
  이 대표적이다. 이 같은 양분된 논리는 사상사를 접하는 시각의 차이에서 출발한
  다. 먼저 민본을 민주와 철저히 구분하는 입장은 **중국 전통사회**를 근대사회와 단절
  시켜 보려는 경향이 강하며, 민본을 민주의 연장선상으로 보려는 경향은 **전통사상**
  속에 이미 **근대 지향**적 요소가 잠재되어 있었다는 판단에 근거하고 있다. 여기서는
  후자, 즉 **민본사상**에는 근대 **지향**적인 정치논리가 내재되어 있다고 하는 견해를 따
  르며, 그것을 당견의 **민본사상**에서 찾아보려고 한다.
485) 일찍이 **마르크스** 베버를 비롯한 서구의 학자들은 **중국 사회**를 정치적으로는 '전제
  주의사회'로 경제적으로는 '정체된 **사회**'로 명명한 바 있다. 그리고 이들은 중국 사
  회가 **전제정치**와 경제적 정체성을 탈피하기 시작한 시점을 아편전쟁 이후로 설정
  하고 있다. 그러나 필자는 이에 동의하지 않는다. 왜냐하면 정치적으로 **중국 사회**
  가 **전제군주사회**의 틀을 지속시킨 것만은 사실이나 풍부한 관료군에 의한 통치질
  서(유교관료사회)를 확립해 왔고, **명말청초**에 이르러 시민정신의 배양에 따른 새로
  운 정치적 기운이 싹트기 시작하여 기존의 **민본사상**을 보다 발전시키는 결과를 가
  져왔다고 보기 때문이다. 일본의 山井湧 같은 학자는 이를 두고 '士主主義', 이른바
  '사대부민주주의'란 표현을 사용하였고, 중국의 侯外廬는 이를 '舊民主主義'로 명명
  하였다.

  "백성(衆)이 나라의 근본이고, 땅은 나라의 기초이며, 재용은 백성의
생명이다."486)

  이때 '중(衆)'487)은 사회경제적으로 제한된 피지배층을 말한다. 이
들은 당시 사회경제적 입장에서 본다면 하층 노동인민을 말한 것이
아니라 중소 지주계층 및 상인계층을 말한다.

  아무튼 백성이 나라의 근본이라고 한다면 정치 대상으로서 근본
이 된다고 하는 입장이며, 정치의 주체로서 근본이라고 하는 것과는
구별된다. 결국 '중위방본'의 민본정치사상은 위민정치를 지칭한다
고도 할 수 있다. 상호 필요에 의한 군민관계의 설정이 이를 뒷받
침한다.

  "나라에 백성이 없다면 어떻게 이런 네 가지 정치가 있을 수 있겠는가?
국경은 백성들이 공고히 지키고, 곡식 창고는 백성들이 가득 채우며, 조정
은 백성들이 존중하고, 관직은 백성들이 부양하는 것인데, 어떻게 정치를
실현하면서 백성들의 존재가 보이지 않는가!"488)

  결국 백성 없는 나라나 군주는 성립 불가능하다는 입장이며, 그렇
기 때문에 '위민(爲民)'을 정치의 기본으로 해야 한다는 것이다. 군

---

486) 「卿牧」 129쪽: "衆爲邦本, 土爲邦基, 財用爲生民之命."
487) 원문의 '衆'을 '백성'이라 한 것은 현대사회과학에서의 '民衆' 개념과 달리 쓰기 위
    함이다. 즉 "역사의 주체이며 사회적 실체"로서의 민중이 아닌, "정치적·경제적·문
    화적 지배관계에서 피지배층"을 염두에 두고 사용한 것이다. 물론 "민중은 역사적
    경험 속에서 각기 다른 모습으로 파악 되어야 한다"는 점에서 근대 이후의 '민중'
    개념과 당견이 사용한 '중'개념과는 다르다는 사실을 밝혀둔다. 당견이 지칭한 '衆'
    의 개념은 중소지주 이상의 사대부 계층을 의미한다. '民養君'할 수 있는 것은 民
    의 私的所有를 전제하고 있기 때문이다.(이상 인용문은 유재천 편, 『민중』(문학과
    지성사 1984.11) 12쪽 참조)
488) 「明鑒」 108쪽: "國無民, 豈有四政. 封疆, 民固之; 府庫, 民充之; 朝廷, 民尊之; 官
    職, 民養之, 奈何見政不見民也."

민의 상호 보완적 입장에서의 '민양군설'이다. 이는 군주가 '백성의 부모'라고 하는 입장과는 대비되는 이론으로 '군양민설'보다는 역사적으로 뒤에 나온 논리이다. 그러나 당견의 민본사상을 두고 '민양군설'로 단정하는 데에는 한계가 있다. 왜냐하면 당견은,

> "옛날에 현명한 군주는 능력 있는 사람을 기용해서 정치를 도모하였고, 공적을 평가해서 능력 있는 사람을 선발하였고, 백성을 부양하는 것으로서 공적을 평가하였고, 식생활을 풍족하게 하는 것으로 백성들을 부양[養民]하였다. 비록 수많은 관리가 있고 관직이 설치되어 있어도 결국은 백성을 부양하는 데 귀결되어야 한다."489)

라고 하며, '양민'의 방법을 군주에 의탁하고 있는 언설도 보이기 때문이다. 즉, '양민'하는 구체적인 방법은 현군(賢君)이 나와 논공(論功)하여 현인을 등용시키고, 그로 하여금 인민을 다스리게 해야 한다는 것이다.

이것으로 볼 때 당견의 민본사상은 유교의 전통적인 '양민'으로서의 '족식론(足食論)'을 계승한 것으로 보인다. 결국 당견의 군민관계론은 '군양민설'의 한계를 벗지 못하고 '민양군설'의 형태가 혼재되어 나타난 것으로 볼 수 있다.

여기서 한 가지 짚고 넘어가야 할 것은 전통적인 인민에 대한 정치사상가들의 입장이다. 선진시대 이래로 중국의 정치가 혹은 사상가들이 민에 대한 정치적 지위를 어떻게 설정하고 있느냐의 문제이다. 크게 세 가지 입장에서 살필 수 있다.490)

---

489) 「考功」 110쪽: "古之賢君, 擧賢以圖治, 論功以擧賢, 養民以論功, 足食以養民. 雖官有百職, 職有百務, 要歸於養民."
490) 劉澤貨 主編, 앞의 책 284, 285쪽 참조.

첫째, 절대적 존재[神]가 일체를 결정하며, 인민은 신의 부속품이라고 하는 입장이다. 둘째, 신과 민의 결합과 민의 정황으로 말미암아 신의 뜻이 결정된다고 하는, 곧 신이 '민정(民情)'에 의지해서 존망을 결정한다는 입장이다. 셋째, 정치의 향방이 민심을 얻느냐 못 얻느냐에 달려 있다고 하는, 곧 민의 향배가 정치 흥망을 결정한다는 논리이다.

이를 토대로 볼 때, 당견의 정치사상은 세 번째 경우처럼 정치의 흥망은 민정에 의해 실천된다고 보는 입장이라고 할 수 있다. 당견은 "위정자는 많은데, 정치를 알고 하는 자는 적다."491)라고 하며, 당시 정치상의 실태를 비판하였다. 당견이 비판한 전제군주란 폭군(暴君)·암군(闇君)·벽군(僻君)·나군(懦君)492)이며, 이들은 민정을 살필 줄 모르는 독존적 군주란 점에서 비판받아 마땅하다는 논리이다. 이로부터 그는 '제왕개적(帝王皆賊)'이라고 하며, 맹렬히 전제군주를 비판하였던 것이다.

이러한 전제군주에 대한 비판은 제도에 대한 비판이라기보다는 한 개인에 대한 비판이라는 점에서 한계가 있다. 다만 부정부패한 관리자와 그를 뒷받침하는 제도개혁을 통해 이상적 시스템을 적용하려고 했던 의도와 노력은 높이 살 만한 것이다. 그는 백성의 이익을 대변하는 '위민'의 입장에서 관리의 횡포를 비판하고 그에 따른 제도개혁을 주장했던 것이다.

유교 관료사회 속에서 관리는 민을 대상으로 막강한 권력을 행사하면서 횡포도 서슴지 않았다. 특히 명말 사회 혼란의 주된 원인이 관리들의 부정부패 및 횡포로부터 기인한다는 사실에서 당견의 관리에 대한 비판의식은 당시의 사회의식을 살피는 중요한 단서가 되었다.

---

491) 「明鑒」 108쪽: "爲政者多, 知政者寡."
492) 「鮮君」 66쪽에 자세한 기록이 있다.

"가혹하게 (백성을) 착취하는 자는 누구인가. 천하에 탐욕하는 것보다 더 큰 해는 없어서 무거운 부세보다도 열 배 백 배나 더 크다 …… 저 관리가 된 자들은 하늘에 별처럼 널려 있으면서 밤낮으로 사람들의 재물을 착취한다 …… 대저 도적도 사람들의 재산을 전부 훔치지 않고, 비적(匪賊)도 세상의 물건을 모두 약탈하지 않는데, 백성이 탐욕스러운 관리 때문에 받는 피해는 세상 어디라도 피할 수가 없다."493)

위민의식에서 나온 사회비판 의식이다. 관리들의 횡포는 곧바로 민생과 직결된다. 관리들의 횡포 대상이 민이기 때문이다. 그래서 당견은 관리의 횡포로 인해 "부유한 집은 텅 비고, 중산층의 집은 망하고, 가난한 사람은 의지할 곳이 없어지고, 아내는 지아비와 별거하고, 자식은 아버지와 이별하며, 항시 그 삶이 견마(犬馬)만도 못하다고 탄식한다."494)고 하였다.

이것은 단지 당견 한 사람에 의한 문제 제기가 아니라 명말청초 사회 전반에 걸친 근본적 문제의식이자 비판이었다. 개인적 문제가 아닌 민을 근본으로 하는 민본사상의 차원에서 제기되었다는 것이다. 다시 말해 당견의 군주비판 의식이나 탐관(貪官)에 대한 비판 의지는 근본적으로 '양민(養民)'으로서의 민본사상과 직결된다는 것이다.

---

493) 「富民」 106~107쪽: "虐取者誰乎? 天下之大害莫如貪, 蓋十百於重賦焉 …… 彼爲吏者, 星列於天下, 日夜獵人之財 …… 夫盜不盡人, 寇不盡世, 而民之毒於貪吏者, 無所逃於天地之間."
494) 「富民」 107쪽: "富室空虛, 中産淪亡, 窮民無所爲賴, 妻去其夫, 子離其父, 常歎其生之不犬馬若也."

(3) 부민의 민본사상

부민(富民)사상은 선진유가(특히, 순자)로부터 추구된 정치사상의 핵심적인 요소이자[495] 명말청초 경세치용을 추구한 학자들의 기본적인 사상이었다. 당견 또한 '부민'[496]을 강조함으로써 그 사상의 일단을 보여주었다.

그러나 부민사상의 이면에는 유교의 전통적 경제관념인 '덕본재말(德本財末)'에 대한 비판적 측면도 내포하고 있다. 『대학』에서는,

> "덕(德)은 근본이고 재(財)는 말단이니, 근본을 경시하고 말단을 중시하면 백성들은 서로 다투고 약탈하게 된다. 그러므로 재화가 모이면 민심은 흩어지고, 재화가 흩어지면 민심이 모인다."[497]

라고 하며, 경제적인 문제보다 도덕적인 문제에 보다 더 주안점을 두었다. 공자도 경제문제를 정치의 중요한 요소로 주장하지 않은 것은 아니지만,[498] 군자와 소인을 철저히 구분하며 기준점을 도덕[德·義]

---

495) 富民에 대한 논의는 이미 선진사상가들의 정치사상에서 빼놓을 수 없는 중요한 요소 가운데 하나다. 특히 유가·묵가·법가의 부민에 대한 논의는 정도의 차는 있어도 상당한 정도로 전개되었다. 대표적으로 荀子는 "下富而上富"(『순자』「富國」)라고 하며, 부민을 강조한 바 있고, 묵자가 '兼相愛, 交相利'를 통해 富民·利民을 주장한 것과 『管子』「治國」에서 "凡治國之道, 必先富民. 民富則易治, 民貧則難治."라고 한 것은 선진사상 연구자들에 의해 널리 알려진 사실이다.

496) '富民'의 民은 한마디로 어떤 층을 가리키는지 애매모호하다. 그렇지만 당시 신분구조상 민이라 할 수 있는 계층은 노동인민 계층과 중소지주 및 상인계층이 있다. 따라서 시대적으로 당견이 제시한 민이란 신분적으로 중산계층 이상의 계층을 가리키며 일반 근로계층의 하층민을 말한 것은 아닌 것으로 보인다. 이것이 명말청초 계몽사상가들의 일반적 경향이기도 하다.(胡寄窓 앞의 책 529쪽과 陳瑛 外, 앞의 책 741쪽 참조)

497) 『대학』 제10장: "德者本也, 財者末也, 外本內末, 爭民施奪. 財聚則民散, 財散則民聚."

498) 『논어』「子路」편과 「堯曰」편은 공자의 富民에 대한 견해를 잘 보여주고 있다.

중시냐 혹 경제[利·土]중시냐의 문제에서 찾았다는 점에서,[499] 역시 경제보다는 도덕을 중시한 사상가였다. 경제가 도덕을 우선할 수 없다는 것이다. 혹 공자의 경제관을 굳이 말하자면 일반 백성을 위한 '부민'보다는 군주를 중심으로 한 '족군(足君)'[500]에 있었다.

맹자가 "하필왈리(何必曰利)"[501]라고 하며, 인의 도덕을 우선하는 입장을 나타낸 것도 전통 유학이 경제문제에 대해 매우 소극적이었음을 알게 하는 예라 하겠다. 그렇다고 본질적으로 유가의 '부(富)'에 대한 입장이 결코 부정적인 것만은 아니었다. 소극적이긴 하나 도덕적 가치(仁義)를 우선하는 부의 추구라는 데 그 차이가 있을 따름이다.

따라서 유가적 부민사상은 도덕 윤리를 기반으로 한 이익의 추구에 있었던 것이다. 당견이 제시한 부민사상도 도덕적 가치를 전제로 한 이익의 추구를 말하고 있어서 기존 유학의 틀을 벗어난 것은 아니다. 당견이 말한 인의 도덕정치란 선진유가에서 말한 그것과 많은 차이를 드러내지 않는다. 다만 실천 수양론을 강조했던 송대 주자학적 세계관에서 제시된 의리대립(義利對立)적 측면을 의리통일(義利統一)적 관념으로 보려고 했던 것이 그 차이라 하겠다.[502] 당견은 도덕적인 가치와 인간이 살아가는 데 필요한 이익을 별개의 것으로 인정하지 않았다.

---

499) 『논어』「里仁」: "君子懷德, 小人懷土. 君子懷刑, 小人懷惠." "君子喻于義, 小人喻于利."

500) 劉澤貨, 『先秦政治思想史』(南開大學出版社, 1984년 8월) 342쪽 참조. 유택화는 여기서 공자의 부민이론을 부민 그 자체가 목적이 아니라 진정한 부민의 목적은 足君에 있다고 하였다. 그 근거로 『논어』「顔淵」편의 "百姓足, 君孰與不足? 百姓不足, 君孰與足?"을 들고 있다.

501) 『맹자』「양혜왕상」: "王何必曰利? 亦有仁義而已矣."

502) 義利에 대한 전통적인 입장은 크게 두 가지 형태로 구분된다. 하나는 '義利對立論'이며, 다른 하나는 '義利統一論'이다. 전자의 입장은 程朱가 그 대표라 할 수 있으며, 후자의 경우 명청대 경세치용론자들이 대표적이라 할 수 있다.

"저 형주의 사대부 낙순이 그 절개를 지키지 못한 것은 먹을 것이 부족해서이고, 은정이 절개를 지킬 수 있었던 것은 먹을 것이 넉넉하였기 때문이다.503) 절개를 지키고 지키지 못하는 것은 먹을 것이 족하고 족하지 않고의 차이이다. 사람에게 먹는 것이 어찌 중요하지 않겠는가!"504)

'절의'라고 하는 도덕적 가치의 추구 여부가 식(食)의 충족 여하에 달려 있다고 설명한 내용이다. 이것은 도덕적인 가치와 인간의 삶에 필수 불가결한 것을 결코 분리할 수 없다는 논리이다. 그러면서도 당견은 '의(義)'와 '이(利)'를 도덕적 가치에 입각해서 구별하고 있다. 인간을 '의'와 '이'에 대한 태도에 따라 세 종류로 나눈 일종의 삼품설(三品說)이다.

"무릇 사람의 본성은, 먼저 최고 경지의 사람은[上品] '의(義)'를 생각하고 '이(利)'를 생각하지 않으며, 그다음 단계의 사람은[次品] '이'를 보고 '의'

---

503) 낙순과 은정에 대한 「養重」의 내용: "과거 촉(蜀, 사천성)지역에 낙순(駱純)이라는 사람과 은정(殷正)이라는 두 명의 사대부가 있었는데, 이들은 모두 문장과 학문이 높기로 소문이 자자하였다. 양영(楊榮)이 재상이 되어 서신과 재화 관리하는 관리를 둘로 나누어 놓고 그들을 포정사(布政使)에 소속시키며 말했다. '낙순과 은정 두 사람은 사천출신의 영특한 선비이다. 나는 그들을 오랫동안 생각하고 있었다. 그대는 나를 위해 그들을 데리고 오라!' 이때 낙순은 가난했고 부인이 없었으며, 고향에서 제자들을 가르치고 있었다. 은정은 부유해서 넓은 전원과 목장과 산림이 넉넉하게 있었다. 낙순은 서신과 돈 꾸러미를 받고 사흘 만에 떠났다. 은정은 질병을 구실 삼아 고사하면서 가지 않았다. 그 친구가 갈 것을 권면하였다. (그러자) 은정이 말했다. '내가 양영 선생이 현명하고 더불어 교류할 만하다는 것을 모르는 것이 아닙니다. 또한 힘써 나를 추천해서 기용하려고 합니다. 그러나 부귀한 집안의 문객(門客)이 될 수는 없습니다. 위험하고 의심 많은 조정에서 벼슬할 수 없습니다. 수레를 타고 있는 것이 내가 산속에 묻혀 살면서 편안히 지내는 것만 못합니다. 공경대부의 녹봉이 내가 매년 거둬들이는 수입만 못합니다. 자기의 편안함을 버리고 다른 사람의 위태로움에 몸을 맡기고, 자기의 수입의 많은 것을 버리고 다른 사람의 적은 것을 받으려고 한다면 지혜가 있고 없고 관계없이 할 수 없는 일임을 알 것입니다.' 그리고는 끝내 은둔하고 나가지 않았다."

504) 「養重」 91쪽: "夫荊士駱子之不能守其節者, 食不足也; 殷子之能守其節者, 食足也. 節之立不立, 由于食之足不足; 食之于人, 豈不重乎."

를 생각하며, 최하 단계의 사람은[下品] '이'를 보고 '의'를 잃어버리는 사람이다. 첫째와 셋째 유의 사람은 적으나 두 번째 부류의 사람은 많다."505)

'의'와 '이'를 구별하는 입장과 이익만을 생각하는 무리를 소수라고 보면서, '의'와 '이'를 동시에 중요한 요소로 살피는 사람을 다수라고 말한 내용이다. 이러한 '의'와 '이'에 대한 견해는 가치론에 입각한 전통적인 의=군자, 이=소인이라는 구도를 부정한 것이 아니다. '의'와 '이'를 구분하며 도덕적인 '상자(上者)'를 지향하는 부류와 '이'만을 생각하는 최하 단계의 부류를 소수로 보고, '견리사의(見利思義)'하는 부류를 다수로 인정하면서, 도덕적 사유[義]와 경제적 이익[利]을 통일적 입장에서 보고자 한 것이다. 바로 이 점이 당견이 완전한 의미에서 의리통일적 입장에 서지 못했다는 증거이다.

그러나 당견은 기존의 의리대립적 의리관에는 동의하지 않았다. 사대부[儒]로서 상업에 종사했던 것도 이를 근거할 수 있는 직접적인 예라고 볼 수 있다. 당견의 의리통일적 관점은 "백성을 부유하게 하라."는 부민론으로 설명되고 있는데, 이 부민사상은 당견이 제시한 정치의 최종 목표이기도 하였다. 당견은 "입국의 도는 다른 데 있지 않고 오직 부에 있다."506)고 하며, 부민·부국을 추구하였다는 것이다.

"정치를 담당한 자가 부민으로 공을 삼지 않고, 요행히 태평을 이루었다면 연(燕)나라에 간다고 하면서 말머리를 남쪽으로 향하는 것이다."507)

---

505) 「制祿」 138쪽: "凡人之性, 上者有義無利; 其次見利思義; 其下見利忘義. 上下少而
　　 次者多."
506) 「存言」 114쪽: "立國之道無他, 惟在於富."
507) 「考功」 111쪽: "爲治者不以富民爲功, 而欲幸致太平, 是適燕而馬首南指者也."

여기서 부민의 근본적인 목적이 어디에 있는가가 중요하다. 독일의 사회학자 막스 베버는 중국 전통의 부민이론을 신분 유지를 위한 필수 요소로 이해하였다. 왜냐하면 "부유하게 된 다음에야 사람이 신분에 알맞게 생활할 수 있기 때문"508)이라고 하였다. 부란 유덕한, 품위 있는 생활을 하기 위한, 또 자기의 완성에 전념할 수 있게 하는 가장 중요한 요소란 지적이다. 베버는 중국 사회를 전통적인 신분 질서가 상존하는 사회 구조로 파악하면서, 그렇기 때문에 근대사회로서의 자본주의 양태는 전통의 굴레 속에서 찾을 수 없다고 본 것이다.509)

이 같은 베버의 견해는 엄격한 신분 질서가 존속되던 중국 사회에 대한 명쾌한 지적이 아닐 수 없다. 사실 부란 관직과 더불어 신분을 유지시켜 주는 가장 중요한 요소 가운데 하나였다. 곧 부한 사람은 관직까지도 가질 수 있었으며(매관매직), 반대로 관직을 가진 사람은 부유하게 될 수 있었다(정경유착).

그렇다면 이미 부유한 사람들과 기득권을 갖고 있는 사람들에게 부민사상은 달가울 수 없는 이론이었다. 부유하면서도 관직을 갖고 있는 사람에게 또 다른 사람들이 부유해진다고 하는 것은 상대적으로 자신의 신분이 그만큼 낮아지는 것을 의미하기 때문이다. 이로부터 당견의 부민사상의 진보적 성향은 더욱 부각되는 것이다.

당견은 '부민'의 근본 목적을 '양민(養民)'에 두었다. '양민'은 베

---

508) 막스 베버, 『유교와 도교』 347쪽 참조.
509) 베버는 중국 사회를 경제적으로 정체된 사회(자본주의 미발달)로 규정하는 대표적인 학자다. 그 근본 원인을 구체적으로 합리적인 직업윤리의 미형성, 화폐의 미발달, 자연과학적, 합리적인 사유체계의 결여로 지적한다. 사상적으로 유교와 도교가 중국 사회를 정체시킨 근본 원인이라 지적하며, 유교의 신분 질서, 도교의 신비주의를 열거한다. 따라서 베버의 富民에 대한 입장은 유교적 신분 질서의 유지의 일환으로 이해되며, 이것은 결코 사회발전, 사농공상의 신분 질서의 와해 내지 자본주의 경제로의 전환을 염두에 두지 않는다.

버가 말한 것처럼 신분 질서를 유지하기 위한 방편이 될 수도 있지만, 부를 획득한 사람들의 신분 상승으로 인한 신분 질서의 변화도 가져오게 한다. 사실 명말청초 신흥 지주계층의 등장도 이와 무관하지 않다.

중국 전통사상 가운데 양민론은 부민 말고도 혜민(惠民)·이민(利民)·휼민(恤民)·친민(親民) 등의 다양한 방법으로 상존하였고, 한편으론 척민(瘠民)·약민(弱民) 정책510)도 있었다.

그렇다면 신분 질서의 유지를 위한 기득권자들의 희망은 부민보다는 척민·약민 정책이 훨씬 수월하였을 것이다. 실제로도 이것은 어떠한 형태로든 유지되었고 지속되었다. 부역과 부세의 가중한 부담이 바로 이를 증명한다. 전통적인 전제정치의 원활한 정책 방향이 백성을 조였다 풀었다 하는 반복 과정 속에서 어떤 때는 부민으로 어떤 때는 척민·약민으로 대하였던 것이다. 정치적으로 전제군주가 주체가 되는 사회였기 때문에 더욱 그러했으며, 바로 이것을 잘 조절할 수 있는 군주가 성군으로 받들어졌던 것이다.

그러나 명말청초 당견을 비롯한 일부 진보적인 사상가들에 의해서 제기된 반전제적인 정치론과 경제적인 부민론은 신분 질서 유지를 위한 논의라기보다는 오히려 신분 질서를 근본적으로 뒤흔드는 논리로 발전하였다. 그것은 사민(四民)에 대한 전통적 차별의식으로부터의 탈피를 전제로 한 말이다. 부민론의 근본 목적이 '양민'이라고 했을 때, 이때 민은 하층 노동인민 전체를 대변한 것은 아니더라도 기본적으로 기존의 사민의식 속에서의 차등 관념은 어느 정도

---

510) 『國語』「魯語」: "昔聖王之處民也, 擇瘠土而處之, 勞其民而用之, 故長王天下. 夫民勞則思, 思則善心生; 逸則淫, 淫則忘善, 忘善則惡心生. 沃土之民不材, 逸也; 瘠土之民莫不饗義, 勞也." 『商君書』「說民」: "治國之擧, 貴令貧者富, 富者貧. 賓者富, 富者貧, 國强." 『商君書』「弱民」: "政作民之所惡,民弱." 이에 대한 자세한 논의는 劉澤貨 主編, 『中國傳統政治思維』301~303쪽 참조.

해소되었다는 데[511] 그 의미가 있다고 할 수 있다.

당견은 "치자의 책무는 필시 '양민'이다."[512]고 하며, 정치의 근본을 '양민'에 두고, 그 정치형태로서 18가지의 구체적인 실례를 들었다.[513] 여기서는 물론 그 구체적 실례들을 하나하나 열거할 수는 없다. 다만 당견이 길지 않은 관직생활 속에서 몸소 실천한 '부민책'의 몇 가지를 살펴볼 뿐이다.

첫째, 그는 당시 가장 높은 상품 가치를 지녔던 잠업(蠶業)을 적극 권장하는 것으로 부민을 도모하였다.

> "그렇기(잠업에 종사하였기) 때문에 비록 과중한 세금으로 곤궁해지더라도 (이곳의) 백성들은 창고가 비는 적이 없다. 주막들이 곳곳에 들어서고 선박들의 잦은 왕래로 번화한 것은 다른 곳과 비교할 수 없을 정도인데, 이것이 모두 누에를 키워 얻은 이익의 넉넉함 때문이다."[514]

당견이 잠업을 강조한 것은 명말청초 강남지역의 상업 발달과 도시 번성의 주된 원인이 잠업과 그에 따른 면방직업의 활성화에 있었음을 알았기 때문이다. 당시 잠업은 고부가가치 산업으로 여러 가지 측면에서 백성을 부유하게 할 수 있었다. 나아가 이것은 단순히

---

511) 「富民」 편 105~106쪽에서 당견은 목축업자, 수공업자, 광업자로서 數代에 걸쳐 富를 얻으며 살아온 사람을 예로 들면서, 이들 업자들과 그 밑에서 일하는 雇傭人간의 관계를 설명하고, 一金으로써 百金의 이익 얻는 것에 대한 설명을 하고 있다.

512) 「達政」 139쪽: "責治者必養民."

513) 「達政」 139, 140쪽 참조.

514) 「教蠶」 157쪽: "是以雖賦重困窮, 民未至於空虛; 室廬舟楫之繁庶, 勝於他所. 此蠶之厚利也." 「存言」 편 114쪽에서도 당견은 잠업을 강하게 권장하며 중산층의 권익을 대변하는 입장을 피력하고 있다. 한편 『淸史列傳』 唐甄傳에도 "順治十四年舉人, 選山西長子縣知縣. 導民蠶桑, 以身率之, 日省於鄉, 三旬而樹桑八十萬本, 民業利焉."라고 하며, 당견의 富民에 대한 구체적인 노력을 뒷받침하고 있다.

개인적인 부에 그친 것이 아니라 경제적 생산력의 확대를 가져온 자본주의 맹아라고 하는 새로운 사회형태에로의 진전을 가져오게도 하였다.

둘째, 화폐개혁을 통한 일반 백성들의 부세 부담을 경감시키는 처방에 의한 부민의 추구였다. 명대 중기 이래로 정착되어 온 은 본위제인 일조편법의 시행은 백성들에게 가중한 부담 요소로 작용하였고, 이로 인한 서민 경제의 파탄은 가속되었다.[515] 그 까닭은 물론 은의 부족과 그에 따른 일부 특권층 및 그와 결탁한 거대 상인들의 은 독점에 의해 나타난 현상으로, 부세를 은으로 대납하는 세제상의 부담을 백성들이 가장 많이 받았기 때문이다.

> "명대 이래로 전용된 것은 은이다. (그런데) 지금에 이르러 은은 날로 적어지고 세상에서 쓰기에도 충분치 못하다."[516]

은 본위제의 문제점을 지적한 것이다. 은의 유통이 전대보다 활발해진 것은 사실이지만, 일부 특권층에게 은이 독점된 뒤로 은은 일반의 통화로서 그 기능을 상실하고 말았다. 특히 부세·부역의 은 대납은 일반 민중들의 부담을 가중시켜 결국 이농(離農)·민변(民變) 등을 불러일으키는 원인으로 작용하였던 것이다. 당견은 이 같은 은 납화에 따른 폐단을 적시하고 그 대안으로 전(錢)과 곡식의 사용을 강력히 주장하였다.

---

515) 황종희, 『명이대방록』 「田制」 三에서는 '一條鞭法'으로 인한 혜택은 적고 그 폐단은 매우 크다고 하며 결국 이 같은 세법이 나라를 망친다고까지 비판하고 있다.
516) 「更幣」 140쪽: "自明以來, 乃專以銀. 至于今, 銀日益少, 不充世用."

"전은 이미 전대에 폐지되었으나, 어찌 오늘날 회복할 수 없겠는가. 지금의 백성을 구제하기 위해서는 마땅히 은 본위제를 폐지하고 전을 사용해야 한다. 곡식으로 근본을 삼고 전으로 보조 수단을 삼으면 시역(市易)을 원활히 할 수 있기 때문이다."517)

경제발전이란 측면에서 전과 곡식의 통용은 은 본위제보다 다소 후퇴한 측면이 없지 않다. 통화 정책의 기본 단위를 은으로 한다는 것은 그만큼 경제발전의 잣대가 될 수도 있기 때문이다. 은을 화폐의 기본단위로 하는 것은 자본축적의 수단으로 곡식이나 전보다는 훨씬 유리하다는 차원에서 사회경제발전의 한 추이가 될 수 있다는 것이다.

그러나 은의 유통 구조가 원활하지 못한 상황에서 은 본위제는 오히려 일반 백성들의 생계를 위협하는 요인으로 작용하였다. 그런 점에서 당견의 은 본위제 폐지 주장은 사회 안정과 백성의 생존을 위한 조치였다.

사실 명말 은 본위제의 폐단은 일부 특권층의 은 독점으로 인해 발생하였다. 유통 수단으로서 은은 화폐기능을 다하지 못하였기 때문에 은납제 폐지주장은 불가피하였다. '양민'이라는 정치적 측면에서 은 본위제가 부담 요인으로 작용했기 때문에 이의 폐지는 필수 요청이었다는 것이다.

한편 주목할 것은 시역(市易)에 대한 논의이다. 당시 시장은 전통적인 단순 물물교환 형태의 자연경제의 틀을 벗어나 전문 수공업 제품의 출하와 전문 상인계층에 의한 매매 구조의 조직적인 메커니즘으로 이루어지고 있었다. 주된 수공업은 면방직업을 비롯한 도자

---

517) 「更幣」 141쪽: "錢廢于前代, 豈不可復于今世. 救今之民, 當廢銀而用錢. 以穀爲本, 以錢輔之, 所以通其市易也."

기, 야철(冶鐵) 등 제법 다양한 방면으로 전개되었다. 당견도 「부민」 편518) 속에서 이러한 업종으로 수대에 걸쳐 부를 축적한 사람들을 예로 들고, 이들 공장에서 일하는 노동 계층이 항상 백여 명에 달하고 있다는 사실을 밝히고 있다.

셋째, 상업에 대한 전통적 차별의식을 배제하고 이익추구의 수단을 다양화하는 차원에서의 부민추구였다. 사회 발달에 따른 이익추구 수단으로 상업을 자연스럽게 본업과 마찬가지로 여겼던 것이다.

당견은 "정치하는 도는 반드시 농토와 시장을 우선한다."519)고 하며, 농업과 상업을 같은 선상에서 강조하였다. 전통적 신분 차등의식에서 나온 '사농공상'의 등차질서는 '중본억말(重本抑末)'로 직종을 차등화시켜 놓았으며,520) 이것이 상공업 발전의 커다란 장애요인으로 작용하였다.

그러나 당견은 이러한 본말의식을 부정하고 인간의 기본적 삶의 방편으로서 '식(食)'을 가장 중요한 요소로 파악함과 동시에 식생활을 해결하는 방법으로 사농공상의 차별의식을 배제하려고 하였다. 그는 삶의 전제조건으로 경제생활의 안정을 최우선 과제로 삼았던 것이다.

"절도가 서고 안 서고의 문제는 먹는 것이 족하냐 부족하냐에 말미암는

---

518) 「富民」 106쪽 참조.
519) 「善施」 83쪽: "爲政之道, 必先田市."
520) 사농공상의 **차별의식**의 기원은 周代로 거슬러 올라간다. 周代 생산의 증대와 무역의 급속한 발달은 각종의 부유한 상인들을 양산하며 **신흥 세력계층**으로 성장하였다. 이 때문에 기존의 귀족계급은 일종의 **위기의식**을 갖게 되었고 결국은 자기방어를 위한 **사회계급**을 구성하려고 하였다. 사농공상의 등차질서는 바로 이 같은 귀족계급의 기득권 보호차원에서 발생되어 그 뒤 2000년 동안 중국의 **사회적 지표**로 작용하였다.(존 K.페어뱅크 外, 앞의 책 45쪽 참조)

다. 인간에게 있어서 먹는 것이 어찌 중요하지 않겠는가.”[521]

    인간의 기본적인 삶 가운데 식생활이 가장 중요함을 지적한 내용이다. 식생활을 위한 한 형태로 상업에 대한 편견도 버려야 한다는 것이다. 그가 상업을 전통적 관념에서처럼 말업이라 하지 않고, 하나의 본업으로서 차등을 두지 않았던 것은 「식난(食難)」편에 자세한 문답 형식을 통해 다루고 있다. 좀 길더라도 그의 상업에 대한 소신을 알기 위해 전문을 인용해 본다.

    “어떤 사람이 장사를 하는 게 좋을 것 같다고 하였다. 이에 갖고 있던 밭을 팔아 60여 전의 돈을 마련해서 심충과 당원으로 하여금 진택(震澤, 청조 이후 강소성 吳江縣)에서 물건을 사다가 오시(吳市, 지금의 蘇州)에서 팔게 하였는데, 이익이 조금 남았다. 오래 지난 것은 아니지만 매상이 신통치 않아 우리는 도시의 동쪽으로 이사하였다. 방을 비우고 나 혼자 그 안에 있으면서 문밖을 나가지 않았다. 그리고 심충과 당원으로 하여금 물건 중개인을 하도록 하였다. 주로 옷감 파는 사람들이 고객이었는데, 수익은 좋지 않았다.
    (그 가게를 찾아온) 고객이 (당견을) 책망하며 말했다. ‘선생은 일찍이 랑중(閬中, 지금의 사천성 閬中縣)에서 과거에 합격하여 거인(擧人)이 되었고, 단주(丹朱, 지금의 산서성)의 봉지(封地)에서 벼슬을 하였으니, 그렇게 신분이 비천하지 않았습니다.[522] (선생은) 한마음 한뜻으로 살아오시면서 유감스러운 일도 없었고, 홀로 떳떳하게 사시면서 세속에 영합하지도 않으시는 그야말로 고결한 삶을 살아오셨습니다. 『시경』과 『서경』을 공부하시고

---

521) 「養重」 91쪽: “節之立不立, 由于食之足不足; 食之于人, 豈不重乎.”
522) 당견은 28세 때, 곧 청 順治 14년(1657)에 사천의 閬中에서 거행된 鄕試에 참가해서 거인이 되었고, 42세 때, 곧 강희 10년(1671)에는 山西長子縣 知縣을 지내다 10개 월 만에 파직당하였다. 丹朱란 지명은 전설 가운데 堯임금의 아들 朱가 丹水에 기거했기 때문에 단주라고 이름하였다고 한다. 단수는 沁河支流로 산서성 동남쪽에 있다.

『춘추』에도 밝으셔서 몸소 옛 사람들의 대의(大義)에 부합하는 삶을 사셨기에 사람들이 모두 군자라고 칭송하였으니, 현자라 할 수 있을 것입니다. 지금 (선생께서) 고결한 나이에 이렇게 시장에서 장사를 하시는 모습은 제 생각으로는 어울리지 않는다고 봅니다.'

당견이 말했다. '천하에 어찌 까닭 없이 죽는 사람이 있을 수 있겠습니까! 백이와 숙제는 수양산에서 굶어 죽었기 때문에 의리를 지킨 것이라고 합니다. 그 의리가 아니었다면, 생명을 중하게 여겼을 것입니다. 오늘날 일가친척들에게 곡식을 빌리고자 해도 빌릴 수 없고, 고향사람들에게 땔감을 빌리려고 해도 빌릴 수 없어 간혹 친구들에게 빌려 쓰기는 했지만, 이것도 언제까지 계속 빌릴 수 있는 입장이 못 됩니다. 하루아침에 쌀도 없고 땔감도 없어 문밖출입을 할 수 없으니, 어찌 문을 두드리며 나를 구제할 자가 있겠습니까! 내가 비록 부귀하거나 고결하거나 현명한 것은 아니지만 부모가 주신 몸이니, 굶어 죽을 수 없는 것은 분명합니다. 요즘 가게에 손님들이 많아져서 주방에 술과 고기가 생겼고 날마다 많지는 않지만 조금이라도 이윤이 남아 집안사람들이 살 수 있게 되었고, 첩과 하인들도 생명을 보전할 수 있게 되었습니다. 가게 안에 거처해도 매일매일 먹는 것은 떨어지지 않습니다. 이것이 바로 죽음에서 벗어난 방법입니다. (이런 저를) 선생께서 축하해 주시지 않고, 오히려 책망하시겠습니까?'

그러자 고객이 말했다. '천하에 소인배들과 무능한 사람, 갈 곳 없는 사람들이나 (추위와 굶주림으로) 죽는 것을 걱정합니다. 조그만 재능이라도 있는 사람은 비록 곤궁해지더라도 해를 당함이 없습니다. 선생의 문장과 학문은 (만일) 정치에 참여하게 된다면 상주문(上奏文)으로 손색없고, 격문(檄文)으로 쓰기에 족하고, 백성들을 깨우치는 공고문으로 손색없어 사람들의 마음을 열게 하고, 명예를 드러내기에 족할 것입니다. 중앙관직에 나아가 관부의 중요한 자리 상빈(上賓)이 될 수 있고, 지방관직에 나아가도 관원으로 그 지위를 보전할 수 있어, 또한 집안의 식생활은 넉넉할 것입니다. 그런데 어찌 이처럼 스스로 비천한 일을 할 수 있습니까?'

당견이 말했다. '선생은 비록 계산적인 것에는 밝을지라도 시세에는 밝지 못한 것 같습니다. 상고(上古)에는 양현(養賢)이란 명분이 없었고, 중고

(中古)에는 양로(養老)의 예절이 있었습니다. (이른바) 노인을 공양하였다는 것은 효를 교육하였다는 것이지, 그들에게 음식을 공양했다는 것은 아닙니다. 그 당시 위로 나라가 부유해서 아래로 백성들이 넉넉하였고, 현자(賢者)가 이미 그 지위를 보전하여 (다른 사람의) 부양을 기대하지 않았는데, 이것이 태평성세의 풍조였습니다. 그 이후로 잦은 전쟁을 겪으면서 예의(禮義)를 기리지 않고, 선비는 이에 빈천해지고 절개가 없어졌습니다. 여기서 부귀한 대신(大臣)들은 온갖 착취를 자행하면서 재물을 집안에 쌓아두었고, 수천 명의 식객을 거느렸는데, 그들 모두 그 집안에서 두둑이 챙기었습니다. 또한 저잣거리의 여러 말단 관리들은 바로 이들이 맡아 하였습니다. 그 이후로는 또한 벽소(辟召)523)와 같은 임시 충원된 관원을 자치적으로 임명할 수 있어서 가난한 선비들이 의지할 만한 데가 있었습니다. 이 두 가지 경우는 뜻을 구부리고 몸을 굽히는 일이기에 선비의 도를 또한 상실하고만 것입니다. 그러나 선비에게 농토가 없어 굶주림에 지쳐 쓰러지는 데 이르지 않은 것은, 오히려 이 같은 경우에 의지하였기 때문이지요. (그런데) 오늘날에는 아주 별 볼일 없는 관리까지도 모두 조정에서 손수 파견하여서 비록 현명하고 능력이 있어도 자기의 본분을 다할 수 없게 되었습니다. 과거의 벽소제도는 태평성세의 제도와도 같은 것입니다. 공경대부가 선비를 천대하면 선비로서 그들의 문하에 들지 못하는 사람은 그 집안의 개나 말의 먹을거리조차도 바라보지 못하고, 그저 거위나 오리가 먹는 찌꺼기 음식을 구걸해도 구할 수 없습니다. 옛날에 손님을 접대하는 치객(致客) 같은 것은 태평성세의 일입니다. 만일 좋은 일이 있다면 장사를 잘하는 사람, 재주를 잘 부리는 사람, 명령을 잘 따르는 사람, 관통(關通)을 잘하는 사람이 모두 그것으로 인해서 대부분 부귀를 얻게 될 것입니다. 이런 재주를 선비가 부릴 수 있는 것입니까? 할 수 있겠지요. 그렇다면 그렇게 하는 것이 옳다고 봅니까? 선생께서 만일 길을 열어주신다면 저는 갓끈을 풀고 선생을 따라가겠습니다.'

고객이 말했다. '제가 일찍이 선생께서 다른 사람과 학문에 대해 말씀하

---

523) 漢代 고급관리를 임용하는 제도. 중앙 최고 행정장관인 三公, 지방관인 州牧·郡守가 모두 관료를 청빙하여 조정에 추천하는 제도. 辟除 또는 徵辟이라고도 한다.

시는 것을 들은 적이 있습니다. 안으로 마음을 절제하고 밖으로 행동을 절제하며, 먼저 의(義)와 이익(利益)의 구별을 분명히 해야 한다고 하신 말씀에 저는 감복했습니다. 일반 사람들이 생각하기에 선비가 가장 귀중하고 농민이 그다음이고 장사하는 것이 가장 아래라고 생각합니다. 장사하는 것을 가장 아래라고 생각하는 것은 그들이 이익만을 생각하기 때문입니다. 그래서 군자는 재물에 대해서 말하지 않고 이익이 얼마나 남는지에 대해 묻지 않습니다. 한번 여기에 미치면 그것을 상인의 풍기[賈風]라고 하는데, (이것을) 반드시 심한 치욕이라고 생각합니다. 상인이 천하지만 물건을 중개하는 것은 더 천합니다. 선생께서 그 일을 하시니 이익에 가까이할 수 없을 것입니다. 원컨대 선생께서는 이 일을 버리시고 다른 생계를 도모하십시오.'

당견이 말했다. '강태공 여상(呂尙)은 맹진(孟津)에서 장사하였고, 나 당견은 소주(蘇州)에서 장사하는데, 그 의미는 같습니다.' "[524]

당견이 상업에 종사하게 된 동기와 그 과정을 상세히 설명한 내용이다. 특히 사대부로서 사대부의 일만이 능사가 아님을 설명한 내용은 주목할 대목이다. 예컨대 상업에 종사하여 돈을 잘 버는 것, 자신의 재능과 재주로 부를 추구하는 것, 명령을 잘 따르며 생업을 넉넉히 하는 것, 관통(關通) 즉 유통을 잘하여 부를 누리는 것은 누구나 할 수 있는 일이지 상인만이 하는 것은 아니란 것이다. 그런 일이라면 "갓끈을 풀고 선생을 따라가겠다."는 언급은 언제든 사대부로서의 명분을 버리고 실리를 추구하겠다는 공리적(功利的) 사고의 일단인 것이다.

이런 입장에서 나아가 상업 활동을 적극적으로 옹호하며 권장하기도 하였다.

---

524) 「食難」 편 86~88쪽 참조.

"강과 바다라고 하는 것은 상선이 그로 말미암아 부와 이익을 추구하니
어찌 폐지할 수 있겠는가."[525]

부의 축적 수단으로서 상업 활동을 정당화시키는 내용이다. 상업
에 대한 적극성은 그 자신이 호구지책의 방편으로 직접 상업에 종
하였다는 점에서 더욱 이를 증명한다. 사대부로서 상업에 종사한다
는 것은 신분사회 속에서 결코 쉬운 일은 아니다. 그러나 당견은
몸소 상업에 종사함으로써 기존의 신분 질서체계를 부정하였다. 이
것은 그의 세계관이 이미 전통적 신분차등 질서에 대한 비판적 입
장에 섰다는 실례일 것이다.

한편 공상에 대한 본업의식은 황종희의 '공상개본(工商皆本)'의
이론[526]에 잘 나타나 있는데, 이를 통해 당시 진보적 사상가들의 직
업관이 전과 달랐음을 보여준다.

특히 명말청초 '유학자이기를 포기하고 상업에 종사하는(棄儒就
賈)' 현상도 상당수 있었고, '사대부이면서 상인(士而商)' 혹은 '상
인이면서 사대부(商而士)'이었던 부류의 사람들도 있어서 당시 신분
질서의 재편이 가속되고 있었음도 주목할 필요가 있다.[527] '유고(儒
賈)'의 출현으로 상업 활동은 보다 활발해졌고, 상업을 통해 부민으

---

525) 「利才」 191쪽: "然江海者, 商舟由之以致富利, 烏可廢也."
526) 황종희는 『명이대방록』 「財計3」에서 "세속의 儒者들은 잘 살피지 못하고서 工과
    商을 末로 여겨 함부로 의논하여 이것을 억압하나, 대저 工은 본시 聖王이 와 주
    었으면 하고 바란 바이고 商또한 그들을 나라에서 자유로이 왕래하기를 원했던 것
    이니, 곧 모두 本인 것이다.(世儒不察, 以工商爲末, 妄議抑之, 夫工固聖王之所欲
    來, 商又使其願出於途者, 蓋皆本也)"라고 하며, '工商皆本'을 주장하였다.
527) 王進, 「明淸之際的'儒賈'及其對當代企業文化的啓迪」(『明淸史』 中國人民大學書報
    資料中心 1992.2) 7, 8쪽 참조. 이 논문에서 필자는 '棄儒就賈'의 원인으로 첫째,
    명조의 멸망으로 인한 지식인들의 실망과 청조에 귀속되기를 꺼리는 경향성. 둘째,
    仕途에 따른 경제적인 어려움. 셋째, 기존의 상인에게 열려져 있지 않던 入仕의
    길이 오히려 지식인을 상업에 끌어들이는 역할을 하였다고 분석한다.

로 성장한 이들이 당시 사회경제 발달의 주역으로 등장한 것이다.

넷째, 비록 보잘것없는 자본이라도 커다란 이익을 남긴다면 가장 좋은 방책이 될 수 있다는 경제론이다. 당견은 이것을 각 지역마다의 특산품과 수공업제품 생산을 통한 부의 추구로 설명하였다. 중국은 본래부터 광활한 토지를 갖고 있으면서 각 지역의 특산품을 갖고 있었고, 거기에서 얻는 수익은 보통 농사만을 짓던 여타의 다른 지역과 비교가 안 될 정도로 발전된 양상을 띠어 왔다. 명말청초 경제발달의 초석이 각 지역마다의 산업 특색을 살렸기 때문에 가능했다는 논리이다.

> "롱우(隴右, 지금의 甘肅 隴山) 일대에 사는 사람들은 양을 기르며 살고, 하북(河北) 일대에 사는 사람들은 돼지를 기르며 살고, 회남(淮南) 일대에 사는 사람들은 오리를 사육하며 살고, 태호(太湖)변에 사는 사람들은 누에고치를 치며 살고, 강소(江蘇)에 사는 사람들은 방직업을 하며 산다. 모두가 지극히 보잘 것 없는 생업들이다. 그렇지만 세월이 지나면서 이루 헤아릴 수 없을 정도로 번창하였다. 이것이 모두 적은 자본을 이용하여 수많은 이득을 얻을 수 있다는 것이다."[528]

획일적 경제정책이 갖는 문제를 적시한 당견의 경제이론이다. 지역 특색에 맞는 경제작물과 업종선택은 지역 활성화와 직결됨은 예나 지금이나 같다. 지역 특색을 살린다면 비록 적은 자본을 갖고 하더라도 나중에는 큰 성과를 얻을 수 있다는 경제논리인 것이다.

그런데 이러한 당견의 부민이론은 결코 단편적인 특수층을 위한

---

528) 「富民」106쪽: "隴右牧羊, 河北育豕, 淮南飼鶩, 湖濱繰絲, 吳鄕之民, 編蕢織席, 皆至微之業也. 然而日息歲轉, 不可勝算. 此皆操一金之資, 可致百金之利者也."

논의가 아니란 사실이다. '부익부, 빈익빈'의 심화를 조장할 수 있는
경제적 편차가 갖고 올 문제를 염두에 두고 그것을 염려하는 입장
에서 부민이론을 전개하였다는 것이다. 정치논리에 따라 혹 생길수
도 있는 폐단을 지적한 내용이다.

"재화는 나라의 보물이요, 백성의 목숨이다. 보물은 훔칠 수 없고, 목숨
은 빼앗을 수 없다. 성인은 백성을 자신의 가족처럼 여기고 천하를 자신의
창고처럼 생각하기 때문에, 그 보물을 훔치거나 그 목숨을 빼앗는 것은 없
어서, 이로서 '그 집안이 모두 충족하고 처자식이 모두 평안하다.'[529] 이
도를 거스르면 일부 재물이 아첨하는 신하의 집안으로 흘러들어 커다란 비
밀 창고에 저장된다. 좀이 많이 먹으면 나무가 마르고, 등창이 생기면 몸이
피폐해지게 마련인데, 이것이 빈부의 출발점이며, 치란의 분기점이다."[530]

여기서 당견은 사회의 고질적 문제인 부의 독점을 지적하며 경계
하였다. 사회발전에 따른 사적 소유의 활발한 진행으로 야기된 토지
겸병의 문제가 명말청초 가속화되는 현실 속에서 정치적 기득권자
에 의한 부의 독점을 경계하고자 한 것이다.
한편 당견은 당시 수공업의 활발한 전개과정 속에서 나타난 사회
분업화 현상과 도·농 간의 경제적 차등문제에서 비롯한 이농현상,
즉 도시집중으로 나타난 '부익부, 빈익빈'의 심화를 해소하기 위한
방법으로 육영당(育嬰堂)[531]의 운영을 개진하였다. 사회적으로 가난

---

529) 『시경』「周頌」良耜의 詩에 농사에 대한 감사를 "百室盈止, 婦子寧止"라고 하며,
　　　노래하고 있는데 당견은 바로 이 구절을 상기하며, 이 같은 말을 하고 있는 것이다.
530) 「富民」 105쪽: "財者, 國之寶也, 民之命也; 寶不可竊, 命不可攘. 聖人以百姓爲子
　　　孫, 以四海爲府庫, 無有竊其寶而攘其命者, 是以家室皆盈, 婦子皆寧. 反其道者, 輸
　　　於倖臣之家, 藏於巨室之窟. 蠹多則樹稿, 癰肥則體蔽, 此窮富之源, 治亂之分也."
531) 梁其姿, 「明末淸初民間慈善活動的興起」-以江浙地區爲例-(食貨月刊社, 『食貨』
　　　第15卷 第7, 8期 1985年 1月) 54~57쪽에서는 명청대 이른바 당견도 지적한 육영
　　　당을 좀더 구체적으로 언급하였는데, 여기서는 육영활동의 전담기구를 관영형태로

한 이들의 자제를 소위 사대부 대지주들이 추렴한 자산을 통해 육영당을 운영하자는 방안이다.

"소주(蘇州)에 육영당(育嬰堂)이 있어 버려진 아이들을 모아 양육하였다. 궁핍한 사람들은 그 자식을 기를 수 없어 그곳으로 보내 길렀다. 아이를 맡기고자 하는 사람이 아이를 안고 와서 (맡기고) 돌아갔다. (그곳에는) 의복과 포대기, 그리고 의약품 등 갖추고 있지 않은 것이 없었다. 매달 어린이를 돌보는 보모에게 월급으로 3백 전을 주었고, 등재된 보모만 3백여 명에 이르러 매년 천 냥이 넘는 비용이 들어갔는데, 그 비용은 모두 사대부들이 찬조하였다. 이것은 한 지방의 선량한 일이었다."[532]

마치 오늘날의 사회복지 사업기관인 탁아소와 비슷한 운영체계를 말한다. 그 재원을 일부 사대부 대지주들에게 전담시킨다는 것도 흥미롭다. 이 같은 제도가 소주(蘇州)라는 명말청초 경제적으로 가장 발달된 지역에서 시행되었다는 점을 주목해 볼 필요가 있다. 이미 당시 일용 근로자층이 폭넓게 확산되었고, 또한 빈부의 격심한 차이

서의 '養濟院'과 민간형태의 '同善會' 등의 활동을 상세히 논증하고 있다. 여기서 養濟院이나 同善會는 당견이 제시한 육영당과 거의 같은 활동을 한 것으로 보이며, 이러한 활동에 대해서 당시 서양 상인들이 매우 인상적으로 받아들이고 있다는 것을 기록하고 있다. 한편 이러한 자선사업의 활동에서 나타난 폐단을 적고 있는데, 그것의 근본적인 문제는 담당 胥吏의 횡포에 있음을 논증하고 있다. 따라서 당시 운영되던 養濟院, 同善會 등 육영당이 나름대로 **사회**적 불균등한 빈부의 갈등을 해결하려고 했다는 긍정적인 측면과 동시에 나름대로의 문제점도 상당히 있었다는 것도 알게 한다. 필자는 여기서 蘇州라고 하는 제법 발달된 도시에서 발생한 경제적 불균형의 해소방법으로 제시된 이 같은 **자선사업기관**들의 활동을 통해서 간접적이나마 **경제발전**의 한 **양상**을 찾고자 할 따름이다. 왜냐하면 이 같은 활동이 **농업중심**의 **사회**보다는 상공업이 어느 정도 발달한 **도시형태** 속에서나 가능하다고 보기 때문이다.

532) 「恤孤」 148쪽: "蘇州有育嬰之堂, 以收棄子. 凡窮民之不得有其子者, 則送之堂中; 願育者懷之而去; 衣褓醫藥, 無不備焉. 月給乳婦之食三百錢; 乳婦之記籍三百餘人. 歲費千餘金, 皆士大夫助之. 此一鄕之善事也."

가 사회의 커다란 문제로 대두하고 있었다는 것이다. 이에 그 해소 방안으로 건전한 육영당의 운영을 지적한 것이다. 왜냐하면 그 자신도 말년에는 상업에 종사하면서 사회적으로 넉넉한 입장이 아니었기 때문에 이러한 자선사업에 거는 기대가 컸기 때문이었다.[533]

여기서 당견의 평등적 시각에 입각한 부민이론을 볼 수 있다.[534] 일반적으로 중국의 경제적 평등론은 전통적으로 '좌(左)'적 구호에 머물렀다.[535] 빈부 불균형에 대한 시정을 주장한 학자들이 대부분 혁신적 이념의 소유자이긴 하나 이것을 혁명으로까지 연결시키지 못했다는, 다시 말해 그들의 주장은 일회성 구호에 지나지 않았다는 한계성의 표현이다.

중국에서 발생했던 대부분의 농민봉기의 슬로건 가운데 "균빈부(均貧富), 등귀천(等貴賤)"의 구호도 결국 내용상의 진보성은 있었어도 사회를 구조적으로 변화시키지는 못하였다. 17, 8세기 서구의 계몽사조가 프랑스 대혁명을 이끌었던 점과 비교해서 중국의 명말청초 실학사조가 혁명을 도출하지 못하였다는 한계를 노정했다는 것이다.

---

533) 당견은 매우 가난해서 풍년이 들어도 그의 家人들은 굶주림 속에서 허덕였고 근근이 그의 부인이 친정에서 먹을 것을 얻어다 생활하였다. 이에 그의 가인들의 자녀들을 육영당에 맡겨 키우고자 했으나 육영당의 운영의 실태를 비판하며 거부하는 구체적인 기사가 「恤孤」 편 148, 149쪽에 자세히 기록되어 있다.

534) 「卿牧」 129쪽에서는 天子나 기타 특권 귀족이라고 해서 財用을 맘대로 할 수 없다고 하고, 또한 불필요한 행사나 전쟁을 통해 재물이 손상되는 것을 막는다면 반드시 10년 안에 부유해질 것이라고 설명하고 있다.

535) 周桂鈿의 앞의 책 47쪽에서는 '左'的 구호를 외친 대표적 인물로 墨子와 洪秀全을 들고 그들의 '尙同'의식과 '平均主義'는 결코 실현하기 힘든 구호로 인식하였다. 즉 그는 "역사 유물주의 관점에서 보면 중국 봉건사회 속에서는 '均貧富'는 영원히 실현 불가능하다."고 분석하였다.

(4) 민본사상의 사상사적 의의

중국의 전통적 군민관계는 상하신분 관계에 놓여 있으면서도 군주·민본의 형태로 끊임없이 논의되었다. 군주·민본의 논리는 상호 모순적이면서도 서로 보완 관계에 있는 중국 정치사상의 특징이었다. 정치의 주체가 전제군주이면서 정치의 근본은 민이라고 하는 모순 속에서 민본사상이 전통 중국 정치사상의 특징으로 드러난 것이다.

이런 점에서 민본사상은 근대 이후의 민주사상과는 확연히 구별되나, 전제군주제에 대한 견제라는 측면에서 그 의미를 찾을 수 있다. 특히 명말청초 황종희의 '군객민주(君客民主)'의 논리와 당견의 '중위방본(衆爲邦本)'과 '제왕개적(帝王皆賊)'의 논리에 나타난 민본사상은 특히 주목된다. 이들의 민본사상은 근대 민주적인 것과 어느 정도 관련성을 갖고 있기 때문이다.[536]

그러나 군주·민본의 논의는 전제군주제도라는 틀 안에서의 논의인 이상 민주제도로서의 모습은 아니다. 주권재민의 기본적 모델을 민본사상 속에서는 찾을 수 없으며, 다만 위민의식으로서의 민본만을 말했다는 것이다. 그럼에도 불구하고 명말청초 황종희와 당견의 민본사상을 민주사상으로 연결하려고 하는 데에는 그만 한 이유가 있다.

첫째, 민의 정치 참여를 직·간접 요구하고 있다는 점이다. 황종희의 공론정치의 요구와 당견의 중본(衆本)정치가 이를 증명한다. 전제군주제의 기본적인 틀은 정치의 절대 권력이 군주 한 사람에게 부여되어, 군주는 전횡을 일삼는 지고(至高)·지존(至尊)의 존재였고, 관료계

---

536) 일례로 呂振羽는 앞의 책 583~589쪽에서 황종희와 당견의 정치사상을 '시민민주사상의 맹아'로 명시하였으며, 侯外廬도 앞의 책 155쪽에서 황종희의 민본론을 '근대 민주사상'으로, 302쪽에서는 당견의 정치사상을 '平民干政의 정신'으로 평가하였다.

층과 신민은 군주의 노복 정도에 지나지 않았다. 바로 이런 전제군주
정치제도하에서 공론·중본의 정치 주장은 민주적 맥락에서 이해할 수
있다는 것이다.

둘째, 엄격하게 적용되던 사민(四民)관념으로부터 탈피하려는 의
지 속에 드러난 민본사상은 근대 지향적 사유체계로 충분히 전환
가능하다는 것이다. 특히 명말청초 부민론에 나타난 사유방식은 기
존의 농본적 경제구조에서 점차 농공상 개본(皆本)의식으로의 전환
을 유도하였다. 강남지방을 중심으로 전개된 자본주의 맹아현상은
민본사상을 근대적인 민주사상으로 발전 가능케 한 요인으로 작용
할 수 있다는 것이다.

셋째, 명말청초 공사(公私)개념의 변화는 개인의 욕망을 보다 적
극적으로 요구하는 수준으로 발전하였는데, 이것에 기초한 명말청초
민본사상은 근대적 사유체계로 발전을 유도하는 기본적 틀로서 작
용할 수 있다는 것이다. 공사개념에 대한 기존의 인식은 대립적이었
고, 사(私)는 철저히 사욕이라는 측면에서 제거되어야 할 대상이었
다. 그러나 명말청초 변화된 사회의 사(私)에 대한 인식은 결코 제
거 대상으로서의 욕망이 아닌 필요 불가결한 긍정의 대상이었다. 욕
망긍정의 철학을 기본으로 하는 민본사상이 등장한 것이다.

바로 이러한 점들이 기존의 민본사상과 다른 점이며, 이것이 곧
제한적이긴 하지만 근대 지향적 사유체계로서의 연결성을 담보하는
것들이란 것이다.

3. 소 결

당견의 '중위방본'의 정치사상은 전통적 '위민'으로서의 민본정치사상의 일종이다. 그러나 기존 민본의 정치형태와는 크게 세 가지 입장에서 구별된다.

첫째, 신분적으로 사농공상의 계층적 차등질서를 부정 비판하는 입장에서 대두한 정치 이론이라는 점에서 그의 '중위방본'의 정치 이념은 '중(衆)'이라는 보다 확대된 개념 체계에서 이해할 수 있기 때문에 기존의 민본사상과는 다르다는 것이다. 『서경』이나 『맹자』에 언급된 민본정치사상의 이념은 극히 제한된 부류를 상정하고 언급한 군주 중심의 민본사상체계, 즉 '위로부터의 하향식 정치형태'라고 한다면, 당견의 민본사상은 오히려 각성된 사대부를 비롯한 시민계층이 정치의 중심이 되고 있다는 점에서 '아래로부터의 상향식 정치형태'라고 할 수 있기 때문이다.[537]

둘째, 경제적으로 자본주의 맹아라고 하는 확대된 생산력과 발전된 사회관계 속에서 표출된 정치 이념이라는 차원에서 매우 근대 지향적인 요소가 그의 정치철학에 담겨 있다는 것이다. 다시 말해 당견의 정치사상은 자본주의적 생산관계로의 변화에 따라 대두된

---

[537] 명말청초 당견의 민본사상을 '아래로부터 ……'라고 하고 그 이전의 민본사상을 '위로부터 ……'라고 표현한 것은 "民의 주체적인 自私自利的 충족이 체제내적으로 용인하는" 명말청초 민본사상과 "古來의 민본사상은 본질적으로 君主의 사상이다"고 하는 溝口雄三의 견해를 달리 표현해 본 것이다. 溝口는 古來의 민본사상과 명말청초의 민본사상을 질적으로 다른 형태를 지녔다고 보고 명말청초의 민본사상을 근대사상의 전 단계로 평가하고 있다. 溝口雄三, 『中國前近代思想の屈折と展開』 (東京大學出版會 1980년 6월) 268,269쪽 참조.

'공상개본'의식을 담고 있으면서 이것이 정치 사회 현실에 어느 정도 수용되었고, 이로 인한 수공업자 및 상인계층의 정치 참여도가 증대되는 과정을 보여준다는 점에서 전향적인 이론이라 하지 않을 수 없다는 것이다.

셋째, 당견은 전제군주에 대해 '제왕개적'이라 하며 혹독한 비판을 가하였는데, 이것은 전통적 '격군심(格君心)'의 차원을 뛰어넘는 혁신적인 발언이었다. 이로부터 '제왕개적'의 논리는 청말 진보적 지식인들에게 커다란 영향을 미쳤던 것이다.

그러나 당견이 제시한 전제군주에 대한 비판은 전제군주제의 폐지를 위한 논리 체계로까지 발전하지는 못했다. 단순히 시대적 한계를 지적하지 않더라도 그의 전제군주에 대한 비판의식은 다분히 한계가 있었다. 그는 치도(治道)의 네 가지 방책으로 전문성[專], 재물에 대한 정직·청렴함[虛], 사람 관계 속에서의 유대감과 친밀성[親], 신분 질서 속에서의 존중[敬] 등을 통해 윤리적으로 적합해야 함을 지적하면서,538) 동시에 병법의 용병술 등의 정치 방법539)을 강조하여, 또 다른 전제주의를 제시하는 측면도 없지 않았다.

따라서 서양의 마키아벨리(Machiavelli, 1469~1527)가 그의 『군주론』에서 도덕적 군주로서의 기존의 나약한 군주를 비판하고 강력한 리더십을 겸비한 '군주대망론'540)을 펼쳤던 것과 같이, 당견의 전제

---

538) 「善任」 134~135쪽 참조.
539) 당견은 「全學」·「五形」·「審知」·「兩權」·「受任」·「利才」·「仁師」·「室語」 편 등에서 상당부분을 병법 설명에 할애하면서, 그 중요성을 강조하였다.
540) 마키아벨리, 『군주론』(이상두 역, 범우사 1981 서울) 14쪽. 마키아벨리가 주로 활동했던 시기는 16세기 초엽이었으며 이때는 시기적으로 문예부흥 말기에 해당된다. 한편 그의 『군주론』은 당시는 금서로 지목되어 환영받지 못하였으나 18세기 몽테

군주에 대한 비판은 오히려 강력한 통치 질서를 확립하기 위한 전
제군주의 필요성을 역설하였다고도 볼 수 있다는 것이다.[541] 여기에
그 정치론의 한계가 있으며 동시에 '영웅주의적' 사회 역사관의 한
측면을 발견하게 된다는 것이다.

이로부터 당견은 기본적으로 성인이 역사발전의 주체가 된다는
기존의 '영웅주의적' 입장을 초탈하지 못하였다[542]고 하는 지적이
가능하다. 역사 인식에 있어서 당견은 야만 상태에서 문명 상태로의
전환을 소수 성현의 공으로 돌리고 있다는 데 '영웅주의적' 한계를
벗지 못하였다고 보는 입장이다. 일례로 상고시대의 인간이 자연과
혼재된 상태에서 문명사회, 즉 도덕과 정치로의 결속을 이끈 장본인
을 성인의 공으로 돌리는 것이 그러하며,[543] 인류의 발전을 성인들
의 역할에 의해 좌우되었다고 하는 분석이 그것을 증명한다.

이렇게 볼 때 당견의 사상은 사상사의 발전이란 측면에서 의의와
한계를 동시에 지닐 수밖에 없다. 그러면서도 당견사상이 갖는 사상
사적 의의는 비록 한계를 갖고 있으면서도 당대의 사회 문제를 얼
마나 정확하게 보았고, 이를 어떻게 이론적으로 혹은 실천적으로 해
소하려고 하였는가의 문제로 집약될 수 있을 것이다.

당견은 명말청초라고 하는 전환기의 시대를 살면서 당대의 사회
문제를 부패한 정치권력이라는 데 초점을 맞추고, 관료계층은 물론
군주에게까지 그 비판의 화살을 겨누었다. 그런 가운데 '제왕개적'
의 논리를 적출하면서 문제의 초점을 전제군주에게 집중시킨 것이

스큐, 루소 등 계몽주의자들에게 커다란 영향을 주었다.

541) 물론 독존적 전제군주는 아니다. 독존적 전제군주는 철저히 당견의 비판 대상이다.
　　　君·臣·民 상호 관계 속에서 도덕적으로 정치적으로 조화 통일시킬 수 있는 지도
　　　자로서의 군주를 말한다.
542) 馮德政의 앞의 논문 101쪽 및 王茂 外,『淸代哲學』331~332쪽 참조.
543) 「良功」54쪽 참조.

다. 물론 이 같은 비판의 이면에는 '중위방본'의 민본사상이 내재되어 있음을 간과할 수 없다. 또한 '부민'에 대한 그의 이론적·실천적 노력은 여타의 사상가들과 비교해 본다면 매우 적극적이었음을 말하지 않을 수 없다. 대개 사상가의 책무가 단지 당대의 사회 문제를 이론적으로만 제기하는 데 그치었다면 당견은 실천적인 면에서도 결코 소홀하지 않았다는 점에서, 그 사상적 의의는 제고된다고 볼 수 있다는 것이다.

제6장 나오는 말

제6장
나오는 말

이상에서 명말청초 사회사상을 당견의 사상을 통해 살펴보았다. 큰 틀에서 그의 사상은 세 가지로 요약 정리할 수 있다.

첫째, 당견의 철학적인 세계관은 양명사상을 토대로 하고 있으면서 이것을 명말청초라고 하는 특수한 사회 환경에서 새롭게 변용을 시도하였다는 것이다.

일찍이 양계초는 당견의 학문을 평가하며 "구체적인 사실에 기초하여 깊이 연구하였고, 추상적인 공론을 비판하였다."[544]고 하였다. 이것은 기존의 정주학이 명말로 접어들면서 현실 문제 해결에 한계를 드러내었고, 그 원인이 구체성을 결여한 데 있다고 판정한 것이다. 당견이 양명학을 기초로 삼은 것도 정주학적인 세계관으로는 현실 사회의 문제를 해결할 수 없다는 절박한 위기의식이 있었기 때문이다.

---

544) 양계초, 『中國近三百年學術史』 161쪽 참조.

나아가 양명학적 세계관의 범위 내에서도 과감한 변용을 통해 시폐를 구제하려고 하였는데, 이것은 양명학 역시도 명말청초 변하지 않으면 안 된다는 차원에서의 시도였던 것이다. 양명학을 답습한 학자로서가 아닌 새롭게 변화된 양명학으로 시대의 요구에 부응하려고 노력했다는 것이다.

명말 이후 전개된 양명학 좌우파 논전이 청조가 들어서면서 수그러들 즈음 당견은 좌우파의 대립적이었던 면면을 각각 비판적으로 수용하면서 명말청초 경세치용의 실학사조의 흐름을 사상적 맥락으로 이어갔던 것이다.

다시 말해 당견은 양명사상의 양지 심성론을 통해 개인의 자아와 주체성 강조의 이론적 토대를 마련하고, 욕망긍정의 새로운 사상적 접근을 시도했던 것이다. 개인의 욕망을 긍정하는 인식으로의 전환은 기존의 철학체계, 즉 정주학의 엄격한 '거인욕'의 세계관에 대한 부정 비판이었던 것이다. 인간의 본성을 연구의 주된 과제로 삼으면서 기존의 심성론의 한계를 현실성과 구체성의 결여에서 찾았고, 현실성과 구체성을 결여한 어떠한 심성론도 공허하다는 논지를 전개한 것이다. 성재합일, 성공합일, 지행일치의 사고가 그것을 근거한다.

'성재합일'은 본연지성(本然之性)과 기질지성(氣質之性)을 서로 구분해서 보려는 이원론적 사고에 대한 비판이었고, '성공합일'은 본질[性]과 현상[功]을 구분하려고 하는 것에 대한 비판이었다. 또한 '지행일치'는 양명의 '지행합일'을 계승한 것이기는 하나 양명의 지행관보다 더욱 적극적인 측면에서의 실천을 강조한 것이다. 이렇게 본다면, 그의 사상적 맥락은 양명사상을 계승한 것이라 하더라도 그대로 답습한 것이 아니라 한층 새롭게 발전시킨 논리라는 것이다.

둘째, 윤리적 측면에서 기존의 오륜질서와 사민의식에 기초한 신분사회의 전형적인 모습을 비판한 내용이다. 전통적인 오륜과 사민의식은 불평등을 전제하고 있기 때문에 변화된 사회이론으로 적합하지 않다는 것이다. 오륜이라고 하는 도덕적 질서와 사민 차별의식은 중국 전통사회를 지탱한 하나의 거대한 축이었다.

그러나 명말청초 달라진 사회 환경 속에서 이것은 사회발전의 걸림돌로 작용하였기 때문에 부정 비판되지 않으면 안 되었다. 결국 오륜과 사민의식의 신분적 차별의식으로부터의 탈피는 근대사회로의 지향성을 보여준 것이다. 후외려(侯外廬)는 당견의 이러한 사상을 두고 '민주평등의 관념'을 도출한 것으로 평가하였다.[545]

비록 당견이 구체적인 민주주의에 대한 언급을 한 것은 아니지만, 그의 논설 속에는 다분히 인권에 대한 '평등적 동경'[546]의 요소가 담겨 있다는 말이다. "좋은 정치는 반드시 인정에 통달해야 하고, 인정에 통달하기 위해서는 반드시 사람을 가까이해야 한다.(善治必達情, 達情必近人.)"(「억존」)는 내용은 인간 정감의 보편성을 이해할 때만 가능한 논리이다. 좋은 정치는 인간 누구나의 보편적 심성에 기초한 윤리 의식을 통해서 가능하다는 것이다.

특히 남녀평등론은 그의 윤리사상에서 가장 돋보이는 것이기도 하거니와 사상사적으로도 커다란 의미를 지닌다. 이 같은 평등적 세계관은 단지 윤리적인 측면에 국한된 것이 아니라, 종국에 가서는 사회의식에서의 사회적 평등 윤리로도 확장되면서 군·신·민 평등의지로까지 발전하였기 때문이다. 군·신·민 모두 인간이라는 보편적 개념에서뿐만 아니라, 욕망을 지닌 자연인으로서 평등하다는 것이다.

---

545) 후외려, 앞의 책 305쪽 참조. 후외려는 이러한 평등원리를 서구의 17세기 이론과 엇비슷하다고 하며, 사회 평등 이론으로서의 당견사상을 높이 평가하고 있다.
546) 후외려, 앞의 책 305쪽 참조.

셋째, 사회사상적 측면에서의 반전제주의와 민본사상, 그리고 부민의식이다. 이것은 당대는 물론 후대에까지도 큰 영향을 주었다는 데 의미가 있다. 전제주의에 대한 비판의식은 명말청초 그 어떠한 사상가들보다 투철하였으며, 이것을 밑받침한 민본사상은 근대적 안목에서 적극적인 검토를 요망한 것이기도 하다.

일찍이 양계초는 당견의 전제군주비판을 두고 황종희의 『명이대방록』 「원군」편과 '불모이합(不謀而合)'547)이라고 하면서, 자신보다 이미 삼백 년 전에 이 같은 명쾌한 논의를 할 수 있었던 것에 대해서 놀라움을 표시하였다.

여진우는 "당견의 『잠서』와 황종희의 정신은 기본적으로 일치하나, 당견이 비교적 보다 더 격렬하다."548)고 하며, 당견의 전제군주비판의 의미를 부각시켰다.

한편 후외려는 민을 국가의 기초로 여긴 당견의 견해를 비록 "군주제도에 대해 혹독한 비판을 가한 것이 명백하게 군주제도에 대한 혁제(革除)를 주장한 것은 아니지만, 허군입헌적(虛君立憲的) 맹아사상과 흡사하다."549)고 평가하였고, 부민사상은 황종희의 시민사상과 유사하다고 하며, 황종희가 '공상개본'을 말한 것처럼 당견도 공상에 대한 기존의 배타적인 의식을 탈피하였다고 인정하면서,550) 그것을 근대성에 맞추어 설명하였다.

최근 중국학자들의 평가 역시도 상기한 지적과 거의 일치하고 있는데,551) 그것은 대체적으로 당견의 군주비판론으로서의 '억존중민(抑尊重民)' 사상과 '후민생(厚民生)'의 부민사상에 치중되어 있다.

---

547) 양계초, 앞의 책 163쪽.
548) 여진우, 앞의 책 590쪽.
549) 후외려, 앞의 책 307쪽.
550) 후외려, 앞의 책 309쪽 참조.
551) 王茂 外, 『淸代哲學』 331~340쪽 참조.

비록 당견이 전제군주제를 부정한 것은 아니더라도 '평민간정(平民干政)'의 진보적인 정치사상으로 그 의미를 갖는다는 것이다.552)

한편 당견에 대한 일본에서의 평가도 상술한 것과 대차가 없는데, 특히 표면상으로 양명학을 계승한 것으로 보이지만 실제로는 이를 초월하면서, 일종의 '사회평등론'을 지향하였다553)고 평가한 것이다.

그러나 당견의 사상은 몇 가지 점에서 한계를 노정하고 있다. 먼저 그는 송명대 도학자들에 대한 비판을 강하게 하면서 동시에 도학의 중요성을 역설한 바 있다. 물론 여기서 도학이란 주자학을 가리키며 이것을 실학의 입장에서 허학이라 비판하였다. 그러면서도 그는 "허중(虛中)이란 도가 거처하는 곳이고, 공외(空外)란 마음의 안식처이다."554)고 하며, '허(虛)'와 '공(空)'의 의미를 부각시켰는데, 후외려는 당견의 이러한 면을 '만년실의(晚年失意)'555)라고 이해하였다.

즉, 당견은 만년(대략 6,70대를 가리킴)으로 접어들면서 젊었을 때의 왕성했던 기개가 점점 소진하였고, 또한 청조 정권의 안정과 고압적인 문화 정책으로 인해 그의 사상은 무뎌졌다는 것이다. 이같은 후외려의 평가는 『잠서』의 본래 책명이 『형서』이었다는 점에서도 그 근거를 찾고 있는데,556) 즉 '형(衡)'의 개념이 갖는 진취적 의미가 '잠(潛)'이라는 소극적인 개념으로 바뀌었다는 것이다.

그러나 반드시 '잠'의 개념이 소극적이라고만 볼 수도 없다. 이미

---

552) 王茂 外, 위의 책 334쪽 참조.
553) 大谷敏夫, 『淸代政治思想史硏究』(汲古書院, 1991년 2월) 541쪽 참조.
554) 「思愼」 40쪽: "虛中者, 道所居也; 空外者, 心所安也."
555) 후외려, 앞의 책 322쪽.
556) 후외려, 앞의 책 322, 323쪽 참조. 여기서 후외려는 '衡'은 민주성의 精粹요, '潛' 은 봉건성의 糟粕이라고 하였다.

앞서도 언급한 바 있지만 '잠'의 의미가 『주역』에서 "잠용물용(潛龍勿用)"의 의미가 내포되어 있다면, 때를 기다리는 '잠용'의 개념에서는 오히려 적극적인 도약을 위한 전 단계의 상태를 가리키기 때문이다.

마치 황종희의 신시대대망론을 피력한 『명이대방록』의 '명이(明夷)'(下經 '離下坤上': 현인이 어리석은 군주를 만나 화를 당하는 상)의 의미처럼 당대보다는 장래의 가능성에 희망을 염두에 둔 것과도 같다.

따라서 '잠'이 갖는 의미를 단순히 소극적이고 나약한 '만년의 실의'만으로 이해하는 것은 단견이라 생각된다. 당견의 이런 먼 안목에서 드러난 포부는 사실 청말로 접어들어 소위 혁명적 지식인들에게 영향을 주면서 현실로 드러났기 때문이다.

당견의 사상을 재평가하면서 가장 중요한 요소는 역시 주자학의 여러 문제에 대한 비판이었다. 하지만 결정적으로 수양론의 문제에 있어서는 주자학적 방법을 완전히 극복하지 못하였던 것으로 평가된다.

당견은 인간의 욕망을 긍정하면서 기존의 '존천리, 거인욕'의 '극기(克己)' 수양론의 한계를 극복하려고 하였으나, 결국에 가서는 인욕이 도심(道心)에 이르는 것을 방해한다고 하며, 기존의 봉건적 수양론의 한계를 그대로 답습하였다.

그렇다면 당견의 사상이 왜 이러한 한계를 지닐 수밖에 없었는가가 여기서 끝까지 추적하지 못한, 즉 앞으로 해결해야 할 과제이다. 이것은 사상적으로 중국 사회의 근대화가 주체적이면서도 자생적으로 이뤄지지 못한 한 원인이 될 수도 있기 때문에 쉽게 단정할 내용은 아니다.

　물론 이 문제의 해결점은 당견 한 개인의 사상만으로 해결한다는 것은 불가능하다. 명말청초 개명한 사상가들에 대한 전반적인 탐색을 통해 규명되어야 할 문제이다. 따라서 이들에 대한 지속적인 발굴과 연구는 중국 근대사회의 길목을 연구하는 필수적인 과제가 아닐까 생각한다.

저자 프로필

김덕균 경기도 화성에서 태어나 성균관대 동양철학과를 졸업하고 동대학원에서 명청대실학사사상연구로 석·박사과정(철학박사)을 이수하였다. 한국학술진흥재단 지원으로 중국 산동사회과학원에서 박사후과정(Post-Doc)을 수료한 후, 성균관대, 중앙대, 동덕여대, 한국예술종합학교, 대전대, 협성대, 감신대에서 강의하였다. 중국 산동사회과학원 연구학자, 산동사범대학 외국인 교수, 서일대학 교양과 교수, 중국사회과학원 교환교수를 지내고, 현재는 성산효대학원대학교 교학처장 겸 효학과 주임교수로 재직 중이다. 저서로는 『공문의 사람들』『삭혀 먹는 나라 비벼 먹는 나라』『황종희의 명이대방록』『21세기의 동양철학』(공저)『동양사상』(공저)『정보기술사회의 윤리매뉴얼』(공저)『동양철학의 자연과 인간』(공저)『왕양명철학연구』(공저)『꿈나무세대를 위한 예절』(공저)『인터넷세대를 위한 예절』(공저)『글로벌세대를 위한 예절』(공저)이 있으며, 역주서로 『명이대방록』(제41회 백상출판문화상 번역부문 수상작)『잠서』상·하(한국학술진흥재단 동서양명저번역 총서)가 있고, 번역서로『중국봉건사회의 정치사상』『현대중국의 모색』이 있다. 논문으로는 효학·실학관련 논문 30여 편이 있다.

명말 청초 사회사상

• 초판 인쇄	2007년 4월 15일
• 초판 발행	2007년 4월 15일
• 지 은 이	김덕균
• 펴 낸 이	채종준
• 펴 낸 곳	한국학술정보㈜
	경기도 파주시 교하읍 문발리 5136-5
	파주출판문화정보산업단지
	전화 031) 908-3181(대표) · 팩스 031) 908-3189
	홈페이지 http://www.kstudy.com
	e-mail(출판사업팀사업부) publish@kstudy.com
• 등 록	제일산-115호(2000. 6. 19)
• 가 격	31,000원

ISBN   978-89-534-8680-5 93820 (Paper Book)
        978-89-534-8681-2 98820(e-Book)